ullstein

Das Buch

Sascha Simoneit ist am Ende. Er fliegt nach einer Kneipen-Schießerei zu Unrecht aus dem Berliner Polizeidienst. Sein Ruf ist wohl nicht der beste, zumindest nicht bei seinen Chefs. Dafür hat er sich in Moabit als Streifenpolizist Respekt verschafft. Und so überlässt ihm der Kneipenwirt im Hinterhof eine alte Reparaturwerkstatt, und Sascha macht eine Detektei auf. Natürlich nicht allein, sondern mit Mama Ruth als seiner Assistentin, ihrem Sohn Mungo, der Trisomie 21 hat, und einem türkischen Schulverweigerer namens Mehmet, der über erstaunliche handwerkliche Fähigkeiten verfügt. Die Jungs reparieren tatsächlich Waschmaschinen, und vor Saschas Tür steht schon bald seine erste Klientin. *Skorpione* ist der Auftakt der Serie um Sascha Simoneit.

Der Autor

Cid Jonas Gutenrath, *1966, war Heimkind, Türsteher, Marine-Taucher, Bundesgrenzschützer, Streifenpolizist und Zivilfahnder, bevor er ein Jahrzehnt lang Notrufe in der Berliner Einsatzzentrale entgegennahm. Er lebt mit seiner Frau und seinen drei Kindern vor den Toren Berlins

Von Cid Jonas Gutenrath sind in unserem Hause bereits erschienen:

110 – Ein Bulle hört zu
110 – Ein Bulle bleibt dran
Teddy oder wie ich lernte, die Menschen zu verstehen

CID JONAS GUTENRATH

SKORPIONE

THRILLER

Ullstein

Besuchen Sie uns im Internet:
www.ullstein-taschenbuch.de

MIX
Papier aus verantwortungsvollen Quellen
FSC® C083411

Originalausgabe im Ullstein Taschenbuch
1. Auflage März 2018

Umschlaggestaltung: ZERO Werbeagentur, München
Titelabbildung: FinePic
Satz: Pinkuin Satz und Datentechnik, Berlin
Gesetzt aus der Minion
Druck und Bindearbeiten: CPI books GmbH, Leck
Printed in Germany
ISBN 978-3-548-28949-6

Für Mechthild,
die versprochen hat, mich abzuholen,
wenn meine Stunde gekommen ist.

Vorwort

»So, jetzt ist es passiert. Jetzt kippt er um. Jetzt will er sich die Taschen füllen.«

Stimmt! Die Waschmaschine ist kaputt, der schwarze, verbeulte Pick-up hat nach knapp 210 000 Kilometern die Hufe hochgerissen, und die Mittlere hat mir gestern erzählt, sie möchte im Sommer ins »Tae-Kwon-Do-Trainingslager nach Korea«! Korea!! Und sie will das mit Zeitungaustragen finanzieren! »Lass dir was einfallen, Krüppel«, war der trockene Kommentar meiner Frau, »... sonst lassen wir Seife aus dir machen!« Charmant, oder?! Aber wo sie recht hat, hat sie recht.

Vor knapp sechs Wochen hat man mir links ein brandneues Hüftgelenk aus Titan und Keramik eingebaut, und auch wenn ich seit ein paar Tagen die Krücken, Verzeihung, »Gehhilfen«, wieder gegen meinen geliebten Stock eintauschen durfte, fühle ich mich nutzlos, und das bin ich wohl auch. Denn obwohl ich es auf wundersame Weise geschafft habe, drei Bestseller in die Wohnzimmer und Herzen vieler Tausend Menschen zu platzieren, ist der vermeintliche Reichtum bisher ausgeblieben. Wer hätte das gedacht!? Bin wohl kein guter Geschäftsmann. Statt mich auf Twitter, Facebook und ähnlichen Wegen den

Leuten anzubiedern, fang ich nur regelmäßig an, debil grinsend darüber zu fabulieren, was ich für wundervolle Menschen in den letzten paar Jahren kennengelernt habe. Persönlich und per Post. »Kein Geld der Welt kann das aufwiegen«, ist mein immer wiederkehrendes Mantra, wenn ich mich dafür rechtfertigen muss, dass ich nicht vor Geld stinke, obwohl eins meiner Bücher bereits mit chinesischen Schriftzeichen zu haben ist. Ob Ihr es glaubt oder nicht, mir war es immer schnuppe, ob andere über 90 % der Kohle von jedem einzelnen Buch einstreichen, das über den Ladentisch geht. Ich war einfach nur glücklich und stolz, dass mir Menschen geschrieben und gesagt haben, dass ihnen meine Schreibe etwas bedeutet. Das ist meine Währung! Das kann mir auch niemand jemals wieder wegnehmen. Es wird bleiben. Nur bringt es anscheinend meine Kleine nicht nach Korea! Hilflose Versuche meinerseits, das Thema lotusmäßig an mir abtropfen zu lassen, im Stile von »Ich lehne es ab, diesem durchgeknallten Diktator seine Atombomben zu finanzieren …«, werden vom Rest meiner Familie und besonders von der Mittleren nur mit Texten wie »Süd, Papa. Ich will nach Südkorea …« quittiert. Also, komm aus'm Knick, Jonas, hab ich mir gesagt. Mach, was du am besten kannst und sich in unzähligen Leserbriefen als Wunsch wiederfindet: Nimm die Leute mit in deinen kranken Kopf und deine Vergangenheit. Auf dass Ihr Euch gemeinsam mit mir daran abarbeitet, wie schrecklich und schön die Welt ist oder sein könnte. Ob es mir tatsächlich gelingt, meine Leser vor Spannung Fingernägel kauen zu lassen, sie nachdenklich zu machen, ihnen Freude zu bereiten oder sie vielleicht auch einfach nur für ein paar Stunden ihre Alltagssorgen vergessen zu lassen, bleibt abzuwarten. Die Munition dafür habe ich. Mehr als genug. Denn im Gegensatz zu so manch krimischreibender Hausfrau muss ich mich nicht am Ende des Buches seitenweise bei denen bedanken, von deren Erfahrungen ich lebe. Nein. Ich muss keinen Kommissar mit seinem Innenleben erfinden, ich bin selbst ein Kommissar. Kein Erik Ode oder Horst Schimanski, aber einer, der sich in scheußlicher Echtigkeit höchstselbst die Hände, das Gewissen und die Seele dreckig gemacht hat. Hundertfach. Klar, mir fehlt das abgebrochene oder meinetwegen auch vollendete Germanistik-, Journalismus- oder Literaturstudium. Wenn ich ehrlich bin: Es hat nicht einmal zum Abitur gereicht. Aber immer wenn mich irgendein Schnösel in einer Talkshow oder bei einer anderen Gelegenheit kompromittieren wollte, indem er mich fragte, wo ich denn studiert hätte, habe ich bierernst mit dem guten, alten Clint-Eastwood-Zitat »Heartbreak Ridge« geantwortet. Dort, wo man Dinge sieht und lernt, die einem kein Hörsaal dieser Welt vermitteln kann. Dies, in Verbindung mit der Tatsache, dass ich nicht »googeln« muss, wie es sich anfühlt, aus einem Hubschrauber zu springen, im Freiwasser einem Hai zu begegnen oder eine .45er abzufeuern, macht mich sicher nicht zu einem begnadeten Schriftsteller, aber es gibt mir eine deutliche Nasenlänge Vorsprung vor kopflastigen Theoretikern und Männern, die noch niemals Hornhaut an ihren Händen hatten. Deshalb maße ich mir einfach mal an, meinen Hut in den Ring zu werfen. Für all jene, deren Herz auf ähnlicher Amplitude poltert wie meins und von denen es verdammt viele gibt, wie ich inzwischen weiß. Denn sie sind es, für die ich schreibe, und nicht die Reich-Ranickis oder Denis Schecks dieser Welt, deren Dekadenz sich ohnehin wunderbar und wortlos an ihrer Leibesfülle ablesen lässt. »Kannst du nicht machen ... Das können wir so nicht drucken ...«, hör ich jetzt schon wieder den nächsten armen Lektor stöhnen, der zum Versuch verdonnert wird, dieses Buch hier rundzulutschen. Doch, ich kann. Fast ein halbes Dutzend dieser Gattung hab ich als »beratungsresistenter Prolet« inzwischen verschlissen. Nicht ganz ohne schlechtes Gewissen, aber trotzdem mit einer Menge Stolz darüber, mir selbst treu geblieben zu sein. Und meine Manuskripte zu mehr als 90 % »gerettet« zu haben. Weil »rundgelutscht«, »stromlinienförmig« und »angepasst« einem inzwischen in fast allen Lebenslagen und aus jedem Hintern entgegenlächeln. Und »Authentizität« verdammt noch mal mehr ist als ein schwer auszusprechendes Fremdwort und ausgelaugtes Marketingkonstrukt.

So, genug gesülzt. Geh'n wir's an.

Bitte klappen Sie die Tische hoch und stellen Sie die Rückenlehne gerade. Wir kommen in emotionale Turbulenzen ...

Zum Buch

Die Einführung in den Mikrokosmos jener kleinen Firma um Sascha Simoneit, Mama Ruth und Benjamin »Mungo« Rivalla, die sich vordergründig nur mit dem Reparieren von alten Waschmaschinen beschäftigt. In Wahrheit aber so viel mehr ist als das. Und die ihren Namen »Die Moabiter« keineswegs nur aus lokalpatriotischen Gründen trägt.

Beginnend mit einer Reise in die Vergangenheit die uns eintauchen lässt in die Abgründe menschlicher Psyche. Die uns über Gräueltaten auf drei verschiedenen Kontinenten zu einem kleinen Mädchen zwischen Tod und Leben führt, dessen Mutter nur noch eines will: Gerechtigkeit.

Und die letztendlich uns allen die Frage stellt, ob Rache zu Frieden führt …

Eckernförde, Norddeutschland, Januar 1988

Wenn das Meer in der Nähe ist, bekommt der Winter eine ganz andere Bedeutung. Und so manche Entscheidung ebenfalls.

16 Mann, mit Seesäcken auf den Schultern und den unterschiedlichsten Uniformen, stehen frierend vor dem Haupttor der großen Marinekaserne und warten auf die Nummer 17. Der Wachposten hat sich in aller Seelenruhe die einzelnen Marschbefehle durchgelesen. Nur um dann irgendwann trocken festzustellen, dass 17 Anwärter erwartet werden. Und dass niemand aus der Gruppe die Kaserne betreten wird, bevor sich nicht alle vor dem Haupttor eingefunden haben. Alle, die sich für den Lehrgang 340/711130 freiwillig gemeldet und qualifiziert haben. Punkt. Die Nerven liegen blank. Nicht 0600, sondern 1800. 18:00 Uhr steht im Befehl! Und es gibt Termine, zu denen kommt man einfach nicht zu spät! »Schwiegermutter, das eigene Begräbnis und uns lässt man nicht warten«, wird es später heißen. Die ersten, denen das völlig klar war, stehen bereits seit Stunden im Schneegestöber vor dem Schlagbaum. Peinlich darauf bedacht, sich weder an ihren Seesack zu lehnen noch sich, Gott bewahre, vielleicht kurz sitzend auf dem tragbaren Sofa auszuruhen

und von drinnen dabei beobachten zu lassen. Doch jetzt ist die Zeit verstrichen. Exakt 1800, und damit genau genommen schon zu spät.

»Was is, wenn die Pussy sich's anders überlegt hat, 'nen scheiß Unfall hatte oder einfach nur nich von der Mutti weg oder runtergekommen is, verflucht!?«, herrscht einer aus der Gruppe den Wachposten an. Seine Uniform und Abzeichen weisen ihn als Heeressoldat und Unteroffizier der Fallschirmjäger aus. Die anderen in der Reihe schauen sich nur schweigend an. Wohl wissend, dass selbst dieser Wachposten die nächsten Wochen und Monate eine Machtposition innehat, die nicht zu unterschätzen ist. Und so antwortet er auch nur leise und mit dem Anflug eines Lächelns: »Glauben Sie mir, Sie wollen nicht, dass ich Ihren Lehrgangsleiter anrufe!« Ein Marineleutnant, der abgesehen von den Kollateralschäden, die der Schnee an seiner Uniform verursacht hat, immer noch als Operettenoffizier durchgehen würde, weil optisch in jeder Hinsicht perfekt, outet sich als guter Offizier. »Okay, Leute, hört zu. Ich schätze, der Lehrgang hat schon begonnen. Die wollen mit Sicherheit, dass wir hier jetzt schon so was wie Initiative und Teamgeist beweisen, und ich garantier euch, dass die uns mit 'nem Nachtsichtgerät im Visier haben! Also: Kennt jemand Nummer 17? Hat jemand irgend 'ne Telefonnummer oder sonst was, was uns weiterhelfen könnte? Denn die lassen uns hier sonst die ganze Nacht stehen, allein um zu sehen, ob einer von uns wieder geht, so viel ist mal sicher.«

Mehr als ein missmutiges Grummeln und ein laut gefluchtes »Scheiße« vom Fallschirmjäger hat die Ansprache allerdings nicht zur Folge. In den Gesichtern einiger lässt sich bereits ablesen, dass sie sich mit dem Gedanken abfinden, im Freien zu übernachten. Der vorletzte Mann in der Reihe hebt zaghaft seine linke Hand, als sich eine dunkle Silhouette langsam aus dem Schneegestöber löst, die einem großen schwarzen T gleicht. Mit weiten, raumgreifenden Schritten, ohne jeden Anflug von Hast, kommt ein Kerl auf uns zu. Ohne Kopfbedeckung und den Kragen seines Kolani hochgeschlagen, die oberen, goldenen Knöpfe jedoch lässig geöffnet. Der erste Eindruck ist interessant bis verstörend. Die Abzeichen auf den Ärmeln weisen ihn als Mannschaftsdienstgrad und »Decksziege« aus, was wegen seiner Statur und Gesichtszüge verwunderlich erscheint. »Frischfleisch« oder »Kiste« sieht eigentlich anders aus. Was jedoch die Blicke aller auf sich zieht, sind seine etwas zu langen kurzen Haare, die sonderbarerweise heller als die Umgebung wirken. Und ein Augenpaar, dessen helles, ja fast leuchtendes Grau ich bisher allenfalls in einem Husky-Schädel gesehen habe und in dem zu gleichen Teilen Melancholie und Brutalität schimmern.

»Hey, du scheiß Albino, hast du sie nich alle, hier heute zu spät anzutanzen!?«, schreit der Heeresmann ihm zur Begrüßung entgegen. Für den Bruchteil einer Sekunde knistert Elektrizität zwischen den tanzenden Schneeflocken, als die beiden fast gleich großen Männer sich schließlich Nase an Nase gegenüberstehen.

»Ich werde hier noch zu spät kommen, wenn du schon längst wieder zurück bei deinem Fallobst bist und von Hakenkreuzen und Korsika träumst, Landei!«

Ob nun dem Text oder dem bohrenden Blick geschuldet, es entsteht eine kurze Pause. Gefolgt von einem »Wir werden sehen, Albino, wir werden sehen …«, was der hellhäutige Hüne gar nicht mehr richtig mitbekommt. Weil er schon auf dem Weg zum Ende der Schlange ist, wo er sich hinter mir einreiht, denn jetzt bin ich Vorletzter. Nachdem er sich eine Zigarette in den Mundwinkel geschoben und mit einer einzigen, einhändigen, schnappenden Bewegung sein Zippo-Feuerzeug in Brand gesetzt hat und der Glimmstängel nun glüht, schaut er mir in die Augen und streckt mir eine große, kalte, weiße Hand entgegen:

»Hannes!«

»Sascha.«

Berlin, Steglitz-Zehlendorf, November 2016

Charité-Campus Benjamin Franklin, Interdisziplinäre Intensivstation, Zimmer 216

»Laterne, Laterne,
Sonne, Mond und Sterne.
Brenne auf, mein Licht,
brenne auf, mein Licht,
aber nur meine liebe Laterne nicht.

Laterne, Laterne,
Sonne, Mond und Sterne.

Wenn es dunkel ist,
wenn es dunkel ist,
ja dann seht ihr erst, wie schön das ist.

Laterne, Laterne,
Sonne, Mond und Sterne.
Geh nicht aus, mein Licht,
geh nicht aus, mein Licht,
denn ich will es sehn, dein Angesicht!

Laterne, Laterne,
Sonne, Mond und Sterne.
Und die Winde wehn,
und die Winde wehn,
lass uns weitergehn, bitte weitergehn.

Laterne, Laterne,
Sonne, Mond und Sterne.
Bleibe hell, mein Licht,
bleibe hell, mein Licht,
denn sonst strahlt meine liebe Laterne nicht!

… geh ruhig aus, mein Licht,
geh ruhig aus, mein Licht,
aber bitte, bitte meine liebe Maria nicht!

Ich muss gehen, mein Schatz. Ich werd St. Martin und die anderen Kinder von dir grüßen.

Schlaf gut, mein Schatz, Mama ist morgen wieder da …«

Berlin, Moabit, August 2007

Als ich Mungo das erste Mal sah, hieß er noch Benjamin. Die mandelförmigen Augen und das leicht schelmische Lächeln ließen mich mehr an Frodo Beutlin und das Auenland denken als an Trisomie 21. »… denn so heißt das richtig!«, hab ich mich viel später einmal von ihm belehren lassen.

Er war vielleicht so um die elf oder zwölf Jahre alt und schon auf den ersten Blick ein interessanter, kleiner Mensch. Muskulös, etwas gedrungen und kompakt gebaut. Die Ruhe, ja, man kann beinahe sagen, friedliche Gelassenheit, die er ausstrahlte, fand ich recht verwunderlich angesichts der Situation. Denn er saß, umringt von gut einem halben Dutzend kleiner zweibeiniger Straßenratten, auf einer Bank in der Turmstraße, Ecke Thusnelda-Allee. Sie hatten ihm seinen Schulranzen weggenommen, ihn umgedreht und seinen Inhalt komplett auf der Erde verstreut. Das Einzige, was ihr Interesse darin fand, war ein Schokoriegel. Den Rest verteilten sie mit den Füßen gelangweilt im Dreck. Irgendwie wurde ich das Gefühl nicht los, dass ihm so etwas wohl öfter passierte, und schaute erst mal zu. Ohne Gegenwehr ließ er alles Mögliche an Schikane und Beleidigungen über sich ergehen, und ich überlegte, wie ich in dem Alter wohl reagiert hätte. Jähzornig um mich geschlagen, schätze ich. Doch bei ihm konnte ich weder Anzeichen von Aggression noch Angst entdecken. Nur die Andeutung eines Lächelns, das allerdings mehr von seinen Augen auszugehen schien als von seinen Lippen. Als sie ihn gefühlt zum hundertsten Mal als »Mongo« beschimpften und einer anfing, ihn mit Hundekacke zu bewerfen, platzte nicht ihm, aber mir der Kragen. Ich ging zu ihnen rüber und herrschte sie pädagogisch wertvoll an: »Hey, verpisst euch, ihr kleinen Kackbratzen!« Was allerdings nicht allzu viel Eindruck machte.

»Is die Knarre echt, Bulle?«, war die einzige Reaktion des Kackewerfers, und dann ließ er das große hellgrüne Eichenblatt fallen, mit dem er die Scheiße aufgehoben und geworfen hatte. Gerade so, als ob ich ihm die Wumme jetzt zum Anschauen in die Hand drücken würde.

»Klar is die echt, und ich erschieß euch gleich alle, wenn ihr nich abhaut.«

»Tust du nich, weil du das nämlich gar nich darfst. Aber ich sag meinem Vater, was du gesagt hast!«

»Dann erzähl ich ihm, dass ich gesehen hab, dass du Schweinefleisch gegessen hast, Mehmet. Mal sehen, wem er glaubt.«

Mit leicht versetztem Unterkiefer und zu Schlitzen zusammengekniffenen Augen dachte der Kackewerfer wohl darüber nach, dass er bei der Nummer den Kürzeren ziehen könnte. Denn er wusste, ich kannte seine ganze Familie. Also hielt er den Mund. Aber statt zu verschwinden, verschränkte er nur trotzig die Arme vor der Brust und murmelte irgendeinen unverständlichen türkischen Fluch. Seine Kumpel machten auch keine Anstalten abzuhauen. Im Gegenteil. Einer fing an, den Schokoriegel auszupacken. Ich hatte mich inzwischen auf die Parkbank neben Benjamin gesetzt.

»Na, kleiner Hobbit, alles okay?«

Doch statt zu antworten, ließ er den Jungen mit dem Schokoriegel nicht aus den Augen.

»Der gehört dir, richtig?«

»Mhmm!«

»Dann geh hin und sag ihm, er soll ihn dir zurückgeben.«

»Und wenn er nich gibt?«

»Dann nimmst du ihm das Ding einfach wieder weg. Los.«

Den fragenden Seitenblick zu mir beantwortete ich mit einem Augenzwinkern und ermunterndem Nicken. Also stand der Kleine auf und ging langsam und sehr breitbeinig auf Mehmets Kumpel zu.

»Meine Schokolade! Gib mir meine Schokolade.«

»Das kannst du vergessen, Mongo!«

»Gib mir meine Schokolade!«

»Phh!«

Statt den Riegel rauszurücken, holte der Dieb zu einem Schubser aus. Und dann, dann griff Mungo zu! Es stimmt wohl, dass ich als Polizist und Pädagoge 'ne glatte 5– bin. Denn ich hatte das nicht vorausgesehen und auch noch einen Mordsspaß daran. Blitzschnell und mit einer verblüffenden Kraft packte der kleine Brocken mit links den Handrücken seines Gegenübers und drückte nach vorn und unten. Der Junge quiekte kurz, ging in die Knie und verharrte dort winselnd. Denn Mungo ließ nicht wieder los. Selbst als er mit rechts den halb ausgepackten Riegel aus der Hand des Knienden gepflückt hatte und herzhaft reinbiss, ließ er nicht los. Hey, ich wette, das is der bisher leckerste Schokoriegel deines Lebens, kleine Wuchtbrumme, dachte ich bei mir, als ich den stillen Triumph in seinem Gesicht lesen konnte. Dann schaute ich verstohlen nach links und rechts, ob uns jemand beobachtete. Denn ich hatte schon genug Ärger an der Hacke.

»Okay, Dicker, reicht, du kannst ihn wieder loslassen. Looslassen … Jaa, so is gut.«

Mag sein, dass die Bande vor mir null Respekt oder gar Schiss hatte, vor dem kleinen Sumoringer hatten sie jetzt Schiss. Der Möchtegernschubser sprang auf, rieb sich das linke Handgelenk und lief mit seinen Kumpels Richtung Jonasstraße davon. Nicht, ohne noch ein halbes Dutzend Mal »scheiß Mongo« in unsere Richtung zu brüllen. De nada, dachte ich, aber anfassen werden sie ihn jetzt nicht mehr. Als Benjamin sich neben mich stellte, musste ich lachen und sagte halblaut, eigentlich mehr zu mir selbst: »Hey, Kurzer, wenn wir dich grün anmalen, gehst du als Minihulk durch!«

Er setzte sich neben mich auf die Bank und rutschte mit den Pobacken bis hinten zur Lehne. Relativ zufrieden mit sich kaute er schmatzend, mit offenem Mund, den Schokoriegel und murmelte zwischendurch immer mal wieder: »Mongo, Mongo, Mongo …«

»Das stinkt dir, Dicker, was?«

»Mhh!«

»Wie lange geht das schon so?«

»Schon immer. Überall. Immer!«

»Mh …« Ich grübelte darüber nach, wie viele tausend Mal er sich diesen Scheiß wohl schon angehört haben mochte. Und wie oft sie mich früher »Bastard« geschimpft hatten. Und wie ich mich damals gefühlt hatte.

»Weißte was, Dicker, ich erzähl dir mal was. Pass mal auf. Zum Ärgern und Beleidigen gehören immer mindestens zwei. Einer, der ärgert, und einer, der sich ärgern lässt. Ich lass mich nich ärgern. Weißt du, wie das geht? Ganz einfach. Ich hör immer nur, was ich hören will. Weißte, was ich eben die ganze Zeit gehört hab?«

»Nee.«

»Mungo! Ich hab die ganze Zeit ›Mungo‹ gehört! Weißt du, was ein Mungo ist?«

»Jaa … nein … jaa … weiß nich.«

»Ein Tier.«

»Ein Tier?«

»Ja, ein Tier! Aber nicht irgendein Tier! Ein besonders starkes und schnelles Tier. Ein besonders starkes, schnelles und tapferes Tier!«

»Tapfer?«

»Ja, tapfer! So tapfer, dass der es sogar mit der gefährlichsten Schlange der Welt aufnimmt: der Kobra!«

»Boh!«

»Genau: Boh! Und es wird sogar noch besser. Weißt du, was ein Skorpion ist?«

»Ja! Die ham ein' Stachel.«

»Richtig. Die haben einen giftigen Stachel und sind saugefährlich. Aber der Mungo traut sich trotzdem, gegen sie zu kämpfen. Und er gewinnt fast immer. Mungos besiegen Skorpione!«

»Boh! Wirklich wahr?«

»Wirklich wahr! Und hübsche Kerle sind das auch noch. Die sehen toll aus!«

»Mungos besiegen Skorpione?«

»Mungos besiegen Skorpione!«

»Hehe, Mungos besiegen Skorpione …«

Als wir seine Sachen zusammengesammelt hatten, ich ihm meinen Vornamen gesagt habe und wir uns ein paar Straßenzüge weiter voneinander verabschiedeten, drehte er sich nach fünfzig Metern noch einmal zu mir um, reckte die Faust in die Höhe und rief laut das, was er auf dem kurzen Weg ständig vor sich hin gemurmelt hatte:

»Mungos besiegen Skorpione!«

Ich stand da, mit meiner ranzigen Polizeiuniform und mindestens 1,5 Promille im Blut, und fand den Job, den sie mir aufgedrückt hatten, plötzlich sackstark, zumindest was die letzte halbe Stunde anging.

Ich war zu der Zeit im Polizeiabschnitt 33 als sogenannter »Kontaktbereichsbeamter«, kurz KoB genannt, im zauberhaften Berlin-Moabit eingesetzt. Weil sie gedacht hatten, dass ich mit meinem halb schwulen Ledertäschchen und einem Block Verkehrssündertickets bewaffnet wohl nicht allzu viel Unheil anrichten könnte. Doch, ich konnte. Genau wie zuvor als Zivilfahnder, oder besser Angehöriger des »Streifendiensts Verbrechensbekämpfung« im Rahmen Betäubungsmittel und Prostitution des Polizeiabschnitts 34, fand ich zielsicher jedes noch so kleine Fettnäpfchen. Auch wenn ich gar nicht danach suchte. Und nüchtern war. Ich hatte so oft verrissen und Scheiße gebaut, dass es mir inzwischen egal war. »Simoneit, Sie haben ein Aggressions- und Alkoholproblem«, hieß es.

Judith war mit den Zwillingen schon vor drei Monaten ausgezogen, und die Psychotante der Firma zwang mich zu töpfern. »Eine wunderbare Art, zu sich selbst zu finden und mal runterzukommen«, meinte sie, und das stimmte auch annähernd. Mit 'nem guten Whiskey und 'nem Boxkampf in der Glotze. Nur zu lange auf die rotierende Drehscheibe gucken durfte man nicht, sonst wurde einem umdrehungsabhängig schwindelig. Auf jeden Fall hatten alle, die ich kannte, und besonders die, die ich nicht mochte, nach kurzer Zeit zu jedem noch so nichtigen Anlass ein wunderbares Unikat von mir geschenkt bekommen. Aschenbecher zum Beispiel gingen mit Vorliebe an Exraucher. Oder merkwürdige Skulpturen, die auf sonderbare Weise immer irgendwelchen Geschlechtsteilen ähnelten. Sah irgendwie immer alles aus wie ausgekackt. Aber bitte. Ich hätte auch gestrickt, wenn sie es von mir verlangt hätten. Einen rosa Überzieher für meine Dienstwaffe zum Beispiel. Das Ding war ohnehin nur zum Spazierentragen und Verstauben gedacht. Als Zivilfahnder hab ich sie ein paarmal benutzt und mir jedes Mal danach anhören müssen, dass 'ne Horde Arschlöcher, die dich kaltmachen wollen, oder 'ne Messerattacke noch lange kein Grund seien, die Waffe zu ziehen. Nachdem mir die Herrschaften von der Dienstaufsicht ein paarmal erfolgreich die Beine weggehauen hatten, hab ich mir 'n Plastiknachbau von meiner Dienstpistole besorgt und ins Holster gesteckt. Stressfrei. Nie wieder laden, entsichern oder gar putzen. Genial. Außerdem lief ich mit dem Ding tatsächlich weniger Gefahr, irgend 'nem Kinderficker die Birne wegzupusten. Was, wenn wir der Wahrheit die Ehre geben wollen, durchaus im Bereich des Möglichen gewesen wäre. Aggressionsprobleme halt. Ich hab mich innerhalb der »Hallo erst mal, ich bin der Sascha und könnt jedem Zweiten ein paar aufs Maul hauen«-Therapie auf dieses sagenumwobene Krieger- oder Aggro-Gen MAOA testen lassen und hatte auch prompt 'n Treffer. Das war für 'n Kampfsportler und Elitesoldaten auch eigentlich recht förderlich. Für 'n Polizisten nich so.

Gut, dass irgendwas mit mir nicht stimmte, war mir schon in frühester Kindheit klar. Doch ich konnt's immer gewinnbringend oder zumindest sozial verträglich kanalisieren. Und wirklich blöd war ich auch nie. So hatte ich schon nach dem ersten Jahr als Polizist halbwegs begriffen, was die Christian Ströbeles der Republik so an Macht und Möglichkeiten ihr Eigen nannten und inzwischen aus der Polizei gemacht hatten. Also begann ich beispielsweise, wie jeder andere Polizist, der nicht völlig hirntot ist, bei den turnusmäßigen, extrem seltenen Schießübungen gezielt danebenzuschießen. Fiel mir mit der snipertauglichen Ausbildung im Gepäck übrigens gar nicht so leicht. Aber wer ließ sich anhand seiner Akte und brillanter Schießergebnisse schon gern im Nachhinein vermeintlich beweissicher nachsagen, dass er, gerade wenn es um das eigene Leben geht, doch gefälligst das linke oder rechte Bein des potenziellen Killers hätte treffen müssen. Statt Schlüssel-, Joch- oder Nasenbein. Pustekuchen. Na ja, egal. Als ich einen Haufen an Fehlern und Scheiße aufgetürmt hatte, der locker den Berliner Teufelsberg in den Schatten stellte, und nachdem ich im »Innendienst« einen Kopierer gekillt und einem Computermonitor das Fliegen beigebracht hatte, war dieser Job hier so etwas wie meine letzte Chance. Und frei nach dem Motto »Ich hab eigentlich gar keine Chance, also nutze ich sie« nahm ich besonders das »Kontakt« in Kontaktbereichsbeamter ernst. Damit meine ich nicht nur, dass es mir gelungen war, in einem knappen Dreivierteljahr gut ein halbes Dutzend Dienstaufsichtsbeschwerden und zwei Anzeigen wegen »Körperverletzung im Amt« an Land zu ziehen, sondern ich kannte mich im Kiez tatsächlich ganz gut aus und wusste, wer wo was mit wem und warum. Und viele der Menschen mochten mich sogar. Zumindest die, die halbwegs sauber tickten. Lag wahrscheinlich an meiner selbst entwickelten und doch so genialen Methode der »Kontaktaufnahme« und »Informationsgewinnung«. So lehnte ich beispielsweise, entgegen der strikten Dienstanweisung, so gut wie nie einen Kaffee, Brathahn, Eyran, Döner oder Raki ab. In den meisten Ländern, aus denen die Moabiter so stammten, hätte man das ohnehin nur als Beleidigung gewertet. Außerdem senkte das auf dramatische Weise meine Haushaltskosten. Denn spätestens am frühen Nachmittag war ich pappsatt und / oder rotzbesoffen. Ein unangenehmer Nebeneffekt war allerdings, dass ich gut fünf Kilo zugelegt hatte. Fand ich aber auch nicht so schlimm. Im Gegenteil. Jedes Mal, wenn ich nach Hause kam und Judiths letzte Nachricht las, die sie mir am Kühlschrank unter einem Magneten hinterlassen hatte – »Bin bei meiner Mutter, dein Essen steht bei Aldi!« –, klopfte ich kurz beidhändig auf mein kleines Bäuchlein und grinste.

So kam es also, dass ich nach wenigen Wochen das Vertrauen von vielen Moabitern hatte, die noch niemals einem Polizisten vertraut hatten. Und selbst breit wie eine Amsel brauchte ich keine Angst zu haben, dass einer versuchte, mir meine Plastikknarre zu klauen.

Nachdem ich mich von Mungo getrennt hatte, setzte ich also gut gelaunt und gewissenhaft meine Tour fort und hangelte mich von Döneria zu Döneria. Machte eine Stippvisite in der Alt-Moabiter Eckkneipe, probierte in Jaques' Bistro ein Stück Brie und schlenderte schließlich in gemäßigtem Beamtentempo auf der Beusselstraße Richtung Feierabend. Dort brüllte von der anderen Straßenseite Turgut, der Besitzer vom »Falafelparadies« und Vater von Mehmet, zu mir herüber:

»Hast du Mehmet gedroht, dass du ihn schießt tot?«

»Ja, warum?«

»Wieso hast du gemacht?«

»Weil er's verdient hat!«

»Ah, okay, gutt.«

Damit war die Sache für ihn erledigt. Und für Mehmet übrigens auch. Bei dem ich fortan einen Stein im Brett hatte, weil ich meine Schweinefleischdrohung nicht wahr gemacht hatte.

Ein seltenes Verkehrsticket später, das ich einem Porschefahrer dafür ausstellte, dass er einen Porsche hatte und ich nicht, kam ich zur Wache. Immer noch gut gelaunt bog ich um die Ecke und versuchte, mein Zippo einhändig mit einer Bewegung anzuwerfen, als mir ein Kollege schon durchs Fenster zurief: »Sascha, da will dich jemand sprechen.«

Scheiße, dachte ich und ging im Geiste das halbe Dutzend Verfehlungen durch, deren ich mich heute im Laufe des Tages so schuldig gemacht haben könnte. Inklusive möglicher Zeugen. Aber es sollte ganz anders kommen. Auf einem der unbequemen Holzstühle im Vorraum der

Wache saß eine rothaarige Frau, vielleicht Anfang fünfzig. Dem äußeren Anschein nach durchaus ein wenig verlebt, aber trotzdem genau von der Sorte, der ich spontan und bedenkenlos meine Motorradschlüssel und mein Herz anvertrauen würde. So eine Art verblühte Sophia Loren oder besser noch Anna Magnani. Als ich mit den Worten »Simoneit, was kann ich gegen Sie tun?« auf sie zuging, blieb sie einfach sitzen und antwortete:

»Ruth Rivalla, was haben Sie mit meinem Jungen gemacht? Er ist heute nach Hause gekommen und hat zu mir gesagt, er möchte ab sofort ›Mungo‹ genannt werden …«

Sierra Leone, Januar 1999, 32 Meilen nordöstlich von Freetown

Ein namenloses Dorf, irgendwo zwischen Futa und Masiaka

Zandile hatte nichts falsch gemacht. Gar nichts. Im Gegenteil. Stoisch hatte sie ertragen, was auch immer das Schicksal für sie bereithielt. Die Milliarden von Fliegen, deren krabbelnde Beine sie schon als Baby nicht mehr auf der Haut spürte und irgendwann sogar auf dem Augapfel ignorierte. Die drückende Schwüle der Regenzeit und die schwarzen Wolken von Mücken, die auf sie folgten. Die schleichende Blindheit ihres kleinsten Bruders, dem sie abends beim hellen Schein des Feuers, vor dem Einschlafen, immer noch einmal ihr Gesicht zeigte. Auf dass er niemals vergessen möge, wie sie aussah. Und sogar als Sia, ihre älteste Schwester, der Bondo-Frau half, sie mit einer Glasscherbe dort zu verletzen, wo es am meisten wehtat, hatte sie alles ertragen. Alles. Große Schwestern sollten dazu da sein, einen zu beschützen, dachte sie, aber sie hatte es ertragen. Wie sollte sie ahnen, dass es noch schlimmer kommen konnte. Woher sollte sie wissen, dass die Welle der Gewalt, die auf die Hauptstadt Freetown zurollte, in einem Blutrausch ihr kleines Dorf hinwegfegen würde. Dass die Teufel in Menschengestalt mit ihren Macheten keine Gnade kennen würden. Für niemand. Egal, wie klein oder alt er war. Woher?

Sicher, sie hatte die Alten über Gerüchte reden hören. Gerüchte über den Mann, den sie »Maskita« nannten. Und der mit seinen Männern ins Land eingefallen war, um sich alles zu nehmen. Und von »ihm«. »White Ghost« nannten sie ihn. Und auch wenn solche wie er eigentlich Glück bringen sollten, so brachte er doch angeblich den Tod, so hieß es. Gerüchte eben. Aber was hatte das alles mit ihr zu tun? Nichts.

Der Harmattan ging durch. Und auch wenn er ein wenig kühle Luft mit sich führte, so sorgte er doch auch dafür, dass sich aller Staub der Welt genau vor der kleinen, strohbedeckten Lehmhütte ansammelte, die Zandile ihr Zuhause nannte. So kam es ihr zumindest vor, als sie schon zum vierten Mal an diesem Tag aufgefordert wurde, den gestampften Lehmboden vor und in der kleinen Hütte zu fegen. Also nahm sie sich widerspruchslos das Reisigbündel, das an der Wand lehnte, und türmte kleine Haufen auf, die sie in einem unbeobachteten Moment rüber zum

Baum fegte. Weil dort ohnehin schon, in einem Kreis rund um den Stamm, der hellgraue Kot der Fledermäuse lag, die kopfüber in den Ästen hingen und sich leise zirpend für die Nacht ausschliefen. Sie mochte die Fledermäuse nicht. Denn obwohl sie eigentlich nichts und niemandem etwas zuleide taten, außer Massen von Kot zu hinterlassen, hatte Zandile kein gutes Gefühl in ihrer Nähe. Eine Schar von ihnen war einmal bedrohlich nah über ihren Kopf hinweggeflogen, als sie noch ein kleines Kind war, und sie war daraufhin gefallen und hatte sich ihr Knie aufgeschlagen. Seitdem waren sie Vorboten von Schmerz und Kummer. Zumindest für Zandile. Und das sollte sich nicht ändern. Denn auf einmal wurde der Wind schwächer. Sein beständiges, aber unregelmäßiges Pfeifen wurde plötzlich zu einer Art Flüstern. Gerade so, als wollte er etwas erzählen. Gerade so, als wollten die Stimmen der Ahnen sie warnen, vor dem, was kam. Das Zirpen der Fledermäuse wurde lauter und lauter und schwoll schließlich an zu einem bedrohlichen Krächzen, noch bevor irgendjemand die große, herannahende Staubwolke sah. Und dann war es auch schon zu spät. Der erste schrille Schrei gellte durchs Dorf, und irgendjemand brüllte: »Lauft! Lauuuuft!«

Wie angewurzelt blieb Zandile vor der Hütte stehen und ließ vor Schreck das Reisigbündel fallen. Überall waren Gewehrsalven zu hören, und Strohdächer gingen in Flammen auf. Um sie herum rannten ihre Geschwister und überhaupt alles, was Beine hatte, in alle Richtungen davon. Doch sie blieb zitternd stehen, weil der nächste furchtbare Schrei an ihre Ohren drang. Unfähig, auch nur einen Schritt zu machen, stand sie heftig atmend da und war auf einmal ganz allein. Bis auf Manja, eine ihrer kleineren Schwestern, die sich an den Baum klammerte und der es ebenso erging wie ihr.

Als sie die Männer schließlich heranstürmen sah, bewegten sich ihre Beine plötzlich wie von allein, drehten sie fast auf der Stelle und rannten mit ihr in die Hütte. Manjas weit aufgerissene Augen im Rücken stand sie im Eingang und sah sich Hilfe suchend um. Aber hier gab es nichts zum Verstecken. Nichts! Nichts außer einem gusseisernen Ofen, der auf einer kleinen Erhöhung stand, etwas abgesetzt von der Ecke, hinter den sie sich kauern konnte. Beißender Rauch drang in ihre Augen, und eine Sekunde später fand sie sich hinter dem Ofen wieder. Halb hatte sie den Eingang im Auge und sah Manja hereinstürzen. Dicht gefolgt von einem schwarzen Teufel in grüner Armeehose und schmutzigem, ärmellosem, gelb-weißem Unterhemd. Vor seinem Bauch baumelte eine lange Waffe an einem Gurt, und mit der rechten Hand schwang er eine Machete. Mit links riss er das kleine Mädchen um und stieß es zu Boden. Mit seinem dreckigen, kaputten Armeestiefel trat er Manja auf den rechten Ellbogen, nagelte sie so am Boden fest und sah einen Moment zu, wie sie sich vor Schmerzen wand. Dann beugte er sich über sie, hob die Machete in die Höhe, sah ihr direkt in die Augen und lachte. »Short sleeve or long sleeve, kitty?«

Als die Machete niederging, stockte Zandile der Atem, ein stechender Schmerz fuhr ihr durch den Körper, und unter ihr sammelte sich eine kleine Pfütze. Sie schloss die Augen, umklammerte im Hocken mit beiden Armen fest die Knie und fing leise an zu wippen und zu singen. Wenn sie die Augen wieder öffnete, würde alles gut sein, ganz bestimmt, alles wieder gut. Als sie die Augen wieder öffnete, sah sie direkt in die Fratze des Bösen. Der Gestank von Schweiß und Mundgeruch schlug ihr entgegen. Zwei gelbe Zahnreihen, die eine braune Masse hin und her kauten, verzogen sich zu einem Grinsen. Die blutige Klinge am Hals, sah sie eine verdreckte, vernarbte Hand langsam auf sich zukommen, als sie plötzlich ein kurzes, ruhiges Kommando hörte. Eine riesige Gestalt, umflutet von durch Rauch gefiltertem Sonnenlicht, erschien im Türrahmen. Mit strahlend weißen Haaren, strahlend weißem Gesicht und kleinen, dunklen, runden Gläsern über den Augen.

Ja, er ist da, dachte Zandile, er wird mich retten. Er wird seine großen weißen Flügel ausbreiten und mich retten!

Woher hätte sie wissen sollen, dass »White Ghost«, der »Unsterbliche«, ihr noch viel mehr antun würde? Und am Ende sogar das Herz aus dem Leib reißen.

Eckernförde, Norddeutschland, März 1988

»Was seid ihr?!«

»Rohdiamanten, Herr Oberbootsmann!«

»Was wollt ihr?!«

»Geschliffen werden, Herr Oberbootsmann!«

»Uuund ab!«

Vier von uns hatten nicht einmal die erste Nacht überstanden. Kaum im Mutterhaus angekommen und im Laufschritt umgekleidet in den Kampfanzug, ließen sie uns so lange im Entengang oder auf allen vieren vom Keller bis hoch in den Dachstuhl, immer an der »Ahnengalerie« im ersten Stock vorbei, laufen, kriechen, robben, bis die ersten aufgaben oder umkippten. Im Keller und Dachstuhl jeweils eine »Serie«: fünfzig Liegestütze, fünfzig Kniebeugen im Wechselsprung und fünfzig Bauchaufzüge. Nur eine Frage der Zeit, wann die ersten Knie das nicht mehr mitmachten. Aber Kreislauf war eigentlich noch viel heftiger. Einer knallte ungebremst gegen die Wand und ein anderer ein komplettes Stockwerk nach unten. Nach dieser kurzen und blutigen Nacht meldeten sich »am Morgen danach«, also knapp drei Stunden später, die nächsten zwei ab. Da waren's nur noch elf. Und so ging es munter weiter. Perverse Spielchen, bis der Arzt kommt. Nein, falsch. Der Arzt, ein Facharzt für Tauchermedizin, war immer dabei. »Blinde Kuh« auf dem Fünfmeterturm, gefesselt in voller Montur ins Wasser geworfen werden oder in Kampfanzug und Bleigurt das »L« und dann das »U« marschieren. Unter Wasser, versteht sich. Anfang Februar waren wir nur noch zu dritt. Nachdem sie Nummer 4 bei einem Pressetermin, bei dem eine Horde sensationsgeiler Medienvertreter in Position gebracht worden war, so lange gedemütigt und gequält hatten, bis er aufgab. Unsere Sympathien für den Verein hatten sich danach erledigt. Wir bekamen die legendäre IWC Ocean, wurden mit den letzten Mohikanern der vorherigen drei Lehrgänge zusammengelegt und gingen in die nächste Runde.

»Hannes DeKlerck, Sascha Simoneit, Bernd Rachus, vortreten!«

Hätte ich Wetten drauf abschließen müssen, wer von den siebzehn Mann im Schneegestöber den ersten Block dieser Ausbildung übersteht, ich hätte genau auf diese drei gesetzt. Rachus, der Fallschirmjäger, von der Gesinnung her tatsächlich dunkelbraun, war Sadist, ich bekennender Masochist, aber Hannes … Hannes war beides.

»Lerne leiden, ohne zu klagen« war das Motto, aber ich denke, er hätte für diese Freakshow sogar bezahlt. Klar wurde mir das schon bei einer »Übung« in der ersten Woche. Sie positionierten einen Stuhl unter Wasser mit der Vorgabe, dass der, der als Letzter auf diesem Stuhl saß, eine Runde Pause machen durfte. Gut, ich war auch nicht eben fein in der Wahl meiner Mittel, konzentrierte mich aber maßgeblich auf Geduld und Ausdauer. Hannes wollte gar nicht gewinnen. Er nahm viel lieber den jeweiligen Thronbesteiger in eine tödliche Umarmung und genoss hautnah das Gefühl, wenn das Leben aus ihnen entwich. Ushiro Kubi Shime oder – bei den Kids heutzutage bekannter – Guillotine Choke und am schnellsten Rear Naked Choke, führen ratzfatz zur Bewusstlosigkeit. Können übrigens auch nach ein paar Minuten zum Hirntod führen. Dann brachte Hannes die Jungs meist selbst nach oben, damit sie die nächste Runde, vom Doc wieder aufgepäppelt, nicht aussetzen konnten. Mit welcher Panik sie danach wieder ins Wasser stiegen, lässt sich nur erahnen. Ich denke, es war genau diese Art »rechtsfreier Raum«, den er schon damals suchte und genoss. Wir zwei hatten bei der Nummer ein Patt. Er hatte mich bei den Eiern, und ich hatte meinen rechten Daumen tief in seiner linken Augenhöhle. Als ihm klar wurde, dass er wahrscheinlich sein Auge verlieren würde, bevor ich ohnmächtig wurde, grinste er und ließ los. Und lief die nächsten Wochen mit einem blutdurchtränkten Auge herum, was ihm ein noch ätzenderes Aussehen verlieh. Alles, was weiß war, war rot.

Nachtübung, Navigationstauchen, Eckernförder Bucht. Den Blick auf das Holzpaneel in meinen Händen fixiert, auf das Uhr, Kompass und Tiefenmesser geschnallt sind, und Hannes mit Bombenattrappe an meiner Seite, gleiten wir auf exakt sieben Metern durch die Nacht. Nächster Richtungswechsel in 5, 4, 3, 2, 1, jetzt. Läuft. Alles gut. Die biolumineszierenden Kleinstlebewesen in der Dunkelheit um uns herum sorgen für eine Lightshow, die so magisch anmutet, dass ich mich in einem Traum oder auf einem LSD-Trip wähne. Oder verliere ich ganz langsam das Bewusstsein? Die Adern an meiner Stirn beginnen zu pochen. Plötzlich setzt ein hämmerndes Geräusch in meinem Schädel ein. Eine glockenklare Kinderstimme, wie von einem kleinen Mädchen, fragt mich: »Hast du deinen Kalk gewechselt, Sascha? Sascha? Hast du deinen Kalk gewechselt?«, und meine Atmung wird schneller. Ich schaffe es nicht mehr, zwischen den Atemzügen die kleine, taktische Pause einzuhalten, die für Sparsamkeit und Disziplin sorgt. Scheiße.

»Saschaaa?«

Hab ich, verdammt? Hab ich den verdammten Krümelkalk in der Patrone meines LAR V ordnungsgemäß gewechselt, der meine Ausatemluft filtert und mich hier unten am Leben erhält?! Hab ich!!? Das Hämmern wird lauter. Ich kann mich nicht mehr auf die Instrumente konzentrieren. Sind wir noch … Stimmt noch alles … verflucht! Das Mädchen in meinem Kopf stimmt ein Kinderlied an, nennt mir seinen Namen und sagt dann: »Tauch auf, Sascha, tauch auf, bevor es zu spät ist!«

Ich kann nicht auftauchen! Ich kann die Übung nicht abbrechen, verdammt! Der Teufel weiß, was sie mit uns machen, wenn ich die Übung abbreche … Das Hämmern in meinem Schädel wird unerträglich, mein Kopf scheint zu platzen. O nein, wir sind im Fahrwasser, verdammt! Ich hab falsch navigiert, und wir sind mitten im Fahrwasser der Eckernförder Bucht, verflucht! Ich bring uns um! Die Pötte, die hier fahren, haben satt über zehn Meter Tiefgang, und unser reiner Sauerstoff wird ab zehn Meter giftig. Mein ganzer Körper beginnt immer stärker zu vibrieren, und das Hämmern … das Hämmern ist das gleichmäßige Schlagen eines näher kommenden Schiffspropellers! Das war's.

»Saaschaaa …«

Als ich die Augen wieder aufschlage, schaue ich in das schwarz gefärbte Gesicht eines Totenschädels, aus dem mich zwei hellgraue Augen stechend anglotzen und der zu mir sagt:

»Aufwachen, Süßer, genug gepennt.«

»Hannes, nimm die Hand von meiner Gurgel!«

Unter dem klaren Sternenhimmel wiegen wir uns sanft in den hohen und gleichmäßigen Bugwellen einer riesengroßen Ostseefähre, die sich, beleuchtet wie ein Weihnachtsbaum, langsam von uns entfernt. Ihre stampfenden Maschinen und Propeller lassen immer noch meinen ganzen Körper vibrieren.

»Du sollst die Hand von meiner Gurgel nehmen, perverser Penner!«

»Ja, ja, is ja gut. Ein bisschen höflicher, du Blindflieger. Ich hab dir gerade dein kleines Scheißleben gerettet. Aktivier lieber mal dein Knicklicht, damit die Lumpensammler uns abholen.«

Eine knappe Stunde später wird uns klar, dass uns niemand abholen kommen wird. Die Kälte macht uns fertig.

»Los, wir müssen zurückschwimmen. Wir brauchen bestimmt bis zum Sonnenaufgang. Schaffst du das, kleines Mädchen?«

»Kleines Mädchen? Hast du die Stimme auch gehört?«

»Welche Stimme?«

»Ach, vergiss es, was weiß ich. Hannes?«

»Ja.«

»Danke!«

»De nada.«

»Hannes?«

»Was.«

»Kennst du ein Mädchen mit dem Namen Maria?«

»Ja, das war die Hure von Jesus Christus.«

Berlin, Charlottenburg, Oktober 2016

Der cremefarbene und makellos saubere Range Rover mit ausländischem Kennzeichen fiel keineswegs auf, als er schon zum dritten Mal vom Kurfürstendamm in die Bleibtreustraße einbog. Als er schließlich in völliger Ermangelung eines auch nur annähernd legalen Parkplatzes im absoluten Halteverbot zum Stehen kam und ein elegant, aber leger gekleidetes Ehepaar ausstieg, war das für diese Gegend alles andere als ungewöhnlich. Sich an der Hand haltend, was eine irgendwie innigliche, ja fast zärtliche Note hatte, aber trotzdem mit einem traurigen Gesichtsausdruck ging das Paar, ob des günstig gelegenen Parkplatzes, die wenigen Meter hinüber zum Eingang des Hochhauses Kurfürstendamm 195. Dort verwies ein edles Paneel, in Bronze und Silber gehalten, auf die ansässigen Firmen und Mieter. »DeKlerck Group« war in der obersten Reihe zu lesen, vermutlich das Penthouse. Mit leicht zittriger, perfekt manikürter Hand, in der sie ein zerknülltes Papiertaschentuch hielt, folgte Madame der Reihe der glänzenden Klingelknöpfe nach oben, bis sie schließlich den schlanken Zeigefinger ausfuhr und zaghaft drückte. Einmal. Sofort erklang eine sehr aufgeräumte und akzentuiert klingende Damenstimme.

»Ja, bitte sehr?«

»Michel und Monique Assarian, wir haben einen Termin.«

»Ja. Kommen Sie bitte herein. Nehmen Sie einfach den Lift links und tippen auf das oberste Feld, dann kommen Sie direkt an den Empfang. Ach ja, und wären Sie so liebenswürdig, den Herrn hinter Ihnen nicht mit ins Haus zu lassen?«

Sich verstohlen nach der offensichtlich vorhandenen, aber unsichtbaren Kamera umschauend drückte Monsieur Assarian mit dem Summton die Tür auf, ließ seine Frau eintreten und zog sie anschließend, wie ihm geheißen, mit einem leicht verschämten Augenaufschlag in Richtung des Herrn hinter sich wieder zu.

Der Fahrstuhl legte eine Geschwindigkeit an den Tag, die durchaus geeignet war, eine, wenn auch kleine, Wirkung in der Magengrube hervorzurufen. Was sich nicht unbedingt vorteilhaft auf ihren ohnehin angeschlagen Gesamtzustand auswirkte. Aber wenige Sekunden später waren sie am Ziel. Mit einem freundlichen Ping gab der Fahrstuhl den Zutritt zum angekündigten Empfangsbereich frei. Die Dicke des Teppichs, die massive, glänzend schwarz lackierte Theke und die strenge Frisur der Empfangsdame standen im krassen Gegensatz zu ihrem etwas zu aufdringlichem Permanent-Make-up und einem Zungenpiercing, das sie, wie eine Schlange, kurz aufblitzen ließ. Mit den Worten »Bitte folgen Sie mir« führte sie das Paar zu einer mit schwarzem Leder bezogenen, leicht überdimensionierten Tür, öffnete sie und signalisierte mit einer nonchalanten Geste, dass man eintreten möge.

»Danke, Frederike«, erklang es in tiefer Stimmlage aus einem schwarzen Ledersessel, der mit dem Rücken zu einem schweren, ebenfalls schwarzen Schreibtisch davor und der Eingangstür stand. Frederike ging, schloss leise die Tür hinter sich, und der Sessel drehte sich um. Monique Assarian musste schlucken. Michel, der ebenfalls überrascht war, sich das aber keinesfalls anmerken lassen wollte, begann sofort zu reden.

»Vielen Dank, Monsieur DeKlerck, dass Sie uns empfangen. Sie sind unsere letzte Hoffnung!«

»Ich bin Ihre letzte Hoffnung?«

»Allerdings.«

»Nun, dann müssen Sie wirklich von Gott verlassen sein. Aber egal, lassen Sie mich raten … Welchen Familienangehörigen sollen wir aus welchem verlassenen Winkel dieser Welt wieder wohlbehalten zu Ihnen zurückbringen? Und beruhigen Sie sich: Wir haben eine hundertprozentige Erfolgsgarantie.«

»Nein. Nein, nein, so ist es nicht.«

»Sondern?«

»Monsieur DeKlerck, wissen Sie, was eine Niereninsuffizienz ist?«

»Jaa, das weiß ich.«

»Gut, das hatten wir auch angenommen. Schau'n Sie, ich habe Geschäftspartner in Afrika …«

»Sie haben Geschäftspartner in Afrika?!«

»Ja, genau, und man hat Sie uns empfohlen …«

»Das glaube ich nicht …«

»Doch, doch …«

»Sie haben Geschäftspartner in Afrika. Und Ihr Name ist Assarian, richtig?«

»Genau.«

»Assarian ist armenisch, richtig?«

»Ja, genau …«

»Aha. Das wäre das erste Mal, dass ich davon höre, dass sich ein Armenier nicht selbst zu helfen weiß! Was erzählen Sie mir da?!«

»Ich soll Grüße ausrichten von der Familie Taylor!«

»Ha!«

»Ja, und von Samuel Bockarie ebenfalls.«

»Sam Bockarie ist tot.«

»Sie und ich, wir wissen beide, dass Mosquito noch lebt …«

»Soso.«

»Ich soll Grüße ausrichten. Und man sagte mir, dass Sie ein Herz hätten, auch für aussichtslose Fälle …«

»Hahahaha, schönes Wortspiel, Kompliment!«

»Bitte. Werfen Sie einen kurzen Blick in meinen Aktenkoffer, bitte.«

»Guter Mann, was soll das?! Sehe ich aus, als ob ich dringend Geld brauche?«

»Monsieur DeKlerck, ich bitte Sie … Das sind 500 000 Euro. Und das ist nur die Anzahlung. Geld spielt keine Rolle. Die andere Hälfte bekommen Sie, sobald mein Kind wieder lachen kann. Auf Wunsch auch in jeder anderen Währung oder Zahlungsweise dieser Welt. Ich komme direkt aus Antwerpen. Wie Sie habe ich mein Glück in Diamanten gemacht. Das wäre ebenfalls kein Problem!«

»Soso.«

»Monsieur DeKlerck, ich bitte Sie!«

»Sie wissen schon, dass Sie das, was Sie da von mir verlangen, überall auf der Welt für einen Bruchteil dessen bekommen, was Sie hier bezahlen wollen?«

»Das ist leider nicht richtig. Nicht in der Qualität, vor allem aber nicht in der kurzen Lieferfrist.«

»Soso. Bis wann bräuchten Sie denn die Ware?«

»Mein Gott, gestern! Meine Tochter stirbt!«

»Aha? Gut, passt mal auf, ihr beiden Clowns. Für mich seid ihr zwei schlecht gecastete und übel ausstaffierte Püppchen vom BKA. Oder sonst wem, der sich für schlau hält. Ihr seid aber nicht schlau. Wenn ihr schlau wärt, würde es mich schon lange nicht mehr geben. Ich sag euch, was wir jetzt machen. Oder besser ihr. Ihr zwei macht euch jetzt erst mal komplett nackig. Und wenn ich sage komplett, meine ich komplett. Und dann übergebt ihr eure Klamotten und den ganzen anderen Krempel bitte meinem freundlichen Sicherheitschef Herrn Rachus dort drüben. Der wird sich mit seinem kleinen elektronischen Spielzeug anschauen, was ihr so bei euch tragt. Und wehe, das rote Lämplein leuchtet!«

Erst jetzt, und zwar nur durch sein lautes und tiefes Einatmen, fiel Michel Assarian auf, dass schon die ganze Zeit über an der gegenüberliegenden Wand, neben der auch von innen mit schwarzem, dickem Leder bezogenen Tür, ein großer, breitschultriger Mann stand. Er trug ein teures, aber schlecht sitzendes Jackett, das unter der linken Schulter leicht ausgebeult war. Regungslos, mit hinter dem Rücken gefalteten Händen stand er da und schien bis zu diesem Moment nichts weiter als ein Möbelstück gewesen zu sein. Die Assarians schauten sich hilflos und verzweifelt in die Augen. Und begannen sich, nach einem kurzen Nicken von Monique, immer noch im Stehen, denn man hatte ihnen bisher keinen der beiden schwarzen, extrem flachen Cocktailsessel angeboten, langsam zu entkleiden.

Mit einer einzigen schnappenden Bewegung seiner rechten Hand setzte Hannes DeKlerck ein Dupont-Feuerzeug in Brand, das seiner hellen, glänzenden Oberfläche nach wohl aus Silber, Weißgold oder Platin gefertigt sein musste und auf dem kunstvoll ein Skorpion mit erhobenem Stachel eingraviert war. Als die Flamme dann lange und zärtlich eine Zigarrenspitze umschmeichelte und eine tiefrote Glut entstand, hatten die Assarians bereits ihre Habseligkeiten dem kurz geschorenen Mann an der Wand übergeben. Und zwar ohne dass er ihnen auch nur ein Stück entgegengekommen wäre. Da standen sie nun, vor dem großen Schreibtisch, wurden Zentimeter für Zentimeter gemustert von zwei kalten hellgrauen Augen, und nachdem sie sogar ihren Schmuck und die teuren Uhren abgelegen mussten, deutete nur noch der makellose und gepflegte Körper der leicht zitternden Frau darauf hin, dass diese Menschen viel Geld besaßen.

Gut fünf Minuten dauerte es, bis ein erlösendes Nicken signalisierte, dass nichts auch nur den geringsten Verdacht Erweckendes auffindbar gewesen war. Fünf Minuten, in denen Monique Assarian tausend Dinge durch den Kopf gegangen waren. Die Augen, die sie da musterten, machten ihr Angst.

»Verzeihen Sie mir, Monique, ich habe nicht widerstehen können und die Temperatur etwas herunterregeln lassen. Was haben Sie für eine wunderschöne helle Haut! Man könnte meinen, wir zwei seien verwandt.«

Die Asche an der Spitze der Zigarre schickte sich unbeachtet an, der Schwerkraft nachzugeben.

»Michel, geben Sie Ihrer Frau doch bitte mal einen wirklich gefühlvollen Kuss. Ich denke, sie hat das verdient.«

Den Blick auf den Boden gerichtet schluckte Michel, drehte sich zu seiner Frau, fasste sie vorsichtig an beiden Oberarmen, lächelte kurz, schloss die Augen und küsste sie auf den Mund.

Eine einzelne, große Träne rann über ihre Wange.

»So, und jetzt sagen Sie mir, Michel, ob Sie Ihre Frau lieben.«

»Sicher!«

»Gut, dann zeigen Sie mir, wie Sie sie lieben! Und ich warne Sie, langweilen Sie mich nicht. Ich möchte Madame Assarian schreien hören!«

Knapp zwei Stunden später verließ ein elegant, aber leger gekleidetes Paar den Eingangsbereich des Hochhauses am Kurfürstendamm 195. Ganz nah aneinandergeschmiegt, was eine innigliche, fast zärtliche Note hatte, führte er sie, die ihre Arme gekreuzt um ihre Schultern gelegt hatte, als ob ihr kalt wäre, behutsam über die Straße, öffnete die Tür eines cremefarbenen, makellos sauberen Range Rover mit ausländischem Kennzeichen und half ihr vorsichtig auf den Beifahrersitz. Dann umrundete er die Motorhaube des großen Geländewagens, pflückte im Vorbeigehen einen Strafzettel vom rechten Scheibenwischer, ließ ihn unzerknüllt zu Boden fallen, setzte sich hinter das Steuerrad und fuhr sehr langsam davon.

Knapp sechs Stunden später befand sich ein privater Learjet 85 im Anflug auf die kosovarische Hauptstadt Priština. An Bord ein erstklassiges Medizinerteam, zwei ängstliche Eltern, ein kleiner Patient und eine tragbare hellblaue Kühltruhe.

Berlin, Moabit, März 2009

Hochmut kommt vor dem Fall. Dass es auf kurz oder lang frontal an die Wand gehen würde, war mir eigentlich fast klar. Aber dass es so heftig kommen würde, das hätte ich nicht gedacht.

Eigentlich lief alles gar nicht so übel. Denn auch wenn ich mich in schöner Regelmäßigkeit mindestens einmal pro Quartal vorm Boss wiederfand und eins dieser einfühlsamen Vorgesetztenmitarbeitergespräche überstehen musste – »Simoneit, ich kann Sie ja gut leiden, aber wenn Sie nicht die Kurve kriegen, sind Sie in absehbarer Zeit einfach nicht mehr tragbar« –, hatte ich's mir kuschelig gemacht in »Old Mohabit«. Klar, der ein oder andere wird sagen, dass ich mich als Big Daddy aufspielte, und hat damit wahrscheinlich sogar recht. Aber das war doch mal Polizeiarbeit, die Sinn machte. Und Spaß. Mittendrin statt nur dabei. Schon dass ich ständig allein unterwegs war, fand ich super. Kein Kollege weit und breit, der einen anscheißen konnte. Aus welchem Grund auch immer. Keine endlosen Diskussionen über Richtig und Falsch. Oder das verkackte Opportunitätsprinzip. Nein. Einfach mal machen. Null Gedanken und Zeit daran verschwenden, dass du ja auch vielleicht den herannahenden Pensionsansprüchen deines alten oder den aufstrebenden Karriereambitionen deines jungen Passmannes gegenüber eine gewisse Verantwortung hast. Nishta. Nada. Ist der Ruf erst ruiniert, lebt's sich völlig ungeniert. Wer mich anspuckte, bekam 'ne Schelle, und wer mich ehrlich und verzweifelt darum bat, bei dem saß ich auch schon mal nachts um drei in der dunklen Küche, um auf den vollgekifften und gewalttätigen Sohn zu warten. Nicht ohne anschließend tagelang, wenn's sein musste auch wochenlang, auf den Nachwuchs einzuquatschen. Michael Schanzer ist jetzt Navigationsmaat auf der Fregatte Rheinland-Pfalz statt immer noch Kellerknacker in Moabit. Und Vatter Schanzer mächtig stolz, wenn Michi in Uniform nach Hause kommt. Zweimal auf die Fresse und einmal an den Haaren aus 'ner Kifferhöhle rausgezogen, hat Michi das gekostet. Und mich eine Anzeige wegen »Körperverletzung im Amt«. Na, und wenn schon. Seitdem hatte ich nicht nur 'n festen Stammplatz am Küchentisch von Familie Schanzer, sondern auch 'n Rundumservice im letzten verbliebenen Metallwarenladen von ganz Berlin-Moabit, der ihr gehörte. Wer weiß, wofür's gut ist. Will ja nicht behaupten, dass immer alles so schön rund lief. Aber oft ging was. Leider meistens außerhalb der bestehenden Normen, Regeln und manchmal sogar Gesetze. Doch Vertrauen und sogar echte Freunde gewinnt man halt nicht, indem man sich immer nur »korrekt« verhält. Doch wie gesagt, Hochmut kommt vor dem Fall.

Als mich Benno, seines Zeichens Wirt der Alt-Moabiter Eckkneipe, und zwar in der dritten Generation, um Hilfe bat, meinte ich auch zunächst: »Das kriegen wir schon hin.« Seine wirklich geräumige und in jedem Winkel Geschichte atmende Kellerkaschemme war so etwas wie mein Wohnzimmer geworden. Benno war rührig. Hatte ein Ohr und ein Herz für all die gestrandeten Existenzen. Und morgens um vier noch 'ne warme Bulette, wenn's sein musste. Keine von diesen Bremsklötzen, die aus rechtlichen Gründen wegen fast völliger Abwesenheit von Fleisch inzwischen »Brotklopse« genannt werden mussten. Nein, nein. Bei Benno war alles echt.

Ich werd nie vergessen, wie er mir bei meinem Antrittsbesuch von den berühmten Brüdern Sass erzählte, die schon zu Zeiten seines Vaters an diesem Tresen ihr Bier getrunken hatten. Und nach ihrem ersten großen Bruch von hier aus besoffen starteten, um Geld in die Briefschlitze der ärmsten Moabiter zu stecken. Verzaubert war ich. Von dem kleinen, dicken, herzlichen Mann mit seiner grünen Schürze und dem gepflegten Kaiser-Wilhelm-Schnauzer. Aber auch magisch angezogen von genau jener Art Kneipe, die ich aus meiner Kindheit und Jugend in Hamburg kannte, die eigentlich nie richtig schließt und schon gar nicht für Stammgäste. Wo die Hintertür offen steht, wenn von vorne die Bullen kommen. Wo in den Morgenstunden Sägespäne gestreut werden, mit denen dann die Spuren der Tränen, Liebe, Kämpfe und Kotze herausgefegt wurden, die die Nacht hinterlassen hatte. Klingt nicht appetitlich, ich weiß, aber als Judith und der Rest der Welt endgültig die Schnauze voll hatten von mir, habe ich dort Weihnachten gefeiert. Und es war schön. Denn sie haben den Bullen in ihrer Mitte nicht gehasst und auch nicht fallen gelassen, selbst wenn er mal Hilfe brauchte. Viele interessante Menschen habe ich dort kennengelernt. Viele wichtige Menschen. Die allermeisten irgendwie verkracht, okay. Aber vom Clochard über den Berufskriminellen bis hin zum Arzt, Ingenieur oder Ex-Staatsanwalt habe ich dort Bekanntschaften gemacht, die sich in jeglicher Beziehung als bereichernd herausstellen sollten. Brainpool, Think-tank und Netzwerk heißt so etwas im Yuppiejargon. Aber mit einem gravierenden Unterschied. Diese Menschen hatten Erfahrung. Sie hatten gelebt.

»Hey, Wachtmeister, ick habe ein Problem«, klang es eines Abends kleinlaut aus meinem hellgrauen Kabeltelefon mit Wählscheibe. Rizzo und Etzel waren bei mir, meine beiden Zwillinge. Und zwar weil ich die neueste, nicht jugendfreie Version von *UFC Undisputed* für die Playstation besorgt hatte. Für Judith ein totales »Geht ja gar nicht« und allein deshalb schon sackstark. Ganz abgesehen von der wertvollen, wie sagen die Sportzombies unserer schönen neuen Welt heutzutage, »Visualisierung« der besten und abgebrühtesten Kampftechniken des Planeten. Schließlich sollten meine Jungs nicht als unvorbereitete Opfer in den Dschungel der Hauptstadt hinaus. Straßenpädagogik.

»Benno, ich bin grad Randy Couture und hab Brock Lesnar im Würgegriff. Wenn du mir noch 'ne halbe Stunde gibst, kann ich die Geschichte vielleicht umschreiben. Ich hab die Zwillinge bei mir.«

»Na klar, klar, Wachtmeister, kümmer dich um deine Jungs. Das geht vor. Aber wenn du danach vielleicht noch mal vorbeischauen kannst? Egal, wie spät.«

Mit sorgenvoller Mine legte ich den Hörer auf. Benno war eigentlich jemand, der anderen half. Wenn er mich anrief, war die Kacke irgendwie am Dampfen.

Sechs Tüten Mikrowellenpopcorn und drei Eimer Eiscreme später konnte man in der kleinen Hinterhofwohnung, die ich in »meinem Kiez« inzwischen bezogen hatte, nirgendwo mehr ausrutschen. Weil überall gestreut war. Knackknackknack, bei jedem Schritt. Die Jungs hatten mich abgezockt und den Sieg mit einer Popcornschlacht gefeiert. Uns war allen dreien schlecht, wir hatten verbotene Dinge getan, und die Bude sah aus wie nach ’nem Flugzeugabsturz. Also ein rundum gelungener Männerabend. Kurz vor zehn kam Judith, um die Jungs abzuholen. Statt der üblichen drei Sekunden an der Tür, hielt sie beim Abschied kurz inne und wollte in den Arm genommen werden.

»Alles okay?«, fragte ich und überlegte, ob der Banker, der sich gerade in mein Leben schlich, ihr irgendwie wehgetan hatte. Doch statt zu antworten, schaute sie mir nur mit diesem Kindergärtnerinnenblick in die Augen und nahm mein Kinn in ihre wunderschönen Hände. Mein Gott, ich liebte diese Hände. Zeit und Arbeit hatten Spuren an ihnen hinterlassen, keine Frage. Doch jedes Mal, wenn mich diese eleganten und zugleich doch so energischen Finger berührten, ganz gleich an welcher Stelle, war alles gut. Egal, was dieser Kerl ihr bieten konnte oder wollte, ich hatte unglaubliche Kinder und Erinnerungen mit dieser Frau, und das würde er mir nicht nehmen können.

»Alles okay«, sagte sie, gab mir einen Kuss auf die Wange und scheuchte Rizzo und Etzel die Treppen herunter. Etwas nachdenklich ging ich zurück in meine Höhle. Die Flasche Jim Beam, die ich vor den Jungs in der Küche hinter den jungfräulichen Kochtöpfen versteckt hatte, war so gut wie leer. Schnuppe, dachte ich und ging, ohne auch nur nach meiner Jacke zu suchen, im mit Eiscreme bekleckerten T-Shirt rüber zu Benno. Schließlich hatte ich noch einen »Termin«.

Schon von Weitem konnte ich erkennen, dass etwas nicht stimmte. Denn im Innern der Alt-Moabiter Eckkneipe war es seltsam duster. Als ich dann vor der Tür stand, bestätigte sich mein Verdacht. Benno hatte zu! Unglaublich. Das Schild mit der Aufschrift »Geöffnet« an der in schwerem Eichenholz eingefassten Glastür, dessen Rückseite ich noch nie von der Straße aus gesehen hatte, war umgedreht. Nachdem ich erfolglos die große, massive Türklinke gedrückt hatte, machte ich ein paar Fettflecke auf Bennos stets peinlichst geputzte Fensterscheiben.

Und da sah ich ihn dann. Im Halbdunkel saß er allein am Ecktisch ganz hinten links vor einem Glas. Vor einem leeren Glas. Ohne Bierdeckel oder Untersetzer darunter! Daneben das, wie wir alle vermuteten, in echtes Gold gefasste Bild mit einem Trauerflor von »seiner Rieke«. Rieke war vor beinahe einem halben Jahrhundert »schon mal vorausgegangen«, wie Benno immer sagte. Doch niemals wirklich traurig und immer mit einem Lächeln. »Auch wenn sie mir keine Kinder geschenkt hat, ist sie die Liebe meines Lebens«, sagte er ganz selten, wenn er zu später Stunde verstohlen zärtlich über das alte Foto strich. »Außerdem seid ihr hier meine Sorgenkinder«, schob er dann immer gleich mit einem Lachen hinterher, damit kein Trübsal aufkam. Und wir glaubten ihm jedes Wort.

Klar hätte ich klopfen können, doch irgendetwas hielt mich davon ab. Außerdem wusste ich, wie man über den ersten Hinterhof ins Haus gelangte und dort dann durch eine Seitentür in Bennos Reich. Als ich im Türrahmen zur Schankstube stand, räusperte ich mich kurz, um ihn nicht zu erschrecken, und sah mit Entsetzen, dass ihm irgendwer seinen halben Laden zerdroschen hatte. Selbst seine heißgeliebte 61er Wurlitzer »Lyric« hatten sie kaputt gemacht. Jene tadellos in Schuss gehaltene und voll funktionsfähige Zeitmaschine, zu der Benno schon mit seiner Rieke verliebte Runden gedreht hatte. So manches Mal habe ich als letzter Gast die beiden im Geiste im Halbdunkel des rauchgeschwängerten Raumes eng umschlungen auf der kleinen Tanzfläche gesehen. Wenn je eine Maschine in der Lage gewesen war, zu trösten, Gefühle und Erinnerungen zu speichern und sie nach einem lauten, mechanischen Knopfdruck sogar wieder preiszugeben, dann diese alte Musikbox. Häng dein Herz niemals an etwas, was nicht lebt, lautet, glaube ich, ein altes Indianersprichwort, aber dieses Ding hatte eine Seele.

»Komm her, Wachtmeister, setz dich zu mir«, sagte er, als er mich bemerkte. »Und bring den alten Chivas mit. Ganz oben links im Regal, den haben die Barbaren nicht getroffen.«

»25 Jahre alter Scotch? Was los, mein Freund, hast du im Lotto gewonnen?«

»Sascha, die Kurden war'n da.«

»Scheiße«, dachte ich laut und goss uns beiden drei Finger breit die Antiquität ein. Die Kurden war'n da. Ich hätte es mir denken können. Sie waren vor ein paar Tagen schon einmal da gewesen und hatten unmissverständlich um einen schmerzhaft hohen monatlichen Prozentsatz des Umsatzes gebeten, den sie regelmäßig abholen wollten. Um »dieses schönes, altes Kneipe vor Schadden su bewahren«.

Sogenannte Mhallamiye-Kurden, die als Flüchtlinge aus dem Libanon in die Welthauptstadt der Gutmenschen gekommen waren. Um sich dann aber leider – wer hätte das gedacht? –, so wie in fast jeder anderen deutschen Großstadt, hartnäckig und konsequent jedem noch so herzallerliebsten Integrationsversuch gegenüber als resistent zu erweisen. Stattdessen kochten sie lieber ihr eigenes Süppchen. So erfolgreich und skrupellos, dass aus dem Süppchen ratzfatz Suppe wurde. Im Libanon in Sachen Durchsetzungsvermögen und Kriegshandwerk bestens geschult und angereist mit der Gewissheit im Koffer, dass Höflichkeit und Mitmenschlichkeit außerhalb des eigenen Clans mit Schwäche gleichzusetzen sind, legte man nicht erst den Umweg über das Bildungssystem zurück, sondern nahm sich einfach, was man wollte. Wobei man deutsche Gefängnisse, zumal man sie selbst als sogenannter Intensivstraftäter mit Dutzenden Verfahren am Hals kaum jemals von innen sah, gemessen an heimatlichen Gefilden, als Viersternehotel mit Tischtennisplatte, Fitnessraum und DVD-Player wahrnahm. Die Moabiter Turmstraße, selbst zu Riekes Zeiten wohl noch als einigermaßen passable Flanier- und Geschäftsmeile zu bezeichnen, verkam nach und nach zu einer Ansammlung von Glücksspielhallen, Spätkaufshops und »Restaurants«, die weniger der Kundschaft dienten als der Geldwäsche. Ausgestattet nicht nur mit einer eigenen Parallelkultur, sondern auch gleich mit einer ganzen Paralleljustiz, war man so erfolgreich, dass man einigen anderen, ähnlich blühenden Familienunternehmen und sogar alteingesessenen Rockerbanden Territorien abtrotzte. Als dann sogar die letzten großen Kaufhäuser in Moabit diesem »Kulturwandel« gegenüber nachgaben, führte just jener ungehemmte Expansionswille diese geschäftstüchtigen jungen Männer in Bennos kleine Schankstube. Frei nach Darwin. Mist.

Und ich kleiner Hansel dachte, ich könnte etwas dagegen ausrichten. Ha!

Benno hatte die Vögel, wie nicht anders zu erwarten, mit dem Axtstiel, der normalerweise unter dem Tresen lag, wortlos herauskomplimentiert. Mit einem Lächeln waren sie gegangen. Nicht ohne vorher noch beiläufig ein Datum zu nennen. Und an diesem Abend war es dann so weit. Sauber getimt und wohldosiert sind sie gekommen und haben ihm genau so viel kaputt gemacht und äußerlich wehgetan, dass er theoretisch in der Lage war, morgen, spätestens übermorgen, wieder aufzumachen. Viel schlimmer aber stand es um sein altes, cholesterinverseuchtes Herz. Denn im Glas des Bildes vor uns auf dem Tisch, auf dem uns eine schöne junge Frau selbstbewusst anlächelte, war ein großer, breiter Sprung.

»Rieke meint, es ist Zeit, in Rente zu gehen. Was meinst du, Sascha?«

»… und den Laden hier nach gefühlten dreihundert Jahren dichtzumachen oder zu verkaufen, das is nich dein Ernst, mein Dicker!?«

»Manche Kriege kann man nicht gewinnen, Wachtmeister.«

»Wenn du hier rausgehst, geb ich dir höchstens drei Monate, bis du bei Rieke vorne an der Kirche liegst!«

»Wär das so schlimm, mein Sascha? Sie fehlt mir eh.«

In diesem Moment schossen mir, nicht ihm, Tränen in die Augen, und ich fühlte einen unbändigen Zorn in mir aufsteigen.

»Nein, das machen wir nicht, mein Alter, das würde sie nicht wollen, da bin ich mir sicher. Das machen wir nicht! Das kriegen wir schon hin.«

Vier Tage später war High Noon in Old Mohabit. Wir hatten den Laden mithilfe vieler freundlicher Hände wieder halbwegs hergerichtet. Schon am nächsten Morgen hatte ich bei Rainer drüben in der Glaserei, ebenfalls ein altes Familienunternehmen, eine neue Scheibe für Riekes Bild schneiden lassen. Und nichts dafür bezahlt, als Rainer hörte, für wen das Stück Glas war.

Vier Tage hatten sie Benno gegeben, dann wollten sie wiederkommen. Meine Strategie war einfach. Vollquatschen, rundquatschen, eine Einigung treffen. War mir das nicht schon so oft gelungen?! Ich hatte nicht vor zu kämpfen. Und so waren wir denkbar schlecht vorbereitet, als ein schwanenweißer AMG-Mercedes und ein 7er BMW in Schwarz vor der Kneipe haltmachten.

Wir waren nur zu dritt, damit niemand unschuldig zu Schaden kam und unser Verhandlungswille deutlich rüberkam. Benno, ich, in Zivil versteht sich, und Donald, genannt »Erpel«, der sich nicht davon abbringen ließ, an dem Treffen teilzunehmen. Ein Ex-Fremdenlegionär, der irgendwas zwischen 60 und 200 Jahren auf dem Buckel hatte. Auf jeden Fall aber so alt war, dass wir ihm irgendwann abkauften, schon in El-Alamein dabei gewesen zu sein. Er saß süffisant lächelnd am Tisch neben der kaputten Musikbox, nippte genüsslich an einem Glas Pernod und ließ mit keiner Kleinigkeit erkennen, auf was er sich an diesem Abend alles vorbereitet hatte. Benno und ich warteten hinter der Theke. Die fünf relativ jungen Männer kamen durch die Tür, schauten in die Runde und stellten mit Genugtuung fest, dass dies wohl kein anstrengender Arbeitstag für sie werden sollte. Glaubten sie zumindest.

Ich fing an, höflich von Umsatzeinbußen und gestiegenen Mieten zu schwafeln, um dann irgendwann hintenrum damit zu kommen, dass dies hier kein rentables Objekt für die Truppe sei. Und wollte mit dem Angebot eines geringen monatlichen Salärs schließen, das wir gemeinsam in Kollekte, wie in der Kirche, schon irgendwie zusammenbringen würden. Damit wären alle mehr oder weniger beruhigt, dachte ich mir. Doch als ich mit Globalisierung und Erderwärmung anfing, riss dem Häuptling der nach Kokos duftenden Truppe der Geduldsfaden.

»Nix Miete hier«, brüllte er, was darauf schließen ließ, dass ihm klar war, mit dem Wirt auch den Besitzer dieser bescheidenen Immobilie vor sich zu haben. Der Typ neben ihm holte seinen Schwanz heraus, grinste dreckig in meine Richtung und pisste gegen die Theke. So viel mal zu gesitteten Verhandlungen, dachte ich und sah unsere Felle davonschwimmen. Als Erpel sah, was der junge Mann da machte, zog er einen mächtigen Charlottenburger hoch und spuckte demonstrativ vor sich auf die Eichenbohlen. Was er noch nie in diesen heiligen Hallen getan hatte.

Die Aktion verfehlte ihre Wirkung nicht. Der Häuptling der Apachen zog eine hochmoderne MP5K unter seiner babyweichen schwarzen Lammlederjacke hervor und rotzte das gesamte Magazin in die von Rainer frisch renovierte Glaswand hinter dem Tresen. In einem unglaublichen Getöse und Scherbenregen löste sich das komplette Ensemble in Millionen kleiner Teile auf. Bis es in der MP5 klick machte. Magazin leer. Jetzt griff Erpel in sein Jackett, das wahrscheinlich älter war als ich, holte in aller Ruhe seine alte Walther PPK hervor, lud durch, zielte eine Ewigkeit leicht zittrig mit nur einer Hand und schoss dem Typen mit der High-Tech-Wumme sauber in den linken Oberschenkel. Dreimal. Dann legte er grinsend die Waffe vor sich auf den Tisch.

Jetzt brach die Hölle los! Der Pisser sprang über den Tresen und ging Benno an die Gurgel. Der Typ, der mir am nächsten stand, ließ mit einer schnappenden Bewegung nach unten einen silbernen Teleskopschlagstock aufblitzen. Unter dem Seitenhieb gegen meinen Kopf konnte ich knapp wegtauchen und im Hochkommen sogar einen sauberen linken Haken landen. So schön in Rotation befindlich drehte ich mich weiter um die linke Achse und erwischte den Kerl hinter uns mit meinem rechten Ellbogen voll am Kinn und anschließend noch mit einer Kopfnuss. Das war's dann aber auch. Dann hatte ich mein Pulver verschossen. Denn dann zauberte Nummer 4 eine matt glänzende Baseballkeule aus Aluminium unter seinem Mantel hervor und drosch mir mit einem sauberen Schwinger von unten mein linkes Knie ins Paradies. Au. Inzwischen hatte ihr Häuptling, zwar laut schreiend und im Liegen, aber trotzdem erfolgreich, ein zweites Magazin aus seiner Jacke gefingert und lud nach. Während Nummer 5, der bisher recht zurückhaltend und passiv gewesen war, mir zweimal im Liegen in die Fresse trat. Die Verhandlungen waren gescheitert.

Doch der Abend war noch nicht zu Ende. Die Lammlederjacke rappelte sich mühsam an einem Barhocker hoch und richtete, wie der Teufel vor Schmerz und Wut brüllend, die frisch aufmunitionierte MP auf Erpel. Der schaute sich das gelassen an und stand ebenfalls, gestützt auf seinen Klassiker von Fritzstock mit massivem Silbergriff, ganz langsam auf. Um im Stehen zu sterben, wie ich annahm. Aber weit gefehlt! Mit rechts griff er in die Innentasche seiner Jacke und zog, dem Aussehen nach, eine alte Stilhandgranate hervor, die er mit den Zähnen aktivierte. Das Ding sah aus wie eine Antiquität aus dem Ersten Weltkrieg, und das war es vielleicht auch. Gleich hören meine Schmerzen auf, dachte ich, als Erpels großer Moment kam.

»Seht ihr das, ihr kleinen Scheißer?! Seht ihr das!!? Wir drei hier haben kein Problem damit, heut Abend abzutreten. Dies ist unser Zuhause, und wir haben unser Leben gelebt. Aber euch Scheißhaufen wird meine alte Freundin hier mit zerfetzen! Und allein das ist es mir schon wert, ihr den letzten Kuss zu geben!«

Ich versuchte, Einspruch zu erheben, aber dank stetig zuschwellender Visage brachte ich nichts weiter als ein jämmerliches »Ahrg« hervor. Ich bekam ernsthaft Schiss, an meinem eigenen Blut zu ersticken, als Erpel ihnen den Rest gab.

»Raus, ihr Gesindel! Raus mit euch, oder ich jag den ganzen Laden in die Luft!«

Das saß. Aufeinander gestützt traten die Kurden rückwärts humpelnd die Flucht an. Erpel hinterher. Bis auf den Bürgersteig. Mit dem linken Auge, das noch nicht ganz zugeschwollen war, konnte ich im Liegen durch die Tür erkennen, wie er immer mal wieder mit dem Ding in seiner Hand drohend zuckte. Dann hörte ich ihn laut schreien.

»Mercedes oder BMW?«

Und noch mal: »Mercedes oder BMW?!«

Die Typen krochen alle in den 7er BMW, wahrscheinlich weil er ihnen am nächsten stand. Als sie mit durchdrehenden Reifen in Richtung Gotzkowskystraße davonrasten, kullerte Erpels alte hellbraune Freundin unter den schnieken, schwanenweißen AMG-Mercedes. Der hob nach einem unerwartet dumpfen BUFF gut einen halben Meter ab und ging dann in Flammen auf. Erpel schrie im Schein des Feuers mit hochgereckter Faust wie Rumpelstilzchen im Siegesrausch: »Honneur et Fidélité!«

Dann hörte ich noch, wie er in Richtung der schaulustigen Moabiter, die sich inzwischen versammelt hatten, lachend »Fehlzündung« rief, und dann, dann riss mir endgültig der Film.

Hamburg, St. Georg, Oktober / November 1995

Bahnhofsviertel. Ganz eigener Charme. Irgendwo zwischen Tor zur Welt und Kloake. Nördlich vom internationalen Verkehrsknotenpunkt: Varietés, Sexshops und Straßenhuren; südlich die Glitzerwelt der Konsumtempel mit Beginn der Mönckebergstraße. Wo ich mir als Kind so manches Wettrennen mit den Ladendetektiven der großen Kaufhäuser geliefert hatte. Und später bei Wempe am Jungfernstieg meine Rolex Sea-Dweller kaufte. Hätte nicht gedacht, dass es mich noch einmal hierher zurückverschlägt. Doch nun stand ich hier, auf dem Bahnhofsvorplatz unter einer in allen Rotschattierungen leuchtenden Eiche, und blinzelte etwas verträumt in die goldene Herbstsonne. Der Mensch erinnert sich gut und gern an alles Positive, den Rest verdrängt und vergisst er meist, so heißt es. Klappt bei mir nicht so richtig. Macht aber nichts. Manchmal liegt der Reiz in der Mischung. Und so kamen Erinnerungen in mir hoch an ein Dutzend Austern für den letzten Fuffi und an wüste Straßenprügeleien um Territorialansprüche zwischen Sparks, Streetboys und Champs.

Ein kurzer Kontrollblick in meine Unterlagen verriet mir, ja, hier war ich richtig. Hier sollte sie stattfinden, meine »Berufsförderungsmaßnahme«. In einem unscheinbaren Bürogebäudekomplex, direkt gegenüber vom Haupteingang des Bahnhofs. Ich schlenderte über die Straße und entdeckte schon von Weitem das große Plastikschild im Eingangsbereich. DEFENDER, Fachschule für Industrie- und Wirtschaftssicherheit, war darauf zu lesen. 2. OG.

Das war er nun, der international bekannte und renommierte Dreh- und Angelpunkt zu der Welt, in die ich mich entschlossen hatte aufzubrechen. Ich war auf einem zielstrebigen und egoistischen Weg. Auf einem bösen Weg. Aber auf einem lukrativen. Die Navy hatte mich mit viel mehr als dem nötigen Know-how dafür versorgt. Sie hatten mich in die Lage versetzt, ganze Schiffe und Hafenanlagen außer Gefecht zu setzen, ja, zu zerstören. Und das Beste war: Ich konnte Schiffe sogar wieder bergen und reparieren! Egal, ob es um das Kreislaufregenerationsgerät der selbstverliebten Kampfschwimmer ging, den allerneusten Fiberglastaucherhelm von Dräger, frisch im Markt eingeführte Vollgesichtsmasken mit aktiver Beatmung, Mikro und Unterwasserfunk oder um maßgeschneiderte Konstantvolumenanzüge von Poseidon, um Unterwasserhandsonar, Scooter, diverse Brennschneidgeräte und allen möglichen anderen Schnickschnack: Ich war auf allem ausgebildet, was gut, neu und teuer war, in dieser ganz speziellen Welt. Inklusive eines zivilen Abschlusses an der Industrie- und Handelskammer Lübeck als staatlich geprüfter Arbeitstaucher. Halleluja!

Das im Gepäck, mit einigen anderen Gimmicks wie der snipertauglichen goldenen Schützenschnur, den wichtigsten Führerscheinen für Land- und Wasserfahrzeuge, ja sogar einem Orden, sollte ausreichen, mir einen hochdotierten Vertrag bei Blackwater & Co. einzubringen. Das war der Plan. Scheißkerl durch und durch. Und dem netten Mann vom Berufsförderungsdienst der Bundeswehr erschien es nur logisch, mir als »Wiedereingliederungsmaßnahme« ins zivile Berufsleben diesen Lehrgang zu genehmigen und zu finanzieren. Halleluja!

Ich nahm die Treppen, nicht den Fahrstuhl. Als ich die Tür zum Foyer aufstieß, fiel mein Blick direkt auf ein gerahmtes Plakat hinter der aufgebrezelten Endzwanzigerin am Telefon. Eine Schießfolie, um genau zu sein, die einen schwarz vermummten Pistolenträger zeigte, der auf den Betrachter zielte. Signiert angeblich von mehreren Mitgliedern der GSG 9. Oben drüber stand, mit dickem schwarzem Edding geschrieben: Augen auf und durch! Na klasse, dachte ich, bin mal gespannt, wen sie hier als Dozenten aufbieten.

Die Blondine legte auf und nahm mich freundlich in Empfang. Ich gab ihr meine Papiere, und dann bat sie mich, in einem der Sessel am Ende des Flurs Platz zu nehmen. Der Leiter des Instituts würde mich in Kürze begrüßen.

Als ich interessiert den übrigen Wandschmuck bewundernd langsam den Flur entlangging und dann um die Ecke bog, wen sah ich da sitzen und gelangweilt in der neuesten Hochglanzausgabe des »Soldier of Fortune« blättern? Hannes DeKlerck! Und, als ob das noch nicht reichen würde, ihm gegenüber, nach vorne gebeugt, mit den Ellenbogen auf den Knien abgestützt und dem großen Totenkopfring an der rechten Faust: Rachus.

»Ha! Sieh an, das Sascha! Was machst du denn hier, Püppchen?«

»Nach was sieht's denn aus, Mehlsack?«

»Hahaha, werd nich frech, laufender Meter! Sonst muss ich dich bestrafen. Schau mal, Rachus, wen wir hier haben. Ich glaub, wir können wieder gehen. Die nehmen hier jeden!«

Bernd schaute nur kurz auf und nickte wortlos in meine Richtung. Hannes legte den Kopf in den Nacken und grinste. Klassentreffen.

Alle drei hatten wir die Kampfschwimmerausbildung geschmissen. Von Rachus hatten sie wegen seiner Naziallüren und ständigen dummen Sprüche wie »Besuchen Sie Deutschland, bevor es Sie besucht« irgendwann die

Schnauze voll. Stilvoll war sein Abgang trotzdem. Als er wegen dem Scheiß endgültig zum Kompaniechef beordert wurde, der ständig nach Feldherrenmanier mit einer fetten Havanna rummachte, und klar war, dass jetzt der Rauswurf kommt, zog er seine beste Uniform an. Die Heeresuniform der Fallschirmjäger, die er immer noch hatte. Stellte sich vor den sitzenden McArthur-Verschnitt an seinem großen Schreibtisch und salutierte nicht. Als der dann zu ihm sagte: »Rachus, bei uns werden Sie nichts«, antwortete er: »Das macht nichts, weil ich nämlich schon was bin.« Dann zog er aus der Brusttasche des Jacketts seine eigene Fat Lady, biss das Mundstück ab, spuckte es auf den Boden und gab sich mit einem Zippo, auf dem das Fallschirmjägeremblem prangte, Feuer. Damit war er erledigt.

Ich war genau genommen am Ende einfach zu schlapp. Zu schlapp und zu demotiviert. Zweimal schon hatte ich die angeblich unzerstörbare Supertaucheruhr IWC Ocean geschrottet, und ich fühlte mich auch nicht viel besser. Hinzu kam, dass ich bereits alle wichtigen Führerscheine und Bausteine im Sack hatte für meinen perfiden Plan. Außerdem ging mir die Achtung vor der Truppe flöten, und zwar nachhaltig, bereits nach dem, was sie mit Nummer 4 aufgeführt hatten. Fertigmachen ist kein Problem und gehört zu dieser Welt, gar keine Frage. Aber die Würde nehmen, und das auch noch vor Außenstehenden, vor Journalisten, geht gar nicht. Also nahm ich meiner Gesundheit und Selbstachtung zuliebe einfach mal leise meinen Abschied, als man mir nahelegte, meine Zeiten im Seeschwimmen zu verbessern oder ebenfalls rausgeworfen zu werden. Es lohnte sich weder ideell noch materiell weiterzumachen.

Und bei Hannes war alles, wie immer, sehr speziell. Irgendwann, sichtlich gelangweilt, hatte er sich in der Toilette im Erdgeschoss des Hauptgebäudes einen Ausbilder zur Brust genommen. Einen kleinen, aufgepumpten Bodybuilder, der ihm offensichtlich nicht viel entgegenzusetzen hatte. Ich weiß nicht, was er mit ihm angestellt hat, und ich will es auch gar nicht wissen, aber am nächsten Tag war Hannes nicht mehr da.

Tja, dreimal unrühmlicher Abgang, was soll's? Den Sägefisch hatten wir trotzdem auf der Brust, aber eben nur nackig. Danach haben wir uns sozusagen »aus den Augen verloren«. Gerüchten zufolge ist Rachus zum Heer zurück und hat eine ganze Weile erfolgreich bei den Fernspähern sein Unwesen getrieben. Später dann kurz beim KSK, als es noch in den Kinderschuhen steckte. Wo man ihm aber schnell auf die braune Nummer kam. Was dann wohl in letzter Konsequenz auf eine unehrenhafte Entlassung hinauslief. Hannes hatte sich auf einen Zerstörer der Fletcher-Klasse einschiffen lassen und wurde in einem asiatischen Hafen von der MP erwischt, als er sich an einem kleinen Mädchen verging, das beinahe an seinen Verletzungen starb. Die MPs sollen ihn fast totgeprügelt haben. Er wird beides genossen haben, fürchte ich.

Ich hatte in der Zwischenzeit, ganz Streber in eigener Sache, mein Helmtaucherabzeichen an der Brust und einen wirklich abgefahrenen Unterwasserschweißlehrgang belegt. Doch nüchtern betrachtet hatte ich, wenn man mal meine Karrierepläne berücksichtigt, wenig Veranlassung, mich großartig über die zwei moralisch zu erheben.

»Hey, Kinderficker, wer zahlt euch beiden denn die Nummer hier?«

»Du hast 'ne große Fresse, kleiner Sascha, sei vorsichtig! Außerdem is nich jeder auf Almosen angewiesen, so wie du!«

Nach diesem herzlichen Wiedersehen und der Begrüßung jedes Einzelnen durch den Leiter des Instituts, der im Gespräch mehrfach dezent durchblicken ließ, dass er nicht immer an diesem Wohlstandsgeschwür über seinem Gürtel gelitten habe, startete unser 320-stündiger Lehrgang mit dem schlichten Titel »Personenschutz«. Und eigentlich war ich positiv überrascht. Zumindest teilweise.

Wir fuhren zum Beispiel im Rahmen des spezifischen Fahrtrainings zwei sicher nicht nagelneue, aber immer noch recht ansprechende BMW-Limousinen kaputt. Rückwärtsschleuderwendungen, Hochgeschwindigkeitsmanöver und solche Späße, und das alles auf einem riesigen, abgetrennten Privatgelände. Mit meiner eigenen Karre hätte ich das garantiert nicht angestellt. Kein halbwegs normaler Mensch würde das. Aber es war in der 9-köpfigen Truppe eh kein normaler Mensch. Bis auf die zwei, drei Trottel, die dachten, dass sie ohne Hauptschulabschluss, aber mit 'nem Zeugnis von diesem Laden als Bodyguard 'ne große Nummer würden, waren das in der Masse alles ziemlich verwegene Typen. Rizzo zum Beispiel, der neben reichlich undefinierbarem Migrationshintergrund, über den er natürlich kein einziges Wort verlor, als Einziger genug Cojones und Nerven hatte, mich aus einer brennenden und auf dem Dach liegenden 5er-BMW-Limousine herauszuziehen, mit der ich mich überschlagen hatte. Wenn es Rizzo nicht geben würde, würde es mich auch nicht mehr geben. Oder ich würde zumindest aussehen, als hätte ich den Kopf Niki-Lauda-mäßig in der Fritteuse gehabt.

Rachus und Rizzo waren übrigens vom ersten Moment an die allerbesten Freunde. Es dauerte keine fünf Minuten, bis der selbst ernannte Herrenmensch deutlich gemacht hatte, was er von Rizzo hielt. Nur dass der keineswegs wehrlos und feige war und vor allem nicht gewillt, sich auch nur die kleinste rassistische Anspielung gefallen zu lassen. Das war sehr unterhaltsam, teilweise spannend, zuweilen aber auch gefährlich. Und es gipfelte darin, dass die beiden irgendwann sogar aufeinander schossen. Beide trugen zwar schusssichere Westen, und am Ende wurde das Ganze aus einem akuten Erklärungsnotstand von den Verantwortlichen als sogenannter »einsatzbezogener Ausrüstungstest« deklariert. Doch stand er weder auf dem Stundenplan, noch war die Munition dafür geeignet!

Das ging nur deshalb durch, weil der Schießtrainer tatsächlich von den 9ern war und es in Sachen Combatschießen nicht nur draufhatte, sondern auch so ziemlich alles aufbot, was der Markt an Faustfeuerflak so hergab. Sehr zur Freude der meisten Lehrgangsteilnehmer. Beretta, Glock, Sig Sauer, Heckler & Koch und sogar Smith & Wesson. Und nicht nur zum Angucken! Ich hab für viel Geld Munition verschossen. Und zwar auf erfrischend unbürokratische Art und Weise. Denn während du bei Polizei und Bundeswehr, bis auf wenige Sondereinheiten, für jede einzelne Patrone einen schriftlichen Antrag stellen und einen mehrseitigen Bericht über den Schussverlauf anfertigen musst, gab es dort einfach mal einen Sack voll Munition. Und die Übungen waren entsprechend. Aus einem fahrenden Auto heraus zu schießen, sollte sich beispielsweise jeder verkneifen, der meint, er hätte genug Actionfilme dafür gesehen. Weil die Mumpeln garantiert nicht da landen, wo sie hinsollen. Zumindest so lange nicht, bis beim Training Blut und besser noch Hornhaut an den Händen und anderen Körperteilen zu sehen ist. Stichwort einhändiges Durchladen und so weiter und so fort. Auch meine eher konservative Sympathie für Trommelrevolver warf ich zügig über Bord. Denn wenn in deiner Cowboywumme nach sechs bis acht Schuss gähnende Leere herrscht, der Schlipsträger vor dir aber immer noch so viel Munition im Griff seiner schicken neuen Glock parat hat, dass er dich und alles um dich herum locker ausrotten kann, und zwar in aller Ruhe, ist das nicht schön. Wer früher stirbt, ist länger tot. Aber wer will das schon?

Im Fach Selbstverteidigung stellte sich uns ein im schwarzen Gi gewandeter, nach eigener Auskunft hoch kompetenter ATK-Spezialist mittleren Alters vor. Dem Anschein nach hatte er eine recht gute Konstitution. Will heißen, er sah eigentlich nicht aus wie ein Idiot. ATK steht in diesem Fall für Antiterrorkampf. Klingt erst einmal ja nicht schlecht, fast Respekt einflößend. War es aber nicht.

Fehler Nummer 1: Stellte sich der arme Kerl doch am Anfang, quasi um die Rangordnung zu klären, voller Selbstbewusstsein auf die Matte und behauptete tatsächlich vor dieser Ansammlung von Galgenvögeln, er komme aus jedem Griff wieder heraus. Wow!

Fehler Nummer 2: … und er würde ihn sich auch noch in aller Ruhe anlegen lassen. Aus dem Augenwinkel heraus sah ich, wie es in Hannes' Gesicht anfing zu zucken.

Fehler Nummer 3: Freie Auswahl in Bezug auf Technik und Probanden. Ich glaub, Hannes fing an zu sabbern! So schnell konnte gar keiner gucken, wie er vor dem Kerl stand und auf ihn runtersah wie die Schlange aufs Kaninchen. Volenti non fit iniuria, schoss es mir durch den Kopf, in Anlehnung an den Paragrafen 228 des deutschen Strafgesetzbuches, den jeder Kampfsportler und Perverse kennt. Oder kennen sollte. Schlange war schon das richtige Stichwort, Würgeschlange trifft es noch viel besser. Anakonda ideal! Ich habe mal in einem Zirkus eine große, schneeweiße Python mit roten Augen gesehen, die sich dämliche Menschen in der Pause für Fotos um den Hals hängen ließen. »Keine Angst, die hatte reichlich Ratten« war der Satz, der sich bei mir einbrannte. Und das makabre Spektakel danach auch. So ähnlich kam mir das Drama, das sich gerade vor uns anbahnte, ebenfalls vor.

Fehler Nummer 4: Kaum hatte das ahnungslose Opfer zugelassen, dass es rückwärtig in eine wahrlich tödliche Umarmung, ja Umklammerung, genommen wurde, spürte es, dass mit Kraft oder gar Hebeltechnik keine Flucht aus diesen weißen Armen und einem Bein möglich war. Also spulte es, sich wohl langsam seiner Lage bewusst, die Reihenfolge der möglichen Optionen ab.

Der ATK-Mann versuchte, seinem Gegner in die Augen zu stechen, an die er nicht rankam, und dann schließlich den Hoden zu quetschen. Das hätte ebenfalls nicht geklappt, wenn der Albino es nicht zugelassen hätte. Nun führen Schmerzen in dieser Körperregion bei den meisten Männern zur Aufgabe, manchmal sogar zur Ohnmacht. Aber eben nicht bei allen! Bei manchen bewirken sie schlicht das Gegenteil. Das war Fehler Nummer 5.

Spätestens jetzt bekam der Mann im schwarzen Karateanzug Panik. Röchelnd versuchte er, den Riesen hinter sich über die Schulter schräg nach vorne zu werfen. Was mit Sicherheit sein letzter Fehler gewesen wäre, wenn es geklappt hätte. Denn dabei hätte er sich das Genick gebrochen. Dann hakelte er sich mit dem rechten Fuß am Standbein seines Kontrahenten ein. Um ihn zu Fall zu bringen und bestenfalls mit seinem ganzen Körpergewicht und einer Ellenbogentechnik auf ihm zu landen. Eigentlich gar nicht so doof, und nur für die ein Fehler, die ständig davon schwafeln, dass sie im Stehen sterben möchten. Die beiden knallten krachend, immer noch eng umschlungen, auf die Matte. Ohne jede sichtbare Wirkung auf die weiße Anakonda.

Der nun 6. und schlimmste und auch definitiv letzte Fehler war: kein Abklopfen, kein Abklatschen. Kein »Ich gebe auf« oder vielleicht sogar »Gnade!«. Vermutlich aus Eitelkeit, Stolz oder Scham. Vielleicht war es aber auch einfach schon zu spät und hätte eh nicht mehr viel gebracht. Der Antiterrorkämpfer begann zu zucken. Und Geräusche zu machen wie wahrscheinlich jeder von uns, wenn er ganz langsam und wohldosiert erwürgt wird. Sein Gesicht verfärbte sich von zunächst Rot über ein Grüngelb bis hin zu einem merkwürdigen Hellblau. Hannes, das Schwein, öffnete immer mal wieder kurz die Blut- und damit Sauerstoffzufuhr zum Hirn, um das Leiden seines Opfers zu verlängern und den drohenden Erstickungstod hinauszuzögern.

Wir anderen saßen inzwischen am Rand des Dojos, und die beiden lagen direkt vor mir. Der »Dozent« hatte den Mund weit aufgerissen und die Augen verdreht. Und dabei halb und asynchron geschlossen. Hannes schaute über die Schulter des halb toten Mannes direkt in mein Gesicht und lächelte. Ich bin kein ängstlicher Mensch, aber dieses Vieh machte mir Angst. Das übrige Publikum kapierte geschlossen, was da gerade geschah. War aber alles andere als »emotional tangiert«. Manche mögen gedacht haben »selbst schuld«, anderen war es schlichtweg egal, einer kleinen Minderheit machte es sichtlich Spaß. Ein Ukrainer mit Glatze sagte trocken: »Wenn du ihn jetzt nicht loslässt, ist er gleich hin.«

Noch dreißig Sekunden, und das Gehirn würde aufgrund des Sauerstoffmangels irreparable Schäden nehmen. Was bedeutete, dass der Antiterrorkämpfer für den Rest seines Lebens ein sabbernder Haufen Elend sein würde, der nicht einmal seine Mama wiedererkannte. Wenn er überhaupt wieder aufwachte. Aber ich war mir nicht sicher, ob Hannes sein Kaninchen mit dem Leben davonkommen lassen wollte. Oder konnte! Über die Jahrzehnte habe ich mir immer wieder über Kontrollverlust, das Böse und die möglichen Gründe dafür Gedanken gemacht. Weil ich es so gerne verstehen würde. Ohne Ergebnis.

Mir war als Einzigem in der Runde klar, bis auf Rachus vielleicht, dass wir den Killer nicht mal mit einer Brechstange von seinem Opfer wegkriegen würden. Nicht mal, wenn wir damit draufhauten. Reizgas und Pfefferspray, was die hier ja alles im Rahmen der Ausbildung vorrätig hatten, würden auch nichts bringen, da war ich mir sicher. Selbst die Taser der neuesten Generation, mit denen wir hier auch schon perverse Spielchen und Selbstversuche durchgeführt hatten, würden wahrscheinlich nur dazu führen, dass der weiße Klotz genau die entscheidenden Sekunden so verkrampfte und zumachte, dass die Seele des kollabierenden Körpers auf der Matte davonflog.

»Hannes, lass los. Komm. Deswegen sind wir nicht hier. Komm, Hannes! Um der alten Zeiten willen. Komm, lass ihn los, bitte!«

Eiskalt und mit einem leicht irren Funkeln sahen diese Augen mich an. Ich wusste nicht, ob und, wenn ja, wie weit meine Worte durchdrangen. Was ich aber wusste, war, dass ich diesem Monster auch nicht bedenkenlos hätte in den Kopf schießen können. Warum auch immer. Obwohl es für den Rest der Welt und vielleicht sogar für ihn wahrscheinlich das Beste gewesen wäre. Hätte ich's doch getan, als ich noch Gelegenheit dazu hatte.

Er ließ ihn los! Halb tot. Wir hatten in der Gruppe mehrere ehemalige Elitesoldaten, die im Rahmen ihrer Ausbildung auch Rettungssanitäter geworden waren. Ohne Empathie, aber mit dem nötigen Sachverstand. Die kümmerten sich, bis der Rettungswagen eintraf. Den ATK-Mann sahen wir nicht wieder, und ein Nachspiel hatte das Ganze auch nicht. Nicht einmal eine offizielle Auswertung gab es. Doch der nächste Dozent war erheblich vorsichtiger. Ein bescheidener Israeli, Ex-Soldat und hervorragend ausgebildet im Krav Maga. Auch wenn es abartig klingt: Es hätte mich schon interessiert, wie teuer er Hannes seine Haut verkauft hätte. Aber dafür war er nicht eitel genug.

Die Sache nahm Fahrt auf. Langeweile gab es nicht. Höchstens bei einigen trockenen Unterrichtsblöcken, die deutsche Rechtsnormen zum Inhalt hatten, für die sich eh kein Schwein interessierte. Am Ende dann gönnten sie uns einen höchst aufschlussreichen Exkurs über Verhörmethoden. Der Bezug zum Personenschutz war rudimentär. Aber der Gastdozent und studierte Psychologe war nach einhelliger Meinung sein Geld wert. Der Abschluss der Ausbildung war, neben schriftlicher und mündlicher Prüfungen vor einem illustren Komitee, eine groß angelegte Übung, bei der es darum ging, einen arabischen Geschäftsmann auf Durchreise zwei Tage lang hoch professionell in Hamburg zu betreuen. Ich konnte mich des Eindrucks nicht erwehren, dass die Nummer echt war und der Mensch einiges an Geld dafür gelassen hatte.

Dann gab es die ersehnten Zertifikate, und der Weg in die wunderbare Welt des globalen Sicherheitsgewerbes war endgültig geebnet. Die meisten Lehrgangsteilnehmer verließen kurz darauf das Land. Bei so vielen schwelenden und heißen Krisenherden auf dieser Erde war für jeden etwas dabei im Horrorzirkus des internationalen Söldnertums.

Hannes und Bernd taten sich zusammen und widmeten sich, wie hätte es auch anders sein können, besonders abartigen Geschäftsideen. Und boten mir sogar eine vage Partnerschaft an. Hannes hatte Burenblut in sich und allerbeste Kontakte nach Südafrika, wo hochkarätige und weltweit agierende Sicherheitsfirmen ansässig sind. Er fabulierte unter anderem davon, dass in Tansania menschliche Albinos lebendig, aber besser noch tot und in Einzelteile zerlegt als Glücksbringer und Fetisch bis zu 100 000 Dollar einbrachten. »Kinder vielleicht sogar das Doppelte!« Eine Ressource, die sich für ihn doch besonders leicht erschließen lassen müsste, meinte er. »Hey, das reicht da bis in die höchsten Regierungskreise rein!« Überhaupt sei Afrika »die große Freiheit und das große Geld«. Von Militärputsch bis Blutdiamant.

Ich schüttelte ungläubig den Kopf und wollte einfach nur weiter Soldat sein. Aber diesmal für viel Geld und wenn möglich, allerdings nicht zwingend notwendig, sogar für eine halbwegs sinnvolle Sache. Doch meine Zukunft sah anders aus. Der liebe Gott ließ mich nicht fallen. Und er ließ auch nicht zu, dass ich für Geld anderen Menschen Leid antat. Meine Zukunft sah anders aus. Sie hatte zwei wunderschöne, zärtliche Hände. Und sie hieß Judith.

Berlin, Tempelhof, November 2016

»Geh nach Hause, Marion, komm. Wir schaffen das hier auch ohne dich.«

Doch so war Marion Wiedemann nicht. Sie konnte das nicht. Ganz abgesehen davon, dass es sie verrückt machte, allein in der kleinen Wohnung an die Wände zu starren, wusste sie sehr wohl, dass sie dringend gebraucht wurde.

Außerdem tat es irgendwie gut, in die Augen der dankbaren Menschen zu sehen, die in dem kleinen Krankenhaus nach einer Operation auf Marions Station langsam wieder zu Bewusstsein kamen. Wenn sie das erste Mal wieder lächelten, meist umringt von Familienangehörigen, hatte sie jedes Mal dieses gute Gefühl. So als ob irgendjemand zu ihr sagen würde: »… es geschieht! Verlier nicht den Mut! Die Augen gehen wieder auf! Und die kleinen, süßen Finger an der Hand, die du da verzweifelt hältst, werden sich wieder bewegen! Verlier nicht den Mut!«

Stolz und trotzdem bescheiden führte sie mit ihrem kleinen Wirbelwind ein Leben, das anstrengend und schwierig war, sicher, aber sie dennoch glücklich machte. Marias Vater war ein hübscher Kerl. Zu gut aussehend und zu selbstverliebt, um ein Leben lang bei einer kurzhaarigen, selbstbewussten Krankenschwester zu bleiben. Das spürte Marion sehr früh. Doch da war Maria bereits unterwegs. Und als er die Nachricht erhielt, wurde ihr Gefühl zur Gewissheit. Keine Sekunde dachte sie daran, das wunderbare Wesen, das sich, begleitet von einem warmen Glücksgefühl unter ihrem Herzen, in ihrem Bauch und in ihrem Leben bemerkbar machte, für eine Beziehung zu opfern, mit einem Mann, der ihre Werte nicht teilen wollte oder konnte. So war Marion Wiedemann nicht.

Es war kein Zufall, dass sie nach der Schule zielstrebig den Beruf der Krankenschwester ergriffen hatte. Sie wollte nicht Ärztin werden, wie die Eltern es sich gewünscht hatten, schon lange vor dem schlimmen Autounfall. Unnahbar, von oben herab. Nein. Und als sie als Einzige den

Frontalzusammenstoß mit dem Geisterfahrer damals auf der A10 überlebte und im Krankenhaus wieder erwachte, stand ihre Entscheidung ohnehin fest. Genau so ein Engel wollte sie auch werden wie die Schwestern, die sich rührend um sie kümmerten. Ganz besonders rührend um sie kümmerten. Weil Marion keinen Besuch bekam von ihren Eltern. Schwester Wiebke, »Bruder« Stefan, Schwester Melanie, Schwester Lisbeth und Schwester Heidi. Das Gruppenbild vom Tag ihrer Entlassung steht heute auf ihrem Schreibtisch. Auf dem Schreibtisch von Oberschwester Marion! Verantwortlich für 38 Betten und eine Handvoll Engel auf der Kinderstation 14 des kleinen Behring-Krankenhauses in Berlin-Steglitz. Nein, kein Zufall.

Als sie den Zettel auf dem Küchentisch fand, nach der Nachtschicht, war sie zu müde, um zu weinen. Und zu stolz. Sie ließ ihn ziehen, diesen gut aussehenden Tanzlehrer mit dem gewinnenden Lachen und den feinen, schlanken Händen. Er hatte etwas zurückgelassen, das wertvoller war als alles andere auf der Welt. Als sie erschöpft einschlief, neben dem duftenden, leeren Kopfkissen auf seiner Seite, hatte sie ein Lächeln auf den Lippen. Und beide Hände auf ihrem Bauch.

»Ich weiß, dass ihr das hier auch ohne mich schafft«, log sie mit einem schelmischen Lächeln, während die roten Lämpchen von Zimmer 3, 8 und 19 hektisch an der Wand leuchteten. Also machte sie diese Schicht, wie jede andere bisher, zu Ende. Anschließend stieg sie in ihren »champagnerfarbenen« Toyota Corolla, dessen letzte Rate sie im September stolz bezahlt hatte, und fuhr rüber zu Maria ins Benjamin Franklin. Sie hatte darum gefleht, ihre

Tochter dahin zu verlegen, weil es niemanden in Berlin gab, der sich besser um sie hätte kümmern können als die Spezialisten der dortigen Interdisziplinären Intensivstation.

Als sie die Türklinke von Zimmer 216 drückte, schlug ihr das Herz wie immer bis zum Hals. Klar, man hatte sie nicht angerufen, aber war es deshalb vielleicht unmöglich, dass ihr gleich dieses vertraute und geliebte »Mamaaaa!« entgegenschallte? Nein! Doch es war still und leise in dem sterilen Raum. Bis auf ein leises Brummen und Piepen der Elektronik, die ihre Arbeit verrichtete.

Danach fuhr sie zu Marias Kindergarten. Nicht nur, weil sie versprochen hatte, dort heute auszuhelfen – es war St. Martinstag, und große Ereignisse standen bevor –, sondern weil sie nicht allein sein konnte. Und weil sie Maria morgen davon erzählen wollte und musste, was alles passiert war beim großen Laternenumzug!

Die Leiterin der KiTA Krabbelkäfer im alten Tempelhofer Flughafengebäude empfing sie schon an der Tür.

»Hallo, Marion, komm schnell rein, ich muss dir was erzählen! Wir haben einen St. Martiiiin!«

»Was?!«

»Jaaa! Ich hab die ganze Woche damit verbracht, die Jungs von der Polizeireiterstaffel zu nerven – wo sollst du in dieser verrückten Großstadt auch sonst einen St. Martin hoch zu Ross auftreiben? –, und ich hab sie rumgekriegt! Is das nich klasse?!«

»Toll!«

»Ja! Sie kommen zu zweit und werden das irgendwie als Übung verbuchen oder so. Aber is mir auch egal, Hauptsache, wir können nachher alle schön hinter einem echten St. Martin herlaufen. Hoch zu Ross. Guck mal, einen schönen großen roten Mantel hab ich auch!«

»Und du meinst, der zieht den an?«

»Wird er müssen. Sonst geh ich nicht mit ihm essen!«

Der Umzug war toll. 59 strahlende Kindergesichter und fast doppelt so viele Eltern marschierten mit ihren selbst gebastelten Laternen stolz wie Oskar hinter einem riesigen Polizeipferd her. Der Polizeibeamte auf dem Pferderücken sicherte nicht nur die ganze Prozession nach vorn gebührend ab, sondern trug auch einen prächtigen roten Mantel. Den er dann, auf ein Geheimzeichen der Kindergartenchefin, mit einem Plastikschwert an der Klettbandnaht zerteilte. Damit der »Bettlerpolizist« nicht frieren musste.

Marion war trotzdem furchtbar durcheinander. Den ersten Stich in der Magengrube hatte sie, als durchgezählt wurde, und es hieß: »… 57, 58, 59 … So, sind alle da?« Und als der Umzug schließlich an der Stelle vorbeikam, wo sie Maria gefunden hatten, brach Marion heimlich in Tränen aus. Fassungslos starrte sie auf das Stück Rasen, wo sie ihre Kleine abgelegt hatten, und konnte immer noch nicht begreifen, was geschehen war. Dabei war sie es, die lange vor den Polizisten wusste, was man ihrer Tochter angetan hatte. Als sie diesen notdürftig genähten, fast zwanzig Zentimeter langen bogenförmigen Hautschnitt von der Mitte des Schambeins bis zur Außenseite des Körpers sah, brach sie zusammen. Aber ihre kleine Kämpferin blieb am Leben. So als ob sie wüsste, dass Mama schon zu viel hatte ertragen müssen, klammerte sie sich ans Leben. Trotz multiplen Organversagens konnte sie am Ende stabilisiert werden und lag seither im Koma. Die Ermittlungen liefen auf Hochtouren. Unter strengster Geheimhaltung. Nicht auszudenken, wenn die Pressestelle der Polizei den wahren Grund für die Entführung des »kleinen blonden Engels« bekannt gegeben hätte! Doch außer ein paar vagen Zeugenaussagen, dem detaillierten Befund der Mediziner und irgendwelchen dubiosen Spuren, die ins krisengeschüttelte Ex-Jugoslawien führten und damit im Sande verliefen, trat die SoKo »Maria« auf der Stelle. Als Marion durch einen dummen Zufall dann noch das interne Statement eines leitenden Beamten mitbekam – »… was soll's, immerhin ist die Kleine noch am Leben …« –, spürte sie etwas in sich, das sie bis dahin nicht gekannt hatte: Zorn! Unbändigen Zorn! In der Hoffnung, etwas zu bewegen, drohte sie der Polizei damit, an die Öffentlichkeit zu gehen. Aber so war Marion Wiedemann nicht. Ihr war klar, wie viele Mütter und Familien in dieser Stadt in Panik geraten würden. Sinnlos in Panik geraten würden.

Und so entschloss sie sich, selbst etwas zu unternehmen. Denn es musste etwas unternommen werden. Nicht nur für Maria und Marion Wiedemann, sondern für alle anderen potenziellen Opfer in dieser Stadt. Denn niemand wusste, ob es nicht wieder geschehen würde. Sie setzte sich die mit Kunstfell besetzte Kapuze ihres Winterparkas auf, der es trotz dicker Wattierung nicht schaffte, ihre Nieren vor dem kalten Novemberwind zu schützen, und schaute noch eine Weile der sich langsam entfernenden, bunt leuchtenden Prozession hinterher.

Noch in derselben Nacht besprach sie ihren Plan mit

dem Einzigen, der ihr bisher immer Halt und Zuversicht gegeben hatte, mit dem lieben Gott. In der Mitternachtsmesse bat sie um Verzeihung. Für die Wut und den Hass, den sie empfand.

Am nächsten Morgen verkaufte sie an einen türkischen Gebrauchtwagenhändler ihren Corolla. Ihr Entschluss stand fest.

Kosovo, April 1999, zwischen Meja und Djakovica

Der Teufel kann nicht überall sein. Oder doch?

> »... aus einer Schule trieb man die Lehrer und die Kinder heraus, hängte die Lehrer vor den Augen der Kinder auf und vertrieb die Kinder dann mit Gewehrkolben und Schüssen. Schwangeren Frauen wurden nach ihrer Ermordung die Bäuche aufgeschlitzt und die Föten gegrillt ...«
>
> Rudolf Scharping, deutscher Verteidigungsminister,
> Der Spiegel 17/1999

Süß. Der Geruch ist süß. So einzigartig und charakteristisch, dass man ihn nie wieder vergisst. Selbst wenn einem alle anderen Informationen fehlen. Wenn diese aber noch hinzukommen, ist die Erinnerung jedes Mal wie ein Schmerz in Kopf und Brust, der nur ganz langsam abklingt. Ein bisschen wie ein Hammerschlag auf eine Fingerkuppe.

Als die beiden jungen Männer den bereits stark in Verwesung begriffenen Körper abzuhängen versuchten, riss das Seil unter der winzigen Klinge ihres Taschenmessers. Er fiel mit dem aufgeblähten Bauch auf die linke Schulter des unteren Helfers und platzte.

Danach erklärte sich niemand aus der kleinen Flüchtlingsgruppe mehr bereit, auch die übrigen fünf Leichen zu bergen. Man entschied, sofort weiterzumarschieren. Und das war wohl auch das Beste. Nicht nur weil die Anstrengung und der Hunger vielleicht halfen, die Bilder im Kopf zu verdrängen, sondern weil jeder Schritt Richtung Albanien ein Schritt Richtung vermeintlicher Sicherheit war. Die Eltern hätten es gewollt. »Dort werden wir uns wiedersehen. Ganz sicher!«, hatten sie gesagt. Und auf Eile gedrängt. Jeder Schritt entfernte sie von ihren Häschern.

Aber so fühlte es sich nicht an. Überhaupt nicht. Im Nebel der einsetzenden Abenddämmerung hatten sie das Gefühl, direkt in die Hölle hinabzusteigen. Die Menschen am Wegesrand waren nicht einfach nur tot. Gestorben wie damals Gjyshe mit einem friedlichen Lächeln. Nein. Es war furchtbar. Einfach nur furchtbar! Sonst hatte ihr der starke Arm des großen Bruders immer geholfen. Sie konnte sich an ihm festklammern. Wurde von ihm beschützt, getröstet, ja manchmal sogar getragen. Der große Bruder. Diesmal konnte er nicht mehr helfen. Der erste Schuss traf den großen Bruder. Ein peitschender Laut, und die Beine sackten unter ihm zusammen. Er riss das Mädchen, das sich an seinen Arm klammerte, mit zu Boden. Motoren heulten auf, und die Treibjagd begann. Jemand fasste von hinten in den Kragen des Mädchens und schleifte es rückwärts in den schützenden Wald. Zwischen den ausgestreckten Armen und zappelnden Beinen wurde das Bild des in einer Pfütze zusammengebrochenen Bruders immer kleiner. Bis es im Nebel verschwand.

»Yashaaaa, Yash…«

»Sei still, oder willst du, dass sie uns kriegen?!« Eine schmutzige, aber vertraute Hand legte sich über ihren Mund. »Pssssst! Willst du wohl ruhig sein!«

Über die Schulter nach oben schaute sie in die kastanienbraunen Augen ihres Retters. Onkel Ramin! Onkel Ramin war Soldat gewesen. Er würde sie hier rausbringen.

Äste knackten. Lichtkegel bahnten sich eckig ihren Weg durch die Bäume. Dunkelheit setzte ein. Eine Gruppe von vier Personen ging mit erhobenen Händen auf die größte Lichtquelle zu. Sie flehten weithin hörbar um ihr Leben. Und boten zitternd das bisschen Geld und Schmuck an, das sie bis hierhin hatten retten können. Vergebens. Drei von ihnen sanken nach einer Gewehrsalve auf die Knie und kippten vornüber. Der Vierte war nur verletzt. Seine Schreie hallten durch den Wald. Sie hatten ihn nur angeschossen. Absichtlich. Das machten sie immer.

»Kommt heraus, gebt auf«, war die Botschaft. Um den letzten Funken Hoffnung und Willen derer zu brechen, die noch Mut hatten. Doch Onkel Ramin war Soldat gewesen! Er wusste, wer die Männer waren, mit den tätowierten Skorpionen auf dem linken Unterarm. Sie kannten keine Gnade. Sie waren vom Teufel persönlich ausgebildet worden. Vom Teufel persönlich! Nichts konnte sie stoppen oder beschwichtigen. Man konnte mit den Söldnern des »weißen Skorpioni« nicht verhandeln. Nur sterben.

Fieberhaft streifte der Blick ihres Onkels über die Szene. Tarnen! Oder etwas Ungewöhnliches machen. Auf einen Baum? Irgendetwas, womit sie nicht rechneten. Was sie selbst zu viel Zeit kostete. Totstellen? Nein. Sie würden nach Goldzähnen suchen. Verflucht. Hätte er doch nur eine Waffe! Als er vorsichtig, immer noch an den Baum gelehnt sitzend und mit dem Kind im Arm, seitlich nach hinten durch die niedrigen Äste am Stamm vorbeischaute, zerschmetterte ein Gewehrkolben sein linkes Jochbein. Durch die Wucht des Schlages zur Seite geworfen, wurde ihm das Kind entrissen, und er landete auf dem Rücken. Völlige Stille breitete sich in ihm aus. Wie in Zeitlupe beugte sich ein Gespenst über ihn, atmete in einer Wolke aus und steckte einen Zeigefinger tief in die Wunde in seinem Gesicht. Er schrie auf vor Schmerz, hörte sich aber nicht. Dann schlugen drei Blitze lautlos in seinen zuckenden Körper ein. Das Letzte, was seine Sinne ihn schemenhaft wahrnehmen ließen, war, dass dieses leuchtende Ungeheuer mit dem Blut an der Hand seine kleine Nichte zappelnd an den Haaren vom Boden hoch in die Luft hob, sie ansah und dann zufrieden lächelte.

Arjona Bosmani wurde nur fünf Jahre alt.

Berlin, Moabit, Dezember 2016

»Aldi hat zu.«

»Quatsch, Aldi hat nich zu!

»Aldi hat zu.«

»Mungoo, es ist Donnerstagnachmittag, und zwar … 15:23 Uhr. Aldi hat nich zu!«

»Wohl.«

»Mhhh. Und was kaust du da, wenn ich fragen darf?!«

»Schokolade.«

»Okay. Aldi hat zu, aber du kaust Schokolade. Und in deiner Jackentasche steckt ’ne Zehnerpackung Schokoriegel. Wie passt das zusammen?!«

»Aldi hat zu.«

»Hey, ich hatte dich gebeten, ’n Pfund Kaffee bei Aldi zu holen. Wo is das Geld?«

»Weg.«

»Mungooo, du machst mich irre!«

»Du mich auch.«

»Mamaa Ruuuth?«

»Jaaaaa?«

»Würdest du Benjamin Blümchen hier bitte mal erklären, wer hier der Boss is?! Wer hier die Miete bezahlt und eure Gehälter?!«

»Ach, du meinst Benno?«

»Jetzt fang du nich auch noch an!«

»Lass mich in Ruhe! Ich soll hier ’ne Steuererklärung machen, und ich sag dir mal verbindlich: Das passt alles nich zusammen! Das, was wir hier angeblich machen und eigentlich … Also, lass mich gefälligst in Ruhe! Und noch was: Bei Aldi is Revision heut Nachmittag! Da is dicht! Du musst deine Fragen schon präziser stellen!«

»Mungoo, wo hast du die Schokolade her?!«

»Lidl.«

»Aha! Und warum hast du mir keinen Kaffee mitgebracht, wenn ich fragen darf?!!«

»Aldi hat zu.«

»Ahh. Okay. Gibst du mir ’n Schokoriegel ab?«

»Klar.«

»Danke, mein Großer. Mmh, lecker. Übrigens, wenn wir hier fertig geschmatzt haben, holst du dann bitte mit Mehmet zusammen noch die alte Miele von den Schranskis ab. Die muss bis morgen fertig werden. Die Ersatzteile sind heute gekommen.«

»Geht klar, Boss.«

»Schleimer!«

»Selber!«

»Los, troll dich, du Schlumpf.«

»Tschö.«

»Ach, und Mungo? ’n Pfund Kaffee wär nich schlecht!«

»Aldi hat zu.«

»Hau bloß ab.«

»Saschaa?«

»Mama Ruuth?«

»Bevor ich’s vergesse, du hast morgen einen Termin!«

»Ich geh nich zum Friseur.«

»Ach, Unsinn! Kundschaft!«

»Wann?«

»Halb acht!«

»Spinnst du, noch vorm Aufstehen?!«

»Papperlapapp! Und tu dir selbst 'n Gefallen und dusch mal vorher, mit Rasieren und so …«

»Jaja … Wie heißt er?«

»Sie. Es is 'ne Sie. Eine Frau Wiedemann, und sie klang ziemlich verzweifelt.«

Berlin, Wilmersdorf, November 2016

»Das ist einfach eine Nummer zu groß für mich! Es tut mir leid. Ich meine, schauen Sie sich doch bitte mal hier bei mir um, seien wir doch mal ehrlich. Ich beschäftige mich hauptsächlich damit, irgendwelchen untreuen Ehemännern hinterherzuspionieren, und hab Mühe, mich nicht verprügeln zu lassen. Hin und wieder ein kleiner Diebstahl oder Betrug, und das war's dann aber auch. Ich meine, Sie haben die Adresse meiner Detektei doch auch nur aus dem Branchenbuch. Und den Zuschlag zu Ihrem Auftrag verdanke ich doch nur der Tatsache, dass mein Name mit A anfängt. Und vielleicht dem meinem Niveau entsprechenden, niedrigen Stundenlohn. Es tut mir leid, ich passe.«

»Aber Sie haben doch etwas herausgefunden!? Machen Sie sich doch nicht so schlecht.«

»Sicher habe ich das. Ich habe ja auch nicht gesagt, dass ich nichts von meinem Job verstehe. Und spätestens, als Sie mir sagten, dass Sie Ihr Auto verkauft haben, um mich zu engagieren, hatte ich mir fest vorgenommen, dass Sie etwas bekommen für Ihr Geld. Aber wir sind an einem

Punkt angelangt, wo das alles keine große Rolle mehr spielt. Sicher habe ich etwas herausgefunden! Aber das, was ich da herausgefunden habe, macht mir Angst. Und wenn es mir Angst macht, sollte es Ihnen erst recht Angst machen! Bitte glauben Sie mir! Lassen wir es an dieser Stelle einfach auf sich beruhen. Es ist besser so. Bitte glauben Sie mir!«

»Das ist nicht akzeptabel! Ich habe Ihnen erzählt, wie es um meine Tochter steht! Bitte helfen Sie mir!«

»Mein Gott, das tue ich gerade, verdammt!«

»Was soll denn das bitte heißen?«

»Das soll heißen, dass was auch immer hierbei herauskommt, Ihre Tochter nicht wieder lebendig, verzeihen Sie bitte, Ihre Tochter nicht wieder aufwachen lässt, Sie aber, Frau Wiedemann, in große Gefahr bringt, verstehen Sie mich?«

»Nein! Und selbst wenn, es wäre mir egal.«

»Mein Gott. Passen Sie auf, ich sag Ihnen was. Vergessen Sie mein Honorar. Sie schulden mir nichts. Gehen Sie nach Hause, beten Sie meinetwegen für Ihre kleine Tochter und gut.«

»Einverstanden.«

»Gott sei Dank!«

»Wenn Sie mir Ihre Ermittlungsergebnisse sagen.«

»Mannmannmannmannmann.«

»Okay?«

»Hören Sie, ich habe meine einzige Tochter an Drogen verloren. Ich denke, ich weiß ungefähr, was in Ihnen vorgeht. Ihr eigenes Leben liegt in der Berliner Charité im Koma. Deshalb haben Sie keine Angst um sich selbst.

Aber noch einmal, ein letztes Mal, der Zustand Ihrer Tochter wird sich nicht ändern, wenn ich Sie dieser Gefahr aussetze. Und so, wie ich ein schlechter Vater war, bin ich ein Scheißkerl, wenn ich Sie mit meinen Rechercheergebnissen alleine lasse.«

»Tun Sie's. Bitte! Schon allein, um ein weiteres kleines Mädchen vor dem Schicksal meiner Tochter zu bewahren!«

»Sie können nichts ausrichten, Lady, glauben Sie mir. Genauso wenig, wie ich mich mit einem internationalen Söldnerring anlegen will und kann, der seine Finger in den übelsten Machenschaften hat, die Sie sich vorstellen können.«

»Bitte.«

»Nein!«

»Tun Sie's. Bitte. Für meine Tochter …«

»Nhhhhh.«

»Bitte.«

»Ah, okay! Auf Ihre Verantwortung, Lady. Ich weiß, dass dies ein weiterer Riesenfehler in meinem beschissenen Leben ist, aber was soll's, Sie lassen eh nicht locker. Gut. Also denn, hören Sie zu.

Ich bin gestern Abend nach ein paar Recherchen in eine Villa in Berlin-Wannsee eingestiegen. War eigentlich ganz einfach. Die Alarmanlage hat wahrscheinlich der Nazi-Bonze schon einbauen lassen, der den Kasten sich damals da hat hinstellen lassen. Der heutige Besitzer, ein Arzt, hat wohl maßgeblich auf seinen Dobermann vertraut. Aber ich kann ganz gut mit Hunden, und Dobermänner sind eh nicht die schlauesten. Der Mann ist der Firmenarzt, wenn man so will, einer dubiosen Gesellschaft, die in Berlin am Kurfürstendamm residiert, mit Verbindungen, Kontakten, eigentlich Zweigstellen, in der ganzen Welt. Von der übelsten Sorte! Dass das alles schon eine Nummer zu groß für mich ist, war mir schon klar, bevor ich in der Riesenhalle von diesem Palazzo Prozzo stand, aber schließlich hatte ich Ihnen mein Wort gegeben. Egal.

Wie ich da die Marmorstufen neben meinem neuen, stummelschwanzwedelnden Freund hochging, merkte ich plötzlich, dass die Bude nicht wie geplant leer war! Die Funzel, die da diffus aus dem Türspalt des Arbeitszimmers im ersten Stock leuchtete, ließ nix Gutes erwarten. Da war jemand zu Hause! Verdammt! Spontan schoss mir durch den Kopf, dass ich da bei jemandem eingebrochen war, der bestimmt nicht die Polizei ruft, wenn er mich erwischt. Und ich sag Ihnen was, Lady, ich hatte Schiss! Richtig Schiss! Also stand ich erst mal flach atmend da, hab mich keinen Millimeter bewegt und die Ohren gespitzt. Aus dem Zimmer drang kein Geräusch. Nur ganz leise war ein immer mal wieder anschwellendes Stück klassischer Musik zu hören, das ich schon immer eklig, weil gruselig fand. Orff. Carmina Burana. Aber irgendwie passte es zum Augenblick und dem ganzen Drumherum. Der Hund verhielt sich nämlich auch extrem merkwürdig. Zu friedlich, ja fast verstört wirkte er.

Also fasste ich mir irgendwann ein Herz und ließ mich von meinen Zehen in die falsche Richtung ziehen. Nach vorne. Als ich am Türspalt angekommen war und vorsichtig in den Raum schielte, sah ich einen Mann, der vornübergebeugt halb auf seinem Schreibtisch lag.

Als er sich eine ganze Weile nicht bewegte, kam mir der Verdacht, dass da irgendwas nicht stimmte. Aber als ich schnallte, was da nicht stimmte, war es schon zu spät. Als ich nämlich in den Raum trat, zuckte der Kerl und saß plötzlich wie 'ne Eins in seinem Bürosessel! Mit weißem Pulver an den Nasenlöchern, leicht wackelndem Kopf und einer Knarre in der Hand, die er in Gangstermanier quer über seiner Rübe in meine Richtung hielt. Scheiße! Mit weit aufgerissenen Augen sah er mich an und versuchte allem Anschein nach zu denken. Mit Daumen und Zeigefinger seiner linken Hand hob er dann nach einer Weile das cremefarbene Briefkuvert auf, das vor ihm auf dem Schreibtisch lag, warf es rotierend fast bis vor meine Füße, steckte sich die Knarre in den Mund und drückte ab. So. Toll, was!?

Eigentlich würde ich Ihnen noch ganz gerne etwas erzählen, von den Resten der Schädeldecke und der Hirnmasse, die anschließend hinter dem Kerl an der Wand klebten, damit Sie endlich auf mich hören! Denn das, was da vor Ihnen liegt, Frau Wiedemann, das ist der Brief. Sein Brief! Ich habe ihn gelesen. Und ich rate Ihnen dringend, ihn nicht zu lesen. Mein Rat wäre, ihn vielleicht anonym der Polizei zukommen zu lassen. Oder, wie gewünscht, dem Adressaten. Oder ihn einfach zu verbrennen!«

»Nein. Die Polizei ist machtlos.«

»Tja, da haben Sie wahrscheinlich ausnahmsweise mal recht. Dann nehmen Sie sich das Ding, in Teufels Namen. Das Einzige, was ich noch für Sie tun kann, ist, Ihnen die Telefonnummer von einem Kollegen von mir zu geben, der verrückt und möglicherweise sogar kompetent genug ist, Ihnen zu helfen. Hier ist sie. Lassen Sie sich nicht vom ersten Eindruck täuschen. Viel Glück.

Und ich werde morgen mal ins Tierheim gehen und schauen, ob der Dobermann noch da ist. Ich denke, der Köter passt zu mir.«

Berlin, Moabit, April 2009

Als ich im Krankenhaus wieder aufwachte, sah ich in die verheulten Augen von Judith. Und es kam mir vor wie ein Déjà-vu. Es sind genau diese Momente, glaube ich, und die ständige Angst vor ihnen, die diese schöne und intelligente Frau, meine Frau, an den Kamin eines langweiligen Bankers getrieben haben. Bei ihm wird sie sich nicht fragen müssen, ob und in welchem Zustand er nach Hause kommt. Keine Wehwehchen, weder an noch in der Birne. Höchstens bringt er einen selbstgerechten Anflug von Gewissensbissen mit, weil er wieder einmal jemandem ein faules Aktienpaket angedreht hat oder einer alten Frau eine Versicherung. Aber er sitzt zum Abendessen am Tisch. Ohne Pflaster und Alkoholfahne. Scheiße.

Und jetzt lieg ich schon wieder vor ihr und seh aus wie ein Teller bunte Knete. Genau wie damals im Hamburger Hafenkrankenhaus an unserem ersten Tag. Gott, war ich verliebt! Gott, bin ich verliebt!!

Ich weiß noch genau, wie sie ihre schlanke und elegante Hand auf meine Stirn legte. Und wie gut sich das anfühlte. Kühl. Ich meine, ich war nichts weiter als ein

Straßenköter, und sie war Ärztin. Schlimmer noch. Ich war auf dem Sprung, ein Söldner zu werden, und sie half jeden Tag Menschen. Ich war Dreck. Als ich damals meine Augen aufschlug, dachte ich, ich bin tot. Diesmal hast du's übertrieben. Diesmal hat dich dein Glück verlassen. Und das verschwommene Wesen da vor dir is nich von dieser Welt. Keine Ahnung, ob's nun am Restalkohol lag oder den Schlägen auf den Kopf, aber der erste Satz, den ich zu ihr sagte, war: »Hey, Baby, hast du heute schon gemännert?« Ich weiß nich, was der Scheiß sollte, und wenn ich ein wenig klarer gewesen wäre, hätte ich bestimmt versucht, etwas Geistreiches oder wenigstens Nettes zu sagen. Aber es kam dieser schwachsinnige Satz aus mir heraus, der noch nie zu etwas anderem geführt hatte als zu Ohrfeigen. Doch statt mich zu ohrfeigen, setzte sie sich ihre Brille auf und beugte sich ganz tief zu mir herunter, bis an mein linkes Ohr, und flüsterte: »Ich hab vor zwei Stunden im OP dein winziges Schwänzchen gesehen, Großmaul«, und mir klappte die Kinnlade herunter. Dann richtete sie sich langsam wieder auf und hinterließ diesen wunderbaren Duft, der sich von dieser Sekunde an für immer tief in meiner Seele festsetzte. Sie sah mich an, grinste, nickte einmal und zuckte dabei kurz mit beiden Augenbrauen. Als ich sie nach ihrem Namen fragte, tippte sie nur zweimal mit dem Zeigefinger auf das Namensschild über ihrer vom weißen Kittel verhüllten Brust. Und auf die Frage »Nein, mit Vornamen?« erwiderte sie: »Frau Doktor.« Dies war die schicksalshafteste und wichtigste Begegnung meines ganzen Lebens.

In der Nacht zuvor hatten wir uns in grenzenloser

Arroganz und Selbstüberschätzung im Rahmen unserer »Personenschutzlehrgangsabschlussfeier« auf St. Pauli mit einer Truppe angelegt, die in puncto Manpower und Equipment am Ende einfach die Nase vorn hatte. Klar, wir waren ausgebildet und bereit, in die ganze Welt auszuschwärmen und Menschen zu töten. Doch wenn ständig und immer wieder neue Ratten aus den Ecken und Löchern hervorkriechen, ist es egal, wie viele du vorher schon flachgemacht hast. Die armen uniformierten Hansels von der Davidwache waren natürlich auch heillos überfordert. Zumal der Laden schon in Schutt und Asche war, und wir allesamt in unserer eigenen Soße lagen, als die Ordnungshüter eintrafen. Ich weiß noch, wie ich dachte, fuck, als der Notarzt an mir rummachte, Rachus und Hannes sitzen im Flieger und ich in der Scheiße.

Aber alles, na gut, fast alles hat auch seine guten Seiten. Denn ohne die Dresche, die ich damals bezogen habe, und die anschließende Notoperation wäre mir diese saftige, wirklich heiße Frau niemals begegnet, die fortan mit einer Mischung aus Einfühlsamkeit, Intellekt und Sex mein ganzes Leben bestimmen sollte. Denn als sie mich wieder aufgepäppelt hatte und ich allmählich begriff, dass ich eine Chance bei ihr haben könnte, fiel es mir gar nicht so schwer, mein Lufthansaticket zu zerreißen. Zumal es ohnehin abgelaufen war. Plötzlich war alles ganz anders. Plötzlich verschoben sich alle Werte. Plötzlich schämte ich mich für das, was ich vorhatte. Plötzlich war Judith schwanger. Und als es hieß: »Sascha, Knackarsch, wir ziehen nach Berlin«, kam mir nicht mal der Gedanke an Widerspruch.

Und eh ich michs versah, hatte Judith eine gut dotierte Stellung in einem renommierten Krankenhaus, und ich war auf einmal Berliner Polizist. Polizist! Unfassbar. So erfolgreich, wie sie ihre Stelle antrat, so gut machte ich mich in meinem Umfeld. Das Fachgebiet Prostitution und Betäubungsmittel im größten Sumpf Berlins rund um die Potsdamer Straße in Schöneberg lag mir. Welch Wunder. Dreck. Als Zivilfahnder sprach ich die Sprache der Zuhälter und Huren, die ich seit meiner Kindheit kannte. Doch als ich, fast zeitgleich mit der Geburt unserer Zwillinge, unter Hepatitis-C-Verdacht stand, weil ich nachts irgendwo in den Straßen Berlins in Erste-Hilfe-Absicht in Nuttenblut gebadet hatte, war dies der Anfang vom Ende.

»Wer ist Maria?!«

»Wieso?«

»Weil du im Schlaf ihren Namen gesagt hast!«

»Echt?«

»Ja, echt!«

»Keine Ahnung, Baby.«

»Das glaubst du doch selber nicht!«

»Doch. Ich weiß, es klingt schräg. Aber immer wenn ich nah dran bin, den Löffel abzugeben, hör ich eine Kleinmädchenstimme.«

»Ach, hör auf. Kleinmädchenstimme, ja?!«

Ja! Schon seit Ewigkeiten. Und das Gruselige is, sie hat sich mir sogar vorgestellt.«

»Quatsch!«

»Hast ja recht, Baby, ich kapier's ja selber nich.«

Benno saß neben meinem Krankenhausbett und war

mit der Lesebrille tief auf der Nase und den Händen über seinem dicken Bauch gefaltet eingenickt.

»Wie lange seid ihr schon hier?«

»Benno, seitdem du hier bist. Mich haben sie im Dienst angerufen. Sascha, irgendwann werde ich noch wahnsinnig!«

»Ach ja? Warum bist du dann hergekommen? Wundert mich, dass dich dein schlipstragender Schmierlappen überhaupt hergelassen hat.«

Und weg war sie. Als sie das Zimmer verlassen hatte, fing ich an zu heulen. Statt dankbar zu sein und sie in den Arm zu nehmen, konnte ich wieder einmal meine dumme Fresse nicht halten. Ich hasste mich selber. Wenigstens konnte ich sicher sein, dass sie den Jungs gegenüber die Sache auf ein erträgliches Maß herunterspielen würde. Darin hatte sie Übung.

Nachdem ich die Schwester erfolgreich um eine weitere Portion Capros angebettelt hatte, schlief ich ein.

Zwei Wochen später ließ ich mich auf eigene Verantwortung, mit immer noch bunter Visage, humpelnd und nach Unterschrift unter einem entsprechenden Wisch aus dem Krankenhaus entlassen.

Wirklich ungewöhnlich war die Reaktion meines Chefs, dem Leiter des Polizeiabschnitts, bei dem ich kurz danach, ganz ohne Ein- und Vorladung vorbeischaute. Er war kein schlechter Kerl, und trotz seines Amtes, das eigentlich von ihm verlangte, viel mehr Politiker als Polizist zu sein und es der linksgerichteten Hauptstadtschickeria in allen Lagen recht zu machen, war ich erstaunt über dieses Gespräch.

»Simoneit, das war's. Ich hab Ihnen schon tausendmal gesagt, ich kann Sie gut leiden, aber das war's. Endgültig. Sie können in Moabit nicht rumballern und Fahrzeuge in die Luft sprengen und erwarten, dass das alles im Sande verläuft wie der übliche Bockmist, den Sie so bauen!«

»Hab ich beides nich gemacht.«

»Ach, hören Sie doch auf! Haben Sie eine Ahnung, was ich dem breitärschigen Polizeipräsidenten alles habe erklären müssen nach der Nummer, hä!? Ganz zu schweigen vom LKA, die schon seit Monaten an den Kurden dran waren! Wär vielleicht mal 'ne Idee gewesen, sich mit denen kurzzuschließen, statt halb Moabit auf eigene Faust in die Luft zu jagen!«

»Sie wissen so gut wie ich, dass die meinem Freund nicht hätten helfen können oder wollen, die Pappnasen.«

»Ach!«

»Außerdem standen die Aktien gar nich so schlecht, bis einer von diesen Heißspornen plötzlich 'ne MP zog.«

»Egal. Das Maß ist voll. Aber ich sag Ihnen was. Ich hab was für Sie ausgehandelt. Ich weiß auch nicht, warum! Ich hab keine Ahnung, was bei dem Rattenschwanz von Gerichtsverfahren herauskommt, aber wenn sie mir versprechen, mal ausnahmsweise Vernunft walten zu lassen, schaffen wir bis dahin Tatsachen. Sie sind kein schlechter Polizist, und wer sich die Mühe macht, durch keine rote, grüne oder sonst wie verzerrende Brille Ihre Akte zu lesen, findet darin fast so viel Positives wie Bockmist. Das habe ich erfolgreich ins Feld geführt. Und dann noch theatralisch hinzugelogen, Sie hätten sich um diese Stadt verdient gemacht. Fragen Sie mich bloß nicht, warum!

Wie dem auch sei, Ihr linkes Bein bleibt, so wie ich das sehe, aller Voraussicht nach steif. Also tun Sie sich und vor allem mir den Gefallen und nehmen Sie das, wie ich finde, großzügige Angebot an, Sie in den vorzeitigen Ruhestand zu versetzen.«

»Na toll. Mindestversorgung, ja? Prima. Da brauch ich mir ja keine Sorgen zu machen, dass die Altachtundsechziger in schwarzer Robe mir eins überbraten, denn 'nem nackten Mann kann man nich in die Tasche fassen!«

»Das war alles, was rauszuholen war, Simoneit. Und glauben Sie mir, die Alternativen, die da im Gespräch waren, würden Ihnen noch weit weniger gefallen!«

»Kann ich mir vorstellen.«

»Passen Sie mal auf, gehen Sie erst mal nach Hause, kurieren sich aus, schlafen Sie drüber und überlegen in aller Ruhe, ob das nicht das Beste ist. Ich bin nicht Ihr Feind.«

Statt nach Hause ging ich direkt zu Benno in die Kneipe. Mit dem festen Vorsatz, mich volllaufen zu lassen. Und um nachzuschauen, wie es dem Dicken ging. Unterwegs ging mir durch den Kopf, was mir da gerade eröffnet worden war. Klar, ich war niemals der Polizist, der ich hätte sein sollen. Aber ich liebte diesen Job. Stand er doch stellvertretend dafür, dass Judith es fast geschafft hatte, nein, dass sie es geschafft hatte, einen besseren Menschen aus mir zu machen. Ich war stolz darauf, dass man jemandem wie mir eine Waffe anvertraute und mich auf die Straßen schickte, um für ein zugegebenermaßen beschissenes Gehalt etwas Richtiges zu tun. Etwas Gutes. So sah ich es zumindest. Und jetzt war die Blase geplatzt. Genauso unverhofft, wie dieser gutbürgerliche Traum begonnen hatte, schien er auch wieder in sich zusammenzufallen, so wie das fettige Bhatura von Shahrukh in der Levetzowstraße, das meine Jungs so sehr liebten. Tiefe Schwermut überkam mich.

Als ich mit meinem Gehstock Marke Kassenmodell in Bennos Kneipe humpelte, traute ich meinen Augen nicht. Alles war wieder gut! Alles war wieder gerichtet, repariert, instand gesetzt. Erstrahlte in neuem altem Glanz. Selbst die wunderschöne »Lyric«, jene geliebte Musik- und Zeitmaschine, die beinahe das Herz dieser Kneipe war, leuchtete so herrlich wie an ihrem ersten Tag. Ein Wunder. Lächelnd, mit seiner grünen Schürze über dem dicken Bauch, empfing mich Benno stolz hinter seinem Tresen und drehte etwas verlegen an seinem Kaiser-Wilhelm-Schnurrbart. Mühsam kletterte ich auf einen der mit rotem Leder gepolsterten Hocker und bestellte.

»Ein Pussywhiskey bitte. Und am besten, du lässt die Flasche gleich stehen.«

Als er ein goldgelbes Glas Jim Beam Honey drei Finger breit gefüllt und inklusive Flasche vor mich hingestellt hatte, bückte er sich, griff unter den Tresen und zauberte ein circa ein Meter langes, in hübsches Geschenkpapier verpacktes, schlankes Etwas mit einem kleinen Anhänger hervor und legte es ebenfalls vor mich auf den Tresen. »Für meinen Sascha«, stand da auf dem Anhänger, und ich nahm einen großen Schluck flüssiges Glück.

»Auspacken.«

»Was is das, 'ne Greifhilfe für Krüppel? Ham'se mir schon aus'm Krankenhaus mitgegeben.«

»Auspacken.«

Also nahm ich noch einen Schluck und begann wenig vorsichtig das Papier um den ungewöhnlich schweren Gegenstand herum abzureißen. Es war ein Gehstock. Ein wunderschöner, filigran gearbeiteter Gehstock mit einem Griff aus einem Metall, das ich nicht einordnen konnte, weil der matte, silbrige Glanz und das enorme Gewicht mich stutzig machten.

»Gefällt er dir? Erpel hat mich beraten.«

»Jaa, Dicker, was ist das für ein Metall?«

»Das sag ich dir nicht. Aber ich will dir mal Folgendes sagen: In meinem ganzen Leben habe ich nur drei Menschen getroffen, die bedenkenlos für mich gestorben wären. Das waren meine liebe Rieke, Gott hab sie selig, der verschrobene Erpel und du, mein Sascha. Was auch immer kommen mag, mach dir keine Sorgen, mein Lieber, ich bin für dich da.«

Was diese Worte bedeuten sollten, konnte ich zu diesem Zeitpunkt noch nicht einmal ansatzweise ermessen.

Dann schenkte er sich ebenfalls ein Glas von meinem Lieblingswhiskey ein, den er eigentlich gar nicht mochte, und prostete mir zu. Zärtlich strich ich über den Griff meines neuen Begleiters, auf den in kleinen, aber kunstvoll verschnörkelten Buchstaben ein paar Worte eingraviert waren, die mich sehr berührten. Ich war ziemlich durcheinander.

»Hast du im Lotto gewonnen, mein Dicker, oder was ist hier passiert?!«

»Pass auf. Am wichtigsten ist, dass ich mich mit den Kurden geeinigt hab. Die, die hier waren, das war gewissermaßen die zweite Generation von denen. Deshalb ging das auch so in die Hose. Die erste Generation ist fast in meinem Alter. Das sind Pragmatiker und Geschäftsleute, alles gut. Ein Kurdenbein kostet dreißigtausend Euro, hab ich gelernt, und den Mercedes, den Erpel gesprengt hat, muss die junge Garde von denen, nach Beschluss der Alten, selber verkraften. Quasi als Strafe für eigenmächtiges Handeln. Ist mir fast sympathisch, diese Art von Geschäftsführung. Ich zahl jetzt monatlich einen lächerlichen Betrag an die, um unser aller Gesicht zu wahren, und dafür sind die Kurden seit zwei Wochen meine Freunde. Alles gut.

Und was deine Frage angeht, mein Sascha, nun, was glaubst du wohl, wo damals die Sass-Brüder die verschollene Sore vom Diskontobankbruch versteckt haben, bevor sie von den Nazis gefoltert und ermordet wurden?«

Berlin, Tempelhof, Oktober 2016

»Heuchler. Allesamt Heuchler.«

Ruhig und möglichst langsam steuerte Ninko den unauffälligen dunkelblauen VW-Bus durch die Straßen, zu gern hätte er die so oft wiederkehrenden Gedanken abgestellt.

»Die Skorpioni, der militärische Arm der serbisch-orthodoxen Kirche?! Was für ein Scheiß! Und selbst wenn? Hatten nicht alle kirchlichen und weltlichen Fürsten seit jeher ihre Schattenwesen für den Schmutz? Alle. Persische Derwische, die Bozkurtlar der Türken, die Assassini der katholischen Kirche, ja selbst Gladio mordete noch fleißig für die scheiß NATO. Aber wir waren natürlich die Schlimmsten!? Na klar! Schwachsinn. Sind wir vielleicht auf ihren Papst losgegangen, wie die Grauen Wölfe?! Nein, sind wir nicht. Die Skorpioni haben einen ehrenvollen Kampf gekämpft! Immer! Ganz gleich, was sie alle erzählen. Hat Abt Gavrilo uns nicht persönlich gesegnet?! Die Zeit im Kloster war so gut. Reinigend und gut. Nichts kann dich besiegen, wenn du den Schutz von etwas Höherem besitzt. Wenn die Dunkelheit vorbei ist und du aus den Kellerkatakomben wieder aufsteigst, weißt du, dass dich nichts mehr aufhalten kann, wenn du es nicht zulässt. Wenn du einmal den Schmerz besiegt hast, verliert er seinen Schrecken. Als der weiße Skorpion mit uns fertig war, wussten wir, dass wir unbesiegbar sind. Zumindest die, die seine Ausbildung überlebt hatten. Der Rest war in Ehre gegangen. Sicher werde ich ihre Schreie niemals vergessen, aber ihr Leiden machte uns nur noch härter. Nichts war falsch, gar nichts!«

»Links abbiegen, Ninko.«

Gleichmäßig und rund wischte der Riese mit der schwarzen Augenklappe einhändig das Lenkrad dreimal nach links und brachte daraufhin den schusssicher gepanzerten VW-Bus sanft zum Stehen, um eine junge Mutter mit ihrem Kinderwagen passieren zu lassen.

»Babymörder! Jaja, verdammte, verfluchte Heuchler. Als wir nicht mehr gebraucht wurden, waren wir auf einmal an allem Schuld. Von wegen. Auf einmal waren wir *psi rata* Toll! Man lässt seine Kinder nicht fallen. Man lässt sie nicht allein mit Bildern und Erinnerungen im Dunkeln.

Das tut man nicht! Was haben sie gedacht?! Dass wir uns richten lassen für ihre Fehler? Heuchler, verdammte, verfluchte Heuchler! Fürchten sollten sie uns. Uns, die neuen, die weißen Skorpioni! Alle. Mehr denn je!«

»Stopp. Halt mal an. Die da ist perfekt!«

Etwas unsanft bremste er den schweren Wagen. So unsanft, dass das Kreuz mit dem schrägen Querbalken, welches am Rückspiegel hing, erst gefühlte Minuten später wieder zur Ruhe kam.

»Nein. Die ist blond.«

»Rachus, wir haben keine Zeit für deinen Scheiß.«

»Nur, wenn sie am Leben bleibt!«

»Das ist nicht dein Ernst?!«

Mit einem kurzen Blick über seine linke Schulter signalisierte Rachus vom Beifahrersitz aus mehr als deutlich, dass er sehr wohl ernst meinte, was er da gerade gesagt hatte. Todernst.

»Ach, was bist du doch für ein guter Mensch. Na gut. Meinetwegen kannst du sie wieder herbringen, wenn wir mit ihr fertig sind. Ich werd den Medizinern sagen, dass du ihr Patenonkel bist! So, genug gequatscht! Milan und Ugren, ihr holt die Kleine, und macht mir ja nichts kaputt! Luka sichert ab. Ninko, lass den Motor laufen, ich will in fünf Sekunden hier weg sein.«

Mexiko, Bundesstaat Hidalgo, Mai 2012

»Das ist nicht gut. Das ist gar nicht gut.«

Mit einer verächtlichen Bewegung und Falten auf der Stirn warf der kräftig, aber untersetzt gebaute Enddreißiger mit dem schwarzen Schnurrbart die Zeitung auf den Tisch der Veranda seiner zum Hochsicherheitstrakt ausgebauten Hazienda.

»Wissen Sie, Senior DeKlerck, warum man mich El Verdugo, den Henker, nennt?«

»Nein.«

»Weil die Menschen Angst vor mir haben.«

»Soso.«

»Aber von Ihnen, von Ihnen kann ich vielleicht noch lernen.«

»Soso.«

»Ich werde nie vergessen, wie Sie 2010 aus Ciudad Mier in meinem Auftrag eine komplette Geisterstadt gemacht haben. Madre de Dios! Verraten Sie mir Ihr Geheimnis!«

»Ganz einfach: Man muss lieben, was man tut. Nur wer mit Leidenschaft seiner Berufung nachgeht, kann auch wirklich gut darin sein.«

»Haha, jaa, Leidenschaft, Berufung, das glaube ich Ihnen aufs Wort. Aber man darf dabei nicht das Ziel aus den Augen verlieren. Das ist nicht gut fürs Geschäft.«

»Wie soll ich das bitte verstehen?«

»Schauen Sie sich die Zeitung an. Schauen Sie …« El Verdugo tippte auf die Überschrift des Leitartikels.

49 TEILWEISE GEKÖPFTE UND VERSTÜMMELTE LEICHEN AUF DER SCHNELLSTRASSE 40 ZWISCHEN MONTERREY UND REYNOSA NAHE CADEREYTA DE JIMÉNEZ ENTDECKT!

EINE WEITERE ESKALATION IM DROGENKRIEG?

… stand da auf der Titelseite zu lesen, gefolgt von Farbaufnahmen geschundener Körper, die selbst den leidgeprüften Durchschnittsmexikaner vor Entsetzen die Hand auf den Mund legen ließ.

»Und? Sie wollten ein weiteres Zeichen setzen, hatten Sie gesagt?! Bitte schön. Die Zitas haben ein Zeichen gesetzt. Und zwar mit Visitenkarte.«

»Jaa, allerdings! Aber wäre das nicht etwas diskreter möglich gewesen?! Direkt an den Adressaten zum Beispiel! So ist das nicht gut. Gar nicht gut! Das wirbelt Staub auf! Viel zu viel Staub. Das ist nicht gut fürs Geschäft!«

»Erzählen Sie mir nichts von Geschäft. Ich leite ein weltweit florierendes Unternehmen, und zwar in einer Branche, wie sie sensibler nicht sein könnte. Wir vergiften die Menschen nicht, wir verkaufen Sicherheit und schenken neues Leben.«

»Die Fotos dort, Senior DeKlerck, sprechen aber eine ganz andere Sprache.«

»Ich erkläre Ihnen Ihren Job nicht, erklären Sie mir nicht meinen.«

»Aber so geht das nicht …«

»Doch! Genau so geht das! Und zwar schon seit Jahrtausenden! Genau so! Sie haben mich engagiert, um Ihre Truppe hier auf Vordermann zu bringen und Ihren Interessen in der Region Nachdruck zu verleihen. Und genau das habe ich getan. Die besten Spezialisten weltweit, und zwar aus aller Welt, habe ich Ihnen hierher geholt, und jetzt wollen Sie die Modalitäten ändern?!«

»Nein, nein, sicher nicht, nein … Aber schauen Sie sich diese Schweinerei an, muss das sein?!«

»Was ist los, gefällt Ihnen unsere Choreografie nicht?«

»Nein! Ganz und gar nicht, um ehrlich zu sein! Ausgeweidete Leichen, Madre de Dios!«

»Jungen, gesunden Männern Autoreifen überzustülpen, sie mit Benzin zu übergießen und dann anzuzünden, so wie Sie es früher gemacht haben, mein Lieber, lässt auch nicht gerade den Humanisten in Ihnen glänzen. Und ist nebenbei gesagt eine wirklich dumme Verschwendung von Ressourcen. Außerdem ist die pädagogische Wirkung sehr begrenzt. Eigentlich ist es nur für Augenzeugen unvergesslich. Für das Stück Presskohle, das übrig bleibt, interessiert sich kein Mensch, aber das da, das bleibt in Erinnerung, glauben Sie mir. Aber was rede ich hier … Wir haben eine Vereinbarung, eine verbindliche Vereinbarung, oder etwa nicht?! Unsere Geschäftszweige sind sehr verschieden, auch wenn wir beide aus nachwachsenden Ressourcen schöpfen. Und meine Ernte ist wesentlich schwerer einzuholen als die Ihre. Seitdem die chinesische Regierung die Todesstrafe und den schwunghaften Handel mit den entsprechenden Ersatzteilen auf internationalen Druck drastisch eingeschränkt hat, ist der Markt explodiert. Was soll's, es lebe die Globalisierung. Und wir zwei waren uns einig, dass ich hier freie Hand habe, oder etwa nicht!?«

»Schon, aber so geht das nicht weiter … Das müssen wir besprechen. Ich gebe heute Abend ein kleines Fest, das wäre doch eine ideale Gelegenheit. Sie sind herzlich eingeladen, mein Freund.«

»Danke, aber das wird nicht gehen. Ich habe unaufschiebbare Termine wahrzunehmen.«

»Sind Sie sicher? Ich lasse ein paar exotische Leckerbissen einfliegen, und außerdem hat der Ukrainer aus Ihrer Mannschaft einen meiner Offiziere zum Russisch Roulette herausgefordert, es wird bestimmt unterhaltsam …«

»Jaa, da bin ich mir sicher, aber ich kann nicht. Ich habe in den nächsten 36 Stunden Termine in Kairo, Tel Aviv, Zürich und Priština wahrzunehmen, und meine Ware ist verderblich. Sie wissen ja, wie das ist: Wenn du sichergehen willst, dass etwas erledigt wird, tu es selbst.«

»Allerdings. Nun gut, Cabrón, Klartext: So etwas wie das da wird sich nicht wiederholen, habe ich mich klar ausgedrückt?!«

»Aber El Lazca?! Wenn ich es nicht besser wüsste, würde ich glauben, Sie hätten mir gerade gedroht. Ach, es muss an dieser furchtbaren Hitze liegen … Nun, ich muss los. Zum Abschied noch eine Frage … Haben Sie schon einmal etwas von der Fabel vom Frosch und dem Skorpion gehört?«

»Nein.«

»Eines Tages wollte der Skorpion einen Fluss überqueren und fragte den Frosch, ob er mit ihm auf dem Rücken hinüberschwimmen würde. Der Frosch sagte: Nein, du wirst mich stechen, und ich werde sterben! Warum sollte ich das tun, entgegnete der Skorpion, dann ertrinke ich doch auch? Und so fasste der Frosch Vertrauen und willigte ein. Als die beiden dann in der Mitte des reißenden Flusses waren, stach der Skorpion dennoch den Frosch und schaute ihm zu, wie er zuckend starb. Warum hast du das getan?, fragte der Frosch. Und der Skorpion antwortete: Ich kann nichts dafür, es liegt in meiner Natur!«

»Sehr schön, eine sehr schöne Geschichte. Ich wünsche Ihnen eine sichere Reise, mein hellhäutiger Freund, und holen Sie sich keinen Sonnenbrand.«

Auf das Geländer der Brüstung seiner Veranda gestützt und auf einem Zigarrenstummel kauend schaute El Verdugo noch lange dem schneeweißen AMG-Mercedes G65 mit dem stilisierten Skorpion auf der Heckklappe hinterher, bis dieser schließlich ganz in einer Staubwolke verschwand.

»Cabrón.«

Am 09.10.2012 titelten die Nachrichtenagenturen weltweit: »Berüchtigter mexikanischer Drogenbaron in Feuergefecht bei Laredo nahe der texanischen Grenze mutmaßlich getötet«.

Berlin, Moabit, September 2010

»Der Köter stinkt!«

»Der stinkt überhaupt nicht. Der riecht besser als du!«

»Benno, ich kann den nicht behalten. Was is das überhaupt? Sieht aus wie 'ne Kreuzung aus Shetlandpony und Gorilla! Und er stinkt doch …«

»Red nicht rum, Sascha, du hast ihn gewonnen, jetzt behältst du ihn auch.«

Gut, seriöser Lebenswandel geht anders. Aber mal ehrlich, für wen soll ich mich zusammenreißen?! Für wen? Häufig wechselnde Sexualpartner wären auch keine Lösung, meint Benno. So ein Blödsinn. Wenn's denn man so wäre. Okay, ich geb zu, dass ich aufgrund der sagen wir mal »räumlichen Nähe« meiner Höhle zu Bennos Kneipe, die ja eigentlich mein Wohnzimmer is, hin und wieder komatös in meine Koje gefallen bin und am nächsten Morgen neben jemandem aufwachte, den ich gar nich kenne. Oder kaum. Aber mit Sex kann das bei dem Alkoholpegel selten was zu tun gehabt haben. Außerdem tritt bei Belastung und unter Alkoholeinwirkung der wahre Charakter zutage, haben meine Marineausbilder immer gesagt. Was bei mir so viel heißt wie, ich werde sentimental. Wenn mich dann also zum Beispiel Coco, seines Zeichens stadtteilbekannter Transvestit, Transgender oder was weiß ich, wie die Dinger heutzutage heißen, heulend fragt, ob er bei mir pennen kann, weil sein Freund ihn verdroschen hat, sag ich nich Nein. Warum auch? Ich meine, zu klauen gibt's bei mir eh nichts und schon gar nich meine Unschuld. Außerdem fungiert Benno immer noch als so

’ne Art Grobfilter. Kann also eigentlich gar nicht so viel schiefgehen. Was da aber heute morgen neben mir im Bett lag, das war schon was Besonderes!

Sonntag. Ich werd geweckt von einem Furz, der eher einem Donnern ähnelt als dem leisen Angstpup, den Goliath, Bennos Kartäuser, hin und wieder absondert, wenn die Bierkutscher die großen Fässer reinrollen. Gefolgt von einem Gestank, der mich nach zwei Minuten unweigerlich zwingt, die Augen aufzumachen. Ich schüttle also kurz den Kopf, was einen heftigen Schmerz verursacht, und schaue in zwei dunkelbraune, große Augen. Gerahmt von langen Wimpern und, etwas weiter darunter, einer dunklen Schnauze, aus der an der einen Seite ein Eckzahn und an der anderen Seite ein dicker Sabbertropfen sich über die wulstige Unterlippe ins Freie kämpfen. Für einen Augenblick denke ich, ich träume. Also zweiter Versuch. Augen zu. Augen wieder auf. Unverändertes Bild. Gerade als ich anfange mir über Roofies oder irgendwelchen anderen Scheiß Gedanken zu machen, den ich mit oder ohne Absicht letzte Nacht eingepfiffen haben könnte, klingelt mein Telefon. Das hängt zwar irgendwo am Ende eines Kabels, was aber noch lange nicht heißt, dass man es deshalb leicht findet. Also mach ich mir in meinem Zustand erst gar nicht die Mühe zu suchen, bleib einfach liegen und erschreck mich dann furchtbar. Weil der Alien neben mir anfängt zu knurren. Und zwar so laut und intensiv, dass das ganze Bett vibriert. Ein Geräusch und Gefühl, das ich so eigentlich nur von Schiffsdieseln kenne. Als das Klingeln aufhört, geht auch der Vibrator wieder aus. Gut. Ich atme für ’ne Weile durch den Mund. Und penn wieder ein.

Als ich fünf Minuten oder vielleicht auch drei Stunden später wieder aufwache, liegt dieser kalbskopfgroße Schädel in meinem linken Arm und schaut mich immer noch verliebt an. Hey, Süße, ich könnt schwören, letzte Nacht hast du besser ausgesehen, denke ich so bei mir, und dann leckt es mich. Quer übers Gesicht. Jetzt bin ich endgültig wach. Nass und wach. Wahhhh. Dann klingelt wieder das Telefon, und die Matratze fängt auch wieder an zu zittern. Mein linker Arm is wie festgedübelt, aber ich seh rechts neben der Matratze unter einem Wäschehaufen ein Stück Telefonkabel verschwinden. Ich finger nach dem Strick und wende dann die erprobte Methode an, wegen der ich, unter anderem, noch ein Telefon mit Kabel besitze. Im Gegensatz zu diesem ganzen anderen neumodischen Schnickschnack hab ich nämlich damit quasi eine ganz eigene »Suchmaschine«. Denn am Ende der Strippe muss das Telefon sein. Oder die Wand. Physik. Wenn man jetzt also gaanz vorsichtig an diesem Kabel zieht, wird es irgendwann dicker, und das ist dann am Schluss der Hörer. Genial, oder?!

Es is Benno. Er erzählt mir, ich hätte letzte Nacht beim Pokern einen Hund gewonnen. Ein Riesenvieh, und ich soll mich nich erschrecken. Zu spät.

Doch langsam dämmert's mir. Luigi hat mir zuerst das Fell über die Ohren gezogen, und dann ich ihm. Als er völlig pleite war, aber meinte, ein gutes Blatt auf der Hand zu haben, hat er mir seinen alten VW-Passat oder diesen »Weltklassekampfhund« angeboten. Und ich hab offensichtlich den Alien genommen. Auweia! Na ja, und so nahm das Schicksal wohl seinen Lauf, und ich bin mit dem Furzer da irgendwann im Bett gelandet. Igitt. Und dass der Hund heißt wie ein italienischer Wein, glaube ich mich auch noch zu erinnern. Aber ich weiß beim besten Willen nicht, welcher. Also versuch ich Chianti, oder wie auch immer er, sie, es heißen mag, zu überreden, meinen Arm freizugeben, denn ich muss mal puschen. Nach einer Weile gibt's ein Einsehen, und es hebt den Kopf. Und zwar um sich ausgiebig mit der Zunge, die ich eben noch im Gesicht hatte, die Riesenglocken ein wenig frisch zu machen. Bin froh über die Reihenfolge. Womit die Geschlechterfrage beantwortet wäre. Mir wird irgendwie ganz komisch.

Nichtsdestotrotz nutze ich die Gunst des Augenblicks, ziehe meinen Arm raus, drehe mich nach rechts und setze beide Füße neben dem Bett auf die Erde. Links gefedert. Schlagartig wird mir klar, warum es in meiner Höhle immer noch so stinkt. Drei Pfund ohne Knochen! Netterweise direkt auf eine Zeitung von letzter Woche. »43 mexikanische Studenten in Guerrero spurlos verschwunden«, lese ich, und dass Leonardo da Vinci angeblich homosexuell gewesen sein soll. Mehr is nicht mehr zu erkennen.

Da sich weder meine Blase sozialverträglich selbst entleert, noch dieser Riesenhaufen allein verschwindet, raffe ich mich auf und versuche mich ebenfalls ein wenig frisch zu machen. Als die Spuren der letzten Nacht wenigstens notdürftig kaschiert sind und alle vier Raviolidosen, die ich noch hatte, im »Weltklassekampfhund« für neue Munition sorgen, wackeln wir beide zusammen erst mal rüber zu Benno. Das Erste, was uns dort erwartet, ist die absolut Kopfschmerz verstärkende, hohe Stimme von Luigi.

»Ahhh, Lambrusco, mio piccolo angelo …«, gefolgt von einem gebrummten »Mahlzeit!« von Benno.

»Hast du gerade ›mein kleiner Engel‹ zu diesem Riesenvieh gesagt?«

»Si. Pulcinella, wie hast du geschlaffen, Schatz?«

»Pulcinella?! Kleines Küken?! Luigi, du hast sie nich alle. Aber gut, dass du da bist. Komm, nimm wieder mit das Gerät, die Nacht heute reicht mir. Los, zieht Leine, beide, du schuldest mir nichts!«

»Molto bene, carabinieri, du bisse eine gutte Mensch!«

»Leck mich, verpisst euch, ich hab Kopfschmerzen …«

»Ahhh, is sich nix so einfach …«

»Wat is? Lass mich raten, er frisst dir die Haare vom Kopp, und du bist pleite oder wat?«

»Nonono, is sich nix so einfach …«

»Sondern?«

»Tja, wie soll ich saggen, muss ich gehen auf Montage, comprende, du verstehst?«

»Montage? Quatsch! Was willst du denn bauen, du Nulpe, außer vielleicht noch ’n schiefen Turm?«

»Saascha … habe ich gebaut Scheiße. Comprende?«

»Knast?«

»Si. Morgen früh is sich Haftantritt, porca miseria … So Pulcinella muss bleiben bei dich, okay?«

»Neeein. Neinneinnein. Nein. Hast du niemand anderen?«

»No. No, guck ihn an, schau. Wer würde nehmen 86 Kilo geballte Liebe?! Wer könnte nehmen?!«

»Neee …«

»Ich bitte dich, Sascha, er muss bei dich bleiben, ich bitte dich. Du bisse gutt für ihn, ich weiß das! Du bisse eine gutte Mensch! Und er is sich gutt für dich, ganz sicher!«

»Fuck! Wie lange?«

»Aaach, mit gutte Führung zwei, maximal zweieinhalb …«

»Watt, Jahre?!«

»Si.«

»Ahhhh. Du doofer Spaghettifresser …«

»Si!«

»Mann, ey …«

»Bitte!«

»Verfluchte Kacke! Ich weiß, ich werd's bereuen … Okay, was soll's? Okay, hau ab. Ich schätze, du hast noch 'ne Menge zu erledigen. Hau bloß schnell ab, bevor ich's mir anders überlege …«

»Ahh, ti amo, mio carabinieri! Du bisse eine gutte Mensch!«

»Jaja, zieh Leine, komm. Und schreib uns mal. Wir kommen dich besuchen.«

Eine tränenreiche, italienische, lange Umarmung und Abschiedsrede später, die wohl niemand ganz verstand außer dem Riesen, saß er mit hängendem Kopf und hängenden Augenlidern traurig in der offenen Tür und sah seinem Luigi nach, der wahrscheinlich nur halb so viel wog wie er. Benno putzte und polierte ausgiebig an einem Glas, lächelte in sich hinein und sagte: »Glückwunsch«. Mein Blick fiel auf den Boliden. Und wie er da so saß, umflutet von der hereinströmenden Herbstsonne mitten im Türrahmen, fand ich ihn auf einmal schön.

»Sascha?«

»Jaa, Benno?«

»Ich glaube, der Hund ist gut für dich.«

»Der Köter stinkt. Ich kann ihn nicht behalten.«

»Sascha?«

»Jaaa?«

»Du bisse eine gutte Mensch.«

Berlin, Wilmersdorf, November 2016

»Darf ich vorstellen: Pandinus imperator ...«

Als Arthur Anoglis die Tür öffnete, wusste er, was die Stunde geschlagen hatte. Schon das energische Klopfen statt der hübschen kleinen Melodie, die erklang, wenn man den Klingelknopf betätigte, verursachte ein flaues Gefühl in seinem Magen. Irgendwie hatte er geahnt, dass so etwas passieren würde. Doch was genau, und vor allem wie, darauf war er, bei Gott, nicht vorbereitet. Die drei Männer, die da vor seiner Tür standen, sahen aus wie aus einem billigen Horrorfilm. Ein Albino, ein Muskelpaket mit Bürstenhaarschnitt und ein Riese mit schwarzer Augenklappe. Surreal.

Für eine Sekunde dachte er an Flucht. Nicht umsonst hatte er dieses Büro im ersten Stock angemietet, das einzige Fenster führte zu den darunter liegenden Garagendächern. Zweimal hatte ihm ein beherzter Sprung schon das Krankenhaus erspart. Doch diesmal ging es um mehr als nur eine gebrochene Nase, die ihm ein Alimenteflüchtling oder Ehebrecher verpasste. Er spürte so etwas wie Verzweiflung in seiner Brust, als er wortlos zur Seite trat und den Zugang zu seinem schäbigen kleinen Büro freigab. Wo Sandra wohl gerade sein mochte? Ob das Baby wohl Schaden nahm durch die lange Zeit der Drogen? Mein Gott, in ein paar Wochen wäre er Opa geworden.

Der Mann mit dem Bürstenhaarschnitt griff ihm, quasi im Vorbeigehen, unter sein Jackett und zog den Revolver aus dem Schulterholster, den er ganz legal tragen durfte, aber noch nie benutzt hatte. Grinsend legte er ihn in einen schwarzen Aktenkoffer, dessen schnappende Schlösser Arthur zusammenzucken ließen. Die drei Männer verteilten sich im Raum. Der Hellhäutige, der beinahe zu leuchten schien, setzte sich in den abgewetzten, von den Tränen der üblichen Klienten durchtränkten Sessel. Und der Kerl mit der Augenklappe, der beidhändig einen kleinen, mit einem schwarzen Tuch bedeckten Kasten vor der Brust trug, blieb an der Tür stehen. Bürstenhaarschnitt stellte den offenen Aktenkoffer auf den Schreibtisch und umrundete diesen dann einmal, wobei er seine Handfläche unterhalb der Tischkante entlanggleiten ließ. Als er innehielt, weil seine Finger über Arthurs zweite, alte Pistole fuhren, die mit Panzerklebeband auf Höhe des Bürostuhls an der Unterseite des Schreibtisches befestigt war, grinste er Richtung Arthur und zwinkerte ihm zu. Auch diese Pistole verschwand in dem schwarzen Aktenkoffer.

»Bitte setzen Sie sich, Herr Anoglis, oder darf ich Arthur sagen?«, hörte er den Albino fast wie in Trance sagen und ging langsam auf seinen Schreibtisch zu. Im Vorbeigehen warf er einen kurzen Blick in den Aktenkoffer, in dem neben den beiden Waffen ein Seil und einige andere merkwürdige Utensilien lagen. Als er auf Armlänge heran war, spürte er drei Augenpaare in seinem Rücken und wusste genau, dass hier keine Nachlässigkeit am Werk war.

»Sicher. Darf ich mir einen Drink nehmen?«

Ein wortloses Nicken als Antwort veranlasste ihn, ganz langsam die linke Seitentür seines Schreibtisches zu öffnen und den alten Scotch herauszunehmen, der dort für einen besonderen Anlass deponiert war. Auszahlung der Lebensversicherung, Großvater werden oder … Besuch vom Tod. Denn er wusste, weshalb diese Männer gekommen waren. Doch dieses eine Mal, dieses letzte Mal, wollte er es richtig machen. Nichts würde er ihnen sagen. Nichts!

Und so öffnete er die Flasche und setzte sie, ohne auch nur nach einem sauberen Glas zu suchen, an den Mund, um so viel wie möglich auf einmal von diesem edlen Tropfen in sich hineinzuschütten.

»Aber, aber, mein lieber Arthur, kein Grund zur Panik. Na gut, ein wenig vielleicht schon. Ich will mich kurzfassen, meine Zeit ist kostbar. Wie Sie wissen, ist ein Mitarbeiter meiner Firma am Dienstagabend viel zu früh von uns gegangen. Wie Sie sicherlich nicht wissen, hat die, sagen wir mal, Labilität seines Charakters, die in letzter Zeit überhandnahm, uns Sorgen bereitet und veranlasst, gewisse Vorsichtsmaßnahmen zu treffen. Deshalb hat mein Sicherheitschef hier, dessen Hand Sie ja eben schon einmal kurz auf Ihrem Herzen gespürt haben, für eine elektronische Rundumüberwachung gesorgt. Mag sein, lieber Arthur, dass Sie keine Probleme mit der Alarmanlage und dem dämlichen Hund hatten. Tatsache ist, dass meine Leute nur wenige Minuten, nachdem Sie das Anwesen verlassen hatten, dort eintrafen und erst einmal den Hund seinem Herrn hinterherschickten. Ninko, erinner mich bitte daran, Rachus den diesjährigen Bonus zu streichen. Aber ich habe glasklare Aufnahmen davon, wie unser Dottore Ihnen zu wundervoller Musik einen Brief vor die Füße wirft und sich anschließend den Schädel wegpustet. Überraschung! Und diesen Brief, lieber Arthur, möchte und muss ich haben, das werden Sie doch verstehen, oder?«

»Ninko? Rachus? Sie haben nicht vor, Herr DeKlerck, mich hier lebend davonkommen zu lassen, stimmt's?«

»Tja, wie soll ich sagen? Selbst wenn dem so wäre, bestimmen immer noch Sie die Art Ihres Abgangs.«

»Fick dich ins Knie, du perverses Mistschwein!«

»Ahhh, ich hatte so gehofft, dass Sie so etwas sagen würden. Rachus: Jalousie runter und Vorhang zu. Ninko! Stell mal mein Schätzchen ab und schnapp dir den Kerl! Klamotten runter und ab auf den Schreibtisch! Stehen Sie auf Bondage, Arthur?«

Nur Minuten später, nach einem kurzen, verzweifelten Kampf, lag Arthur Anoglis nackt rücklings auf seinem Schreibtisch, mit allen vier Gliedmaßen jeweils nach unten an ein Tischbein gefesselt und mit einem circa zwanzig Zentimeter großen, schwarz glänzenden Skorpion zwischen seinen Beinen.

»Darf ich vorstellen: Pandinus imperator! Herrlich, oder?! Können Sie gut sehen? Ninko, stopf ihm doch bitte mal das Sesselkissen unter den Kopf … Soo, prima! Sie machen sich keine Vorstellung, wie viel Zeit und Geld es mich gekostet hat, so ein großes und vor allem aggressives Exemplar dieser Gattung aufzutreiben.«

Langsam kroch das Spinnentier in die beabsichtigte Richtung, hin und wieder leicht motiviert durch die Flamme eines Feuerzeugs unter dem aufgestellten Stachel.

»Aber schau'n Sie, er weiß genau, worum es geht! Herrlich, oder!? Überhaupt sind wir uns sehr ähnlich. Passen Sie mal auf. Licht aus! Ninko, her mit der Schwarzlichtlampe! Schau'n Sie: weiß! Er leuchtet weiß! Wundervoll, nicht?!«

Arthur schloss die Augen und versuchte sich auf das Bild zu konzentrieren, wie Marion Wiedemann dort weinend vor ihm auf dem Sessel saß, als der stechende Schmerz zweimal wie kleine Blitze in ihn einschlug.

Nur kurze Zeit später traten die ersten Symptome auf. Erst wurden die Augenlider schwer, dann zuckten sie arrhythmisch, und es begann ein seltsames Prickeln im Mund. Gefolgt von einem Taubheitsgefühl, was den Kontrollverlust über den erhöhten Speichelfluss zur Folge hatte. Dann setzten ganz langsam am gesamten Körper Schwellungen ein, deren Qualen nur noch die Hoffnung auf den Tod zuließen.

»Toll, Hannes, ganz toll. Bist du zufrieden? Jetzt sind seine Eier und seine Zunge so dick wie bei 'nem Pfingstochsen! Meinst du nicht, es reicht langsam?«

»Seine Entscheidung! Wie immer!«

»Ja, dann musst du ihn aber auch mal was fragen, du Knaller! Und zwar möglichst, solange er mit der Zunge noch was rausbringt, das wir verstehen können!«

»Was bist du doch für eine verkniffene Spaßbremse, Rachus. Meinetwegen. Wo ist der Brief, mein Freund?«

Es waren nur noch fünf Worte, die Arthur Anoglis lallte, bevor er starb. Die ersten beiden waren:

»Fick dich.«

Daraufhin beugte sich Hannes DeKlerck hinunter zu seinem Opfer und flüsterte: »Ein Junge, Arthur, Sandra bekommt einen Jungen …«

»… neiiiinghh.«

»Jaa, stell dir vor … Und ich habe in Zürich einen Kunden, dessen Säugling einen Herzklappenfehler hat …«

Berlin, Moabit, Mai 2009

Die Brüder Franz und Erich Sass waren nicht nur gerissene Berufseinbrecher mit einem großen Herzen, Moabiter Originale voll Mutterwitz, Einfallsreichtum und sprichwörtlicher Dreistigkeit, sondern offensichtlich auch wirklich harte Kerle. Denn bis zur letzten Minute boten sie den Nazis die Stirn. Hielten ihren Verhören und Foltern stand, wurden letztlich im März 1940 von ihnen getötet und gaben dennoch ihr Geheimnis nicht preis! Einen Tunnel hatten sie sich gegraben, am Berliner Wittenbergplatz in der Kleiststraße. Vom Nachbargrundstück der Diskontobank bis zur Außenwand eines Tresorraumes, der zu dieser Zeit als einer der sichersten der Welt galt. Und dann hinein. Selbst drei Tage später gelang es den extra angereisten Spezialisten immer noch nicht, die tonnenschwere Eisentür zu öffnen, die aus scheinbar unerfindlichen Gründen blockiert war. Als die Offiziellen sich endlich Zutritt verschafft hatten und die Ursache für den vermeintlich technischen Defekt entdeckten, waren 179 von 181 Bankschließfächern geknackt und deren Inhalt auf Nimmerwiedersehen verschwunden. Was allerdings in dem Durcheinander der aufgebrochenen Metallschubladen gefunden wurde, waren zwei leere Flaschen Wein, die die beiden Brüder offensichtlich nach Ende des Coups in aller Ruhe vor Ort getrunken hatten.

Und jetzt kommt der absolute Hammer: Ich weiß seit Kurzem, woher Franz und Erich den Wein hatten! Von Bennos Papa! Und wo der »Schatz der Sass-Brüder« versteckt war, nachdem ganze Generationen von Glücksrittern an allen Ecken und Enden der Stadt, bis hin zum Berliner Grunewald, gesucht und gebuddelt hatten, und zwar bis zum heutigen Tag, weiß ich auch!! Unfassbar, oder?! Zwei- bis zweieinhalb Millionen Reichsmark, so die damaligen offiziellen Verlautbarungen, war das Ausmaß der Beute. Wow! Und versteckt war sie, quasi vor den Augen der zerknirschten Ermittler, kaum einen Steinwurf entfernt von der Birkenstraße in Berlin-Moabit, wo die beiden wohnten, mitten in ihrem Kiez. Und zwar in einer doppelt verschalten Wand hinter zwei Reihen Fässern und Kisten in Bennos Bierkeller. Im Bierkeller der Alt-Moabiter Eckkneipe! Halleluja!

Als der Dicke, dessen Herz und Vertrauen ich offensichtlich damit gewonnen hatte, dass ich mir für ihn mein linkes Knie zerdreschen ließ, das erzählte, reagierte ich zunächst, wie nicht anders zu erwarten war, mit Ungläubigkeit. Als ich nach dem dritten dreifachen Whiskey anfing, ihm die Story langsam abzukaufen, folgten daraufhin allerdings auch nicht viel mehr als lästerliche Sprüche, wie zum Beispiel: »Na klasse! Zwei Millionen Reichsmark. Kannst du dir heutzutage den Popo mit abwischen, oder Zigarren anzünden, mit den Lappen, oder nich? Graduliere!«

Woraufhin der Dicke anfing, verschmitzt zu lächeln, an seinem Schnurrbart zu drehen und mir zu erklären, dass die damaligen offiziellen Angaben nur wenig damit zu tun hatten, was die Bonzen und Geldsäcke tatsächlich an Sachwerten, Gold, Schmuck und Edelsteinen im Tresor der Diskontobank maßgeblich vorm Fiskus versteckt hielten. Als er dann noch anfing, blumenreich zu schildern, dass Opa und Papa damals als Strohmänner massig Grundstücke und Immobilien erworben hatten, lange bevor sich deutlich abzeichnete, dass das Geld bald nichts mehr wert war, schwante mir auf einmal, dass mir der reichste Mann gegenüberstand, dem ich jemals persönlich die Hand geschüttelt hatte!

»Ende '48 gehörte meiner Familie halb Moabit, Sascha!«

»Wow! Darauf einen dreifachen Jim Beam Honey! Prost!«

»Na ja, ganz so isses jetzt nicht mehr. Aber der Block hier is immer noch meins. Was glaubst du, an wen du Miete zahlst, hihihi. Nur gut, dass die Kurden davon keine Ahnung haben!«

»Jo! Hicks, Benno, kaufst du mir'n Porsche?«

»Nee, mach ich nich, du Blödmann. Aber geh mal in den Hof, bevor du zu betrunken bist.«

Also kletterte ich mühsam vom Hocker, schnappte mir meinen neuen Gehstock und wackelte nach hinten. Und da stand sie, bestrahlt von der einfallenden Sonne mitten im Hof, als hätte sie der Bikergott persönlich heruntergebeamt: eine nagelneue, mattschwarz lackierte Triumph Scrambler! Jener wundervolle, Metall gewordene Anachronismus, von dem ich dem armen Benno in alkoholschwangeren Nächten bestimmt tausendmal die Ohren vollgeschwärmt habe! Auf dem Tank ein kleines grünes Klebchen in Form eines Herzens, auf dem stand: »Deine, lieber Sascha.« Und darunter in Klammern und winzigen Buchstaben: »Probefahrt nur nüchtern!«

Als ich mich umdrehte und den Dicken im Rahmen der Hintertür stehen sah, wusste ich nicht, wem von uns beiden mehr Wasser in den Augen stand, ihm oder mir.

»So, ab in die Koje jetzt. Wenn du ausgeschlafen bist, gibt's die Schlüssel. Und dann quatschen wir mal ein bisschen darüber, wie's weitergehen soll. Ab!«

Als ich mit einem 360-Grad-Grinsen bleiern einschlief, war der letzte Satz, den ich vor mich hin murmelte: »Ich hab's gewusst ... Ich hab immer gewusst, dass Riekes Fotorahmen aus purem Gold ist!«

Als ich wieder aufwachte, dachte ich, ich hätte geträumt, dass Benno die Kohle der legendären Sass-Brüder hat und ich Besitzer eines der geilsten Motorräder des Planeten bin. Also schnupperte ich mal kurz unter meiner linken Achselhöhle, um zu checken, in welchem Zustand mein T-Shirt sich befand, und begann dann mit gekräuseltem Nasenrücken darüber nachzugrübeln, was und vor allem wie viel ich getrunken hatte, bevor ich in die Kiste gefallen war. Und dann war ich plötzlich ratzfatz auf den Beinen!

Nur Minuten später stand ich vor dem Bike im Hof wie ’n Erstklässler vor der Zuckertüte und klatschte mir das grüne Klebchen auf die Stirn. Am Fenster erschien Benno und hielt mir einen offenen Helm entgegen, in dem ein Halstuch und die Schlüssel lagen. Dann erwachte der luftgekühlte Zweizylindermotor mit einem Wummern zum Leben, und schon war ich auf Tour durch Moabit! Ich hätte schreien können vor Glück! Mit diesem Prachtstück unterm Hintern hatte ich auf einmal jene Beweglichkeit, Kraft und Agilität zurück, die ich so schmerzlich vermisste, seitdem mein linkes Bein sich aus dem aktiven Dienst verabschiedet hatte. Jaaaaaaaa!

Als ich von der Beusselstraße aus auf die Stadtautobahn abbog, um die knapp 170 Sachen mal auszufahren, die der Stuhl hergab, hatte ich prompt ’ne weiße Maus im Nacken. Kacke!

Ein Scrambler is für vieles gut, aber um ’nem Polizeimotorrad auf der Bahn zu entkommen, fehlen dann doch die PS der recycelten Joghurtbecher aus Japan. Auf’m Acker hätt ich’s meinem Verfolger Steve-McQueen-mäßig besorgt, aber auf Asphalt: null Chance. Also fuhr ich nach einem kurzen, aber untauglichen Versuch rechts ran und setzte den Helm ab. Als mein Jäger in hellgrüner Lederkombi die schwere Gummikuh lässig auf den Seitenständer gestellt hatte und ich schon im Geiste meinem mattschwarzen Tank einen Abschiedskuss geben wollte, erkannte ich plötzlich das Gesicht unter der dunklen Ray-Ban-Sonnenbrille.

»Aaaaaalter, was freu ich mich, dich zu sehen!«, brüllte ich ihm entgegen, als er nach lässigem Hüftschwung von seiner Mühle runter war und im Wiegeschritt des Siegers auf mich zukam.

»Ja, klasse, Sascha, beruht aber nich auf Gegenseitigkeit! Hast du'n Knall, hier mit dem beschissenen Oldtimerverschnitt einen auf Hayabusa zu machen?! Hier is achtzig erlaubt, du Bekloppter!«

»Jaa, aber pro Reifen, oder nich?«

»Sehr witzig! Sieh bloß zu, dass du verschwindest! Ich will nich wissen, auf wie viel verkackten Handyvideos wir jetzt schon sind. Du fährst jetzt mit siebzig bis zur nächsten Auffahrt hinter mir her, dann runter von der Bahn und danach am besten durch bis Alaska, kapiert?!«

»Danke, Kalle. Is meine Jungfernfahrt mit der hübschen Engländerin hier.«

»Scheiße, danke, das nächste Mal nehm ich dir höchstpersönlich den Lappen weg!«

»Ich weiß. Tut mir leid.«

»Okay. Gut. Hübsch is sie übrigens tatsächlich, deine Engländerin. Los komm, weg hier!«

»Alles klar.«

»Und noch was, Sascha: Gute Besserung, Bruder.«

Als ich zehn Minuten später wieder links in unseren Torbogen einfuhr und ein letztes Mal im Widerhall der Mauern Gas gab, hatte ich immer noch Schmetterlinge im Bauch und Blümchen in den Augen. Und etwas weiche Knie. Mit dem festen Vorsatz, zukünftig gesittet zu fahren, und dem Helm unterm Arm marschierte ich bei Benno rein und bestellte »ein Mineralwasser, bitte!«.

Das gefiel dem Dicken natürlich, und er lächelte mich ob seines vermeintlichen pädagogischen Erfolges an wie ein Zoowärter sein per Hand aufgezogenes Schimpansenbaby, das zum ersten Mal eine Banane schält. Dann setzten wir uns bei Buletten mit Senf zusammen, und er erörterte mir, was er sich für meine verkrachte Zukunft so ausgedacht hatte. Ich staunte nicht schlecht, als ich schmatzend dasaß, ihm zuhörte und ständig mit der Versuchung zu kämpfen hatte, den kleinen, feisten Sack an mein Herz zu drücken und zu knuddeln.

»Pass auf, Sascha, und hör gefälligst auf zu kleckern! Wie du weißt, ist hinten die Werkstatt inklusive Büro frei, seit Schalupke nich mehr is. Ich hab mir nun Folgendes überlegt: Die werden dich rausschmeißen bei der Polizei, da bin ich mir ziemlich sicher.«

»Werden se nich. Bis jetzt heißt es ›krüppelbedingt in den Vorruhestand‹.«

»Ach, das glaubst du doch selber nicht. Aber wurscht, selbst wenn, Polizei is vorbei.«

»Das reimt sich!«

»Jetzt hör doch mal auf mit dem Quatsch! Lass uns doch bitte mal ernsthaft darüber reden, wie es jetzt weitergeht, Sascha! Du hast schließlich Verantwortung für deine Jungs und so weiter. Außerdem möchte ich nicht, dass du aus deinem Leben katapultiert wirst, nur weil du mir beigestanden hast.«

»Jaja, is ja gut, mein Dicker. Nun mach dich mal nicht verrückt. Die Bullen hätten mich auf kurz oder lang sowieso geschasst, glaub mir, und außerdem bin ich keine sechzehn mehr.«

»Ruhe jetzt, verdammt!«

»Okayyy.«

»So! Also, wo war ich? Genau! Also, wie du weißt, is hinten alles frei, seitdem Schalupke wegen diesem Alzheimer-Mist ins Heim musste. Und wie du seit heute weißt, gehört das alles mir. So. Ich hab mir also überlegt, dass ich dir die Räumlichkeiten für eine Miete, die du wuppen kannst, überlasse, und du dich dahinten selbstständig machst.«

»Ach, und was soll ich machen, Eis verkaufen?«

»Halt jetzt gefälligst mal den Mund, Rotzbengel! Natürlich nicht. Du machst das, was du am besten kannst. Und parallel dazu hab ich einen Freund, dessen Sohn goldene Hände hat. Der Junge ist ein prima Mechaniker und Handwerker. Wenn er mal nicht vor diesen verteufelten Daddelautomaten hängt, zumindest. Die Menschen hier in Moabit haben nicht viel Geld. Viele von denen wären ganz bestimmt dankbar, wenn man zum Beispiel ihre alte Waschmaschine wieder in Gang kriegt, weil sie nämlich nicht einmal so kreditwürdig sind, dass sie sich im Versandhaus eine neue auf Raten bestellen können. Glaub mir, ich weiß, wovon ich rede. Außerdem hat in der Beusselritze vorne vor zwei Wochen die letzte Münzwaschküche dichtgemacht.«

»Ach, und ich soll jetzt an alten Kühlschränken und Waschmaschinen rumfummeln oder was?!«

»Nein, sollst du nicht. Du hast in den letzten paar Jahren hier vielen Menschen geholfen. Ganz egal, ob du nun Oma Bräsike zur Bank begleitet hast, weil sie allein Angst hatte, für ihren Enkel das Geld für den Führerschein abzuheben, ’ne entlaufene Katze wieder aufgetrieben hast, die Familienfehde zwischen den Razmanis und Schumanns zu schlichten war oder ob du ein Pfund Hasch für Manuelas Sohn hast verschwinden lassen, weil er sonst in den Knast gegangen wär, jaaa, mein Freund, ich weiß alles, du hast vielen Menschen geholfen. Warum, so frag ich mich, sollte das auf privater oder besser ziviler Basis nicht auch funktionieren?!«

»Wie, wat? Soll ich ’ne Detektei aufmachen oder ’ne Inkassobude oder was?«

»Ja, so was in der Art. Warum nicht?!«

»Weil ich nich Humphrey Bogart bin und mir keine Sau Geld geben wird fürs Schlauschnacken.«

»Blödsinn! Du, mein Freund, bist ein ehemaliger Elitesoldat und Vorzeigepolizist mit Kontakten in die ganze Welt. Das weiß ich genau. Du vergisst, wie lange ich dich schon kenne und wie viele Nächte wir beide schon zusammen verbracht haben. Wahrscheinlich kenne ich dich besser als du dich selbst! Wenn du, mein Lieber, für so einen Job nicht gut bist, wer dann, frage ich mich?! Und die ersten drei Aufträge hab ich auch schon für dich.«

»Hm, krieg ich noch ’ne Bulette?«

»Jaa. Nimm dir. Und selbst wenn’s nicht gleich brummt wie doll und verrückt, eine der beiden Geschäftsideen wird immer laufen, glaub mir.«

»Wer?«

»Was wer?!«

»Wer hat Ärger?«

»Siehst du, mein Sascha. So gefällst du mir. Und so kenn ich dich auch. Die Jüngste von Heinz Raschke aus der 58 geht wohl anschaffen. Und das angeblich nicht ganz freiwillig, sagt Heinz. Ist auch egal, schließlich ist sie erst fünfzehn! Heinz kriegt sie da auf jeden Fall nicht raus. Hat sogar schon richtig Prügel bezogen. Das wär schon mal was. Und ich sag dir was: Heinz Raschke würde dir alles geben, was er hat, wenn du ihm seine Tochter wiederbringst. Von wegen Bezahlung, Honorar und so. Aber das wollen wir ja gar nicht. Glaub mir, so abwegig is meine Idee nicht. Muss ja erst mal gar nicht so hochoffiziell laufen, das Ganze. Was meinst du?«

»Hm.«

»Und ein kleines Team, klein wohlgemerkt, kannst du meinetwegen auch anheuern. Aber nur, wenn's Sinn macht, versteht sich! Na, was meinst du?«

»Ich meine, dass du die besten Buletten von ganz Berlin machst, mein Dicker.«

Keine drei Wochen später hatte ich die Füße auf »meinem eigenen Schreibtisch« und ein »kleines Team« zusammengestellt. Bestehend aus einem kräftigen jungen Mann, der zwar noch nicht einmal volljährig war, aber gefühlt in der Lage, ganze Waschmaschinen einhändig zu balancieren, und mit dem ich im Laufe der letzten Jahre öfter mal im Zoo gewesen war, sowie seiner Mama, die ein absolutes Organisationstalent und ehemalige Chefsekretärin beim Pharmakonzern Schering im Berliner Wedding war. Benjamin »Mungo« Rivalla und seine Mutter Ruth! Der Junge mit den goldenen Händen entpuppte sich als Turguts Sohn Mehmet, welcher in der Tat, wie Benno so schön sagte, »aus Scheiße Bonbons drehen konnte«, wenn man ihn nur ließ und von fremden Autotüren und Spielautomaten fernhielt. Denn die hatte er auch im Handumdrehen auf. Ein Bastelgenie und Autodidakt auf Ritalin, der nur dann ruhig sitzen konnte, wenn man ihm ein mechanisches Problem zum Lösen gab. Als vorläufig Letzten im Bunde und Mann fürs Grobe, der in der Lage war, mir den Rücken freizuhalten, hatte ich mir Rizzo eingefangen, den Patenonkel meines Sohnes, als ich hörte, dass er in der Stadt sei. Er hatte sich für eine belgische Söldnerfirma im Irak ein paar Metallsplitter zugezogen, als er mit seinem Fahrzeug und einem englischen Kollegen, Ex-SAS, als Kundschafter für einen Konvoi auf eine Mine fuhr. Und damit erst einmal die Schnauze voll von Auslandsabenteuern. Nicht zuletzt, weil von dem Engländer, der ihm dabei um die Ohren flog, kaum etwas übrig war, was man noch hätte beerdigen können. Eigentlich war Rizzo trotzdem immer noch ganz der Alte, außer dass er jetzt Schlechtwetterfronten voraussagen konnte und am Flughafen nicht mehr ohne ein Piepen durch die Sicherheitskontrolle kam.

Kurzum, als Mehmet und Mungo sich zusammengerauft hatten, im wörtlichen Sinne, und von Mama Ruth zärtlich »die M&Ms« getauft wurden, bildeten sie ein Spitzenteam und sicherten uns in Moabit eine Auftragslage, mit der wir tatsächlich den Anschein einer »Reparaturklitsche für Allerlei« aufrechterhalten konnten. Parallel dazu fingen Rizzo und ich an, frei nach dem Motto »Legal, illegal, scheißegal« umtriebig zu werden und hatten immer öfter Leute im Büro sitzen, die von der Polizei keine Hilfe kriegen konnten oder wollten. Von Stalking-Opfern bis Gläubigergemeinschaft. Und es kam tatsächlich Kohle rein. Gut, nicht so viel, dass der Laden sich schon getragen hätte, aber mit unserer grauen Eminenz im Rücken steuerten wir komfortabel in diese Richtung. Sabrina Raschke zum Beispiel ging, schon zwei Tage nachdem Rizzo ihrem kleinen Arschloch von gewalttätigem Hartgeldzuhälter mal tief in die Augen geguckt hatte, wieder zur Schule. Heinz Raschke bot mir daraufhin die Papiere von seinem alten 200er Mercedes-Diesel an, weil dies das Wertvollste war, was er besaß. Wir einigten uns auf ein für ihn erträgliches Honorar und das Versprechen auf Mundpropaganda seinerseits.

Das Beste aber war, dass es sich gut anfühlte, was wir da machten, und sich tatsächlich zu einer in jeglicher Hinsicht sinnvollen Existenzgrundlage mauserte. War, nebenbei gesagt, in Bezug auf die Polizei auch schwer nötig. Benno hatte wie immer recht behalten. Nix Vorruhestand. Besorgt hatten sie's mir, und zwar ordentlich. Trotz des liebenswerten Interventionsversuchs meines Chefs hatten sie mich rausgeschmissen. Hochkant. Ich sei »eine Schande für meinen Beruf« und habe »das Ansehen der Polizei in der Öffentlichkeit nachhaltig geschädigt«, hieß es vor Gericht. Und die Interne blies ins selbe Horn. Damit konnten sie mich alle mal am Arsch lecken, und zwar kräftig. Ich würde nicht der erste und auch nicht der letzte vernarbte Polizist sein, dem sie mit einem Federstrich die Existenz und Moral zerstören wollten. Aber einer der wenigen, bei denen es ihnen definitiv nicht gelang. Denn dank Benno und eines kleinen Flachmanns, den er mir zugesteckt hatte, als ich zum Gerichtstermin ging, gelang es mir halbwegs, die Contenance zu wahren, als ich mir die dummdreisten Frechheiten von Staatsanwalt und Richter anhörte. Lediglich ein großkotziges »Zahl ich aus der Portokasse«, als sie mir die Höhe der auf mich zukommenden Geldstrafe verkündeten, und ein abschließendes »Ich wünsche Ihnen allen weiterhin ein sicheres Leben auf Kosten meiner Kollegen« konnte ich mir nicht verkneifen, was fast noch dazu geführt hätte, dass die Pfeffersäcke mich wegen »Missachtung des Gerichts« einbuchten wollten.

Als ich zu Fuß vom Moabiter Gericht in der Wilsnacker Straße nach Hause ging, versuchte ich mir ein paar der vielen Gesichter ins Gedächtnis zu rufen, für die ich im Laufe der Jahre im richtigen Moment am richtigen Ort gewesen war. Für die ich Papa, großer Bruder, Tröster und manchmal sogar allerletzte Chance gewesen war. Und am Ende meines Weges war ich wieder mit mir im Reinen. Denn die Typen, die mich da gerade selbstgerecht verknackt hatten, waren so verblendet und weit weg vom richtigen Leben, dass es eigentlich gar keine Rolle spielte, was sie sagten, dachten oder mir anzutun versuchten. »Danke, mein lieber Schatz«, flüsterte ich mit einem friedlichen Gefühl im Herzen vor mich hin und hatte das Gesicht meiner Judith vor Augen, als ich vor Bennos Kneipe ankam. Dann stieß ich die Tür auf, brüllte hinein: »Eine Runde für alle, sie haben mir das Bundesverdienstkreuz verliehen«, und hörte auch schon den ersten Sektkorken knallen.

Berlin, Steglitz-Zehlendorf, November 2016

Charité-Campus Benjamin Franklin, Interdisziplinäre Intensivstation, Zimmer 216

Puck! Puck! Pass auf!

Wenn du nur einen Freund hast, ist es ganz egal, ob er manchmal gemein ist oder dich ärgert. Hauptsache, er ist da! Freunde kitzeln einen manchmal oder sie brummen einem die Ohren voll. Aber sie lassen einen nicht alleine! Nie! Sie tanzen einem auf der Nasenspitze rum und hüpfen von einem Punkt zum anderen. Sie ärgern einen manchmal. Aber sie sind da, wenn du ganz alleine bist. Wenn du sie brauchst. Sie wecken dich, wenn du einen Albtraum hast. Und sie machen lustige Sachen, wenn du traurig bist. Sie halten zu dir. Und deshalb musst du auch zu ihnen halten! Genau! Die doofe Frau kommt zweimal am Tag. Danach ist immer Mamas Plastikblume weg! Und die Vogelstimmen macht sie auch aus! Die macht keine Ordnung, die macht Stunk! Die is nich lieb. Und die sieht auch gar nich, was wirklich wichtig is! Thekla hat sie bisher nich entdeckt! Das wär wichtig! Bevor Thekla Puck entdeckt! Oder Puck einen doofen Fehler macht! Pass auf, Puck, sie kommt! Auweia! Wenn ich doch nur was machen könnte. Ich schubs das Ding da runter! Ich … ich kann nich, menno! Puck? Puuck? Wo bist du? Brumm, brumm, brumm, Pucki, summ herum? Puckiii? Wo bist du? Bitte, komm zurück! Bitte! Wer beschützt mich denn jetzt vor dem Piraten mit der schwarzen Augenklappe?!

Und vor dem Eiskönig, wenn wieder alles ganz kalt wird? Ich hab solche Angst vor der Hexe mit der Perle auf der Zunge! Solche Angst! Bitte, flieg mit mir davon, ja?! Komm! Los, schnell! Die grünen Zwerge wollen mir wehtun! Schnell, lass mich aufsteigen und flieg mit mir davon. Bitte! Nimm mich einfach wieder mit! Fort von hier. Lass uns hinaus aufs dunkle, friedliche Meer fliegen. In das Licht eintauchen, wo wir den schwarzen Frosch gerettet haben. Dort waren wir sicher! Dort war es schön! All die wunderbaren, davonschwebenden Lichter und Gesichter! Schnell, sie kommen mich holen … Puckiiiii.

Piep … piep … pieppieppiepieeeep …

»Was ist hier los?!«

»Nichts. Ich glaub, ich hab eine Stubenfliege totgeschlagen Das ist alles. Muss man sich mal vorstellen: Intensivstation! Dass ich nicht lache …«

»Maria! Mariaaaa! Schatz?! Hilfeeee!«

Pieeep … pieep … piep … piep … piep …

»Gott … mein Gott, Schatz, wie kannst du mich so erschrecken …«

»Jaa, was ist denn?!

»Ahhhh, hallo, Herr Professor, hallo, Schwester Margrit. Ach, ich glaub, es ist schon wieder gut …«

»Was war denn los?«

»Ich weiß nicht. Erst Flimmern und dann ein kurzer Aussetzer, glaube ich. Aber die Kurve ist schon wieder gut. Seitdem ich ihre Hand halte.«

»Na, dann lassen sie mal nicht wieder los, Frau Wiedemann. Wir müssen uns eh kurz unterhalten. Guten Tag, Frau Wiedemann.«

»Guten Tag, Herr Professor. Was gibt es denn? Neuigkeiten?«

»Erst einmal schönen Dank an unsere liebe Reinemachfrau. Lassen Sie uns bitte kurz alleine?«

»Kein Problem, bin hier eh durch.«

»Gibt es Neuigkeiten, Herr Professor?!«

»Also, Sie sind ja vom Fach, Frau Wiedemann, deshalb spare ich mir mal alle umschweifenden Ausführungen. Wie Sie wissen, gab es so etwas wie eine Kettenreaktion an Organversagen, nach der recht rabiaten Entfernung einer von Marias Nieren. Solange uns aber Leber und Gehirn nicht im Stich lassen, haben wir auch keinen Grund, alle Hoffnung fahren zu lassen. Und da sieht es in der Tat ganz gut aus. Ich habe ein EEG machen lassen. Und wenn ich ehrlich bin, unterscheidet sich das Ergebnis kaum von einem gesunden, erholsamen Tiefschlaf.«

»Gott sei Dank!«

»Ja, Gott sei Dank, Tiefschlaf mit all seinen Attributen. Es ist also durchaus wahrscheinlich, dass unsere kleine Maus träumt und mindestens im Unterbewusstsein registriert, was um sie herum so passiert. Das muss und möchte ich nicht nur als Mediziner, sondern auch als Mensch glauben. Das bedeutet aber auch, dass wir mit dieser Erkenntnis sensibel umgehen müssen.«

»Was heißt das?«

»Das heißt, dass aus meiner Sicht Marias sämtliche Eindrücke und Umwelteinflüsse Auswirkungen auf ihre Rekonvaleszenz haben könnten. Im Positiven wie im Negativen!«

»Wie meinen Sie das?«

»Na ja, schau'n Sie, der Puls hat sich gerade eben normalisiert, seit sie ihre Hand halten, richtig?«

»Ja.«

»Sehen Sie. Ich denke, sie weiß sehr wohl, wer da ihre Hand hält. Und es wird wohl auch irgendetwas gegeben haben, was sie davor aufgeregt hat. Vermute ich mal. Schau'n Sie, die Schulmedizin ist leider nicht allzu weit auf diesem Gebiet. Es gibt kaum empirische Studien, die belastbar sind. Die weltweiten Erfahrungsberichte jedoch, die wir ebenfalls hier in unserem Institut sammeln und auswerten, eröffnen eine Bandbreite von Perspektiven, die Sie in Erstaunen versetzen würde, liebe Frau Wiedemann!«

»Zum Beispiel?«

»Na ja, vom Dämmerzustand über völlig klares Bewusstsein bis hin zu sogenannten Out-of-Body-Erfahrungen. Die Mystiker und Esoteriker sprechen gar von Seelenwanderungen in Zeit und Raum, wovon ich mich allerdings als rationaler Mensch und Schulmediziner doch stark distanzieren möchte. Allen allerdings ist gemeinsam, dass der Körper sich den Befehlen hinsichtlich seiner Bewegungsautonomie, mutmaßlich aus Gründen der notwendigen, ich sage mal vereinfacht, Erholung, zunächst verweigert. Aber was schadet es, wenn wir solche Aspekte in unsere Behandlung mit einfließen lassen? Gar nichts. Gehen wir doch einfach mal davon aus, dass unsere kleine Maria auch jetzt sehr nah bei uns ist. Vielleicht versteht sie jedes Wort. Und was braucht so eine kleine Kämpferin? Richtig! Motivation! Deshalb sage ich Ihnen als Professor und Vater, der ich ja auch bin, mal Folgendes: Von tausend Patienten kämpfen sich kaum hundert zurück in den vegetativen Zustand, und davon schaffen es nicht einmal zehn wieder, wie auch immer zu kommunizieren, wenn sie überhaupt die ersten vierzehn Tage überstehen. Und unsere Maria hier ist jetzt im Tag 12 und hat heute morgen Schwester Margrit per Augenzwinkern deutlich klargemacht, dass sie nicht mit kaltem Wasser gewaschen werden möchte!«

»Ist das waahr, mein Schatz?!«

»Ja, das ist wahr! So, jetzt wird hier aber nicht rumgeheult. Ich muss weiter. Und du, kleine Frau, strengst dich weiterhin schön an, verstanden? Du packst das! Auf Wiedersehen, ihr zwei.«

»Bis Morgen, Herr Professor! Danke!«

»Wir sehen uns morgen, Frau Wiedemann …«

»Süüüße, Süßesüßesüße, komm, mach mal die Augen auf! Mach mal für Mama die Augen auf, bitte! Nur einmal! Nein?! Komm … Na gut. Lass dir Zeit, Schatz. Wo ist denn deine Blume …? Ah, da. So, besser! Pass mal auf: Du versprichst mir, dass du alles versuchst, was du kannst, und ich verspreche dir, dass ich dem Bösewicht heimzahle, was er dir angetan hat, okay? Okay?! Gut!

Hey, was ist das denn? Ob die dumme Fliege wohl weiß, dass deine Blume nur aus Plastik ist …«

Berlin, Mitte, November 2016

Das gleichmäßige Rattern der Straßenbahnräder auf den Schienen war Marion bisher immer angenehm, ja sogar nahezu beruhigend und fast einschläfernd vorgekommen. Kein Wunder, kämpfte sie doch tatsächlich meist abgespannt und todmüde nach dem harten Dienst auf den spärlich gepolsterten Sitzbänken mit dem Schlaf. Trotzdem verhießen die Wärme und das Ruckeln immer ein baldiges Nachhausekommen zu ihrem Schatz und dem ersehnten Bett. Außerdem war es allemal besser, hier einzunicken, als einen Sekundenschlaf in ihrem neuen, schönen Auto, das jetzt allerdings futsch war, zu riskieren. Und obwohl sie andere Möglichkeiten gehabt hätte, wählte sie deshalb oft die altmodisch anmutende Straßenbahn. Sie mochte die Straßenbahn. Jedes Mal durchströmte sie ein Gefühl wie im Kurzurlaub. Besonders, wenn Maria als Erste einstieg und lachend den Fahrer begrüßte. Für eine alleinerziehende Mutter mit dem überschaubaren Einkommen einer Krankenschwester war es nicht einfach, Urlaube oder opulente Ausflüge zu bewerkstelligen. Und so war eine Tour mit der Straßenbahn oder eine komplette Rundfahrt durchs dunkle Zahnradwerk mit einem der letzten verbliebenen Paternoster der Stadt, im Schöneberger Rathaus zum Beispiel, so manches Mal Ersatz für das »große Abenteuer«.

Doch diesmal kamen ihr die vertraute Monotonie und das Ruckeln nicht beruhigend, sondern eher bedrohlich vor. Sie sah an sich herunter und bemerkte, dass die Knöchel ihrer rechten Hand sich hell verfärbten. So verkrampft und fest hielt sie die kleine, praktische Handtasche aus Kunstleder, in der sich dieses geheimnisvolle Stück Papier befand. Als sie das Büro von Arthur Anoglis verließ, hatte sie den cremefarbenen Umschlag aus Seidenpapier zunächst fest an ihr Herz gedrückt. So, als wäre er ein Schatz, den sie nur mühsam und tapfer errungen hatte. Ihn zu öffnen hatte sie allerdings bis jetzt immer noch nicht fertiggebracht! Seitdem sie ihn sorgsam im einzigen Reißverschlussfach ihrer Michael-Kors-Imitation verstaut hatte, gingen ihr das Gesicht des Mannes und seine letzten Sätze immer wieder im Kopf herum. Dieser Brief mache ihm Angst, hatte er gesagt. Und er hatte nicht wie ein ängstlicher Mensch gewirkt. Im Gegenteil. Dieses Gesicht und diese Augen hatten viel mitgemacht und überstanden, so schien es. Eine gewisse Müdigkeit, vielleicht sogar Traurigkeit, ganz sicher aber ein hohes Maß an Abgeklärtheit brachte sie mit Arthur Anoglis in Verbindung, aber Angst?! Nein.

»Wilmersdorfer Privatdetektiv unter grausamen Umständen zu Tode gekommen«, hieß es dann gestern in der *Berliner Abendschau*, den regionalen Fernsehnachrichten, die Marion nach Möglichkeit niemals verpasste. Von »schrecklich entstellten Gesichtszügen« war darin die Rede. Und auch wenn mit dem Hinweis auf laufende Ermittlungen keine weiteren Details preisgegeben wurden, lag Marions zitternde Hand bereits vor Entsetzen auf ihrem Mund, bevor auf dem Bildschirm der Name Arthur A. zu lesen war. »Mein Gott, das ist meine Schuld«, schoss ihr als erster Gedanke durch den Kopf, als sie im Blitz- und Blaulichtgewitter den Hauseingang erkannte, durch den in weißen Einwegoveralls gekleidete Männer auf einer Aluminiumpritsche einen schwarzen Sack heraustrugen. Sie sah, wie sie mit einer schnappenden Bewegung das Fahrgestell ausfuhren.

Es dämmerte bereits, und ein leichter Nieselregen setzte ein, als Marion am Alexanderplatz ausstieg. Bis zu ihrer kleinen Wohnung in der Friedrichsgracht waren es nur zwei, drei Minuten Fußweg. Klamm und kalt fühlte sich ihr Nacken an. Trotz aufgestelltem Kragen. Alle paar Meter blickte sie unbewusst über ihre Schulter zurück.

Als sie in ihre Straße einbog, gingen zeitgleich die Laternen an. Ihr Hauseingang allerdings, genau auf Höhe der ältesten Berliner Brücke, um die sich unzählige Geschichten und Legenden rankten, blieb dunkel. Marion hatte eigentlich keinen Sinn für so etwas. Zu selbstbewusst, gefangen in Realität und Gegenwart, ging sie durch ihr Leben. Erst als Maria mehrfach nachts schreiend in ihr Schlafzimmer gestürzt kam und schluchzend von einer jungen Frau sprach, die halb nackt im Regen auf der Jungfernbrücke stand und zu ihr hochsah, fing Marion an, ein wenig zu recherchieren. Was sie dabei herausfand, verschwieg sie Maria geflissentlich. Und auch, dass sie sich bereits nach einer neuen, bezahlbaren Wohnung umgesehen hatte. Denn Maria liebte ihr kleines Reich im zweiten Stock, nicht zuletzt wegen des winzigen Balkons und des gepflegten Rasens im sicheren Innenhof. Doch die junge Braut, die im Dezember 1768 den »Jungfrauentest« nicht bestanden hatte, weil unter ihr beim Hinüberschreiten die Brückenbohlen knarrten, weil sie immer knarrten, und die daraufhin, verstoßen von ihrem gehässigen Bräutigam, im nahe gelegenen Bordell ihren Körper verkauft hatte, bis sie sich eines Nachts im blutverschmierten weißen Nachthemd von der »Jungfernbrücke« stürzte, hatte auch Marion schon zugelächelt. Zwar meist nach besonders brutalen Nachtschichten, aber sie hatte.

Als Marion nervös und etwas zittrig die Eingangstür zum Treppenhaus aufschließen wollte, fiel ihr der Schlüssel herunter, und sie ärgerte sich, dass die Beleuchtung nicht funktionierte. In dem Moment, als sie sich bückte, öffnete sich die Tür ins Halbdunkel nach innen, und Marion erschrak fürchterlich. Mit Schnappatmung und bleichem Gesicht richtete sie sich langsam auf und erkannte im flackernden Licht einer Kerze die korpulente, gutmütige Concierge.

»Aber, Frau Wiedemann … Gott, Kindchen, ist alles in Ordnung?!«

»Sicher … sicher, ich hab nur meinen Schlüssel fallen lassen. Hier ist er, hier ist er. Ist alles in Ordnung mit Maria?«

»Mit Maria? Gott, Kindchen, kommen Sie erst einmal herein, Sie sind ja ganz durcheinander. Sooo. Ich wollte, ich hätte heute auf unsere Süße aufpassen können, so wie immer, besonders bei diesem dummen Stromausfall …« Mit zitterndem Kinn wischte sich die alte Dame daraufhin mit dem linken Handballen eine Träne aus dem Augenwinkel und zupfte dann etwas verlegen ihr wärmendes dunkelbraunes Kaschmirtuch zurecht, das sie sich über die Schultern gelegt hatte. »Sie kommen jetzt erst mal mit zu mir, ich mach uns einen schönen Tee!«

»Das ist ganz lieb, Frau Rosenbaum, aber ich muss gleich hoch. Ich hab etwas ganz Wichtiges zu erledigen.«

»Ach was, Kindchen, kommen Sie. Nur auf einen Tee.«

»Nein, vielen Dank, wirklich nicht, nicht böse sein.«

»Unsinn! Sind Sie sicher?«

»Ja.«

»Na gut. Haben Sie genug Kerzen, soll ich Ihnen noch ein paar mitgeben? Es heißt, es kann noch Stunden dauern, bis sie vorne an der Ecke das Kabel wieder geflickt haben, das der Bulldozer zerrissen hat.«

»Nein, vielen Dank, Frau Rosenbaum. Ich glaube, ich habe noch einen ganzen Sack Vanilleduftteelichter von der Eröffnung des Möbelhauses letzten Monat.«

»Na, dann ist ja gut. Wenn Sie irgendetwas brauchen oder einfach nicht alleine sein mögen, kommen Sie runter zu mir, gut? Oder rufen mich auf meinem Handy an, falls ich im Haus unterwegs bin. Dann komm ich hoch!«

»Sie sind lieb, Frau Rosenbaum, danke. Gute Nacht.«

»Gute Nacht, Kindchen. Und nicht zu viel nachdenken, ja?«

»Ja.«

Als das Schloss der Wohnungstür hinter ihrem Rücken klickte, ließ sich Marion gegen die Tür sinken und atmete tief durch. Sie starrte in den dunklen Flur. Mit dem Wegwerffeuerzeug in der Hand, das ihr eine Kollegin heute in der Raucherecke auf dem Hof geschenkt hatte – merkwürdig eigentlich, dass anscheinend alle Krankenschwestern auf der Welt, die es ja eigentlich besser wissen sollten, rauchten –, ging Marion langsam im Schein der winzigen Flamme in Richtung Abstellkammer. Als sie die

Tür öffnete, fiel ihr der Wischmopp entgegen, der, mit seinen Kunstfaserzöpfen auf dem Kopf zum Trocknen verkehrt herum aufgestellt, sie aus der vollgeramschten Kammer heraus förmlich anzugreifen schien. Mit einer abwehrenden Bewegung und einem spitzen Schrei warf sie ihn zu Boden und trat sogar noch einmal nach. Und weil sich das irgendwie befreiend anfühlte, dann noch ein zweites Mal.

»Verdammt noch eins«, entfuhr es ihr. Sie griff sich den Plastiksack mit den fast dreißig Teelichtern und verteilte sie in der ganzen Wohnung. Kurz darauf tauchte ein kleines Meer von Hoffnungsschimmern die Zimmer in ein behagliches Licht, der Duft von Vanille, Geborgenheit und Liebe machte sich breit, und Marion ertappte sich, wie sie einen Augenblick lang Wehmut und Schmerz zuließ. Erinnerungen und Bilder flammten auf, von einer Spur ebensolcher Kerzen und Rosenblüten, die sie einst nach einem harten Spätdienst erwartet und geradewegs zu einem bereits eingelassenen Entspannungsbad geführt hatten. Inklusive einem selbst gekochten Kakao mit einer Prise Zimt, den sie so sehr mochte, und einer wundervollen Massage. Er war der erste Mann in ihrem Leben, der so etwas mit ihr machte, ohne anschließend Sex dafür einzufordern. Das war es, sie war sich sicher. Jetzt hatte Marion Wiedemann auch einmal eine Portion vom Glück abbekommen. Und so schien alles perfekt und richtig, als sie eines Tages über ihm war und ganz genau spürte, dass dieses Mal nicht folgenlos bleiben würde. In Löffelchenstellung und mit seinen beiden Armen fest um sie geschlungen schlief sie daraufhin geborgen, geliebt und glücklich ein, wie niemals zuvor und nie wieder danach in ihrem Leben.

Bei dem Gedanken, dass es jetzt schön wäre, jemanden zu haben, der einem beisteht, nicht zum Ausweinen, aber zum Kämpfen, Rücken an Rücken, fiel ihr plötzlich auf, dass irgendetwas nicht stimmte. Was genau, konnte sie auf den ersten Blick nicht sagen, schon gar nicht bei diesem Licht, aber irgendetwas war nicht wie sonst.

Und dann fiel es ihr auf. Es fehlte etwas. Es war zu still! Sobald man den Schlüssel in das Schloss der Eingangstür steckte und herumdrehte, war normalerweise ein deutliches Rappeln und Scheppern aus Marias Zimmer zu vernehmen. Denn dort wohnte Squirl. Ein neun Monate altes Chinchillaweibchen, das Maria nach schier endlosen Diskussionen und Bitten ihrer Mama abgetrotzt hatte und das am Ende vielleicht etwas handlicher und praktischer für eine so kleine Mietwohnung erschien als der gewünschte, große »Knuddelteddyhund«. In puncto Temperament, Aufregung und Freiheitsdrang aber kein bisschen hinter einem solchen zurückstand. Squirl drehte frei vor Freude in ihrer zur Chinchillaluxusvilla umgebauten, rollbaren Vogelvoliere, wenn sie auch nur ahnte, dass sich eines der »anderen beiden Mädchen« in ihrer Nähe befand. Einhergehend mit einem aufgeplusterten Fellkleid, das jedes Mal so aussah, als hätte die kleine Verrückte an der Steckdose geleckt.

Doch diesmal war alles still. Totenstill. Auf dem Weg in Marias Zimmer bemerkte Marion, dass das Wohnzimmerfenster halb offen stand, obwohl sie sich sicher war, sämtliche Fenster vor ihrer Schicht kontrolliert zu haben.

»Hat die Rosenbaum wohl gelüftet«, schien die einzige logische Erklärung, denn bei allem gebotenen Argwohn angesichts der jüngsten Ereignisse lag die Wohnung schließlich nicht im Erdgeschoss.

Also wischte Marion resolut die Gardine zur Seite, um das Fenster zu schließen, sah kurz nach unten und ließ daraufhin vor Schreck das Einwegfeuerzeug fallen, das sie immer noch in der Hand gehalten hatte. Unfähig, einen weiteren Atemzug zu machen, starrte sie entsetzt hinunter auf die Jungfernbrücke. Denn dort unten stand, im inzwischen prasselnden Regen, eine weiße, leuchtende Gestalt und winkte langsam mit einem Grinsen zu ihr nach oben. Doch diesmal war es keine Frau!

Dem Ersticken oder zumindest einer Ohnmacht nahe, zwang sich Marion, die Augen zu schließen und sich auf einen Atemzug zu konzentrieren. Der sich, als er endlich gelang, ein bisschen wie das Wehklagen einer alten Frau anhörte. »Wiedemann, jetzt drehst du endgültig durch«, dachte sie laut, während sich ihre Atmung normalisierte, und öffnete daraufhin langsam nacheinander die Augen. Mit nach oben gezogenen Augenbrauen und sich mit einer Hand am Fensterkreuz abstützend starrte sie erneut hinunter auf die Brücke.

Und weg war er. Der Spuk, von dem sie beim besten Willen nicht sagen konnte, was er zu bedeuten hatte. Oder ob es ihn überhaupt gegeben hatte.

»Ich bin unterzuckert! Was anderes kann das hier doch alles gar nicht sein, zum Kuckuck!«, versuchte sie sich einzureden. Und dachte daran, mangels anderer Süßigkeiten, die angefangene, drei Wochen alte Eispackung zu vertilgen, die sie noch mit Maria zusammen geöffnet hatte. Erst wollte sie aber schnell noch nach Squirl gucken, um sich zu vergewissern, dass mit der kleinen Dame alles in Ordnung war.

Doch der Käfig, üppig mit diversem Holzspielzeug auf mehreren Etagen eingerichtet, stand leer und verwaist unter dem Muschelmobile, das darüber an der Decke hing, in der dunklen, hinteren Ecke von Marias kleinem Zimmer. Und die untere Käfigtür stand offen. Es wäre nicht der erste erfolgreiche Ausbruchsversuch der Kleinen gewesen, obwohl sie seit ihrem letzten Ausflug eigentlich alle Türen mit einem zusätzlichen Karabiner gegen winzige, geschickte Hände gesichert hatten.

Als Marion das große Holzhäuschen umgedreht und sämtliche anderen Watte- und Holzwollenester erfolglos kontrolliert und durchgeknetet hatte, ging sie runter zur Concierge und lieh sich eine Taschenlampe. Mehr als eine Stunde später hatte Marion jeden einzelnen Winkel ihrer kleinen Zweizimmerwohnung ausgeleuchtet, aber immer noch keine Spur von Squirl. Ihr stand inzwischen tatsächlich der kalte Schweiß auf der Stirn, und das entrüstete »Nein!« von Frau Rosenbaum auf die Frage, ob sie vielleicht vergessen hätte, eines der Wohnzimmerfenster zu schließen, klang immer noch schrill in ihrem Ohr.

Etwas verzweifelt und nachdenklich ging sie in die Küche und setzte sich kurz auf einen der beiden winzigen Klappstühle, um zu verschnaufen. Das antiquarische Exemplar von Taschenlampe, das vielleicht schon Bestandteil von Frau Rosenbaums Hochzeitsausstattung gewesen war und immerhin länger durchgehalten hatte als ihr Mann, ließ sich leider nicht mehr ausschalten und glimmte in den letzten Zügen vor sich hin. Glücklos betätigte Marion immer wieder den einwandfrei zu bewegenden Schiebeschalter hin und her und erinnerte sich dann an die Eispackung, die aufgrund des Stromausfalles wohl vor sich hin schmolz.

Hauptsache Zucker, dachte Marion, als sie aufstand, kopfschüttelnd mit links das Gefrierfach aufzog und ihr ein angetauter kleiner Klumpen vor die Füße fiel. Als sie im diffusen Licht der Taschenlampe erkannte, was da vor ihren Füßen lag, reagierte sie zunächst überhaupt nicht. Denn sie konnte nicht fassen, was sie da sah. Dann spürte sie, wie ihr die Beine weich wurden. Sie ging rückwärts mit zitterndem Kinn auf den kleinen Stuhl an der Wand zu, auf den sie sich, als sie ihn in der Kniekehle spürte, fallen ließ.

»Wer macht so was …?! Wer macht nur so etwas? Lieber Gott, wann ist endlich mal gut?«, flüsterte sie. Ihr Kopf sank nach unten, und lautlos liefen Tränen über ihre Wangen.

Doch keine halbe Stunde später hatte sich Marion Wiedemann wieder gefangen. Aufrecht, mit gradem Rücken, saß sie von Kerzen umgeben an ihrem kleinen Schreibtisch. In der linken Hand den cremefarbenen Umschlag und in der rechten den kitschigen kleinen Brieföffner in Form eines Minischwertes aus Toledo, den ihr Frau Rosenbaum vom letzten Spanienurlaub mitgebracht hatte. Da wollte sie jemand einschüchtern, so viel hatte sie begriffen. Aber da waren sie an die Falsche geraten. Das hatten »die« nicht begriffen. Niemand auf Gottes großer Erde ist mutiger als eine Mutter, die um ihr Kind kämpft.

Das kleine Schwert ging mit einem sauberen Schnitt durch das edle Papier, ein USB-Stick fiel auf den Schreibtisch. Marion entfaltete die Blätter und wusste, dass es kein Zurück mehr gab.

Berlin, Kreuzberg, Februar 2008

»Komische Leute hier.«

»Das Dojo is klasse, glaub mir. Und es geht nicht nur um Kampfsport. Und die Leute sind auch ganz in Ordnung. Die meisten zumindest.«

»Papa?«

»Ja?«

»Mamas neuer Freund hat ’nen Porsche!«

»Ich weiß, Etzel.«

»’nen Porsche Carrera!«

»Weißt du, was ich hab?«

»Was’n?«

»Ich hab dich lieb!«

»Hm. Ich weiß, Papa.«

Berlin, Moabit, Dezember 2011

Als Luigi im Herbst 2010 seinen vierbeinigen Lambo bei mir abgeparkt hatte, weil im Knast keine Haustiere erlaubt sind, zumindest nicht solche, war ich zunächst alles andere als erfreut. Nicht, dass ich etwas gegen Hamster, Vögel, Katzen, Dackel oder sonstige tierische Untermieter gehabt hätte. Nein, nein. Ganz im Gegenteil. Ich hatte sogar mal eine Woche Kiki, Cocos Chihuahua, in Pflege und ständig auf dem Arm, weil Cocos Macker sie vor die Wahl gestellt hatte: »Dein Muschilecker oder ich!?« Und mir dafür eine Menge Hohn und Spott eingefangen. Bis der Scheißkerl endlich bei ihr ausgezogen war. Doch in meiner Vorstellungswelt rangierte ich bis dahin in der Nahrungskette niemals unter einem Haustier!

Wenn du plötzlich einen Hund hast, der mit dir Gassi geht und nicht umgekehrt, eröffnen sich ganz neue Gefühlswelten. Ich meine, der Typ wiegt fast so viel wie ich, und auch wenn es auf den ersten Blick gar nicht so aussieht, ist das meiste davon, im Gegensatz zu mir, Muskeln und nicht Fett. Und so war am Anfang die ständig neue Frage, ob wir links oder rechts abbiegen, durchaus diskussionswürdig. Ganz abgesehen von den Unterhaltskosten und dem Ärger mit den Behörden. Stichwort Massenvernichtungsmittel, Steuer oder Kampfhund. Aber man wächst ja bekanntlich an seinen Aufgaben. Und so holte ich Monsterfutter schon nach kurzer Zeit palettenweise im Tierbedarf-Großhandel, ließ mich steuermäßig von Benno sponsern, der den Dicken vom ersten Moment an klasse fand, und nutzte bei seiner Anmeldung alte Seilschaften. Bei Biggi, Lambos Sachbearbeiterin, hatte ich was gut. Weil ich ihren Sohn Sean auf ihre Bitte hin kräftig und nachhaltig durchgeschüttelt und ihm ins Gewissen geredet habe, nachdem ich ihn wiederholt mit 'ner Tüte im Schnabel in der Wilsnacker Straße erwischt hatte. War auch bitter nötig. Nicht nur das mit Biggis Sohn, der sich schon die ein oder andere Gehirnzelle unwiederbringlich weggekifft hatte, sondern auch das mit ihrer Hilfe hinsichtlich Lambo! Denn sonst hätt ich das Ding wohl niemals legal auf Berlins Straßen bewegen dürfen, schätze ich. Weil, wie mir Dr. Peters, unser Moabiter Veterinär, der bei Betuchten auch gern mal mehr und dafür bei ärmeren Patienten gar nichts berechnet, in Ruhe und mit Sicherheitsabstand erklärt hat, der Dicke wohl einem Rassemix angehört, mit dem schon das Römische Imperium blutig aufgebaut wurde oder von dem englische Wilderer im Mittelalter einfach mal zerfetzt wurden, wenn sie nicht schnell genug waren. Ich verstehe nicht viel davon, aber irgendwas mit »Mastiff« oder so. Was bei uns fortan bei Magenverstimmungen des Boliden stets zum Kurzgedicht führte: »Der Mastiff hat Dünnpfiff!«

Na ja, wie schon erwähnt, man kann durchaus von Startschwierigkeiten dieses unfreiwilligen Projektes reden. Bis nach kurzer Zeit der Charakter dieses vierbeinigen Teilzeitbuddhisten durchschimmerte, der wirklich wunderbar ist. Und dieser Fremde eines Tages Bennos Kneipe betrat.

In der Silvesternacht 2011/2012 war, wie nicht anders zu erwarten, in Bennos Laden großer Bahnhof. Sämtliche Moabiter, die sich kein Ticket für den Ball im Adlon leisten konnten, waren, gefühlt zumindest, in die geräumige Kellerkaschemme gekommen und lagen sich, bis auf die üblichen, kleinen Zwistigkeiten und Liebesdramen, spätestens um zwölf alle in den Armen. Die Zukunft unserer kleinen Firma sah spannend bis rosig aus, und ich war zwar mit meiner Familie noch nicht wirklich weitergekommen, aber selbst das schien für mich kein unlösbares Problem zu sein. Nicht mit dem Alkoholpegel, den ich intus hatte, und mit dem Kopf an den großen, warmen, weichen Busen von Mama Ruth gekuschelt, die mich im Arm hielt, mir einen Kuss auf die Stirn gab und mir ein frohes neues Jahr wünschte.

Genau in dem Moment, als ich zu ihr sagte: »Weissu eigentlich, dass ich dich ganz doll lieb hab?«, woraufhin sie mir mit dunkelrot lackiertem Mittelfingernagel sanft auf die gleiche Stelle schnippte, auf die es eben noch ein Küsschen gegeben hatte, betrat ein langhaariger Fremder mit schwarzer Lederkutte die Szene, mit dem ich wohl anscheinend eine Rechnung offen hatte. Oder besser: er mit mir. Er kam zielstrebig auf mich zu und sagte: »Kann ich dich mal kurz sprechen! Draußen!«

Dass da irgendwas im Busch war, merkte ich sofort, so besoffen konnte ich gar nicht sein. Selbst Mama Ruth ließ mich nur widerwillig aus ihrer Umarmung frei, die inzwischen fast eine Umklammerung war. Doch was willst du machen, wenn du aufgerufen wirst vom Schicksal. In die andere Richtung gucken oder dich wegducken? Nun bin ich weit davon entfernt und auch zu alt, ständig irgendwelche Machosprüche zu klopfen, weil das sowieso alles nur spätpubertärer Scheißdreck ist. Woran ich aber glaube und wonach ich stets gelebt habe, ist, dass wenn du deine Gegner immer fair behandelt hast, sich das auch auszahlt. Also nahm ich mir meinen Gehstock, gab Mama Ruth einen beruhigenden Kuss auf die Wange und wackelte angestrengt nachgrübelnd, was ich dem Rocker hinter mir getan haben könnte, hinaus und dann nach rechts unter den dunklen Torbogen. Lambo lag zu diesem Zeitpunkt wohl noch auf seiner Decke hinter dem Tresen, wo er seit geraumer Zeit Bennos Axtstiel ersetzte. Zumindest, wenn Trubel im Laden herrschte und er nicht auf der Schwelle des Eingangs den vierbeinigen Türsteher gab.

»Ich soll Neujahrsgrüße ausrichten, von meinem kleinen Bruder! Du hast ihn in den Knast gesteckt!«, lautete der Vortrag, den ich dann zu hören bekam, und langsam dämmerte es mir. Als die Sesselfurzer entschieden hatten, den harten Jungs ihre Kutten auf der Straße ausziehen zu lassen, gab es nicht viele Bullen, die diesen Schwachsinn durchsetzen wollten und vor allem konnten. Ich auch nicht. Doch als ich eines Nachts nicht mehr wegkonnte und vor der Frage stand, wer die Straßenhoheit hatte, die Blue Knights oder die Hells Angels, fing ich mir zwei Rippenbrüche ein und einen Milzriss. Und offensichtlich seinen Bruder, der dafür und für unerlaubten Waffenbesitz, plus einer nicht unerheblichen Menge Koks, in den Bau einfuhr. Shit happens.

Und heute sollte Zahltag sein. So hatten sich das zumindest der Biker vor mir im Dunkeln und wohl auch sein Kumpel, der jetzt aus einer Mauernische des Torbogens hervortrat, vorgestellt. Ich konnte im Scheinwerferlicht eines vorbeifahrenden Autos Schlagringe mit angefeilten Spitzen und sogar so was wie eine Machete erkennen. Old School war das nicht.

»Wir werden dir jetzt die Scheiße rausprügeln, und dann werd ich meinem kleinen Bruder beim nächsten Besuch ein paar Zähne von dir oder einen Finger mitbringen, damit er den Knast mit besserer Laune übersteht!«, lautete die unmissverständliche Ansage, und mir ging der Arsch auf Grundeis.

»Das würd's du machen, 'nen besoffenen Krüppel schlachten«, versuchte ich mich hilflos aus der Affäre zu quatschen.

»Jo!«, war alles, was ich zur Antwort bekam.

Und genau in dem Moment, wo ich dachte, Scheiße, Rocker sind auch nicht mehr das, was sie mal waren, ertönte ein tiefes, kehliges Knurren hinter mir, das, verstärkt durch den Widerhall des Torbogens, sauber nach Höllenhund klang. Lambo!

Offensichtlich durch die rückwärtige Tür der Schankstube in den Hinterhof gelangt, erschien er im dunklen Torbogen, umkurvte mich und ging gemächlich, aber zielstrebig auf den Typ mit der Machete zu. Ein Hauch von Kolosseum lag in der Luft. Gleichzeitig entdeckte ich einen kleinen roten Punkt auf der linken Brust des großen Bruders, und ich entspannte mich. Rizzo lag offensichtlich im dunklen Hof irgendwo hinter mir und hatte mit seinem höchst illegalen Heckler & Koch den Typ im Visier.

Hatten die beiden Rocker aber alles noch nicht so richtig auf der Reihe. Der Kerl mit der Machete hob das Ding an und sah ein paar Sekunden später schon aus wie 'ne Dose Chappi. Daraufhin griff der Rädelsführer mit der rechten Hand in das Innere seiner Kutte, bemerkte dabei den roten Punkt auf seiner Hand und hielt wie schockgefrostet inne. Ganz neue Verhandlungsbasis! Statt nun das Maul aufzureißen, was mich allerdings aufgrund der fiesen Ansage kurz juckte, backte ich kleine Brötchen. Nicht nur, weil ich keinen Bock darauf hatte, dass dreißig Mann von der Sorte am nächsten Tag wiederkamen, sondern weil wir hüben wie drüben Protagonisten eines Krieges waren, den wir so weder wollten noch verstanden.

Zwischenzeitlich machte ich mir ein wenig Sorgen um Lambos Opfer. Weil, wie Dr. Peters mir erklärt hatte, unser Kleiner beispielsweise locker in der Lage war, einem erwachsenen Mann mit einem Haps den Arm abzubeißen. Und weil Pulcinella den Typ am Fußgelenk gepackt hatte und hin und her zottelte wie Obelix 'nen Römer. Inklusive der entsprechenden Akustik. Damit dem Wischmopp also nicht die Lebenslichter ausgingen – bis jetzt sah er zwar übel aus, aber noch nicht halb tot – und weil ich nicht wollte, dass sich die Szene mit Schaulustigen füllte, denn das hätten die harten Jungs niemals verwunden, hob ich den linken Zeigefinger Richtung großer Bruder und griff mit rechts in meine Hosentasche. Denn dort befand sich das einzige Argument, das Lambo wirklich interessierte und vielleicht ablenken konnte. Leckerli! Klappte Gott sei Dank beides.

Der große Bruder hielt, zur Salzsäule erstarrt, die Füße still, nur seine Augäpfel kreisten erfolglos suchend im Dunkel hinter mir, und Lambo spuckte das Riesenkaugummi aus, um sich seine kleinen, ekligen Leckerlis zu holen, nach denen inzwischen alle meine Hosentaschen mieften. Bis auf ein leises Wimmern war die Szene damit beruhigt. Ich hob den Zeigefinger hoch über die Schulter, machte eine Faust, und der rote Punkt verschwand. Jetzt ging es aus meiner Sicht nur noch darum, die richtigen

Worte zu finden, um die Vögel möglichst nie wiederzusehen.

»Grüß deinen Bruder von mir. Sag ihm, er hat mir keine andere Chance gelassen. Und dass ich drei Wochen lang im Krankenhaus lag nach der Nummer. Vielleicht fühlt er sich dann besser. Und noch was: Kommt nich wieder her, denn ich hab nich immer Leckerlis in der Tasche!«

Sie kamen wieder. Schon am nächsten Tag hielten sieben Harleys donnernd vor Bennos Laden. Aber nur, um die Karre zu holen von El Machete, der wohl selber ’ne Weile nicht mehr fahren konnte.

Bleibt nachzutragen, dass Lambo und ich nach der Aktion erst einmal eine Runde Gassi waren und ich mich bei ihm bedankt habe. Seit diesem Abend, spätestens, war er für mich ein unersätt(z)liches Mitglied der Familie.

Als wir zurückkamen, saß Rizzo mit einem Orangensaft am Tresen, als wäre nichts gewesen.

Eckernförde, Norddeutschland, Februar 1988

Wusstest du, dass Hyänen weinen können!?

»Sascha, schläfst du schon?«

»Ja.«

»Hehehe, du bist witzig, kleines Weichei.«

»Ja, und du bist scheiße.«

»Hey …«

»Was willst du, Hannes? Was!? Die Nacht ist kurz, wenn sie uns überhaupt durchpennen lassen, mir tun alle Knochen weh, und der Tag morgen wird garantiert auch beschissen! Also, was willst du, Mehlsack!?«

»Ich will dich was fragen.«

»Bitte … Fass dich kurz!«

»Warum hast du keine Angst vor mir?«

»Bitte?«

»Warum hast du keine Angst vor mir?«

»Wieso, weil du aus'm Maul stinkst und 'n hässlicher Vogel bist oder was?«

»Nein, nein, ich mein's ernst. Ich meine, kein anderer von den Arschkrampen wollte freiwillig mit mir auf eine Stube. Wieso du?«

»Irgendeiner muss es ja machen.«

»Das is alles …?«

»Maaaann, Hannes … Pass auf, meine Oma hat immer gesagt, wir ham alle das Arschloch an derselben Stelle. Also, was soll's? Du hast sie nich alle. Das is offensichtlich. Aber erstens, wer von den Vögeln hier is schon normal, und zweitens, was soll schon passieren? Dass du mich erwürgst oder im Schlaf küsst oder was!? Glaub ich nich. Außerdem hab ich 'ne Rasierklinge unter der Zunge.«

»Hehehe, okayyy. Du bist witzig, kleines Weichei.«

»Ja, und du bist scheiße.«

»Ach, gute Nacht, Püppchen …«

»Nee, nee, jetz' ich!«

»Wie …, jetzt ich!?«

»Na ja, jetz' ich: Warum bist du scheiße?«

»Was willst du!?«

»Na ja, was is los mit dir? Warum kannst du dir nich wie all die anderen Deppen ’ne nackte Braut an’n Spind hängen oder ’n Fotto von ’nem Sportwagen oder Motorrad oder was weiß ich …?! Warum hängt da ’n Poster von ’nem blutverschmierten T-Shirt?!«

»Is ’ne Benetton-Werbung, Arschloch.«

»Quatsch!«

»Ach! Lass mich in Ruhe.«

»Jetzt ja, he!?«

»Ich denk du willst pennen, Püppchen!?«

»Ja. Aber du lässt mich ja nich …«

»Schlaf jetzt!«

»Nein! Ich hab dir geantwortet, jetz’ du mir!«

»Was weißt du schon, kleiner Sascha …«

»Nix. Deswegen frag ich ja. Erklär’s mir.«

»Kapierst du eh nich, denn da gibt’s nichts zu kapieren. Es is, wie es is.«

»Versuch’s mal.«

»Hehe, okayy. Ich erzähl dir mal ’n Schwank aus meiner Jugendzeit …«

»Brauch ich ’ne Valium, damit ich die Story übersteh?«

»Jaa.«

»Scheiße.«

»Hör zu: Once upon a time there were four little Rabbits … Fopsy, Mopsy, Cotton-tail, and Peter …«

»Dann eben nich, du Arschloch. Gut Nacht.«

»Okay, okay, pass auf. Also … als ich noch ein Kind war, lebte meine Familie in Afrika. Südafrika. Kannst du dir vorstellen, wie die sich gefreut haben, als der leuchtende Bastard zur Welt kam, hehe?! So sehr, dass sie erst mal die Schnauze voll hatten von Bälgern. Viel später ham sie's noch mal versucht. Ich hab noch 'ne Schwester. Wahrscheinlich dachten sie, zweimal kann man nich so 'n Pech haben. Na, egal. War auf jeden Fall 'ne ganz zauberhafte Kindheit. Sehr naturverbunden. Wir lebten in der Provinz Kwazulu-Natal, am Arsch der Welt. Irgendwo im Nichts zwischen Johannesburg und Durban. Mein Alter hatte 'nen Job auf 'ner Hunting-Lodge am Tugela, ganz in der Nähe der Drakensberge. Als Tour- und Huntingguide für reiche Fettsäcke, denen es Spaß macht, schön in Sicherheit Tiere abzuknallen und sich ihre toten Schädel an die Wand zu hängen. Ich wusste, was Töten war, bevor ich laufen konnte.«

»Und das is jetz' deine Entschuldigung für alles oder was?!«

»Halt's Maul und hör zu, ich entschuldige mich für gar nichts!«

»Is ja gut, is ja gut …«

»Vater war klasse in seinem Job. Weil er ihn liebte! Und weil ich schon nich so aussah, wie er sich das vorgestellt hatte, wollte er wenigstens einen ›richtigen Mann‹ aus mir machen. Also nahm er mich mit raus, kaum dass ich groß genug war, mein Gewehr selbst zu tragen. Ich hasste die Knarre. Weil ich jedes Mal umflog, wenn ich sie abfeuerte. Oder mir die Schulter verriss. Auf jeden Fall war sie ständig geprellt und blau und tat schon beschissen weh, wenn ich den Schießprügel auch nur anlegte! Fuck, hab ich das Ding gehasst! Weil ich also maßgeblich deshalb keinen großen Bock hatte, auf alles zu ballern, was sich bewegte, dachte der Alte, ich bin so wie du. Weichei. Mag zu der Zeit vielleicht sogar noch ein bisschen gestimmt haben. Obwohl ich damals eigentlich schon Bauchschuss besser fand als Kopfschuss. Also entschloss er sich, es mir richtig zu besorgen. Wir gingen eines Tages raus, ich mag vielleicht fünf oder sechs Jahre alt gewesen sein, und hatten Ausrüstung und Verpflegung für einen scheißlangen Trip dabei. Zunächst dacht ich mir noch nich viel dabei, aber als es langsam dämmerte, war mir klar, dass ich diese Nacht nicht in meinem Bett verbringen würde. Du bleibst über Nacht nicht da draußen, wenn es nicht sein muss, das sag ich dir! Und ich schiss mich damals schon manchmal fast ein, nur wegen der Geräusche, die nachts bis in mein Zimmer kamen. Wusstest du, kleiner Sascha, dass Hyänen lachen können?«

»Ja. Hab ich mal gelesen.«

»Soso. Wusstest du, dass Hyänen auch weinen können?!«

»Nein.«

»Sie können! Und wie sie können … Ich will's mal kurz machen. Der Alte hatte Fangeisen ausgelegt, die wir kontrollierten. Ich nehme an, weil es ihm einfach mehr Spaß gemacht hat, wenn die Viecher sich stundenlang rumquälten, statt nach einem Schuss und Zucken sauber und schnell abzukratzen. Und in einem dieser grob gezackten Scheißdinger hing eine Hyäne. Ein Weibchen. Willst du wissen, warum ich sofort geschnallt habe, dass es ein Weibchen ist?! Kann ich dir sagen. Ganz einfach: weil ihre vier kleinen Scheißer winselnd um sie herumsaßen und Mama dabei zusahen, wie sie sich vor Schmerzen wand. Das linke Vorderbein, mit dem sie drinhing, war gebrochen. Kein offener Bruch. Aber es blutete trotzdem. Weil sie verzweifelt versuchte, ihr Bein aus der Falle rauszuzerren. Der Alte sagte zu mir: ›Schau genau hin, Hannes! Dabei kannst du viel fürs Leben lernen.‹ Und dann, nach einer Weile: ›Los, erschieß sie!‹ Aber ich konnte nicht. Ich kann dir nicht einmal genau sagen, warum. Ob es nun an ihrem stechenden Blick oder an der Akustik lag, ich konnte einfach nicht. Letztendlich hätte ich sie ja nur erlöst, aber ich hab's irgendwie nicht fertiggebracht. Das machte den Alten, wie nicht anders zu erwarten war, nach der zwanzigsten oder dreißigsten Aufforderung stinkwütend. Weißt du, was das alte Mistschwein daraufhin mit mir gemacht hat?! Willst du's wissen?!«

»Ich glaub nich.«

»Gefesselt hat er mich. An einen Stein gefesselt. Mit bester Aussicht auf das Drama, quasi Logenplatz. Und dann hat er sich mit den Worten verpisst: ›Du musst lernen, Entscheidungen zu treffen, Hannes!‹ Einfach verpisst! Kannst du dir das vorstellen?! Mistschwein! Ich glaub zwar, dass er in der Nähe blieb, weil ich sonst als Scheißhaufen in der Savanne geendet hätte, aber er hat mich die ganze verfluchte Nacht alleine gelassen. Ha!«

»Okayy.«

»Was, okay!? Tu bloß nicht so, als würdest du irgendwas kapieren! Und außerdem ist es sowieso ganz anders, als du denkst … Als er am nächsten Morgen wiederkam und vor meinen Augen die Welpen erschoss, war ich ein anderer Mensch. Keine Nacht habe ich seitdem verbracht, ohne in meinem Kopf das Weinen und den Gesang der Hyänenmutter zu hören. Ich bin sicher: Sie war eine Kaftar. Und weißt du was? Im Laufe der Jahre wurde es dann irgendwann schön … Es gibt ein klassisches Musikstück, das ich sehr liebe. Von der Versuchung durch den Teufel ist darin die Rede. Unter anderem.«

»Aha.«

»Ich habe mir auf meiner Lieblingscassette Tüpfelhyänen drunter gemixt, und immer wenn ich mir das anhöre, sehe ich sie. Wie sie vor den Augen ihrer Jungen versucht, sich das Bein durchzubeißen, um freizukommen, und daran langsam verblutet …«

»Scheiiiße …«

»Ja, genau. Scheiße. Ich bin sicher, sie war eine Kaftar.«

»Okayy, okay.«

»Was okay?!«

»Nichts, nichts, alles gut … Hannes. Was is 'ne Kaftar? Und was is mit deinem Alten?«

»Was soll mit ihm sein?«

»Na, ich meine, hat er sich jemals entschuldigt für die Nummer, bei dir oder so?«

»Nein, hat er nicht. Aber er hat bezahlt. Teuer bezahlt!«

»ALAAARM! ALAAAAAAARM! ALAAAAAAAARM!

IN ZWEI MINUTEN SEID IHR VOR DER HALLE, LADYS, UND IN FÜNF MINUTEN IN NEOPREN! UND WEHE, WENN NICHT!!!!«

»Na klasse!«

Berlin, Charlottenburg, November 2016

Der Sonnenaufgang über der Berliner Skyline war atemberaubend. Zumal das Penthouse des Hochhauses am Kurfürstendamm 195 einen annähernd 360 Grad umfassenden Blick auf die in Flammen getauchte deutsche Hauptstadt bot. Doch Assoziationen und Betrachtungsweisen dieses grandiosen Naturschauspiels konnten in den Augen der Beobachter, wenn sie denn überhaupt einen Sinn dafür hatten, wohl kaum unterschiedlicher sein. Was den einen ein Symbol der Auferstehung, Hoffnung und Zuversicht auf einen neuen Tag in dieser freien, offenen Weltstadt erkennen ließ, war für den anderen lediglich ein Vorbote des Fegefeuers, in dem dieser dekadente Moloch einst verdient versinken würde. Was nicht heißen muss, dass nicht alle schön fanden, was sie da sahen. Obwohl die Einzige, die wirklich ein Lächeln auf den Lippen hatte, die dunkelhäutige Servicekraft war, die gerade nach ihrer morgendlichen Runde in dem edel und teuer ausstaffierten Büro den Putztrolley auf seinen quietschenden Rädern in den Aufzug schob. Ein Lächeln vielleicht aber auch deshalb, weil ihr der extrem hellhäutige Mann in dem eleganten Anzug und mit der dicken Zigarre gerade mit den Worten »Danke, Mama Matombo« einen Geldschein in die Brusttasche ihres blauen Arbeitskittels steckte. Obwohl ihr Lächeln sicherlich gefroren wäre, wenn sie eine Ahnung davon gehabt hätte, woher dieses Geld stammte.

»Kannst du mir mal verraten, warum du der Dachpappe dauernd Geld zusteckst?«

»Weil sie mich an meine Nanny erinnert, Rachus.«

»Sie ist aber nicht deine Nanny, sie putzt beschissen, und sie heißt auch nicht Matombo!«

»Ach, Rachus, was wäre ich doch nur für ein lebensuntüchtiger Träumer, wenn ich dich nicht hätte …«

»Allerdings. Und ich sage, wir sollten die Kleine kaltmachen! Zügig! Und ihre Mutter und alle anderen in ihrem Umfeld auch, wie bei 'ner beschissnen Epidemie. Inklusive der fetten Matrone, wie heißt das Judenstück, Rosenbaum?«

»Frederike, liebes Schwesterherz, würdest du Rachus bitte mal einen blasen, er ist schon wieder so fürchterlich verspannt …«

Mit einem Kussmund und einem kurzen gepiercten Züngeln in Richtung des ans Fenster gelehnten blonden Hünen hielt die Angesprochene kurz beim Umrühren ihres Kaffees inne, um dann beim ersten Schluck einen kräftigen Lippenstiftabdruck am weißen Rand der Tasse zu hinterlassen.

»Hannes, hör auf mit dem Scheiß! Die Kleine hat uns gesehen. Sie hat uns gesehen, und sie ist noch am Leben.«

»Ach, und wessen Schuld ist das, mein reinblütiger Freund? Meine vielleicht!?«

»Das ist doch jetzt völlig irrelevant! Fakt ist, sie könnte, wenn sie denn wieder aufwacht, den ein oder anderen von uns identifizieren. Und ich sag mal vorsichtig, ich bin hier nicht der Eindrucksvollste und Unvergesslichste in unserem Gruselkabinett!«

»Richtig. Wenn sie denn wieder aufwacht. Was zurzeit aber doch wohl alles andere als wahrscheinlich ist, oder?

Und was ihre Mama angeht, denke ich, die hat erst mal genug damit zu tun, Papiertaschentücher vollzuheulen, weil ihr Haustier vor Langeweile im Gefrierfach gestorben ist. Die quatscht nicht, selbst wenn sie vor Schluchzen könnte! Allein schon, weil sie Schiss hat um die Kleine.«

»Meinst du? Überschätzt du dich da nicht vielleicht ein bisschen? Nicht jeder kriegt gleich das große Flattern, nur weil du mal buh sagst! Das is 'ne Krankenschwester. Wer weiß, wie abgebrüht die is.«

»Jaa, mein ich. Ich hab ihr einen hübschen kleinen Zettel mit der schlichten Zahl 216 mit ins Tiefkühlfach gepackt. Die weiß genau, wo der Frosch die Locken hat, glaub mir. Aber wir können ja mal unsere Quasselstrippe hier fragen. Redet ja eh dauernd dazwischen. Na, Ninko, was meinst du dazu?«

Statt zu antworten beziehungsweise sich die Mühe zu machen, auch nur ein einziges Wort zu formulieren, gab eine kurze, aber unmissverständliche Geste viel deutlicher Auskunft über die Präferenzen des frühstückenden Glatzkopfs, dessen Lippen fettig glänzten. Mit einer langsamen halbkreisförmigen Bewegung zog er den Daumen an seinem Hals von Ohr zu Ohr und war mit Recht der Meinung, damit wäre alles gesagt.

»Na, siehst du. Kojak meint auch, was tot ist, kann nicht reden. Außerdem müssen wir unbedingt den Brief haben, darin sind wir uns doch wohl einig?!«

»Jaaa, ja. Hast ja recht, Rachus. Und ich war auch schon immer ein Fan deiner Arbeitseinstellung und Moral. Aber wo steht denn geschrieben, dass man bei der Arbeit nicht ein bisschen Spaß haben darf …?«

Berlin, Moabit, Dezember 2016

Mit schmutzigem Mantel, ihrem besten Mantel, weil der junge Dezember brutaler ausfiel als erwartet und sie auf einer gefrorenen Pfütze an der Bushaltestelle hatte ausrutschen lassen, ging sie im Dunst des morgendlichen Moabit zielstrebig auf das frei hängende Holzschild über dem Torbogen zu. Mutmaßlich handgeschnitzt, mit asymmetrischen Buchstaben und an zwei groben Ketten, als ob eigentlich SALOON hätte darauf stehen müssen, hing es leicht schwingend im Wind, der durch die Straße ging. DIE MOABITER – wir reparieren alles, war darauf zu lesen, und Marion spürte den Anflug eines Lächelns auf ihren Lippen. Und das tat gut. Sehr gut. Denn sie stand verloren und verzweifelt in der Kälte, die sie umgab und in ihrem Innersten fühlte, und schaute in den schäbigen Hinterhof. »Lassen Sie sich nicht vom ersten Eindruck täuschen«, hatte Arthur Anoglis gesagt. Doch das fiel ihr gerade nicht leicht. Nicht nur weil sie sich kaum vorstellen konnte, in diesem Hinterhof auch nur annähernd die Lösung ihres Problems, oder besser Wunsches, zu finden, sondern weil Zweifel und Schuldgefühle an ihr nagten. Hatte sie Anoglis nicht mehr oder weniger in den Tod getrieben? War sie es nicht, die ihn in einen Kampf geschickt hatte, mit einem Gegner, gegen den er tatsächlich keine Chance hatte? Und jetzt war sie kurz davor, denselben Fehler zu wiederholen. Oder etwa nicht?!

»Lassen Sie sich nicht vom ersten Eindruck täuschen«, hatte er ihr zum Abschied gesagt. Und sie war entschlossen, ihm ein letztes Mal zu vertrauen. Nicht nur, weil er sicherlich seine Gründe hatte, sie dementsprechend vorzuwarnen, sondern weil der Schock über das, was sie gelesen und gesehen hatte, einfach zu groß und nachhaltig war. Zu groß und nachhaltig, als dass man feige und wahrscheinlich sogar sinnlos sein Heil in der Flucht suchen könnte. Es musste dem ein Ende gesetzt werden. Unbedingt! Koste es, was es wolle.

Ein Blick auf die schmucklose Armbanduhr verriet ihr, dass sie wie immer überpünktlich war. Frierend schaute sie sich um und stellte fest, dass dies nicht die richtige Gegend für einen Latte macchiato am Mittwochmorgen um 7 Uhr 23 war. Allerdings vielleicht für einen süßen Tee. Denn begleitet von einem wunderbaren Duft und Lachen öffnete sich im Nachbarhaus eine Tür, um sich gleich darauf hinter einem Raucher mit einem eigenartigen Stück Gebäck und einer brennenden Zigarette in der Hand wieder zu schließen. Als sie sich nach kurzem Zögern entschlossen hatte, hinüberzugehen und den Mann um Feuer für ihre Zigarette zu bitten – ihr eigenes Feuerzeug war wieder einmal verschwunden – oder sich vielleicht sogar kurz in die kleine Backstube dahinter zu setzen, öffnete sich die Tür der Kellerkneipe neben dem Torbogen.

»Frau Wiedemann?«

»Frau Rivalla?«

»Nennen Sie mich Mama Ruth, das machen hier alle. Kommen Sie rein, ich bring Sie nach hinten. Sascha ist gleich fertig.«

Der Geruch, der ihr beim Durchqueren der viel größer als vermuteten Kellerkaschemme in die Nase stieg, ließ sie, unterstützt vom gesamten Ambiente irgendwie, warum auch immer, vertrauensvoll und langsamer als nötig hinter der üppigen Dame den Weg abschreiten. Sie fühlte sich ein wenig wie in einer Zeitmaschine. Aus der seitlich hinter dem Tresen liegenden Küche drang ein Brutzeln, und ein dicker, kleiner Mann mit Schnauzbart streckte seinen Kopf heraus und fragte: »Rührei oder Spiegelei?«

»Frau Rivalla, meint er mich?«

»Mama Ruth! Jaa. Ich hab schon gefrühstückt.«

»Oh, nein danke, ich habe keinen Hunger.«

»Einmal Rührei mit Speck und Buttertoast, in Ordnung. Kommt sofort!«

»Aber …«

»Lassen Sie's gut sein. Benno hört nur, was er will.«

Als die beiden Frauen dann drei weitere Türen durchquert hatten, standen sie in einer Art Mischung aus Büro, Wohnzimmer und Spielhalle. Neben einem großen hölzernen Tischfußball, der in der hinteren Ecke stand, hingen mehrere, zum Teil wohl recht antiquarische Geldspielautomaten an der Wand. Und als wäre das nicht genug, gab es auch noch einen Flipperautomaten, der glitzernd das Konterfei von John Travolta und Olivia Newton-John zeigte und seine besten Zeiten wohl auch schon lange hinter sich hatte. Im vorderen Bereich stand ein großes Ledersofa im englischen Landhausstil, auf dem ein riesiger Hund lag und unbeirrt vor sich hin schnarchte. Daneben ein lederner Ohrensessel, quasi der kleine Bruder vom Sofa, auf dem eine Katze lag, die sich mit rauer Zunge ausgiebig putzte. Und davor dann schließlich gut ein Dutzend Europaletten aus splittrigem Holz, die so aufgeschichtet waren, dass sie den Schreibtisch gaben. Dahinter ein klappriger Stuhl.

»Setzen Sie sich, Sascha ist gleich da. Moment: Saschaaaa, mach hinne! Ich bring Ihnen mal einen Kaffee.«

Erst wollte Marion fragen: »Wohin denn?«, sagte dann aber nur: »Danke, Mama Ruth.«

»Sehr gut! So is gut. Bin gleich wieder da. Ach, und Schatz, nehmen Sie das Sofa. Die Katze ist gefährlicher …«

Eigentlich wollte Marion gleich wieder gehen, aber irgendein merkwürdiges Gefühl in ihrem Bauch ließ sie in der äußersten Ecke des Sofas neben dem Hund Platz nehmen, mit dem sie jetzt annähernd auf Tuchfühlung saß. Der schaute nur einmal kurz zu ihr auf, und zwar ohne den Kopf dabei zu bewegen. Und döste gleich darauf weiter.

Statt des Erwarteten kam nach kurzer Zeit der kleine, dicke Mann lächelnd mit einem Tablett in der Hand, klappte seitlich dessen kurze Beine aus und stellte es dann mit dem angekündigten duftenden Frühstück über ihren Schoß. Marion fühlte sich, als wäre sie drei Jahre alt. Als sie dann noch einen großen Pott Milchkaffee bekam, war der Mann, auf dem all ihre Hoffnungen lagen, zwar immer noch nicht da, aber sie hätte sich auch nicht mehr darüber gewundert, wenn man ihr die auf dem Tablett liegende Stoffserviette entfaltet und sanft in den Kragen gesteckt hätte.

Mit den Worten »Ohne Mampf kein Kampf! Schön aufessen …« und »… so, ich treib Ihnen den Bengel jetzt her!« ließ er sie wieder allein, und sie fing tatsächlich an, zunächst etwas lustlos, im Essen herumzustochern. Nach ein paar Bissen schmeckte das Rührei jedoch nach Lauch und spannenden Gewürzen, auf jeden Fall aber viel besser als erwartet. Und nur Minuten später hatte sie sich im Sitzen aus ihrem nassen und schmutzigen Mantel geschält, ja sogar einen der hochhackigen Schuhe ausgezogen, der nach dem Sturz ganz schmerzhaft drückte. Sie saß da, beide Hände um die warme Kaffeetasse geklammert, und spürte beinahe so etwas wie ein lange vergessenes Gefühl: Geborgenheit.

Als sie gerade den letzten knusprigen Speckstreifen, so wie zwei der vier vorherigen, in dem großen Hund neben sich auf dem Sofa wie in einem Staubsauger verschwinden ließ, ging endlich die Tür auf, und ein Mann trat rückwärts über die Schwelle, weil er sich offenbar das Hemd noch in die Hose steckte oder so ähnlich. Vor Schreck und von der plötzlichen Eingebung in leichte Panik versetzt, dass sie sich benahm und wohl auch aussehen musste, als würde sie hier wohnen, sprang sie auf und riss das komplette Tablett mit. Alles, aber auch wirklich alles, verteilte sich erst in der Luft und dann überall im Zimmer. Schallendes Gelächter ertönte von der Tür. Und zwar so laut und ansteckend, dass Marion, nachdem sie erst etwas pikiert gewesen war, schließlich nicht anders konnte und mitlachen musste.

Ein Hauch von billigem Rasierwasser und halber Drogerie schlug ihr entgegen, als der Mann immer noch lachend sagte: »Hallo, ich bin Sascha, hahaha, und ich bin, hehe, Alkoholiker und Krüppel, nur falls das hier 'n Verkupplungsmanöver von Mama Ruth is.«

»Nein, nein, nein, keine Angst. Mein Name ist Marion Wiedemann. Und ich soll Grüße ausrichten, von Arthur Anoglis …«

Mailand, April 1982

Pasqua del Budo 5th, Palazzo dello Sport, Via Federico Tesio

»Geh da raus und hau ihm auf die Schnauze!«

»Ach, das is die Taktik, ja?!«

»Scheiß was auf Taktik!«

»Super …«

»Hey, Kleiner, guck mich an! Wer hat deine Ausrüstung bezahlt!?«

»Du, Carsten …«

»Wer hat dich im 500er von Hamburg bis Mailand mitfahren lassen!?«

»Du.«

»Und wer hat dein Startgeld bezahlt!?«

»Duu …«

»So, und wer geht jetzt da raus und macht den Typ platt!!?«

»Ich.«

»Genau! Los!«

Kaum waren wir in Mailand angekommen, hatten wir auch schon die erste Duftmarke gesetzt. Ein dunkelblauer Mercedes-Benz 500, ein knallroter Audi Quattro, eine schwarz-gold lackierte Corvette Stingray und der alte, völlig vergammelte 200er Daimler vom Trainer. Unauffälliger ging's nich! Und genau mit dem Tross hatten wir nichts Besseres zu tun, kaum dass wir den Innenstadtbereich geentert hatten, im Konvoi und falscher Richtung versteht sich, mitten in der Stadt hinter einem Mannschaftswagen der Militärpolizei in eine Einbahnstraße einzubiegen! Verdammt, kein Drehbuchautor dieser Welt kann sich so etwas ausdenken! Keine Ahnung, ob die Militärbullen uns für dämlich hielten oder sogar dachten, wir wollten sie provozieren, die Hölle brach los! Fast ein Dutzend in ihrer Uniform schwitzende junge Männer mit nervösem Zeigefinger und Uzi im Anschlag sprangen aus dem Transporter und hatten uns umstellt, bevor wir papp sagen konnten! Kleinsascha war noch nicht einmal sechzehn und schiss sich fast in die Hose. Denn die schreienden Bullen draußen vor dem Wagen hatten nicht den Bottroper Kegelverein »Hau wech« von 1860, sondern die aktuell aufstrebende Zuhälterelite von Hamburg St. Pauli plus Entourage angehalten, die allerdings unter demselben Motto unterwegs war. Inklusive jeder Menge, na, sagen wir mal, »schwieriger Charaktere«. Und als hätte das noch nicht ausgereicht, um an diesem sonnigen 3. April auf den Straßen Mailands zu sterben, waren unsere Kofferräume, Sporttaschen, ja sogar Hosentaschen gespickt mit allen möglichen Hieb-, Schlag- und Stichwaffen, die man sich nur vorstellen kann. Das meiste davon, und das sollte letztendlich unsere Rettung sein, gehörte unserem Demo-Team, das wir gebildet hatten, um den Dacascoskaspern und sonstigen Kung-Fu-Dödeln auf diesem Gebiet das Feld nicht komplett zu überlassen. Gut, damit ließ sich vielleicht mit viel Glück und Geschick die Anwesenheit von Shuriken, Nunchaku und Co. erklären. Aber leider war es zu der Zeit, besonders unter uns jungen Spinnern, Mode, in den Arschtaschen unserer Fiorucci-Karottenjeans so lange Schlagringe mit uns herumzutragen, bis deren helle Abdrücke im Stoff auch von Weitem gut sichtbar waren. Ganz egal, ob man sie nun dabeihatte oder nicht. Es war also eigentlich völlig schnurz, ob ein paar von uns versuchten im Zeitlupentempo das eine oder andere noch unterm Autositz verschwinden zu lassen, die Katastrophe war vorprogrammiert.

Mit Gebrüll und wild gestikulierender Uzi scheuchten die Italiener uns aus den Autos und ließen uns anschließend mit den Händen auf den Fahrzeugen und genauso weit wie breit gespreizten Beinen »den Adler« machen. Was für uns zu der Zeit allerdings nicht wirklich ungewohnt war. Als der erste »piccolo carabinieri« Ralle auf den Hintern schaute, dauerte es nur noch Sekunden, bis wir alle flach lagen. Ein paar von uns, die gezuckt hatten, sogar mit Stiefel im Nacken. Nicht, dass sich jemand für Houdini hielt und meinte, er sei schneller als 'ne Uzi, aber Verlieren gehörte im Frühling und Sommer '82 irgendwie nicht zu unserer Vorstellungswelt. Doch man konnte! Ganz offensichtlich.

Nun lagen wir da, mit dem Gesicht im Dreck und schnupperten ein wenig Mailänder Gosse. Aber es roch eigentlich auch nicht viel anders als zu Hause. Die Vespas knatterten stinkend vorbei, eine dicke Mama Miracoli hatte Spaß daran, den Deutschen am Boden noch zusätzlich einen Eimer Wischwasser zu spendieren, und die wieselflinken Uniformierten begannen mit Fingerspitzen und Teleskopspiegeln die Radkästen und Stoßstangen unserer Autos zu checken.

Als der Ranghöchste von ihnen, der mich stark an Louis de Funès erinnerte, in den Kofferraum vom 500er schaute, verfärbte sich sein Gesicht! Ich glaube, wenn er nicht kurz darauf auch das Plakat vom Pasqua del Budo entdeckt hätte, das ich als Andenken heute noch habe, hätte er wohl am liebsten das Feuer auf uns eröffnen lassen. Das internationale Kampfsportevent war ihm und seinen Leuten offenbar ein Begriff. Und so gelang es unserem ruhigen und weisen Trainer nach und nach, mit viel Geschick und Diplomatie, uns als nette Jungs und Sportler zu verkaufen. Mit dem ein oder anderen von uns hat er diese Metamorphose, einem Wunder gleich, später einmal tatsächlich wahr gemacht. Am Ende standen wir jedenfalls da als Hamburger Delegation einer der berühmtesten Karatelegenden der Welt, Geert Lemmens, signierten sogar noch Plakate und bekamen, wahrscheinlich nur weil wir so dämlich waren, falsch in Einbahnstraßen abzubiegen, eine Eskorte bis hin zu unserem Sporthotel. Gott sei Dank!

Nun, es mag sein, dass wir an jenem Tag, wie so oft, mehr Glück hatten, als wir verdienten. Doch ob das jetzt richtig oder falsch war und auch was aus uns allen später einmal werden sollte, hat ohnehin ein ganz anderer entschieden. Fest steht: Einer von den Jungs wurde ein Polizist. Und ein anderer der letzte große deutsche König von St. Pauli.

»Geh da raus und mach ihn platt, damit sich der Einsatz gelohnt hat!«

Klein Sascha hat den Kampf verloren.

Berlin, Wannsee, November 2016

Schwanenwerder, 29. November 2016

Hallo kleiner Bruder,

danke erst einmal, dass du diesen Brief überhaupt geöffnet hast. Dass du ihn nicht, wie Vater die vielen anderen zuvor, ungelesen weggeworfen hast. Danke.

Doch vielleicht hast du ja auch schlicht vergessen, auf den Absender zu schauen. Oder du hast aus den Medien erfahren, dass es diesmal der letzte ist. Wer weiß. Auf jeden Fall danke. Denn ich möchte mich verabschieden, kleiner Bruder. Ob mir das unsentimental und sachlich gelingen wird, so wie es Vater gefallen hätte, weiß ich nicht. Ich werde es versuchen.

Ich sitze hier in meinem prachtvollen Haus, kaum einen Steinwurf von der alten Goebbels-Villa entfernt, und man sollte meinen, ich hätte es geschafft. Und ich habe es tatsächlich geschafft! Ich habe es geschafft, dass der Schreihals, ja wahrscheinlich sogar Mengele persönlich, mich am Roulettetisch in der Hölle erwarten werden. Alles auf Schwarz.

Verzeih, kleiner Bruder. Ich habe zu einem guten Cognac und einer Prise Kokain gegriffen, damit ich das hier fertig kriege. Weil ich ein Feigling bin. Weil ich Schmerz und Elend über so viele Menschen gebracht habe. Weil ich es nicht mehr ertrage. Weil ich mich nicht mehr ertrage. Weil ich ein Feigling bin. Verzeih.

»O Fortuna velut Luna, statu variabilis; semper crescis aut decrescis, Vita detestabilis …«, wenigstens die Musik ist schön. Ach, kleiner Bruder, was ist bloß schiefgegangen?! Sind die Füße schmutzig, sind die Kinder gesund, heißt es. Und was waren unsere Füße schmutzig! Unten am Fluss haben wir gesessen, die Steine springen lassen und Pläne gemacht. Große Pläne. Was ist bloß schiefgegangen? Dass es ein schwarzes Schaf in jeder Familie geben muss, ist wohl normal. Aber dass es so gründlich schiefgeht, konnte keiner ahnen. Dabei sah doch alles so gut aus. Dass ich Vater nichts recht machen konnte, hätte ihn nicht daran gehindert, mir, als Erstgeborenem, irgendwann seine Praxis zu überlassen. Obwohl ich ihn einmal dabei belauscht habe, wie er zur Mutter sagte: »Wenn wir Glück haben, bringt er es zum Zahnarzt.« Er hätte es getan. Zähneknirschend, aber er hätte es getan. Wohl wissend, dass es ja mindestens einen von uns gibt, auf den wirklich Verlass ist. Einen, der sich am Ende nicht zu schade war, eine kleine, abgewetzte Landarztpraxis im Sauerland mit Stolz und Liebe weiterzuführen. Meinen Bruder! Gott, du fehlst mir so sehr! Verzeih. Weißt du, manchmal habe ich ernsthaft darüber nachgedacht, ob ich ein Kuckuckskind bin. Nicht nur, weil es Vater niemals gelang, obwohl er es sicher versuchte, mich zu lieben, so wie

dich. Nein, hauptsächlich, weil ich so wenig von dir und ihm in mir entdecken kann, sosehr ich auch danach gesucht habe. Das einzig wirklich Gute, was ich jemals getan habe, war, durch meinen Hochmut und mein Unvermögen Platz zu machen für dich. Damit du weiterführen kannst, wofür der alte Herr lebte. Und so tut es mir eigentlich auch gar nicht mehr leid. Genauso wenig wie die Tatsache, dass ich es nicht rechtzeitig an sein Sterbebett geschafft habe. Ich bin sicher, er hätte mich für den Porsche, den ich ihm stolz präsentieren wollte, nur noch ein wenig mehr verachtet. Ich werde nie seine Antwort auf meinen Brief vergessen, in dem ich ihm mitteilte, dass sein ältester Sohn kein Zahnarzt, sondern ein Chirurg ist. Weißt du, was er mir zurückschrieb?

Was sei »plastische Chirurgie« schon wert, gemessen am Leid auf dieser Welt, das es zu lindern gilt?! Toll, oder?! Er wünsche mir ein angenehmes Leben als »Schönheitschirurg«, und ich möge doch von weiteren Briefen absehen. Na, wenn ich kein Kuckuckskind bin! Von da an nahm das Schicksal seinen Lauf. Zu der Zeit fing ich nicht nur endgültig an, bewusst zu trinken, sondern versank in meiner Spielsucht und den Problemen, die so etwas unweigerlich mit sich bringt. Und nur wenig später wusste ich dann, was ein gutes Herz wirklich wert ist. 180 000 Dollar. Je nach Frische und Qualität. Na, kleiner Bruder, geschockt? Eine Niere gibt es übrigens schon für unter 80 000. Dann allerdings wahrscheinlich von einem Inder, Pakistani, Ägypter, Hepatitis- oder AIDS-Patienten. Tja, so ist das. Spätestens jetzt bereust du es doch, den Brief geöffnet zu haben, oder? Aber da müssen wir jetzt durch.

Ende der Neunziger traf ich in Baden-Baden am Abend nach einem Kongress im Schlosshotel für die »Scharlatane der Reichen und Gewissenlosen« auf einen auffälligen Mann. Im Casino natürlich, wie könnte es anders sein. Im Nachhinein war es nicht einmal das Äußere – er hatte eine Pigmentstörung, die ihn annähernd leuchten ließ –, sondern die Art, wie er sich bewegte und gab. Er war auf Seelenfang, da bin ich mir heute sicher. Und so erschien er mir zunächst auch als so etwas Ähnliches wie die Lösung all meiner Probleme. Du musst wissen, dass ich es zu diesem Zeitpunkt bereits geschafft hatte, Spielschulden in einer Höhe anzuhäufen, die mich vielleicht sogar noch in dieser Nacht hätten das Leben kosten können. Ganz sicher aber meine Fähigkeit, jemals wieder ein Skalpell zu führen. Ich hatte Russen im Nacken, die so weit vom Klischee der Medien entfernt sind, dass niemand ihre Gefährlichkeit auch nur erahnen kann. Und so setzte ich alles, was ich noch leihen, erschleichen, veruntreuen, stehlen und zusammenkratzen konnte – hast du gewusst, dass es in Berlin ein Pfandhaus für Nobelkarossen gibt? –, auf die 32 und starrte gebannt auf die kleine Kugel aus Elfenbein. Tja, was soll ich dir sagen?! Sie kam nicht. Obwohl, doch, eigentlich schon. Nur in einem Zahlendreher. Als ob sich irgendwer oder irgendwas abschließend noch einmal über mich lustig machen wollte, kam die Kugel auf der 23 zum Halten. Auf der 23! Ich habe diese Zahl schon immer gehasst. Das 36-Fache meines Einsatzes hätte es mir zumindest gestattet, den Tag gesund zu überstehen. Jetzt war ich ziemlich sicher, dass ich wahrscheinlich noch in dieser Nacht Pavlov, meinem geliebten Labradormischling, folgen würde, den sie mir am Vorabend in Einzelteilen vor mein Haus gelegt hatten. Doch als ich versuchte mit zitternder Hand auf der opulenten Terrasse des Casinos meine vielleicht letzte Zigarette anzuzünden, stand plötzlich dieser hellhäutige Mann im Mondschein an meiner Seite und gab mir Feuer. Ob mich Fortuna verlassen habe und ob er mir helfen könne, wollte er wissen. O Fortuna. Ich schaute nach links, erschrak ein wenig, und mir war klar, dass dies der letzte Moment war, einem Pakt mit dem Teufel noch zu entgehen. Aber da du meinen Hang zu fatalen Entscheidungen ja besser kennst als jeder andere, wirst du dir vorstellen können, dass ich nicht ablehnte und der Fremde nach fünf Minuten alles von mir wusste, was er wissen musste. Auf meine lapidare Frage, ob er nicht zufällig 420 000 Euro dabeihabe, entgegnete er mit einem Lächeln: »Ja, aber wie langweilig wäre das denn? Außerdem würden Sie Ihre Freunde so niemals loswerden. Lassen Sie uns doch lieber einfach mal gemeinsam hinüber ins Schlosshotel gehen und schauen, was der Abend noch so bringt.«

Als wir die paar Meter sauber vom Mond ausgeleuchtet zurücklegten, zeigte ich ihm, immer noch zitternd, ein Foto von Pavlov, das ich am Abend zuvor mit meinem Handy aufgenommen hatte. Er nickte nur beiläufig und hielt mir die Eingangstür zum Foyer auf. Als der Fahrstuhl uns auf meiner Etage sanft entließ, fiel mir die Lautlosigkeit unserer Schritte auf dem dicken roten Teppich auf. Überhaupt empfand ich alles, als wäre es in Watte verpackt. Und so sollte es auch weitergehen. Lautlos und in Zeitlupe, obwohl es wahrscheinlich nur Sekunden dauerte. Dass die beiden jungen Männer, die uns aus der Unendlichkeit des lang gestreckten

Flures entgegenkamen, mutmaßlich Pavlovs Mörder waren, erkannte mein neuer Freund schon lange vor mir. In ihren teuren, gut sitzenden Anzügen schienen die zwei perfekt in dieses Hotel zu passen. Nicht halb so schnell wie ein Buchmacher in der Mittagspause, aber doppelt so zielstrebig kamen sie auf uns zu und sahen so gar nicht aus wie zwei russische Geldeintreiber, sondern eher wie die Zwillingsbrüder von Dmitri Medwedew.

*Auf die Frage, ob er bewaffnet sei, lächelte mein Begleiter wieder nur. Er sagte lediglich, dass ich mich wundern würde, was man mit einer Keycard alles aufmachen könnte. Dabei ließ er die kleine Plastikkarte mit der Zimmernummer darauf durch seine Finger gleiten, die ich ihm überlassen hatte, weil ich sie mit meiner zittrigen Hand sowieso nicht in den Schlitz des Türöffners bekommen hätte. Dann waren die Kerle auf unserer Höhe. Der eine tat so, als wollte er uns unverfänglich ansprechen, während der andere, hinter ihm, in seine Jacke griff. Und das Nächste, woran ich mich wirklich klar erinnere, ist, dass ich mich übergeben musste. Denn in der Zwischenzeit hatte der Hellhäutige dem Hintermann ein Ellbogen- und ein Kniegelenk gebrochen und ihn dann dabei zusehen lassen, wie seinem Partner mit einer einzigen, s-förmigen Bewegung mittels der winzigen Plastikkarte an Adamsapfel und beiden Augäpfeln so starke Verletzungen zugefügt wurden, dass ich mir als Mediziner nicht vorstellen kann, dass der Mann das überlebt hat. Eiskalt, als würde er so etwas ständig machen, zog er daraufhin eine Visitenkarte aus einem silbernen Etui, ließ mich augenzwinkernd *DE KLERCK GROUP, Ihr Partner in allen Sicherheitsfragen** *darauf lesen und steckte sie dem Mann mit den gebrochenen Gelenken lächelnd in die Brusttasche seines blutbespritzten Jacketts. Dann nahm er mein Handy, machte ein Foto von seinem anderen Opfer, das Pavlovs Foto in puncto Grausamkeit wohl in nichts nachstand, und reichte es mir mit den Worten: »Möge Ihr Hund in Frieden ruhen.« Dann gab er mir ein Tuch, damit ich mich sauber machen konnte.*

Wir reisten noch in derselben Nacht ab. Und auch wenn ich dachte, ich hätte das Schlimmste zunächst überstanden, begann mein eigentlicher Horrortrip doch erst jetzt. Bedenken meinerseits hinsichtlich der Schweinerei, die wir im Hotel hinterlassen hatten, inklusive massenhaft von meiner DNA, zerstreute der Hellhäutige mühelos mit der Ansage, dass solche Typen sich niemals an die Polizei wenden würden. Und dann erklärte er mir sein Geschäftsmodell …

Meine zukünftige Rolle darin war denkbar einfach. Ich war der Medicus des Teufels! Die nach außen offensiv zur Schau getragene Sicherheitssparte war keineswegs nur Fassade. Mehrfach bekam ich mit, wie mein neuer Chef und seine – hauptsächlich aus serbischen, aber auch aus international zusammengestellten Top-Söldnern bestehende – Firma schnöselige Berufssöhne, die meinten, sie müssten mit ihren BMW-Geländemotorrädern durch irgendeine Wüste dieser Welt fahren, den Klauen von Geiselnehmern entrissen. Oder höhere Töchter, die für ein paar Wochen in ihrem Leben mal selbstlos sein wollten, wofür Boko Haram kein Verständnis hatte, zu ihren reichen Eltern zurückbrachten. Jedes Mal mit einem Höchstmaß an Effektivität und wohl auch Bruta-

lität. Die Werbung, die weltweit Kunden akquirierte, war: Wir bringen Ihre Lieben wieder heim! Lebendig! Garantiert! Doch so lukrativ das auch war, dem Gründer dieser Firma ging es meines Erachtens nicht ums Geld. Der Mann heißt Hannes DeKlerck, ist Südafrikaner mit deutschem Pass und das schlimmste Monster, das mir in Menschengestalt jemals begegnet ist! Wenn du mir nicht glaubst, wirf einen kurzen Blick auf die Dateien auf dem USB-Stick, den du hoffentlich ebenfalls in diesem Umschlag gefunden hast. Einen kurzen! Denn ich warne dich, etwas Furchtbareres und vor allem Perverseres als das, was du dort siehst, gibt es auf dieser von Gott verlassenen Welt nicht! Und du wirst Schaden nehmen, wenn du dich nicht rechtzeitig abwendest. Jede einzelne Gräueltat hat dieser Wahnsinnige akribisch dokumentiert, und vielleicht wird ihm das ja jetzt endlich zum Verhängnis. Doch sei vorsichtig! Es handelt sich um ein weltweites Netz, das bis in die Regierungskreise mehrerer Länder hineinwuchert. Wenn du also entscheidest, was ich verstehen könnte – verzeih, dass ich dir dies alles überhaupt zumute –, diesen Brief ganz einfach zu verbrennen, dann tu es heimlich, ohne auch nur irgendjemand einzuweihen! Dann überlassen wir halt dem Allmächtigen, ob er es sich vielleicht noch einmal anders überlegt. Solltest du allerdings, im Gegensatz zu deinem feigen, verkommenen Bruder, den Mut und die Kraft aufbringen, zu tun, was getan werden muss, hier noch ein paar, wie ich hoffe, gerichtsverwertbare Fakten.

Schon kurze Zeit nach dem Vorfall in Baden-Baden wurde ich eingearbeitet von einem Mann namens Michael Mis-

tromarina. Einem drogenabhängigen Zahnarzt, der ursprünglich aus Manhattan stammte, seit 2008 allerdings in den USA in einem Hochsicherheitsgefängnis weggesperrt wurde, wo er inzwischen auch, o Ironie des Schicksals, unter anderem an Leberversagen gestorben ist. Eines der wenigen Ereignisse, die mich einen Wimpernschlag lang wieder an den lieben Gott unserer Kindheit glauben ließen. Denn ich wurde eingearbeitet in das, ich nenne es einfach mal beim Namen, Ausweiden von Menschen. Dem mehr oder weniger fachgerechten Entfernen und in wenigen Fällen auch Transplantieren von Spenderorganen. Wobei das Wort »Spender« in diesem Zusammenhang einen furchtbaren Zynismus hat. Denn keiner der Menschen, die im Laufe der Jahre vor mir auf dem Tisch lagen, wenn es denn überhaupt ein Tisch war, hatte eine Wahl! Oh Gott, vergib mir!

Mein vermeintlicher Wohltäter, Hannes DeKlerck, der Mann, der mich nachhaltig aus den Fängen der Russen befreit hatte, sorgte auf gespenstische Weise für ständigen »bedarfsorientierten Nachschub«. Ohne jemals irgendwelche Versorgungsschwierigkeiten! Im Gegenteil! Er trieb sich weltweit in Krisenherden herum und bediente sich mittels einer Logistik und Finanzkraft, die unfassbar ist, einer Vielzahl von Möglichkeiten. Von roher Gewalt in rechtsfreiem Raum über Bestechung von Politikern und anderen Entscheidungsträgern bis hin zu kompletten Militärinterventionen! Ich weiß von Geschehnissen, zu denen ich Fakten auf dem beiliegenden USB-Stick zusammengetragen habe, in Sierra Leone, Ägypten, dem Kosovo bis hinein in den aktuellen, von der CIA gesteuerten mexika-

nischen Drogenkrieg! Du hast richtig gelesen! CIA! Und es gibt sogar Verstrickungen bis ins US-Verteidigungsministerium! Dabei waren die Anfänge recht simpel. Zu Beginn offerierte DeKlerck im sogenannten Darknet, etwas später sogar im für alle offenen Internet, unter dem Pseudonym Jim Cohan Rundumpakete. Herz, Leber, Lunge, es las sich wie die Auslage eines Metzgers. Und zwar zum Pauschalpreis, der immer mindestens 50 000 US-Dollar unter dem Preis beispielsweise der chinesischen Regierung lag. Mit dem kleinen, aber feinen Unterschied, dass man sofort bedient wurde! Inklusive Transport, Krankenhaus und Hotelaufenthalt. Mistromarina gab dabei die angeblich leitende, medizinische Kompetenz. Geriet dann allerdings aus dem Ruder, weil er unter Termindruck teilweise die Organe Hepatitis-, ja sogar AIDS-infizierter Menschen verwendete. Dies und sein außer Kontrolle geratener Drogenkonsum, ich nehme an, er hat es einfach nicht mehr ausgehalten, machten ihn dann irgendwann zum Bauernopfer. Bis dahin wurde allerdings stetig und erfolgreich an einem Netzwerk gearbeitet, das bis heute annähernd perfekt funktioniert. »Material« wurde nach und nach weltweit akquiriert, und in der kosovarischen Hauptstadt Priština wurde in einem Institut namens Medicas-Klinik unter der Führung eines internationalen Expertenteams so etwas wie ein Headquarter etabliert, das sogar über eine kleine Privatjetflotte verfügt. Ein Israeli namens Moris Arel hat dort, angeblich mit Wissen des Mossad, die geschäftliche Leitung. 2008 wurde die Klinik unter zunehmendem politischem Druck zwar, nach einer für die Medien inszenierten Polizeirazzia, offiziell geschlossen, genau genommen ging es ab da aber erst richtig los. Um dich gänzlich zu verwirren, kleiner Bruder, und um einen auch für dich wichtigen beruflichen beziehungsweise geografischen Bezug herzustellen, hier noch folgende Informationen zur Firmenstruktur: Mistromarina hat, bevor sie ihn wasserdicht ans Messer geliefert haben, unter anderem an die US-amerikanische Firma RTI-Filologics geliefert, die wiederum der Mutterkonzern der Deutschen Futogen-Medical GmbH in Achtkirchen ist, die ihrerseits einschlägige Geschäfte mit privaten und halbstaatlichen ukrainischen Firmen unterhält. Wenn du heute also Gerüchte und bestätigte sowie unbestätigte Medienberichte über diverse Skandale in der ach so seriösen deutschen Transplantationsszene hörst, kannst du dir nun eine ganz eigene, fundiertere Meinung bilden. Als Letztes, sozusagen um dem Ganzen die Krone aufzusetzen, mit wem, glaubst du, hat RTI-Filologics mehrere hochdotierte Verträge?! Genau. Mit dem US-Verteidigungsministerium. Gott hat uns verlassen! Und wenn du denkst, mit der Verurteilung oder dem Tod von Mistromarina hätte sich irgendwas geändert, nein … denn ich bin der neue Mengele!

Verzeih mir, Bruder! Verzeihung. Für alles! Ich kann es nicht erklären und entschuldigen schon gar nicht. Er hat mich einfach in der Hand. In jeder Beziehung. Ich habe Parkinson-Symptome, sobald ich an ihn denke. Ich kann weder schlafen noch essen, ja nicht einmal die Augen schließen. Das Furchtbarste an diesem Mann ist, dass es ihm nicht ums Geld geht. Schau in die Dateien! Ich denke, wenn ich noch einmal …

Gut, ich habe Geräusche auf der Veranda gehört … und meine Dobermanndame Pavlova hat mir gerade auch signalisiert, dass jemand im Haus ist … Sie kommen mich holen!

Es wird höchste Zeit …

… dies, nox et omnia michi sunt contraria …

Ich bin mir zuwider!

Leb wohl, kleiner Bruder. Ich liebe dich!

Martin

Berlin, Schöneberg, August 2011

Seit Erpel sich vor zwei Jahren gemeinsam mit uns gegen die Kurden gerade gemacht hatte, war er in unserem Team. Und in unseren Herzen. Mal ehrlich, wie viele Menschen begegnen einem heutzutage noch, die bereit sind, dir mehr zu geben als ein aufgesetztes Lächeln? Nicht viele. Donald war bereit, für Benno sein Leben zu geben. Nicht nur zu riskieren. Er hatte fest damit gerechnet, an diesem Abend zu sterben. Und doch stand er da, aufrecht und gerade, trotz Gehstock und Arthritis, um dem Bösen Paroli zu bieten. Koste es, was es wolle. Hey, wer wollte so jemanden nicht in seiner Nähe wissen, wenn es wichtig oder gefährlich wurde?! Klar könnte man argumentieren, dass der alte Sack sein Verfallsdatum ohnehin schon lange überschritten hatte und eigentlich nur nach einem passenden Abgang suchte. Und vielleicht stimmte das sogar ein Stück weit. Aber das war eben nicht alles. Der mit tiefen Falten im Gesicht, in denen du das Lachen und das Weinen eines langen, durchwachsenen Lebens wunderbar ablesen konntest, und hellwachen Augen ausgestattete Methusalem war für mich so etwas wie ein wandelndes Mysterium. Selbst in noch so langen, vermeintlich alkoholschwangeren Nächten gab er im Zwielicht der zum Lüften und Träumen hereingelassenen aufgehenden Sonne nie mehr von sich preis als die Farbe seines Charakters. Und das war Grün. Wie seine Augen. »Grün ist die Hoffnung, und die stirbt zuletzt.« Nicht einmal auf die einfache Frage nach seinem Alter bekam man eine vernünftige Antwort. Sondern meist auch nur so eine Plattitüde wie »Jeder ist so alt, wie er sich fühlt«. Und die Aufforderung zu einem Reaktionsspiel, bei dem es darauf ankam, die Hand wegzuziehen, bevor man einen Schlag darauf bekam. Ich glaube, er hat mir mindestens ein halbes Dutzend Mal den Handrücken blutig gehauen. Denn diese Seite hatte er halt auch. Überhaupt war er in vielerlei Hinsicht fast so etwas wie der Gegenentwurf zum gutmütigen, väterlichen, ja manchmal geradezu liebevollen Benno. Erpel konnte gefährlich werden. Besonders für jene, die sich nur einem hilflosen alten Mann gegenübersahen.

Rizzo und ich saßen in der Schöneberger Bülowstraße in Bennos grauem Opel Diplomat und waren am »Observieren«. Ich hatte, man glaubt es kaum, eigens zu diesem

Thema bei der Berliner Polizei einmal einen ganzen Lehrgang absolviert. Viel mehr als Nüsse fressen und literweise starken Kaffee saufen, habe ich daraus allerdings nicht mitgenommen. Wir saßen also da, eingerahmt von mehr oder weniger hübschen Bordsteinschwalben, die entweder der Fraktion Haushaltsgeld aufbessernde Hausfrau oder »Ich brauch dringend den nächsten Schuss und mach alles« zuzuordnen waren, und obsten so vor uns hin. In offiziellem Auftrag. Denn Benno hatte uns gebeten, für einen Schulfreund von ihm in Sachen Enkeltrick etwas zu unternehmen.

Der Kumpel aus Kindertagen, ausgerechnet ein pensionierter Richter, hatte ihn aus dem gutbürgerlichen Charlottenburg angerufen und gesagt, er könne diesmal nicht zur Skatrunde der alten Säcke erscheinen, weil er ein Problem habe. Auf Bennos sorgenvolle, aber bohrende Nachfragen, weshalb und warum der Richter nicht, wie seit rund dreißig Jahren, am Donnerstagabend zum Zockerrundenritual im Alt-Moabiter Eck erscheinen könne, rückte der pensionierte Richter nur zögerlich mit der Sprache heraus. Zögerlich wohl deshalb, weil es ihm furchtbar peinlich war, als ehemaliger Falke der Justiz, der eigentlich auch noch ganz gut beisammen war, ausgerechnet einem dieser widerlichen Betrüger auf den Leim gegangen zu sein. Und auch, weil er im Winter seines Lebens realisieren musste, dass alles, wofür er jemals stand, den Bach runterging. Dass es überhaupt möglich war, in »seinem Land«, technisch wie moralisch, alte Menschen so perfide um ihre Habseligkeiten zu bringen, machte ihn fassungslos. Als er dann beim Versuch, alte Kontakte zur

Polizei, die sogar beinahe bis in die erst kürzlich gegründete »SoKo Enkeltrick« hineinreichten, aufzuwärmen, nur etwas von Überlastung und sogar eine Spur Hohn zu hören bekam, dass ausgerechnet ihm so etwas passierte, war er durch mit dem Thema. Nur mühsam konnte Benno ihm schmackhaft machen, dass es keine Schande sei, ein hilfsbereiter Mensch zu sein, und er sich deshalb kein bisschen schämen brauche. Und dass Benno jemand kenne, der ihm helfen würde. Diskret und effektiv. Rizzo und mich. Ich war diskret, er effektiv.

Das Fragment eines Nummernschilds sowie Typ und Farbe des Fahrzeugs, in dem die junge Frau davonfuhr, die das Geld bei Bennos altem Kumpel abholte, konnte dieser knapp erkennen, als er ihr zum Abschied hinterherwinkte. Das reichte meinem Freund Hauptkommissar »Matze« völlig, der sich sehr wohl an unseren alten Richter erinnerte, um nach ein paar flinken und verbotenen Fingerübungen sauber aus dem Composter rauszuziehen, was wir so brauchten. Ein Anruf reichte. Denn die junge, eloquente Dame, eine Studentin mit interessantem Vorstrafenregister, war dämlich genug, mit einem auf ihren Namen zugelassenen Audi TT den Kurier für die rumänische Truppe zu geben, die hinter allem steckte und für die sie anscheinend arbeitete. Und der wahrscheinlich auch der teure Audi gehörte. Und so führte sie uns geradewegs mit ihrem Luxuscoupé, dem ledernen Aktenkoffer und aufreizendem Hüftschwung zu ihrer Meldeadresse in die drogen- und prostitutionsverseuchte Schöneberger Bülowstraße, alte Heimat, wo sie wohl die Kohle an den oder die Drahtzieher übergeben sollte. Bingo!

Rizzo hatte noch schnell ein Speedshopping bei Elektronik-Conrad und einem undurchsichtigen Typ in einem Kreuzberger Hinterhof veranstaltet, um den TT mit zwei schnuckeligen Überraschungen auszustatten, und da saßen wir nun und fraßen Erdnüsse. Die verräterischen Haufen der Schalen links und rechts neben unserem Wagen wurden immer größer. Rizzo textete mich zum x-ten mal damit voll, dass er zu gern wüsste, wie die Vögel es wohl geschafft hatten, den alten, ausgebufften Richter reinzulegen, als jemand um die Ecke kam, den wir hier so gar nicht erwartet hatten: Erpel.

Elegant wie immer, mit einem seidenen Tuch im alten, aber gepflegten Klassiker von Jackett und dem nonchalant halb schräg getragenen Borsalino auf dem Kopf, der wohl ebenfalls schon eine Antiquität war, verschmolz er auf Höhe Frobenstraße mit der Häuserfront und starrte auf die andere Straßenseite. Dort stand eine junge Frau, die nach ihrer Aufmachung und ihren Problemen mit Gleichgewicht und Körperkoordination eindeutig der hier ansässigen Drogenstrichszene zuzuordnen war. Abgemagert, nervös und jederzeit bereit, im nahe gelegenen Nelly-Sachs-Park zu tun, was auch immer die Perversen verlangten. Alles beginnt mit der Sehnsucht. Und endet im Horror.

Leicht irritiert stellten wir fest, dass mit Erpel schon das zweite Fossil die Moabiter Skatrunde ausfallen ließ, und dachten angestrengt darüber nach, ob es irgendeinen Zusammenhang gab. Gab es nicht. Denn kaum hatte der Schatten mit dem Gehstock sich einen Zigarillo angezündet, trat ein schmieriger Typ mit Jogginghose an die junge Frau und wurde nach kurzem Streit handgreiflich. Worum es ging, konnten wir nicht genau hören, obwohl wir quasi Logenplätze hatten. Aber auf der anderen Straßenseite erlosch die Glut, und einen Moment danach lag der Freier, Zuhälter oder was auch immer er gewesen sein mag, auf der Erde und hatte zu unserem Erstaunen eine lange, florettähnliche Klinge am Hals. Eine knappe Ansage und überstürzte Flucht später war das Florett wieder ein Gehstock, Erpel wieder ein harmloser alter Mann und die junge Frau lag in seinen Armen. Dann gab er ihr Feuer, und für einen kurzen Augenblick sahen wir in der Flamme ihre Augen aufblitzen. So harmonisch das alles aussah, keine Zigarillolänge danach trennten sich die beiden und gingen in verschiedene Richtungen, und zwar im Streit. So hatte es zumindest den Anschein. Rizzo und ich schauten uns an und versuchten schweigend einzuordnen, was wir da gerade gesehen hatten.

Allzu viel Zeit blieb uns dafür nicht. Im Treppenhaus und Eingangsbereich der Hausnummer 38, schräg gegenüber von unserem Parkplatz unter dem Viadukt der Linie U2, die gerade über uns hinwegratterte, ging das Licht an. Und wer trat gut gelaunt mit einem dunkelhaarigen Mittvierziger, der den ledernen Aktenkoffer trug, durch die gläserne Tür? Unsere Audifahrerin! Hastig klopften wir uns die Erdnussschalen vom Latz, Rizzo griff sich sein kleines elektronisches Spielzeug vom Armaturenbrett, und schon waren wir unterwegs, um den beiden Glückskindern den Tag zu versauen. Als wir direkt auf Höhe der beiden waren, biss Rizzo das letzte Mal von der Banane ab, die er den ganzen Tag schon in seiner Brusttasche spazieren getragen hatte, und warf dem Typ von hinten die Schale an den Kopf. Der fuhr herum und bekam ansatzlos von Rizzo erst mal eine gezimmert. Ich schätze, alte Menschen zu beklauen, ging meinem lieben Freund wohl doch irgendwie näher, als ich gedacht hatte. Sichtlich aus dem Konzept, funkelte der Herr Trickbetrüger uns böse an, versuchte zu kapieren und begann dann erwartungsgemäß uns zu drohen.

»Ihr Clowns habt keine Ahnung, mit wem ihr euch anlegt!«

»Das wissen wir ganz genau, Graf Dracula, aber du nicht. Wir sind nämlich die echten Enkel von Richter Gnadenlos. Diesmal habt ihr euch den Falschen ausgesucht! Her mit dem Aktenkoffer, zügig, und dann verpisst du dich mit deiner Sippe wieder in die Karpaten, du feiges Stück Scheiße.«

»Und wenn nich?«

»Rizzo, zeig ihm mal bitte, was passiert, wenn nicht.«

Jeder hat eine Schwäche. Manche essen zu viel Schokolade, andere züchten Brieftauben, der gute Rizzo hatte schon immer ein Faible für Sprengstoff. Auch wenn er ihm schon mehr als einmal selbst zum Opfer fiel. Zwar kann ich seine Begeisterung nicht teilen – Bomben fand ich genau wie Sniper schon immer ziemlich hinterfotzig –, ihre psychologische Wirkung allerdings lässt sich nicht leugnen.

Mit kindlicher Freude und seinen Eckzähnen zog mein kleiner Pyromane im nächsten Moment die kurze Antenne des streichholzschachtelgroßen Handsenders aus und drückte mit Wonne eins der winzigen roten Knöpfchen.

PENG, machte es, und dem Audi TT flog der rechte, hintere Reifen davon. Eigentlich noch recht unspektakulär. Rizzo auf jeden Fall war wohl ein wenig enttäuscht und drückte gleich den nächsten Knopf. Das kostete dem linken Hinterreifen das Leben.

»Voilà, hinten tiefergelegt.«

»Toll, Rizzo, du versaust mir die ganze Choreo! Hauptsache, du hast deinen Spaß. Und du, Tropfnase, gibst mir jetzt mal schnell den Koffer! Noch ist der TT mehr wert als die Kohle. Noch!«

Ab jetzt konnte man von Kooperation reden. Nachdem der Koffer übergeben und der Inhalt überprüft war, verabschiedeten wir uns höflich mit den Worten: »Noch so 'n mieses Ding in dieser Stadt, und ihr geht alle für lange Zeit besser zu Fuß. Und du, Schwester, studierst bald im Knast weiter, wenn du dir nicht andere Freunde suchst!«

Auf der Heimfahrt waren wir beide recht still und nachdenklich, obwohl wir wie der Richter doch eigentlich Grund zur Freude hatten.

»Sascha?«

»Ja?«

»Hast du gesehen, dass sie grüne Augen hatte?«

Berlin, Moabit, Dezember 2016

»Was soll ich machen?! Das ist nicht Ihr Ernst!?«

Niemand hat eine zweite Chance für den ersten Eindruck, hat mein alter Trainer immer gesagt. Na ja, manche Menschen schon.

Als sie da so vor mir stand, halb barfuß und mit Rührei bekleckert, mit ihren kurzen Haaren und dem schlichten, aber taillierten Kleid, wirkte sie zunächst auf mich wie ein Backfisch, den man mit geröteten Wangen beim Knutschen erwischt hat. Weit gefehlt! Spätestens als ich ihr morgens um acht einen Hennessy anbot, den sie dankend annahm, und sie mich um Feuer bat, war mir klar, dass ich da keine Novizin vor mir hatte. Wobei man fairerweise sagen muss, dass ich es war, der sich salopp einen Whiskey genehmigte, als ich den Namen Arthur Anoglis hörte, und sie mit dem Zeigefinger auf meinen besten Cognac in der Hausbar eigentlich nur mitzog. »Auf Arthur«, lautete unser morgendlicher Toast, den wir an diesem Tag noch das ein oder andere Mal wiederholen sollten.

Dass es schräg und heftig werden würde an diesem kalten Dezembermorgen hier in meinem behaglichen Nest, hatte ich bereits begriffen, als ich Grüße eines Toten ausgerichtet bekam. Jedoch wie heftig, darauf war ich wirklich nicht vorbereitet! Dass es Arthur überhaupt einmal erwischt, und ich wusste nach Intervention bei meinen Exkollegen inzwischen sogar wie, hätte ich niemals gedacht. Er war der Typ unauffälliger Flatrate-Schnüffler, der Gefahr lief, dass man an ihm im Restaurant seinen Mantel aufhing, wenn er im Eingangsbereich stand und sich nicht bewegte. Und das meine ich keineswegs despektierlich. Im Gegenteil. Okay, große Fische waren nicht sein Ding, aber er hat, soweit ich weiß, einen reellen Job gemacht, und zwar zu einem reellen, will heißen fairen Tarif. Auf Arthur war Verlass. Und seine leicht schmuddelige Columbo-Attitüde hielt ihn eigentlich auch immer aus wirklich ernstem Ärger heraus. Bis jetzt. Ich kannte ihn noch aus der Zeit, als ich ein hoch motivierter Zivilbulle war und er sich auffällig unauffällig in seiner Karre oft den Arsch platt saß, um Fotos zu schießen für die Frau von irgendeinem Scheißkerl oder so ähnlich. Und als er sich eines Tages schützend vor eine kleine Philippinin stellte, deren fetter weißer Ehemann sie sich aus dem Katalog bestellt hatte und auch so behandelte, und dafür von ihm ordentlich Prügel bezog, wurden wir vielleicht nicht unbedingt Freunde. Aber Kumpel genug, dass ich wusste, dass er bald verdammt stolzer Großvater werden wollte. Und jetzt war er Geschichte. Unfassbar.

»Prost Arthur!«

Sie nahm einen tiefen, langen Zug mit geschlossenen Augen, nach dem die Zigarette fast bis zur Hälfte verschwunden war, bevor sie mich fragte: »Wollen Sie wissen, wer ihn umgebracht hat?!«

Tja, wollte ich das wirklich wissen? Arthur hätte bestimmt Nein gesagt. Und ich tat es auch, nur mit anderen Worten.

»Ich weiß, wer ihn umgebracht hat.«

»Tatsächlich??«

»Ja. Ein Skorpion.«

»Ein was …?«

»Skorpion. Kaiserskorpion, ekliges Riesenvieh. Zum Kotzen!«

Diese Information hatte die Polizei bisher nicht herausgegeben und zeigte bei meiner Besucherin entsprechende Wirkung. Die Zigarette war nach dem nächsten Zug eigentlich weg. Als sie sich ein wenig gefangen hatte und sich mit dem Rest ihrer Kippe die nächste anzündete, verblüffte sie mich mit: »Und Sie denken, das war ein Unfall oder wie?«

»Wer weiß. Heutzutage halten sich die Menschen die absonderlichsten Haustiere. Vielleicht war es ein Unfall.«

»War es nicht!«

»Glauben Sie?«

»Ich kann es beweisen!«

Und dann kramte sie aus ihrer Handtasche einen Briefumschlag und einen USB-Stick hervor, stand auf und legte mir beides auf meinem Do-it-yourself-Schreibtisch vor die Nase.

»Sagen Sie mir, Herr Simoneit, war er Ihr Freund?!«

»Na ja, wieso? Was wird das hier?«

»Ich möchte Sie engagieren.«

»Wofür?«

»Ich möchte, dass Sie jemanden für mich töten!«

Berlin, Moabit, August 2014

Black Monday.

Trinker finden immer einen Grund zum Anstoßen. Manchmal sind sie fröhlich, manchmal sind sie traurig. Und manchmal beides zugleich.

Moabit heißt nicht einfach nur Moabit, weil alle anderen Namen schon ausverkauft waren. Dieser Stadtteil ist ein Zufluchtsort. War er schon immer. Weitab vom Kreuzberger Multikultigefasel oder von Prenzelberghipsterblähungen sind hier der Geist und die Hoffnung Berlins am lautesten und spürbarsten zu Hause. Schon immer. Die Legende sagt, dass die Hugenotten ihrer neuen, sicheren Heimat diesen Namen gaben. Weil sie ihnen auf der Flucht vor den Mördern, die glaubten, sich mit Geld von ihren Sünden freikaufen zu können, vorkam wie das gelobte Land der Moabiter, die sich aus Ägypten retteten. Und wenn wir der Bibel glauben dürfen, oder besser wollen, hat die Entstehungsgeschichte der Moabiter auch ein kleines bisschen mit Alkohol und Unzucht zu tun. Aber auch mit Liebe und Treue. Passt alles perfekt! Die Hugenotten standen genau für jene Art von Gerechtigkeit und Willkommen, wenn du ehrlich und fleißig bist, die in unseren Tagen aktueller ist denn je. Und so ist es kein Zufall, dass viele der Straßen, die diesen Stadtteil wie Adern durchziehen, Namen der großen Reformatoren, Denker, Freigeister und Querulanten der Geschichte tragen.

Genauso wenig, wie es ein Zufall ist, dass unsere kleine halbseidene Firma auf den Namen »Die Moabiter« getauft wurde. Einem Gedanken und Credo verpflichtet, das da lautet: »Hilf dir selbst, indem du anderen hilfst.« Weil du nur so Frieden und einen Funken Sinn in die kurze Lebensspanne eines Menschen quetschen kannst. Ob du dem kleinen Scheißer, der sein Eis hat fallen lassen, kein neues kaufen kannst, weil du kein Geld hast, und es nur für ihn aufhebst und den Dreck abputzt, macht keinen großen Unterschied. Denn das Ziel und Ergebnis sind dasselbe: ein Kinderlachen! Mag sein, dass der kleine Mensch in Zehlendorf dich nach so einer Aktion angewidert ansieht, in Moabit wird er zu dir aufschauen und lachen! Deshalb liebe ich diesen Stadtteil. Mit all seinen Krankheiten, dem Dreck, aber auch versteckten Wundern. Und eines dieser Wunder ist mein kleiner, alter, dicker Benno!

»Hey, was is los mit dir, mein Dicker, du siehst bedröppelt aus?! Was machst du da?«

»Päckchen packen, für Luigi.«

»Als Belohnung für den zweiten Nachschlag oder wie?«

»Sei nicht ungerecht. Du hättest dich auch nicht gegen deinen Willen vernaschen lassen, oder?«

»Mag sein. Aber ich hätt von meinem Verehrer mehr übrig gelassen als er. Glaub ich zumindest. Und sein zweiter Sparringspartner sieht auch nicht viel besser aus, wie ich gehört habe! Und das alles nur, weil der Typ den Papst beleidigt hat! Luigi hat sie nich alle!«

»Er ist eben Italiener. Außerdem lässt sich von hier draußen leicht richten.«

»Toll! Was machst du rein?«

»Zigaretten, ein bisschen Schokolade, ein Stück Parmaschinken und eine Tüte geriebenen Parmesan, den er sich gewünscht hat, weil das Essen dort schrecklich geschmacklos ist. Und ein Foto von Lambo, wie er mit Goliath kuschelt.«

»Das geht nie durch die Kontrolle.«

»Doch. Wenn du es hinbringst, schon.«

»Benno, du machst mich wahnsinnig!«

»Ach komm, mein Sascha, hm? Aber setz dich erst einmal. Wir müssen auf jemanden anstoßen.«

»Was is denn mit dir passiert! Du willst mich zum Saufen verleiten?! Das is ja ganz was Neues. Und es is noch nich ma Mittach!«

»Wenn die Spaßmacher Selbstmord begehen, ist bald alles verloren …«

»Watt?«

»Oh Captain, my Captain … Sagt dir das was?«

»Whitman … nein … Williams … Spaßmacher? Robin Williams! Du meinst Mork vom Ork, oder? Wieso? Was is mit dem Kasper?«

»Tot. Hat sich letzte Nacht in seinem Haus in San Francisco umgebracht.«

»Nein!«

»Doch.«

»Mist! Weiß man warum?«

»Tja, keine Ahnung. Ich glaube, weil er traurig war. Sein Mund hat immer gelacht, aber seine Augen haben oft dabei geweint.«

»Hmm …«

»Weißt du, Sascha, ich mochte den Kerl. Er war klein, aber trotzdem ein ganz Großer. Er hat todkranke Kinder zum Lachen gebracht und Millionen Menschen zum

Nachdenken. Wenn so jemand einsam auf diese Art sterben muss, macht das ein wenig mutlos, oder?!«

»Ach was! Mach dich nicht verrückt, mein Dicker. Kommt nicht drauf an, wie man stirbt, sondern wie man lebt. Wie du schon sagst, der hat nicht umsonst gelebt. Außerdem hat er, soweit ich weiß, auch ordentlich auf die Kacke gehauen, gesoffen und gekokst. Der war zehnmal mehr Berliner als Kennedy! Mach dich nicht verrückt, mein Dicker! Wenn du willst, gehen wir nachher rüber in die Kirche und zünden 'ne Kerze für ihn an. Und legen dem Paster ein Furzkissen in den Beichtstuhl!«

Haben wir nicht gemacht. Denn nach und nach füllte sich Bennos Laden mit Moabitern, deren Lippen lächelten und Augen traurig waren. Black Monday. Außerdem hatte ich ein Päckchen auszuliefern.

Doch als ich spät am Abend mit Lambo die letzte Gassirunde ging, oder er mit mir, sahen wir durch die erleuchteten Fenster der vielen Restaurants und Kneipen, quer durch alle Kulturen und Religionen, so viele Menschen auf den Tischen tanzen wie noch niemals zuvor an einem Montagabend in Moabit. Nach einem kleinen Schwatz im Ottopark mit Momo und Fritte und ihren Zweibeinern entdeckten wir im Halbdunkel des gegenüberliegenden, kleinen, exklusiven Friedhofs Benno, wie er vor dem Grabstein seiner Rieke stand und ihr, wie jeden Abend, Gute Nacht sagte.

Und irgendwie waren wir uns ziemlich sicher, dass es im Innern der dahinter liegenden Heilandskirche eine kleine brennende Kerze gab, für Robin McLaurin Williams.

Und vielleicht sogar ein Furzkissen.

Berlin, Mitte, November 2016

Mit einem schwarzen T-Shirt, Größe XXL, auf dem vorn in weißen Buchstaben dick aufgedruckt war *ICK BIN BERLINER, WER MICH HAUT, DEN HAU ICK WIEDER*, stand sie im Türrahmen wie ein Bollwerk der Fürsorge und Menschlichkeit. Rachus wurde klar, dass der Job nicht so leicht werden würde wie gedacht. Zu entlocken, ob sie etwas wusste, und wenn ja, wie viel, war der korpulenten Matrone schon mal gar nicht. Und als beiden nach kurzer Zeit erwartungsgemäß fast gleichzeitig der Geduldsfaden riss, überraschte sie schlussendlich mit einem Pfefferspray in der linken und einem knatternden Elektroschockgerät in der rechten Hand. Beides anscheinend ständig bereitliegend auf der Kommode neben der Eingangstür.

»Du gehst jetzt wohl mal besser, mein Kleener!« Knackknackknackknackknack!

Der zwei Meter fünf große Hüne sah auf sie herab und hätte vielleicht sogar gelacht, wenn er einen Funken Humor gehabt hätte. Aber Rachus hatte keinen Humor. Null. Am liebsten hätte er der alten Frau sofort in den Kopf geschossen. Aber erstens wollte er das hier nicht beenden ohne irgendeine brauchbare Information, und zweitens hatte er keine Lust, ihren schweren, leblosen Körper weiter zu schleppen als nötig. Also entriss er der resoluten Concierge mit einer blitzschnellen Bewegung das kleine schwarze Gerät, hielt es, ohne die Miene zu verziehen, knatternd an seinen Hals, nur um es daraufhin mit einem abschätzigen Gesichtsausdruck in die Ecke des Treppenhauses zu werfen, und Hildburg Rosenbaum bekam tatsächlich ein wenig Angst.

»Was weißt du, dreckiges Judenstück!?«

»Dass meine Eltern und Großeltern in Auschwitz gestorben sind und dass du über die kleine Maria und ihre Mama von mir nicht ein einziges Wort erfahren wirst!«

Zwei Tage später kollidierte ein Patrouillenboot der Berliner Wasserschutzpolizei in der Friedrichsgracht auf Höhe der Jungfernbrücke mit einem verschnürten und beschwerten menschlichen Körper.

Als der Gerichtsmediziner fremde Hautreste unter den Fingernägeln der alten Frau feststellte und die Aufschrift auf ihrem T-Shirt las, musste er lächeln.

Berlin, Charlottenburg, Juli 2009

Irgendwie mag ich den Ku'damm. Wie sehr sich Friedrichstraße, Alexanderplatz und Unter den Linden auch immer anstrengen mögen, zu viel mehr als Hotspots für Touris, Yuppies und Dinks werden es die Konkurrenten der mondänen alten Dame nicht bringen. Auch wenn sie inzwischen fest im Würgegriff russischer Oligarchen ist. Außerdem wäre es nicht das erste Mal, dass sie es schafft, sich wieder zu befreien.

Judith hat mich herbestellt. Und so sitze ich draußen auf dem Catwalk vor einer Filiale dieser großen, selbstgerechten Coffee-to-Pay-Ketten mit einem Becher Zeitgeist in der Hand, für dessen Preis ich wahrscheinlich in Afrika einen kleinen Blähbauch einen ganzen Monat durchfüttern könnte, und warte geduldig auf die Liebe meines Lebens. Sie habe »etwas Wichtiges« mit mir zu besprechen, hat sie gesagt, und auch wenn ich ahne, um was es geht, kann das bei dieser Frau wirklich alles bedeuten.

Deshalb sitze ich hier und nehme stoisch zur Kenntnis, dass sie zu spät kommt. Wie immer. Mein Gott, was habe ich auf diese Frau schon gewartet. Und egal, wie sehr ich mich darüber schon immer aufgeregt und geärgert habe, und egal, wie sehr ich schon immer versucht habe, dieser Wut Ausdruck zu verleihen, wenn sie denn endlich erscheint, ich habe es nie geschafft. Genau wie diesmal. Als sie um die Ecke kommt, bin ich nicht in der Lage, dieses Gefühl aufrechtzuerhalten, sosehr ich es auch versuche. Dabei kann ich nicht einmal genau sagen, warum. Mag sein, dass es an dem genauso eleganten wie energischen Hüftschwung liegt, mit dem sie auf mich zukommt. Vielleicht ist es auch die Vorfreude auf die Millisekunde Duft und Wärme, die ich bei der Begrüßung genießen werde, oder aber auch nur die schlichte Erkenntnis, die ich über die Jahre hinweg gewonnen habe, dass sie eine halbe Stunde zuvor irgendjemand auf dem OP-Tisch noch das Leben gerettet hat und mich Dödel deshalb hat warten lassen.

Was soll's? Sie ist da. Und ich freu mich wie ein kleiner Junge, was ich mühsam zu verbergen versuche. Der schwarze Kaffee ohne Zucker, den ich für sie schon geholt habe, ist inzwischen nur noch lauwarm, doch sie bedankt sich bei mir mit den Worten »Danke, mein Schatz«, und ich bin schon wieder scheiße nah am Wasser gebaut.

»Du musst mit Etzel reden.«

»Warum? Weil er Capoeira besser findet als Boxen?«

»Nein, Sascha, weil er inzwischen mit Puppen spielt. Mit Puppen!«

»Na und!?«

»Sascha!?«

»Was denn? Ich kann mich erinnern, dass ich mit ihm zusammen alle Barbie-Zeichentrickfilme geguckt hab, die wir kriegen konnten, als er noch klein war, und weißt du was? Ich mochte die Filme auch. Wo ist das Problem? Das heißt noch lange nicht, dass er deshalb geradewegs in die Würstchenfabrik marschiert. Gib ihm doch einfach ein bisschen Zeit.«

»Na, du hast vielleicht Nerven.«

»Ja. Genau. Glaubst du, es ist ein Zufall, dass ich mit ihm nach Kreuzberg in dieses Capoeira-Dojo gegangen bin? Das is 'ne feine Sache, glaub mir. Sie lässt ihm den Weg offen, ganz egal, ob er nun Turner, Tänzer oder Kampfsportler werden möchte. Lass ihm einfach ein bisschen Zeit.«

»Meinst du?«

»Ja. Mein ich. Und selbst wenn er zum anderen Ufer schwimmt. Was wollen wir dagegen machen? Und warum? Nützt eh nix. Und sieh's mal positiv: Das Risiko für ungewollte Schwangerschaften tendiert in der Richtung gen null.«

»Haha, sehr witzig.«

»Hey, Baby, früher hattest du mehr Humor. Mach dir keine Sorgen, wir haben ja in Sachen Stammbaum noch ein Eisen im Feuer. Ich bin sicher, dass dich Rizzo früher zur wunderschönsten Oma dieser Welt machen wird, als dir lieb ist. Wirst schon sehen.«

»Ach, Sascha … Manchmal denke ich, ich hätte ein bisschen in deinem Kopf rumfummeln sollen, als du die paar Male in Vollnarkose vor mir lagst. Vielleicht wären wir dann noch zusammen.«

»Na, schönen Dank auch, Frau Doktor Frankenstein. Übrigens find ich interessant, dass du mit mir redest und nicht mit deinem verkackten Deutsche-Bank-Banker. Hast du eigentlich gewusst, dass die Deutsche Bank in großem Stil mit Nahrungsmitteln spekuliert!? Toller Kerl!«

»Okay, Sascha, ich muss wieder los.«

»Ja, geh und sag deinem Porschefahrer, wenn er meine Jungs schlecht behandelt, mach ich ihn kalt.«

Und mit dem gleichen elegant-energischen Hüftschwung, der mein Herz eben noch hat schneller schlagen lassen, entfernt sie sich wieder von mir, nach einem Abschiedskuss auf die Wange und ihrem obligatorischen »Pass auf dich auf«. Ich sitze da, blinzle ihr in der untergehenden Sonne auf dem Ku'damm so lange hinterher, wie ich nur kann, und verleihe dem Rest meines seelenlosen Getränks mit einem Schuss Bourbon aus meinem Flachmann etwas Geist.

Berlin, Moabit, Dezember 2016

»Und wie haben Sie sich das vorgestellt?! Mit einem Scharfschützengewehr aus der Distanz abknallen? Mit einer Bombe in die Luft jagen? Oder wollen wir vielleicht unsere vierbeinige, gutmütige Bulette da auf ihn hetzen?!

Na, Sie machen mir vielleicht Spaß! Wofür halten Sie uns? Wir sind hier keine Mörder!«

Zuerst war ich noch mehr oder weniger belustigt, doch das Lachen verging mir sehr schnell.

Zunächst las ich mir den Brief durch, den sie mir vorgelegt hatte, und ein kalter Schauer lief mir den Rücken herunter. Dann stöpselte ich mit Mehmets Hilfe den USB-Stick in meinen veralteten Computer und schickte schon nach wenigen Minuten meinen kleinen osmanischen Nerd aus dem Zimmer und holte Rizzo herein. Was wir in den nächsten zweieinhalb Stunden zu sehen bekamen, machte uns fassungslos, und wir sind bestimmt keine Chorknaben. Rizzo saß mit versteinerter Miene und geballten Fäusten vor dem Bildschirm, und ich musste mich übergeben. Mag allerdings auch ein wenig am flüssigen Frühstück gelegen haben.

Als der Horrorfilm zu Ende war, sah ich aus den Augenwinkeln schweigend zu der tapferen Frau auf dem Sofa hinüber. Mitten in den Gedanken darüber, ob sie sich dieses Snuff-Video wohl allein angesehen haben mochte und wie sie es, äußerlich zumindest, anscheinend besser verkraftete als ich, platzte sie, während sie ihre Tasse mit beiden Händen umklammerte, heraus: »Er hat meine Tochter gekidnappt und ihr eine Niere entnehmen lassen! Meine kleine Maria liegt in der Charité und kämpft um ihr Leben. Bitte, töten Sie diesen Mann! Wir müssen ihn stoppen! Gott hat versagt!«

Der nächste kalte Schauer lief mir den Rücken herunter. Maria?! Ich wusste nicht, was ich sagen sollte. Wir wussten nicht, was wir sagen sollten. Rizzo sah mich mit zusammengekniffenen Augen an, und ich hörte ihn denken. Ich war einfach verdammt froh, dass ich nicht allein im Raum war. Ich stand auf, ging um meinen Schreibtisch herum, drückte Lambo mit dem Hintern beiseite, setzte mich und nahm die zitternde Frau in den Arm. Wer weiß, wie lange sie niemand mehr in den Arm genommen hatte, denn jetzt konnte sie auf einmal weinen. Tausend Gedanken schossen mir durch den Kopf. Mein Blick wanderte, während ich nach Fassung rang, an der gegenüberliegenden Wand entlang und blieb an einem gerahmten Foto hängen. In goldenen Buchstaben war dort zu lesen: MARINEUNTEROFFIZIERSCHULE PLÖN, 5 INSPEKTION, 1. QUARTAL 1990. Bestimmt einhundert Soldaten, übereinander in Zwanzigerreihen posierend, waren darauf zu sehen, doch nur ein Gesicht stach aus der Masse heraus. Hannes DeKlerck. Ich hatte damals die Chance gehabt. Dutzendfach. Ich habe immer gewusst, dass er eine Blutspur hinter sich herziehen würde, wo auch immer er ist, aber die Bilder eben waren einfach unfassbar! Ich hatte damals die Chance! Und wenn ich auch nur annähernd geahnt hätte, zu was er wirklich fähig ist, hätte ich ihn umgebracht!

Als Marion Wiedemann uns alles erzählt hatte, was sie wusste, griff ich zum Telefon und trommelte unser »Kompetenzteam« zusammen. Bestehend aus Erpel, Benno, Rizzo, Mama Ruth, mir und Richter Gnadenlos. Hauptkommissar »Matze« war per Telefon zugeschaltet. Zunächst unfreiwillig.

»Glaubst du Idiot, ich hab mich für die letzten paar Jahre in den Innendienst verpisst, weil ich Bock auf so eine Scheiße habe – der Krieg ist verloren, Sascha!«, war sein lakonischer Kommentar, als ich ihm zunächst nur in Stichworten verklickert hatte, worum es ging. Als er Näheres erfuhr, war er an Bord.

Der alte Richter war sofort in Hut und Mantel, als ich ihn per Draht bat, es wäre jetzt der Moment gekommen, die teure Uhr einzulösen, die er mir nach seiner Enkelnummer schenken wollte, weil wir außer Spesen kein Geld von ihm nehmen wollten. »Freundschaft und Hilfe, wenn ich sie brauche, wären mir mehr wert als das Zeiteisen, außerdem hab ich schon 'ne Rolex«, war damals mein Antrag, und er quittierte mit einem verschmitzten Lächeln und kurzen Nicken.

Keine vierzig Minuten später saßen alle verteilt in unserer »Kommandozentrale« und rührten in einem Getränk nach Wahl, mit dem uns Mama Ruth versorgt hatte. Mehmet und Mungo lieferten einen Kühlschrank aus, den wir gefühlt schon zum zehnten Mal repariert hatten, und ich hing immer noch am Telefon. Denn mein vordringliches Ziel war der Schutz der kleinen Maria. Ich hatte vor, zu diesem Zweck ein paar Jungs des in Berlin neu gegründeten TACA-Chapters anzuheuern, die einzigen aufrechten Rocker, die, vielleicht neben Rescue Ink, den Blue Knights und der Motorradstaffel der Johanniter, diese Bezeichnung noch verdienten. In ihren Reihen waren ein paar großkalibrige Kerle, die sich zum Teil aus anderen namhaften Truppen rekrutierten, mit denen ich in der Vergangenheit, na, sagen wir mal, »Berührungspunkte« hatte. Männer, die die Schnauze voll hatten, ihre Farben verraten zu sehen durch Korruption und Kulturkampf in den eigenen Reihen. Das machte sie noch lange nicht zu 100 % gesetzestreuen Bürgern, aber sie waren auch keine 1 %er mehr. Vor allem aber war auf diese Männer Verlass wie auf keine anderen, wenn sie denn mal ihr Wort gaben. Und sie brachen nur eine einzige ihrer heiligen Regeln, was sie auch nicht für jeden taten, die da heißt: Sprich nie mit einem Bullen. Ich hatte schon fast eine Zusage, als Benno von seiner dampfenden, frischen Hühnerbrühe hochsah, über den tief sitzenden Rand seiner leicht beschlagenen Lesebrille zu mir rüberlinste und sagte: »Nee, nee, nee, Sascha, bedank dich mal artig und leg auf, das machen wir anders.«

Dreißig Minuten später sicherte eine bis an die Zähne bewaffnete Delegation der Moabiter Mhallamiye-Kurden im Benjamin-Franklin die Tür von Zimmer 216. Bennos neue Freunde. Moralisch zwar eine ganz andere Schublade, aber, zumindest solange Geld floss, in Sachen Effektivität annähernd auf Augenhöhe mit den Rockern, deren letzter Bassbaritonsatz am Telefon – »… melde dich, Keule, wenn du uns brauchst …« – noch eine ganze Weile in meinem Kopf nachhallte. Außerdem waren die Kurden leichter zu dirigieren, weil schließlich für Kohle vor Ort und doch gleichzeitig rein temperamentsmäßig nicht in der Lage, einem etwaigen Gegner gegenüber klein beizugeben. Es sei denn, der Befehl dazu kam vom eigenen Familienoberhaupt. »Oder der Gegner heißt Donald«, warf Erpel nach kurzer Diskussion verächtlich in die Runde.

Als Glaubwürdigkeitsstütze und um noch ein wenig mehr Infos zu bekommen, fragte ich meine Judith, ob sie die Kurden beim Aufmarsch begleiten könnte, weil ich wusste, dass sie gute Kontakte in die Charité hatte. Sie zögerte keine Sekunde, hielt aber einen Moment inne, als sie Marias Namen hörte. Knapp eine Stunde später meldete sie mir am Telefon, nach einem kurzen, liebevollen Gespräch mit Marias Mama, dass alles in Butter sei, nachdem sie in der Chefetage eine Strippe gezogen und auf der Station hatte verlauten lassen, dass Maria zu einem Drittel Kurdin sei und es sich bei den Männern um eine Art religiöse Mahnwache der Familie handle. Spätestens nach den Jokerkarten Migration und Religion war die Versorgung der Kurden mit stets frischem Kaffee sichergestellt. Oh Mann, ich musste diese Frau zurückhaben!

Danach fand unser ausgiebiger Kriegsrat statt, und der gestaltete sich erheblich schwieriger als gedacht. Mama Ruth hatte Marion, wie wir sie inzwischen nannten, ein Zimmer zurechtgemacht und sie gezwungen, sich für eine Stunde auszuruhen. Als die rothaarige Walküre zurück war, polterte sie, obwohl wir sie nur teilweise mit den Fakten bekannt gemacht hatten, um ihr den kompletten Horror zu ersparen, sofort los: »Macht die Kerle fertig!«

»Leichter gesagt als getan. Nach Sachlage hat der Albino eine ganze Privatarmee laufen und verfügt über finanzielle Mittel und Verbindungen, die sich komplett unserer Vorstellungskraft entziehen. Wie um alles in der Welt sollen wir uns mit so jemandem anlegen? Ich meine, anlegen wird schon gehen, es dürfte aber ein verdammt kurzer Disput werden.«

»Zunächst einmal müssen wir uns gemeinsam darüber klar werden, ob wir überhaupt darauf einsteigen, und wenn ja, wie?«

Bei dem Satz platzte Mungos Mama der Kragen.

»Das kann doch wohl nicht dein Ernst sein, Sascha!? MACHT DEN KERL FERTIG! Ich weiß, dass ihr das könnt!«

»Stimmt. Ich putz den Drecksack aus dreihundert Metern mit einem Klick weg. Hätte ich schon vor zwanzig Jahren tun sollen!«

»Nun beruhigt euch doch erst einmal alle wieder. Selbstverständlich müssen wir etwas tun. Ganz einfach, weil wir davon erfahren haben. Und weil es sonst anscheinend niemand anders kann oder will. Kompetenz ist hier nicht das Problem, und ganz mittellos sind wir schließlich auch nicht. Aber sag mir, Rizzo, was heißt vor zwanzig Jahren …?«

Mein dunkelhaariger Freund kochte vor Wut. Auch wenn man ihm das äußerlich kaum ansah. Und so nickte er nur zu mir herüber und bat mich stumm, dass ich Benno seine Frage beantworten möge.

»Tja, aalso, wir kennen den Typ.«

»Wass?!«

»Jaaa, ich sogar sehr genau.«

»Das gibt's nicht!«

»Doch. Es wird sogar noch besser. Ich könnte mir denken, dass es kaum jemanden gibt, der mehr über ihn weiß als ich.«

»Sascha!!«

»Hmmm. Dreh dich mal um, Benno. Siehst du da an der Wand das Navy-Foto meines Abschlussjahrgangs, das aussieht, als wär's hundert Jahre alt? Sieh's dir mal an. Ich bin sicher, du findest ihn.«

Daraufhin stellte Benno seine Tasse ab, erhob sich, schlurfte zur Wand, rückte seine Brille zurecht und verharrte wie versteinert vor dem Bild. Dann drehte er sich langsam um, faltete beim Zurückschlurfen die Brille zusammen, steckte sie in die Brusttasche seines karierten Hemdes, setzte sich bedächtig in den Sessel zurück und sagte für einen Augenblick lang gar nichts. Und dann:

»Ich denke, ich weiß, was du meinst, Rizzo …«

Für einen Moment war Stille im Raum. Ich lächelte zu meinem kleinen, dicken Benno hinüber und stellte mit leichtem Schaudern fest, dass Hannes es sogar auf einem Foto schaffte, Menschen Angst zu machen. Inzwischen hatte sich fast der gesamte Rest der Truppe im Halbkreis vor dem Foto eingefunden. Und während Mama Ruth sagte: »Was für 'n hässlicher Vogel …«, und Rizzo mit einem Edding von meinem Schreibtisch ein Fadenkreuz auf mein Foto malte, meldete sich zum ersten Mal der Richter zu Wort. Er war mit übereinandergeschlagenen Beinen sitzen geblieben, hatte sich eine Pfeife angezündet und trug allein schon dadurch ein wenig zur Entspannung der Atmosphäre bei.

»Liebe Leute, wisst ihr, was ich mich gerade frage? Bin ich hier eigentlich der Einzige, der auch nur ansatzweise in Erwägung zieht, die Behörden hinzuzuziehen?«

Genau genommen ein konstruktiver Ansatz. Zumal es auch der Richter war, der vor zwanzig Minuten Matze gebeten hatte, mal aus der Leitung zu gehen, um den Polizeicomputer nach allem zu melken, was wir gebrauchen konnten, aber nicht wissen durften. Ebenfalls konstruktiv. Trotzdem war die Frage Rizzo nur ein einziges Wort wert.

»Jaa.«

»Warum?«

Rizzo nickte wieder in meine Richtung.

»Aus dem gleichen Grund, lieber Richter, auch wenn es wehtut, aus dem wir uns ihre Rumänen vorknöpfen mussten. Oder nur knapp drei Prozent aller Großstadtwohnungseinbrüche mit einem Gerichtsverfahren enden. Oder aus dem gleichen Grund, weshalb die kleine Maria als überlebende, potenzielle Zeugin nicht rund um die Uhr einen Polizeibeamten zum Schutz vor ihrem Krankenhauszimmer hat! Soll ich weitermachen?!«

»Nein danke.«

»Gut. Oder besser, nicht gut. Aber so isses leider.«

»Ich gebe ja bloß zu bedenken, dass wir das Material, das wir haben, komplett und minutiös auswerten sollten. Ich könnte mir denken, dass dabei eine Menge Verwertbares herauskommt, und außerdem glaube ich sicher, dass dieser Organisation schon irgendeine übergeordnete nationale oder internationale Behörde auf den Fersen ist.«

»Richter, Sie haben den Brief doch gelesen! Er hat um drei Ecken Verträge mit dem US-Verteidigungsministerium! Und wühlt in Mexiko möglicherweise Hand in Hand mit der CIA im Dreck! Wer um alles in der Welt soll uns helfen?!«

»Haaahhhh …«

»Ja, genau. Das soll nicht heißen, dass wir das Zeug nicht Millimeter für Millimeter durchackern werden. Wer weiß, vielleicht kann man ja irgendwie zweigleisig fahren. Aber wissen Sie, was ich glaube? Am Ende haben wir Ermittler an der Hacke.«

»Verstehe, verstehe, verstehe. Trotz allem: Ich habe einen guten Freund und ehemaligen Studienkollegen beim BKA. Der hat Einfluss, und vor allem ist er nah genug an der Pension, dass er vor nichts mehr zurückschreckt. Dem werde ich mal diskret auf den Zahn fühlen.«

»Aber bitte völlig diskret und unverbindlich!«

»Versprochen.«

Mit einer selbst gemachten Patchworkdecke von Mama Ruth um die Schultern stand unser Gast plötzlich im dunklen Rahmen der Hintertür, und niemand von uns wusste, wie lange schon. In der einen Hand ein zerknülltes Papiertaschentuch und in der anderen Hand eine brennende Zigarette, stellte Marion mit roter Nase und leicht verlaufener Schminke die bange Frage:

»Und … werden Sie etwas unternehmen?«

Wir schauten uns alle kurz in die Augen, und Benno antwortete:

»Natürlich werden wir etwas unternehmen!«

Hamburg, St. Pauli, Juli 1982

Reeperbahn, Eros-Center

»Was willst du denn hier!? Hau ab. Wenn wir jetzt ’ne Kontrolle haben, gibt’s Ärger.«

»Ich brauch ’n Job, Carsten! Dringend.«

»Du brauchst ’n Job?«

»Jo. Dringend!«

»Dringend. Wieso?«

»Ich brauch Geld.«

»Wir brauchen alle Geld. Red nich so ’n Scheiß.«

»Echt!«

»Was’n los, Kleiner?«

»Ganz einfach: Meine Mutter is in ’n Bau eingefahren. Für mindestens drei Jahre …«

»Hahahahahahahahahahahahah, haaaaaaahahahahaaaaaaa, haha, ha …«

»Ja, haha. Sehr witzig.«

»Haha, haa … entschuldige … Hah … Wegen was?«

»Is doch scheißegal! Sie is weg vom Fenster. Und ich hab Schwein, dass sie mich nich auch weggesteckt haben.«

»Wieso?«

»Na ja, normalerweise geht’s ab ins Heim oder so ’n Scheiß. Aber der Richter meinte, ich hätte ’ne ›positive Prognose‹, laberrhabarber. Aufgrund von guten Schulleistungen und Leistungssport und so was dürfte ich probieren, ob ich alleine klarkomm.«

»Sieh an … Haaahahaaaaa … haha … ha … verstehe …«

»Ich brauch ’n Job!«

»Aha. Und wie wär’s mit irgend ’ner anständigen Arbeit?«

»Zweimal die Woche stapel ich Konservendosen und feg das Lager in ’nem verkackten Supermarkt. Gestern haben sich zwei Wichser über meinen weißen Kittel lustig gemacht. Einen davon hab ich umgetreten. Das war’s. Ich brauch ’n Job!«

»Verstehe …«

»Und …?«

»Tja, was soll ich denn mit dir machen …? Du bist grade mal sechzehn, kleiner Scheißer.«

»Na und?! Ich bin Deutscher Vizemeister im Kickboxen! Ich semmel die Freier hier reihenweise weg, wenn's sein muss …«

»Du hast 'ne große Klappe und weißt gar nich, wovon du redest!«

»Komm schon …«

»Hey, du bist gerade mal sechzehn, Kleiner! Für alles hier, was halbwegs offiziell is, müssten wir dich polizeilich anmelden. Das kannst du alles vergessen. Du wirst hier kein Wirtschafter, kleiner Scheißer!«

»Scheiße, ich brauch 'n Job …!«

»Null Chance.«

»Bitte …«

»Nix.«

»Hey?!«

»Aaach, pass auf: Bleichenbrücke 10. Heute haben wir Donnerstag … Morgen Abend um 22 Uhr. Der Laden heißt Posemuckel, liegt im Börsenviertel. War früher mal recht nobel, jetzt isses 'n schöner Assischuppen. Gut zum Fischen und jede Nacht knackevoll. Jede Nacht Stress! Aber ich warne dich: Da steh'n bis zu sechs Typen an der Tür, und du wirst wahrscheinlich der Kleinste davon sein … Melde dich bei Waldemar. Und sei respektvoll! Der Typ war Mitglied der polnischen Ringernationalmannschaft. Blamier mich nich! Alles klar?«

»Alles klar!«

»Gut. Verpiss dich!«

»Danke, Carsten …«

»Naa, wir werden sehn, ob du Samstagmorgen immer noch so dankbar bist … Und noch was! Wehe ich seh dich heut Abend nich beim Training!«

Berlin, Steglitz-Zehlendorf, Dezember 2016

Charité-Campus Benjamin Franklin, Interdisziplinäre Intensivstation, Zimmer 216

»Laaliiluuu, nur der Mann im Mond schaut zuuhhhu, wenn die kleinen Mädchen schlaafen, drum schlahaf auch du …«

Piep, piep, piep, pieeep …

Langsam und vorsichtig, ja beinahe zärtlich strich der eiskalte, fast schlohweiße Handrücken über Marias linke Wange.

Es wird viel gestohlen in Krankenhäusern. Das liegt einfach daran, dass die Sicherheitsvorkehrungen in den allermeisten Einrichtungen nicht nur schlecht sind, sondern schlichtweg gar nicht vorhanden. Unbehelligt lässt sich an zumeist chronisch überlastetem, unterbezahltem und in den Nachtstunden auch noch völlig übermüdetem Personal einfach gemächlich vorbeischlendern. Selbst wenn man aussieht wie Boris Karloff persönlich. Da muss man sich kein weißes Outfit besorgen, und ein Stethoskop muss auch nicht am Hals baumeln, wie uns jeder zweitklassige Spielfilm weismachen will, um keinen Verdacht zu erregen. Nein. Es reicht Dreistigkeit. Oder Gelassenheit. Ganz nach Perspektive.

Die beiden hochgewachsenen Männer in den gesetzten Anzügen hatten es nicht eilig, als sie die Eingangshalle durchquerten. Einer von ihnen nahm den Fahrstuhl, der andere das Treppenhaus, weil er in Ruhe den Schalldämpfer auf den Lauf seiner P 226 schrauben wollte. Denn Luka, der eigentlich der Einzige aus der gesamten Truppe war, den man auch für einen biederen Familienvater oder unscheinbaren Versicherungsvertreter hätte halten können, hatte am Tage ausgekundschaftet, dass Zimmer 216 ununterbrochen von zwei Angehörigen einer kurdischen Großfamilie bewacht wurde. »Kurden! Wie schön!«, hatte Hannes gesagt. »Hast du gewusst, Rachus, dass Peschmerga bedeutet ›die dem Tod ins Auge sehen‹? Na, wir werden sehen …« Rachus hatte allmählich genug von diesen Sprüchen. Über die Jahre hinweg hatte er gelernt, mit den Eigenarten seines Geschäftspartners zu leben. Zumal es sehr lukrativ war, sich zu arrangieren. Aber der Zeitpunkt war schon lange gekommen, an dem er sagen konnte, ja, musste: Es reicht! Nicht nur, dass das in Immobilien und Aktienfonds rund um den Globus gut angelegte und gewaschene Geld ausreichte, um sich jeden nur erdenklichen Luxus bis hin zum Lebensende und darüber hinaus zu erlauben, nein, er hatte einfach keinen Bock mehr auf Texte wie »Rachus, steht dir, der Kratzer im Gesicht … Sieht aus wie der Schmiss einer deiner geliebten Nazistudentenverbindungen … Hast du dir eine Katze gekauft, Süßer?!«. Es reichte einfach! Zumal langsam alles gefährlich wurde. Nein, okay, eigentlich schon immer war.

Hannes ging es nicht um die Kohle. Nie. Und auch nicht um Macht. Zumindest nicht um Macht im herkömmlichen Sinne. Es ging ihm um den Nervenkitzel. Aber alles, was sie sich aufgebaut hatten, drohte langsam wie ein Kartenhaus in sich zusammenzustürzen, und das nur, weil es augenscheinlich immer schwieriger und eben auch gefährlicher für den Perversen wurde, sich aufzugeilen. Es ist wie bei jedem kleinen Durchschnittsspießer, der seine verfettete graue Maus von Durchschnittsehefrau in peinliche Reizwäsche pfropft oder im Keller ein Andreaskreuz an die Wand tackert, um sie zu fesseln, weil er sonst keinen mehr hochkriegt. Alles ist irgendwann einmal ausgereizt. Egal, wie abartig und pervers es auch immer war, es muss etwas Neues her. Doch wenn du alles, wirklich alles, an lebenden, halb toten und toten Menschen und Tieren schon ausprobiert hast, was geht, und auch an dir selbst, was bleibt dann!? Außer ein Ende zu suchen und zu finden, das du schlussendlich auch verdienst. Rachus jedenfalls wollte nicht dabei sein, wenn die Racheengel der Apokalypse herabstiegen, um Hannes für seine furchtbaren Taten zu bestrafen und seine Seele auf die endlose, qualvolle Reise zu schicken, auf der er seinen Opfern auf ewig begegnen würde. Allein schon, weil er stummer und tatenloser Zeuge, nein, sogar Unterstützer aller dieser Scheußlichkeiten war. Und so steckte er die präparierte Waffe in das Schulterholster zurück, griff in die linke Westentasche, zog ein Plastiktütchen mit weißem Pulver hervor, schnippte mit dem Mittelfinger der rechten Hand kurz dagegen und nahm sich vor, die Sache hier so diskret über die Bühne zu bringen wie nur irgend möglich.

Als die junge, blonde, dralle Krankenschwester, die noch in der Ausbildung war und diese Nachtschicht »freiwillig« übernommen hatte, das Tablett mit dem Kaffee zu den beiden Männern vor Zimmer 216 brachte, hatte sie glitzernde Schweißperlen auf der Stirn und war erheblich nervöser als sonst. Eine Viertelstunde später lag sie gefesselt mit einem viel zu langen Sisalseil, zwischen dem an den Oberschenkeln ihr weißes Fleisch hervorquoll, hinter dem Tresen der Station, und die beiden Wachposten waren friedlich eingeschlafen.

»Hannes, blas der Kleinen die Kerze aus, und dann lass uns verschwinden. Los! Zieh die Stöpsel oder nimm's Kissen, aber mach hinne!«

»Neiihhhn. Schau sie dir an! Sie sieht aus wie ein Engel. Und sie kämpft so tapfer. Soo tapfer. Hörst du das EKG, wenn ich sie berühre?!«

»Hannes, wir müssen hier weg! Bring es zu Ende!«

»Nein! Weißt du, was wir machen werden? Wir lassen sie weiterkämpfen. Das hat sie verdient. Diesen herrlichen, qualvollen, tapferen Kampf.«

»Hannes, du bist nicht ganz dicht! Sie kann uns vielleicht identifizieren, verflucht!«

»Ach was … Wer weiß, ob sie jemals wieder aufwacht. Und selbst wenn. An was wird sie sich schon groß erinnern?! Und außerdem bist doch eigentlich du ihr Patenonkel, wenn ich mich recht erinnere? Oder etwa nicht?!«

»Hannes?!«

»Los! Wir gehen! Warte bitte im Auto auf mich. Ich muss noch einmal kurz diese entzückende kleine Krankenschwester besuchen …«

Berlin, Wilmersdorf, Februar 2011

»Hey, bring mal den Müll raus, kleine Schwuchtel.«

»Warte, ich mach schon.«

»Ich hatte deinen Bruder gebeten, nicht dich, Rizzo!«

»Du hast ihn nicht gebeten, du hast ihn beleidigt! Und wenn du ihn nicht respektvoller behandelst, sag ich es meiner Mutter. Oder ich ruf meinen richtigen Vater an. Kapiert!?«

Berlin, Moabit, Dezember 2016

Lambrusco schiss riesige Haufen. In Ordnung so weit, schließlich war er ja auch ein riesiger Kerl. Blöd nur, dass ich die Gülleberge hinter ihm wegräumen musste, weil sonst Moabit in kürzester Zeit unter Kacke verschwunden wäre. Das Merkwürdige daran war aber, dass sich jeder Hundebesitzer, so wie auch ich inzwischen, über den geregelten und gesunden Stuhlgang seines Lieblings trotzdem freuen konnte. Abartig. Außerdem gaben mir die Runden in den wenigen grünen Lungen des Stadtteils auch die Chance, in Ruhe nachzudenken. Trotzdem hatte ich nach etlichen Stunden der Grübelei, unterbrochen von Versicherungen anderen, ängstlichen Hundebesitzern gegenüber, dass Lambo auch nur ein Chihuahua XXL sei, nichts vorzuweisen als immer noch Fassungslosigkeit und eine naive Idee.

Marion war inzwischen bei uns fest eingezogen, hatte

aufgrund der Geschehnisse ihren Riesenberg an Überstundensonderurlaub, wie ihr vom Behring-Krankenhaus schon so oft nahegelegt worden war, endlich in Anspruch genommen und kam dank der penetranten Fürsorge und aufdringlichen Warmherzigkeit von Mama Ruth gezwungenermaßen etwas zur Ruhe. Die Kurden hatten wir, nachdem ich eines Nachts durch einen verstörenden Albtraum, in dem ich eine Kinderstimme um Hilfe hatte rufen hören, schweißgebadet aufgewacht war und aufgrund der jüngsten Ereignisse im Krankenhaus, durch Rocker ersetzt, die einen Türrahmen vollständig ausfüllen konnten. Pro Person.

Wir waren fleißig und hatten das gesamte Material auf dem USB-Stick gemeinsam mit dem Richter sauber durchgearbeitet. Das Ergebnis war allerdings alles andere als zielführend, half uns nicht wirklich weiter und wirkte eher verstörend. Bis auf ein wirklich aufschlussreiches Detail. Während der Richter und Matze immer noch der felsenfesten Meinung waren, wir hätten mehr als genug in der Hand und sollten dem Monster juristisch Einhalt gebieten, glaubte der Rest von uns, mit meiner Ausnahme, nach wie vor an das Alte Testament. Kein Wunder eigentlich. Über Matze hatten wir inzwischen Kenntnis von den Ermittlungen zum Tod Hildburg Rosenbaums, und der diensthabenden jungen Krankenschwester in der Charité bei Maria war, während die Kurden einfach mal kurz einschliefen, irgendetwas geschehen, worüber sie sich hartnäckig weigerte auszusagen. Ganz gleich, mit wie viel Verständnis oder Druck auf sie eingeredet wurde. Sie wollte oder konnte einfach nicht.

Mich machte das alles fertig. Je älter man wird, desto abgeklärter sollte man sein, heißt es. Oder wenigstens schlauer. Ich hatte das Gefühl, das Gegenteil war bei mir der Fall. Ich wurde lediglich dünnhäutiger. Und ungerecht. Am Montag hatte ich Mungo zusammengeschissen für etwas, das er eigentlich schon tausendmal mit mir gemacht hat. Um ehrlich zu sein, ich hab noch nie genau gewusst, ob er sich über mich lustig macht oder mich tatsächlich nicht versteht, wenn ich die simpelsten Sachen manchmal nicht verständlich rüberbringe. Besonders, seit die beiden Chaoten auch noch im Doppelpack auftreten. Bisher hatte ich es aber immer als sportliche Herausforderung gesehen und den Fehler in unserer Kommunikation zuerst bei mir gesucht. Auf jeden Fall aber genug Humor gehabt zu akzeptieren, dass er in seiner ganz eigenen Welt lebt. Er ist gerade deshalb eine Bereicherung in unserer durchgestylten, auf Erfolg und Gewinnmaximierung ausgerichteten Kackwelt, in der dir die Menschen lächelnd ins Gesicht lügen. Mungo ist ehrlich. Immer. Und direkt. Manchmal eben ein wenig zu direkt. Und daran muss man halt denken, wenn man mit ihm redet. Wenn man also zu ihm sagte: »Kipp mal bei der alten Posicke ihren Wäschetrockner wieder ab, Mehmet hat das Ding noch mal hingekriegt«, darf man sich nicht wundern, wenn er das wörtlich nimmt.

Mit meiner ersten Familie kam ich ebenfalls nicht weiter. Sie lebte an mir vorbei. Oder ich an ihr. Unerreichbar.

Am meisten aber haute mich aus den Socken, dass mir dieses widerliche Snuff-Video auf dem USB-Stick so zu schaffen machte. Ich meine, ich hab so viel gesehen in meinem Leben. Ich weiß, wie der Tod aussieht, wie er sich anhört, riecht und musste sogar schon ein paarmal erleben, wie er sich anfühlt. Aber irgendwie habe ich's immer ganz gut weggesteckt. Zeit meines Lebens habe ich immer die große Fresse gehabt und mich über all jene abschätzig geäußert oder sogar lustig gemacht, die es nicht mehr aushalten. Und jetzt bin ich selbst so weit. »Sascha, ich komm nich mehr, klar«, hat ein guter Freund vor sechs Jahren zu mir gesagt. »Reiß dich zusammen, stell dich nich so an!«, hab ich damals geantwortet. Vierzehn Tage später war er tot. Selbst das hab ich irgendwie als Kollateralschaden abgeheftet. Schande über mich! Doch jetzt ist anscheinend Ende der Fahnenstange. Ich glaub, ich pack's nich mehr. Selbst meine beiden besten Freunde, die mich seit meiner frühesten Kindheit immer begleitet haben, Hass und Wut, die, woher sie auch kamen, mich in die Lage versetzt haben, Dinge zu überstehen, die ein normaler Mensch nicht schaffen würde, scheinen mich verlassen zu haben. Denn ich sitze hier hinter Lambo auf der Parkbank wie ein altes, wehklagendes Weib und stelle mir all diese Was-wäre-wenn-Fragen.

Ich krieg die Bilder nicht aus dem Kopf! Akribisch mit allen Fakten und Daten und in Farbe dokumentiert, hat Hannes hundertfachen Mord begangen. Bestialischen Mord. Er hat kleine Mädchen, im wörtlichen Sinne, totgefickt, und ich trage Mitschuld, weil ich das Vieh nicht aus dem Verkehr gezogen habe, als ich noch die Chance dazu hatte! Schande über mich. Denn, mal ehrlich, war es nicht absehbar!? Es war! Wer kann es Rizzo verdenken, dass er quasi ununterbrochen seine Heckler & Koch auseinandernimmt, putzt und wieder zusammenbaut?! Selbst der Rest von uns ist fast geschlossen der Meinung, dass es eine gerechte Strafe für so etwas auf legalem Wege eigentlich gar nicht geben kann. Eigentlich auf gar keinem Wege. Dank Matze haben wir ein paar Infos und Meldeadressen. Wir wissen, wo Hannes' ominöse Firma, oder besser die hiesige Zweigstelle, in Berlin residiert. Wenn es nach Marion ginge, wäre Hannes schon mit durchlöchertem Schädel in der Hölle unterwegs. Auch so ein Ding: Das Böse ist wie Krebs. Es frisst sich in Menschen und Dinge, die eigentlich von Grund auf gut sind. Diese Krankenschwester hat sich ihr Leben lang aufgerieben, um anderen Menschen zu helfen, und mein kleiner, dicker Benno ist der liebenswürdigste und großzügigste Mensch, den ich kenne. Und doch würden sie ihm beide, ohne zu zögern, den Hahn zudrehen! Persönlich, wenn nötig. Einzig mein nachdenklicher Hinweis »Er hat die Kleine am Leben gelassen, schon zum zweiten Mal« hat bisher verhindert, dass Rizzo nicht schon irgendwo versteckt auf der Lauer liegt. Und die beiden unangenehmen Worte »Was dann?!« führten auch zu ratlosem Schweigen. Aus verschiedenen Gründen. »Wie fühlt man sich, wenn man jemanden umgebracht hat, Marion, was meinst du?«, hab ich sie gefragt, und ich hab den inneren Kampf in ihren Augen gesehen, bevor sie trotzig »Besser!« geantwortet hat. Außerdem, klar, die Schlange stirbt, wenn man ihr den Kopf abschlägt. Doch die Metapher zieht in diesem Fall nicht. Denn die Schlange, oder besser der Skorpion, hat schon lange seine Eier gelegt.

Also was tun, verdammt?!

Es ist mittags, halb zwölf, ich bin hackeblau, mein Knie tut weh, und Lambo schaut mich vorwurfsvoll an.

»Weißt du was, Dicker? Behalt's bitte für dich, aber hey, ich muss mit ihm reden.«

Berlin, Moabit, Dezember 2015

Michael Schanzer ist nach Hause gekommen. Er war mit F-209 im Rahmen der Operation Atalanta am Horn von Afrika eingesetzt, um Piraten zu bekämpfen. Als Mitglied eines Prisenkommandos hatte er mehrere Einsätze, in denen er Menschen helfen, ja sogar vor dem Tod bewahren konnte. Das gefiel ihm. Das machte ihn stolz. So sehr, dass er, als sie seine geliebte Fregatte am 22. März 2013 mit allen Ehren und ein paar Tränen außer Dienst stellten, umsattelte. Seitdem war er bereits zweimal in Afghanistan. Weil er den Menschen helfen wollte, war er bereit, selbst ein höheres Risiko zu tragen.

Es ist kurz vor Weihnachten. Michi ist nach Hause gekommen.

Und seine Mutter hat mir verboten, auf seine Beerdigung zu gehen.

Berlin, Schöneberg, Februar 2012

Wenn man Coco in die Augen schaute, hatte ihr Blick tatsächlich etwas Kokettes. Ja, beinahe Jugendliches. Und das, obwohl Coco eigentlich Rainer hieß und schon 43 Jahre alt war. Mit all der Schminke und den Perücken sieht sie zugegebenermaßen mehr aus wie Olivia Jones als Cinderella. Auch schon allein aufgrund der Statur. Doch im Herzen ist sie Prinzessin. Nach ihrem Beruf gefragt, gibt sie stets »Eventmanagerin« an. Doch das »Event«, das sie managt, oder besser verkauft, in der Bülowstraße in Berlin-Schöneberg, das ist sie selbst. Vor allem aber ist sie meine Nachbarin und Stammgast bei Benno. So komisch das klingt, aber der Schmetterling gehört nicht nur dazu, sondern ist eigentlich Teil unseres Alltags. Sämtliche Höhen und Tiefen ihres Lebens, besonders ihres Liebeslebens, durchschritten und durchschreiten wir mit ihr gemeinsam. Ständig Drama. Ob wir wollen oder nicht! Wenn man nicht aufpasst, sitzt einem das Riesending dabei auch gern mal schluchzend auf dem Schoß. Benno hat, ich glaube, nur für sie, immer eine Schachtel Kleenextücher griffbereit unter dem Tresen. Nun mag man darüber lächeln oder Schlimmeres, und besonders Rizzo ist der »Seuchenvogel« zuweilen arg suspekt, Fakt aber ist: Sie tut niemandem was. Ganz im Gegenteil. Im Zuge ihrer mehrfach attestierten manisch-depressiven, multiplen Persönlichkeiten ist sie von himmelhoch jauchzend bis zu Tode betrübt, manchmal im Sekundentakt, aber niemals wirklich unangenehm. Doch eigentlich immer unterhaltsam bis herzlich. Das gibt selbst Rizzo zu, und er hat schon öfter eigenhändig

Typen vor die Tür gesetzt, die ihr gegenüber ausfallend wurden. Wirklich interessant, für mich zumindest, ist, dass sie einen Hochschulabschluss hat. Irgendwas mit Kunst, glaube ich. Oder Design? Ach, was weiß ich. Auf jeden Fall ist sie alles andere als doof, und ich habe noch nicht ein einziges, längeres Gespräch mit ihr bereut. Höchstens, weil ich nach so manch ewiger Nacht in Bennos Laden jetzt vieles über sie weiß, was mich ein bisschen verstehen lässt. Zum Entsetzen meiner Umwelt rappele ich mich inzwischen wie ein dressierter Affe vom Barhocker auf und stelle mich zur Verfügung, wenn sie mich bittet: »Krieg ich eine Umarmung?« Muss komisch aussehen, geb ich zu. Sie is 'n halben Kopf größer als ich! Scheißegal. Und ohne jetzt komisch werden zu wollen, aber sie is der gepflegteste Mensch, den ich kenne. Und sie riecht gut. Genau. Chanel. Na ja, wie dem auch sei … Seit einigen »Betriebsunfällen«, nach denen sie wirklich arg zerrupft und nur mühsam Bennos sicheren Hafen wieder anlaufen konnte, sorgen Rizzo und ich zuweilen, nach unserem einstimmigen Beschluss, für ihre Sicherheit. Selbstredend unentgeltlich, obwohl sie sich bezahlten Schutz aufgrund zum Teil sehr gut betuchter, »sehr spezieller Klienten« locker leisten könnte. Wir nehmen nicht nur deshalb kein Geld, weil sie unsere Freundin ist, sondern weil Rizzo schlicht empört war, als ich uns beide als Zuhälter bezeichnete, die ich vor ein paar Jahren noch hopsgenommen hätte. Hihi, vom Bullen zum Luden, Mama wär stolz auf mich. Aber, mein Gott, wir machen halt manchmal den Shuttleservice für sie oder schauen am Wochenende nachts nach ihr, das war's auch schon. Bis jetzt.

Mehmet hat sie mit einem selbst gebastelten, genialen und sehr diskreten Alarmsystem samt Minikamera ausgerüstet, und wir sitzen gerade wieder mal in Bennos altem Diplomat, weil er so schön unauffällig ist. Denn irgend so ein verklemmter Idiot scheint ihr wiederholt lästig bis gefährlich zu werden. Dank Mehmet haben wir sogar Videoaufnahmen von ihm, was ich in Zeiten des Internets sehr lustig finde. Was aber leider nicht verhindern konnte, dass er letzten Freitag »Schindluder« mit unserer Coco getrieben hat.

»Wenn der Scheißer heut Nacht auftaucht, hat er Geburtstag«, murmelt Rizzo vor sich hin, mit einem kleinen Fernrohr in der Faust vor seinem linken Auge, und ich wundere mich ein bisschen über so viel Einsatz von ihm, für seinen »Seuchenvogel«.

Und was soll ich sagen, das Glück ist mit den Tüchtigen, läuft der Arsch uns doch tatsächlich ins Bild, kaum dass wir 'ne halbe Stunde Nüsse gepult haben. Wir haben ihn im Monookular und sein arrogantes Gesicht auf HD im Minibildschirm unter dem Armaturenbrett. Bingo!

»Los, den kauf ich mir …«, ruft Rizzo und ist schon fast auf dem Sprung.

»Wattewattewatte … watte doch mal, nich so eilig, wird bestimmt 'n duftes Filmchen.«

»Nix da, Perversling. Los, komm mit jetzt.«

Und schon sind wir unterwegs auf die andere Straßenseite. Wo Coco mit Zigarette in der zitternden Hand steht und, als sie uns sieht, erleichtert und auch etwas triumphierend sagt: »So! Jetzt bist du dran, du Schwein.«

Ehe der Schlapphut mit dem hochgeschlagenen Mantelkragen weiß, wie ihm geschieht, schnippt ihm Rizzo mit dem Mittelfinger auf die Stirn, um herauszufinden, ob er sich traut, sich auch an anderen zu vergreifen als an Wehrlosen. Aber der schmierige Klaus-Kinski-Verschnitt tut ihm nicht den Gefallen und zuckt bloß ängstlich zurück.

»Ja, das hab ich mir gedacht«, ist alles, was meinem Aggressionsbündel leicht enttäuscht dazu einfällt. »Mach du mal weiter, Sascha, sonst muss ich kotzen.«

Das lass ich mir nicht zweimal sagen und leg amüsiert los.

»Ja, guten Abend erst mal, Simoneit mein Name. Wir sind von ›Versteckter Kamera‹, kennen Sie ja bestimmt, und Sie sind heut noch auf YouTube und morgen schon berühmt!«

»W-was?«

»Nich was, sondern wie, is hier die Frage. Wie du das wiedergutmachen willst, du Scheißkerl, was du mit ihr gemacht hast. Du hast an unserer Freundin hier letzten Freitag 'ne Zigarette ausgedrückt, und das stand nicht auf der Preisliste, Widerling!«

»Was muss ich zahlen …?«

Und zack, hat er dann doch eine mit der flachen Hand von Rizzo sitzen, und ich denke, die hat er sich auch verdient.

»Was du zahlen musst?! Ha, es lässt sich nicht immer alles so leicht aus der Welt kaufen. Gefährliche Körperverletzung, sexuelle Nötigung, Beleidigung, ich denke, wir rufen jetzt mal die Polizei.«

»Neiin, bitte nicht!«

»Nein?! Warum nicht?! Doch! Oder was sagst du dazu, Coco?«

»Was ich dazu sage, Schätzchen? Ausziehen! Er soll sich ausziehen und nackt durch die Stadt nach Hause! Damit er weiß, was Demütigung ist!«

»Und das reicht dir, Süße?«

»Ja, das reicht mir!«

»Bist du sicher?!«

»Ja. Schließlich haben wir auch noch Februar, und es ist saukalt.«

»Gut, Blödmann, du hast die Lady gehört: Runter mit den Klamotten. Los, hopphopp. Na los! Wird's bald! Sooo is schön. Alles! Okay, pass auf. Deinen Krempel und deine Papiere kannst du übermorgen im Tempelhofer Fundbüro in 'ner Alditüte abholen. Und noch was: Wir fahren noch 'ne Weile hinter dir her. Und wenn du was anderes machst als 'n Nudisten oder dich auch nur einmal umsiehst … – Rizzo, gib mir mal seinen Ausweis –, findest du dich morgen tatsächlich mit komplettem Datenblock im Internet wieder, … Marcel Rinkowski, hast du das kapiert?!«

»Ja.«

»Gut. Mach dich vom Acker, bevor unsere Freundin hier es sich noch mal anders überlegt! Los, zack, zack!«

Und schwupp war der Flitzer in Schöneberg unterwegs.

»Eigentlich genau der richtige Stadtteil für so 'ne Nummer, scheiße, der fällt hier gar nich auf …«, ist Rizzos trockener Kommentar dazu, und dann lässt er sich, zum ersten Mal, einen Schmatzer von Coco auf die Backe drücken.

»Kommt, Jungs, ich lad euch zum Essen ein. Ihr könnt euch aussuchen wohin.«

»Feierabend?«

»Ja, Feierabend! Ich bin fertig mit den Nerven. Mir reicht's für heute! Wirklich! Ich muss allmählich aufhören mit dem Scheiß. Ihr glaubt nicht, was hier inzwischen für Typen unterwegs sind. Nur ein paar Minuten bevor ihr gekommen seid, wollte mir so 'n Albino fünf Scheine dafür geben, dass ich mich nackig mache und im Dunkeln einen Skorpion über mich krabbeln lass!«

Berlin, Moabit, Dezember 2016

Es gibt Ereignisse im Leben, die gehen nicht einfach an einem vorbei. Sie wirken auf uns. Ganz unterschiedlich. Je nach Mentalität, Prägung, Gesundheit im weitesten Sinne und Erfahrungsschatz hinterlassen sie Spuren und rufen Reaktionen hervor, mit denen man selbst bei sich, und auch bei anderen, niemals gerechnet hätte. Manch einer zieht sich in sich zurück. Ein anderer wird wütend. Wieder andere werden nachdenklich und besinnen sich auf Dinge, die nicht selbstverständlich sind. Ein solches Ereignis ist dieser verfluchte USB-Stick, den ich mir und meinen Freunden gern erspart hätte.

»Was ist los, Sascha, kannst du nicht schlafen?«

»Nein, Mama Ruth. Darf ich reinkommen?«

»Ja. Aber nur ohne Whiskey.«

»Okayyy, warte, ein Schluck, und er is weg.«

»Verschwinde!«

»Bitte, Mama Ruth.«

»Na, komm schon. Setz dich.«

»Was machst du, störe ich dich?«

»Nein, nein. Ich schreibe nur einen Brief. Bin eigentlich fertig. Du kommst grad recht.«

»Was für einen Brief?!«

»Einen Abschiedsbrief, Sascha. Einen Abschiedsbrief.«

»Das kannst du nicht machen! Du kannst mich jetzt nicht alleine lassen! Ruth Rivalla!«

»Nein, nein, Sascha, beruhige dich. Es ist ein Brief an Benjamin.«

»An Mungo?! Ein Abschiedsbrief?! Ruth Rivalla?! Was is los, du machst mir Angst. Geht's dir nicht gut?«

»Auch nicht viel schlechter als sonst, nein, nein. Alles okay. Nur, weißt du, es ist so, ich hab mir mit Benno zusammen diesen Film angesehen ...«

»Ich hab euch gesagt, ihr sollt das lassen, verdammt noch mal!«

»Sascha Simoneit, ich schätze es nicht, bevormundet zu werden. Wir sind hier alle Gleichberechtigte, oder etwa nicht?!«

»Ach, scheiß Demokratie. Ich hätt das Ding besser verstecken sollen.«

»Das stimmt, mein Lieber! Ich hab Mehmet übrigens eine Kopie abgenommen, von der ich hoffe, dass er keine Kopie hat!«

»Auweia! Danke, Mama Ruth.«

»Jaja. Du bist manchmal auch nichts weiter als ein großer, dummer Junge!«

»Ich weiß, deshalb bist du ja auch bei mir. Warum schreibst du Abschiedsbriefe, meine Süße?«

»Weil nichts ewig währt, mein Sascha, nicht mal ich.«

»Süße, es ist nicht die richtige Zeit für solche Sätze. Sag so was nicht. Du bist einer der ganz wenigen Stützpfeiler meines Lebens, und ich geh schon am Stock!«

»Sascha, es dreht sich nicht alles immer nur um dich. Irgendwann musst auch du einmal erwachsen werden. Solange wir gebraucht werden, können wir uns nicht gehen lassen. Hast du mich verstanden, Sascha?!«

»Ja, Mama Ruth. Hey, du bist eine hammerharte Braut. Wenn die Zeit und das Schicksal anders funktionieren würden, hätte ich alles darangesetzt, dich in die Kiste zu kriegen.«

»Hör auf mit dem Blödsinn, Sascha!«

»Warum? Darf ich heut Nacht bei dir schlafen?«

»Saascha!«

»Was?!«

»Hör mir zu, ich muss was mit dir besprechen.«

»Auweia. Kann ich mir noch ’n Whiskey nehmen?«

»Nein.«

»Okay, dann eben nicht. Ich bin ganz Ohr.«

»Schau, ich bin jetzt in einem Alter, in dem es morgens nicht mehr ganz so leichtfällt, aus dem Bett zu kommen …«

»Ich auch …«

»Halt die Klappe, Sascha. Hör zu. Ich habe ein Kind, das nicht einfach ist und niemals einfach sein wird. Und ich weiß nicht, wie lange ich noch für ihn da sein kann. Deshalb habe ich eine Bitte an dich. Ich weiß, dass es viel verlangt ist, und ich habe lange darüber nachgedacht, aber du bist der einzige Mensch, an den ich mich traue, diese

Bitte zu richten: Kümmerst du dich um meinen Benjamin, wenn ich nicht mehr da bin?«

»Maama Ruth!? Also, erstens: Na klar! Aber zweitens: Bist du dir bei deiner Wahl so hundertprozentig sicher? Ich meine, schau dir an, was ich für einen jämmerlichen Vater abgebe?!«

»Ja, ich bin mir sicher! Ich werde niemals den Tag vergessen, an dem mein Junge nach Hause kam und nicht mehr bei seinem Namen genannt werden wollte! Du hast ihm etwas gegeben, das ihm, außer seiner Mama, niemand auf dieser Welt jemals gegeben hat. Schon gar nicht sein Erzeuger: Stolz! Stolz und Selbstwertgefühl! Wenn er mit dir redet, wenn er mit dir zusammen ist, spüre ich, dass da etwas ist, was sonst mit keinem anderen Menschen funktioniert! Und außerdem bist du kein schlechter Vater. Also bitte ich dich, diesen Brief an dich zu nehmen und ihn unserem Mungo zu geben, wenn ich die Hufe hochreiße. Kümmerst du dich um ihn? Machst du das?«

»Klar mach ich das. Mach ich ja jetzt schon. Wenn Mungo Beutlin nicht ein Teil meines Lebens ist, wer dann?! Nebenbei gesagt, einer der ganz wenigen geraden, verlässlichen und vor allem lustigen.«

»Siehst du, genau das ist es, Sascha! Du hast verstanden. Genau wie ich damals. Als sie ihn nach seiner Geburt direkt in meine Arme gelegt haben, war er in der Tat eine Überraschung für mich. Nicht, weil ich keine Ahnung hatte. Ich hatte die vierzig weit überschritten, und das Ergebnis der Fruchtwasseruntersuchung fühlte sich an wie ein weiterer Tritt in den Bauch. Die ganzen Weißkittel quasselten mich voll, und ich war verbittert, weil Gott anscheinend vorhatte, mein Kind für meine Sünden büßen zu lassen. Als ich das Geld von seinem Erzeuger ablehnte, um es mir in Holland wegmachen zu lassen, damit ich möglichst nahtlos weiter für ihn anschaffen gehen konnte, trat mir der Mistkerl in den Bauch. Doch das konnte den Lebenswillen meines kleinen Benjamin nicht brechen. Weil Frauen dumm sind und mit dem Herzen denken, zeigte ich seinem Vater voller Hoffnung Ultraschallaufnahmen seines Sohnes. Und verzieh alles, weil ich so sehr verzeihen wollte. Als wir dann gemeinsam für mich Umstandsmode kaufen wollten, dachte ich zumindest, war ich für einen kurzen Moment tatsächlich glücklich. Und dann stieß er mich die Rolltreppe hinunter. Ich brach mir ein Bein, doch Benji blieb unversehrt. Alles und jeder hatte sich anscheinend gegen ihn verschworen, doch er wollte auf die Welt kommen! Unbedingt!

Und als ich ihn dann an jenem Morgen voller Stolz und Trotz in meinen Armen hielt, begriff ich auch, warum. Denn dieses Lächeln, dieses besondere Lächeln, unter diesen besonderen, wunderschönen Augen, sprach zu mir! Es klingt albern, und ich war nie in der Kirche, aber ich schätze, es war das Gleiche, was die Umgekrempelten und Nonnen auf dem Bibelkanal meinen, wenn sie sagen, ihnen wäre in der Sonne, im Nebel oder was weiß ich wo, Gott begegnet. ICH BIN DA! UND MIT MIR WIRD SICH ALLES ÄNDERN!, schien der kleine Mann mir sagen zu wollen. Und genauso kam es auch. Die Hure hatte ein Kind bekommen! Gegen alles an Widerstand und Vernunft! Alles änderte sich. Verantwortung, Vertrauen und wirkliche Liebe zogen in mein Leben, in unser Leben, ein.

Hey, und das war soooo schön, Sascha! Ich besann mich darauf, dass ich einmal einen Beruf gelernt hatte, machte bei Schering bescheidene Karriere, und der Kleine entwickelte sich, entgegen allen Diagnosen und Prognosen auf ein nur kurzes Leben, zu einem tollen, immer gut gelaunten Jungen. Seit jenem Morgen beginnt und endet jeder Tag mit einem Lachen! Weißt du, Sascha, in Frankreich nennt man sie Feenkinder, und genau das ist er. Ein kleiner Zauberer! Er hat mich damals verzaubert, und er schafft es heutzutage beinahe täglich immer noch!

Ach, entschuldige, Sascha, ich wollte eigentlich gar nicht so gefühlsduselig werden. Eigentlich hatte ich vor, dir lachend diesen Brief zu übergeben, nicht verrotzt. So lachend, wie ihr beide bitte weitermachen sollt, wenn ich die Biege mache. Denn ich weiß, ihr schafft das! Allein schon, weil ihr wahrscheinlich beide niemals richtig erwachsen werdet! Und so möchte ich auch, dass du ihm den letzten Satz in diesem Brief erklärst: fröhlich und trotzdem ernst. Da steht nämlich, in seiner Sprache, dass mein Sohn auf keinen Fall traurig sein soll, dass Mama nicht mehr da ist und er immer noch. Weil damit nämlich der größte Wunsch seiner Mutter in Erfüllung ging.

Machst du das für mich, Sascha? Sascha?«

»Wow …«

»Machst du das für mich?!«

»Ja.«

»Versprich es mir!«

»Ich verspreche!«

»Gut.«

»Ruth Rivalla?«

»Jaa?«

»Ich hab dich lieb!«

»Ich hab dich auch lieb, Sascha Simoneit … Aber du wirst trotzdem heut Nacht nicht bei mir schlafen.«

Eckernförde, Norddeutschland, Januar 1988

Klaustrophobie ist ein großes Thema, wenn man Killerfrosch werden will. Im Volksmund Platzangst. Obwohl, Volksmund gibt es ja eigentlich gar nicht mehr. Inzwischen erklärt einem jeder Taxifahrer dieses Fremdwort, und man lauscht dabei besser andächtig. Schließlich könnte er, in Deutschland zumindest, später einmal Vizekanzler werden. Selbst jede Schulgöre mit Smartphone erklärt einem heutzutage, was das ist. Und tut dabei so, als hätt sie's schon immer gewusst. Aber 1988 waren die Menschen noch dumm. Manche sogar dummfrech. Und so antwortete ein Schüler, den man aufgrund seiner Initialen und Haarfarbe SS nannte, im ungeheizten Lehrsaal der Kampfschwimmerkompanie auf der Marinebasis Eckernförde auf die Frage, ob er weiß, was das ist: »Klar! Die Angst vor Klaus.«

Zack: fünfzig Liegestütze, fünfzig Bauchaufzüge, fünfzig Wechselsprünge. Für alle! Denn sogenannte Kollektivstrafen, sonst in der gesamten Truppe verpönt und verboten, sind in dieser Kompanie schlicht konstruktive Pädagogik. Scheiße, schon wieder zwei Fremdworte. Na ja, fragen Sie einfach ’n Taxifahrer – oder Mark Zuckerberg, wenn Sie nach 1990 geboren wurden.

Stark, dumm und wasserdicht reichte auf jeden Fall, entgegen dem Klischee, nicht aus, um irgendwann sagen zu dürfen: »Travel round the world, meet interesting people, and kill them.« Wir sollten tunlichst räumlicher Enge gegenüber unempfindlich sein oder sie, besser noch, genießen können. Nicht nur weil Privat- und Intimsphäre während der Ausbildung – Lehrjahre sind schließlich keine Herrenjahre – ebenfalls Fremdworte sind, sondern weil eine der taktischen Verbringungsarten der menschlichen Torpedos tatsächlich das Ausschleusen aus Torpedorohren von U-Booten ist. Wie eine Presswurst im Rohr verharren, das Fluten über sich ergehen lassen, und flutsch, raus aus dem U-Boot. Jipieeijeee. Um dieses Absondern nun dem devoten Anwärter näherzubringen, eigentlich aber um seinen Charakter nach verborgenen Ängsten abzuchecken oder diese hervorzurufen, gibt es in der Eckernförder Übungshalle der Minentaucher und Kampfschwimmer extra ein spezielles Rohr, auch Horrohr genannt. Weiß getüncht, an der Oberseite mit einer circa DIN-A5-großen Aussparung für ein Doppelglasfenster versehen, damit der Rettungstaucher auch seinen Spaß hat, bietet es innen knapp den Platz für ein armes Würstchen. Das als Ausrüstung nur die Badehose dabeihat. Mit Stahltrossen an einer Laufkatze an der Decke verbunden, wird das Rohr hochgefahren und mittig im Becken versenkt. Dort wird es dann über kleine Ventile langsam mit Wasser befüllt. Gaanz langsam. So langsam, dass am Ende die Lippen eines jeden, der sich im Rohr befindet, immer spitzer werden und schließlich an der Scheibe kleben wie der Popo einer Wanderschnecke. Wer's nun bis hier geschafft hat und die Nerven behielt, während die Röhre quälend langsam komplett volllief, hat's leider noch nicht geschafft. Denn nachdem das Ding vollständig mit Wasser gefüllt ist, muss jeder noch mindestens zwei Minuten mit dieser kuscheligen Atmosphäre klarkommen, sonst isser raus. Im doppelten Wortsinn. An sich kein großes Problem. Denn jeder, der inzwischen keine Fünfzig-Meter-Strecke oder zwei Minuten am Ende der Metallleiter im Becken hängend ohne Luft auskam, war eh schon wieder zu Hause. Wenn da nur nicht dieses scheußlich beengende Gefühl der Hilflosigkeit wäre. Und das kleine Wort »mindestens«.

Bingo. Jetzt hatten sie Hannes, wo sie ihn haben wollten! Er hatte sich inzwischen sowohl unter Mitschülern als auch Staff so viele Feinde gemacht, dass plötzlich eine ganz komische Atmosphäre in der Halle herrschte. Ein bisschen erinnerte die Szene an Ridley Scotts Horrorstreifen *Alien*, in dem sie versuchen, das Monster in der Sicherheitskammer mit Gas, Elektroschocks oder Ähnlichem fertigzumachen. Aber er war kein Alien. Er war mein Stubenkamerad und Rottenbuddy! Und ich schaute auf die Uhr. Zwei zwanzig, dreißig, zwei fünfzig, drei …

Durch das klare, überchlorte Wasser sah ich, wie der kleine, aufgepumpte Bodybuilder von Ausbilder und Sicherheitstaucher ihm durch das Plexiglasfenster den Mittelfinger zeigte. Vier zehn …

Ich konnte mir nicht vorstellen, dass Hannes unter Platzangst litt, im Gegenteil, aber irgendwann brauchte selbst der Albino wieder Luft. In meiner Fantasie fing das

Wasser über der Röhre an zu brodeln! Die am Rand sitzenden Anwärter feixten sich eins, und die übrigen Ausbilder in der Halle taten so, als hätten sie alle gerade was Wichtiges zu tun. Scheiße, selbst der anwesende Taucherarzt las Zeitung. Fünf zwanzig!

Mit einem lauten Ruck fuhr das Konstrukt mitsamt darauf sitzendem Ausbilder, dessen Augen mich giftig anblitzten, aus dem Wasser, als sich das Rohr in meine Richtung drehte. Weil ich den grünen Knopf der Kabelfernbedienung der Laufkatze mit meinem Daumen so fest drückte, dass er weiß war wie der Daumen des Albinos. Sechs zehn.

Als das vordere Schott der leicht geneigten Röhre endlich aufging und der helle, leblose Körper mit dem Wasser herausgespült wurde, sah es tatsächlich ein bisschen aus wie eine eklige, schleimige Aliengeburt. Der Taucherarzt hatte seine Zeitung weggelegt und versuchte, über dem Haufen Fleisch kniend, betont hektisch zu reanimieren. Als Hannes wieder zur Besinnung kam, rammte er als Erstes dem Arzt das rechte Knie voll zwischen die Beine, und für alle Anwesenden war klar: Hurraa, er ist noch ganz der Alte!

Berlin, Charlottenburg, Dezember 2016

Das Projektil war unterwegs. Gerade, sauber, unwiederbringlich. Nichts konnte es mehr aufhalten. Außer vielleicht die zu erwartende Panzerverglasung. Aber auch das hatte Rizzo berücksichtigt. Er hatte alles berücksichtigt. Einkalkuliert. Berechnet. Alles, was zu berechnen war. Wenn bloß dieser verdammte Regen nicht wäre! Mathematik, Physik und am allerwichtigsten: Geduld! Die Zwillingsschwester von Disziplin. Das war es, darauf kam es an. Vorspiel und Erlösung.

Stundenlang lag er hier schon auf der Lauer und dachte darüber nach, dass er Sascha nichts von seinem Alleingang gesagt hatte. Aber warum sollte er? Warum musste er?! Die Welt würde ein Stück weit besser sein, nach diesem Schuss! Weshalb sollte er um Erlaubnis fragen?! Diese quälende Zögerlichkeit, endlosen Diskussionen. Bah! Weg mit dem Vieh.

Eigentlich war das hier viel zu gnädig. Gerechtigkeit sah anders aus. Langsam in Salzsäure versenken. Ganz langsam. Oder ausweiden, so wie er andere ausgeweidet hatte. Totquälen, so wie er die Menschen in diesem Film totgequält hatte. Das hätte mit Gerechtigkeit zu tun. Nicht aus dreihundert Metern vom Blitz getroffen zu werden und schmerzfrei umzufallen. Doch dieses Projektil war besser als nichts. Denn das geschah bisher: nichts! Auf dass alle Seelen der Opfer dieses Schweins ihren Frieden finden mögen in der Sekunde, in der es auftrifft! Mashallah!

Das Projektil flog. Bahnte sich seinen Weg durch schwere Regentropfen hindurch, durchschlug wie erwartet das dicke Panzerglas, drang ein, knapp oberhalb des linken Auges, und verließ schon zwei Zentimeter weiter den Kopf wieder, um in der Wand dahinter endgültig zur Ruhe zu kommen.

Blut sickerte wie ein zarter, kleiner Rinnsal über tiefschwarzes Permanent-Make-up.

»Allah yusaeiduni!«

Berlin, Moabit, Juli 2014

Schweinehitze. Der Asphalt dampft nicht nur, er ist an manchen Stellen sogar schon weich. Und während die Straßenkinder das nutzen, um Sätze wie »Simone liebt Erkan«, »Timo war hier« oder »Moni is 'ne blöde Fotze« ritzend im Bodenbelag zu verewigen, drehen die Erwachsenen durch. So oft Ärger und Streit draußen, dass du die Sanduhr danach stellen kannst. Alle ölen vor sich hin, sind gereizt und könnten dem Idioten vor sich eine klatschen. Weil's nicht weitergeht. Oder weil er 'ne funktionierende Klimaanlage in seiner Bonzenkarre hat. Oder 'nen klimaregulierenden, maßgeschneiderten Leinenanzug mit Fairtrade-Zertifikat und 'nen Frappuccino in der Hand. Auf seinem umweltbewussten 3000-Euro-Fahrrad. Halb Moabit hartzt auf den Bürgersteigen lümmelnd vor sich hin und zeigt viel weißes Fleisch. Es duftet nach Döner, Hundescheiße und Bruno Banani.

Und dann passiert's: Reifenquietschen, lautes Geschrei, Fluchen und Wehklagen.

»Sascha! Saaschaaa! Komm mal schnell, draußen gibt's Stress!«

»Stress? Rizzooo!«

Als wir vor die Tür treten, bietet sich uns kein ungewöhnliches Bild. Verkehrsunfall. Knallt hier ständig. Auf den zweiten Blick allerdings schon! Links, drei Meter neben dem Eingang, steht Mungo mit Jähzornsader auf der Stirn und drückt irgend so 'n Schlipsträger an die Wand. Frei schwebend, gut zehn Zentimeter über der Erde, hängt der Typ da. Mit Mungos linker Hand an der Gurgel und der rechten, flachen, drohend zitternd vorm Gesicht. Bereit zur Killerschelle. Hat er von Rizzo gelernt. »Immer mit der flachen Hand zuschlagen! Backpfeife macht sich vor Gericht viel besser als Faust. Und wenn du ordentlich ausholst, dreht der Typ trotzdem 'n seitlichen Salto. Oder verabschiedet sich von seinem Trommelfell!«

Direkt daneben steht Mehmet, anscheinend schon mit der Brieftasche des Schlipsträgers in der Hand, in der es sonderbarerweise nicht einen einzigen Geldschein gibt – »Echt Alter, guckst du?!« –, und blättert in den Kreditkarten. Kurz dahinter kniet Coco, direkt am Bordstein, und schreit wie am Spieß. Vor ihr liegt ein kleines, blutendes Fellbündel: Kiki! Scheiße!

Während Mama Ruth behutsam den winzigen Chihuahua aufhebt und mit ihm auf dem Arm, ohne auf den Verkehr zu achten, rüber zu Dr. Peters rennt, helfe ich Coco auf die Beine. Oder besser, ich versuche es. Rizzo redet beruhigend auf Mungo ein und nimmt ihm dann den Typ an der Wand ab. Lässt ihn aber auch erst noch mal hängen! Die Menschentraube um uns herum ist ganz gespannt, wie es wohl weitergeht. Man leckt sich die Lippen, und ein zarter Hauch von Lynchjustiz liegt in der Luft. Denn der Hänger an der Wand hat schön das Doppel-P in seinen Augen und ist mit der Situation psychisch wie physisch gänzlich überfordert. Wen wundert's?! Von Ausstattung und Habitus her scheint er ein Exemplar der Spezies zu sein, die seit dem Umzug der Bundesbehörden von Bonn nach Berlin wie Heuschrecken in Moabit eingefallen ist und es »Regierungsviertel« nennt. Und dafür sorgt, dass die Mieten explodieren. Obwohl, man muss gerecht sein. Sie bringen sich auch sozial ein. Schließlich haben die rechten Plagiatskünstler und linken Heuchler in Sichtweite ihrer Regierungspaläste für eine sechsstellige Summe auch einen Kindergarten gebaut. Nur dass dort wohl niemals das Kind eines Normalverdieners seinen kleinen Fuß über die Schwelle setzen wird.

Für die zauberhafte Unendlichkeit einer Sekunde und einen kurzen, tiefen Blick in seine Augen, was sicherlich für einen kleinen Schurz gereicht hat, lässt ihn Rizzo auf jeden Fall noch hängen. Dann setzt er ihn sanft ab, klopft ihm den unsichtbaren Schmutz vom Revers und streicht es glatt. Während Mehmet ihm von hinten unter Rizzos bösem Blick wieder die Brieftasche zusteckt. Mit den zittrigen Worten »Ich kann nichts dafür, der Hund ist mir vors Auto gelaufen« bahnt sich der Mann daraufhin hektisch einen Zickzackkurs durch die enttäuschte Menge zu seinem fetten schwarzen Understatement-Audi, wie eine Küchenschabe, wenn das Licht angeht. Begleitet von Rizzos leise gemurmeltem »Willkommen in Moabit« und Mehmets missmutigem Blick.

»Hey, Rizzo, glaubst du ihn den Scheiß oder was?!«

»Jo. Die Sorte lügt viel besser. Halbe-halbe?«

»Oh, nee, ne?!«

»Los, zack, zack, sonst sag ich's Sascha.«

»Na toll, halt die Hand auf, Erpresser!«

»Nich mit mir, du freche Ratte! Los, rüber in 'n Park und mach die Penner glücklich. Und wehe, du bist nicht gerecht!«

Währenddessen habe ich mithilfe der Schachtel Kleenextücher, die mir Erpel kurz rausgebracht hat, Coco etwas restauriert, und wir führen sie stützend über die Straße.

Wenig später sitzen wir in Mannschaftsstärke im Wartezimmer von Dr. Peters, und Kiki liegt auf dem kalten, doofen Edelstahltisch, den sie nicht leiden kann. Mehmet kaut Nägel, Mama Ruth trommelt mit den Fingern auf der Holzlehne von ihrem Stuhl, und ich hab die schluchzende Transe im Arm, damit der Doktor in Ruhe arbeiten kann. Gerade als Rizzo, wahrscheinlich von Mungos Einlage inspiriert, mich fragt: »Weißt du eigentlich, warum bei der Verwandlung vom Hulk ständig die Hose mitwächst und schrumpft?«, und ich antworte: »Ja, weil's in Amerika keinen nackten Schniedel auf der Leinwand oder Mattscheibe geben darf, und schon gar kein Riesending in Grün!«, tritt der Doktor in den Türrahmen des Wartezimmers und schüttelt mit aufeinandergepressten Lippen langsam den Kopf. Coco rutscht in meinen Armen zusammen, als hätte man ihr den Stecker gezogen. Und Mungo, Mungo laufen dicke, fette Tränen über das ansonsten total versteinerte Gesicht! Ich hatte gar nicht gewusst, dass er die kleine, zugegebenermaßen charmante, aber launische Töle so lieb hatte. Doch nach einer Weile wird mir klar, dass es vermutlich Cocos Zustand ist, der ihm so nahegeht.

Eigentlich gar kein soo großes Wunder. Sind die beiden doch auf wirklich wunderbare Weise recht rührig im Umgang miteinander. Für Mungo war Coco schon immer nur »die schöne Frau«, und alle zarten Versuche unsererseits, ihm zu verklickern, dass »die schöne Frau« 'nen Pimmel hat, prallten lotusmäßig an ihm ab. Warum auch nicht? Coco ging sehr seriös und einfühlsam damit um und genoss die Wertschätzung. Wenn ihr Mungo beispielsweise, ganz Kavalier der alten Schule, die schweren, großen Einkaufstaschen trug, gab's immer einen Schokoriegel oder eine heiße Schokolade mit extra Sprühsahne obendrauf. Mungo hatte schon immer 'ne feine Antenne für ihre Befindlichkeiten, und es war teilweise fast magisch mit anzusehen, wie die beiden vermeintlichen Außenseiter der Gesellschaft miteinander umgingen und sich verstanden. Mama Ruth hatte so viel Lebensweisheit, vor allem aber Häme und Gemeinheit vieler Mitmenschen ihrem Sohn gegenüber gesehen, dass sie Coco dankbar war statt kleinbürgerlich besorgt. Nicht nur, weil niemand besser wusste, was Toleranz war, als unsere meist ziemlich aufgedonnerte Coco, sondern weil sie auch noch ein ausgesprochen großzügiger Mensch war. Und Shopping, für unsere Diva ein völlig legitimer Therapieansatz für Ablenkung und Ausschüttung von Glückshormonen, oft auch bedeutete, dass Mungo von Kopf bis Fuß komplett neu eingekleidet wieder nach Hause kam. Was ihm allerdings nicht immer nur gefiel. Ganz im Gegensatz zu Mehmet, der natürlich auch ständig mit von der Partie war. Der kam an solchen Tagen mit funkgesteuerter Highspeedgamermaus für seinen selbst getunten Computer oder ferngesteuerter Minidrohne wieder zurück. Oder der neuesten Premiumversion des Computerspiels *Watch Dogs*. Wenn man versuchte, Coco in dieser Hinsicht ein wenig auszubremsen, sagte sie Sachen wie »Lass mich … Es macht mich glücklich!«. Oder: »Mehmet hat mir erklärt, dass er in diesem Spiel als Computerhackeraktivist die Welt vor dem Bösen rettet! Und das ist doch wohl um Längen besser, Sascha, als wenn er, wie in diesem anderen schrecklichen Computerspiel, Autos klaut und Leute totschießt, oder etwa nicht?!« Solche Antworten gaben mir das Gefühl, dass Coco gute Gründe hatte für das, was sie tat. Außerdem wusste ich genau, dass zum Beispiel Mungos neue Hohner-Mundharmonika oder Mehmets Hightechscheiß null damit zu tun hatten, dass die drei eine ehrlichere, ja ich möchte fast sagen, reinere Freundschaft verband, als so manch Spießer sich das vorstellen kann.

Wie man jetzt gerade wieder wunderbar erkennen konnte. An Mungos dicken, fetten, beinahe verstörenden Tränen und Mehmets hilflosem Satz »Nisch weinen, Coco, isch besorg dich neuen Hund, isch schwöre!«. Auch wenn das das Gegenteil von dem auslöste, was es bezwecken sollte. Doch der Ansatz, immerhin, sollte Teil der Lösung sein.

Kiki war im Zwergenhimmel, und ihre sterblichen Überreste fanden nur wenig später in der kleinsten Urne der Welt einen Ehrenplatz auf dem Sideboard in Cocos Wohnküche. Wo man tunlichst nicht vergessen sollte, »Hallo, Kiki« oder etwas Ähnliches zu sagen, bevor man es sich auf der Eckbank gemütlich machte. Doch die Diva selbst wurde erst einmal bei uns drüben in Bennos Reich untergebracht. Denn es herrschte akute Suizidgefahr, wir hatten da so unsere Erfahrungen. Ausgestattet mit einem

Stapel Videos, von *Casablanca* über *Love Story* bis *Ein Käfig voller Narren*, einem Schwung *Cosmopolitan*, einem Eimer Mango-Pistazieneiscreme, den wir aus der Metro extra besorgen mussten, und allen Köstlichkeiten, die Bennos Küche so hergab, saß sie mit ihrem Seidenkimono und meinem fetten Kampfschmuser unter einer Kuscheldecke auf dem großen Ledersofa und tat sich leid. Sehr leid. Wir wechselten uns bei ihr stündlich ab!

Da das kein Zustand war, in jeglicher Beziehung, startete noch am selben Tag das von Mehmet ins Leben gerufene Projekt »Kiki reloaded«. Lief bloß leider schleppend an. Was jedoch keinesfalls an Mehmet lag. Kaum waren wir wieder drüben bei uns, hatte er auch schon sein Laptop am Wickel. Wenn Mehmet sagt: »Isch schwöre, Alter«, ist das entgegen landläufiger, oberflächlicher Vorurteile solchen südländischen Statements gegenüber, bei ihm zumindest, kein Spaß. Alter! Kaum eine Stunde später wussten wir alles über Chihuahuas. Und auch sämtliche anderen Zwerghunderassen dieser Welt! Von Malteser über Pomeranian bis zu Shih Tzu und Bologneser, worauf wir erst mal alle richtig Hunger bekamen. Aber es reifte in uns auch die bittere Erkenntnis, dass man so einen Taschenwolf nicht mal eben im Tierheim abgreift. Obwohl in einem Hundeasyl nahe Potsdam ein »leicht verhaltensauffälliger Miniaturbullterrier« für »umme« abzugeben war, was Rizzo und Mehmet unisono zum verzückten Ausruf »Ey, perfekt, Alter!« veranlasste, schwante mir langsam Schlimmes. Dass nämlich so ein Paris-Hilton-Fiffi kackeschwer aufzutreiben war.

Das hatte, zu unser aller Erstaunen, nicht einmal nur

mit Geld zu tun. Benno stellte sich, wie so oft, wieder einmal als Sponsor zur Verfügung, was ihm eine feste Umarmung und einen feuchten Kuss von Mama Ruth einbrachte, angesichts der vierstelligen Summen, die die Herren Luxushundezüchter so aufriefen. Doch damit war der Fisch noch lange nicht geputzt. Denn die allermeisten halbwegs erreichbaren Minis waren entweder nicht zuteilungsreif oder sahen, Verzeihung, ziemlich komisch aus. Ein Pomeranian zum Beispiel hat durchaus was Possierliches, aber trotzdem, zumindest laut Foto, wenig Individuelles. Die sehen alle aus wie bei Disney vom Fließband gefallen. Im Falle von Pekinesen sogar auf die Schnauze.

»Dat is allet nischt«, meinte Benno mit Recht, und wir mussten ihm geschlossen beipflichten.

Doch dann kam die Erlösung. Wurde auch Zeit, denn inzwischen waren die meisten von uns auf schwarzen Kaffee umgestiegen. Plötzlich erschien ein Bild von einem kleinen, fast schwarzen Hund auf dem Bildschirm, und auch wenn es beknackt klingt, aber wir waren alle auf den ersten Blick verknallt! Wirklich alle! Von Mama Ruths »Mein Gott is der süß« über Bennos »Jo, das isser« bis hin zu Mungos »Jaaa« waren wir uns einig wie selten. Ein richtiger Hund, im Maßstab 1:10, na gut, vielleicht eher 1:20, war die einhellige Meinung.

»Fabius, dreieinhalb Monate alt und kerngesund, wartet auf ein neues, liebevolles Zuhause!«, stand da zu lesen, und Benno meinte spontan: »Jo, der wird Berliner!«

Mama Ruth klatschte in die Hände und freute sich laut: »Fabius! Das passt perfekt zu unserer Arielle der Meerjungfrau!«

»Prager Rattler, entwurmt, geimpft und schon gechipt. Und zurzeit genau 1860 Gramm schwer«, las Rizzo laut vor und schluckte dann, weil er den Preis sah. »Ein Euro pro Gramm, Benno! Fast.«

Doch der griff schon in die Kasse, weil er längst entdeckt hatte, was für eine Zahl hinter dem Doppelpunkt stand.

»Hier, das müsste reichen. Auch für Sprit. Und esst was Vernünftiges unterwegs. Hast du gesehen, wo ihr ihn abholen müsst?«

»Jaa.«

Und so fuhren Rizzo und Mehmet mit dem schnellsten Auto, das wir im Fuhrpark hatten, noch in derselben Nacht bis fast an die Holländische Grenze. Um Klein Fabius nach Hause zu holen. »Ich schwöre, Alter!«

Am nächsten Morgen gegen zehn Uhr dreißig schlurfte Coco an der Hand von Mama Ruth mit einem geknautschten, kleinen Kissen im linken Arm in Bennos Schankstube, wo wir alle sie erwarteten, und zum ersten Mal, seit ich sie kannte, war deutlich zu sehen, dass sie keine Frau war. Auf dem Tresen saß ein winzig kleiner schwarz-brauner Hund und fiepte, in ihre Richtung blickend, schwänzchenwedelnd vor sich hin. Als sie an der Kante stand, fing sie ebenfalls an zu fiepen, ließ ihr Kissen fallen, der kleine Scheißer sprang sie an, und wir lächelten alle leicht übermüdet vor uns hin.

Die Welt war um eine Kiki ärmer. Aber wieder im Lot.

Berlin, Moabit, Dezember 2016

Die herzförmige Planchette schiebt sich langsam auf den ersten Buchstaben der Antwort zu.

-R-

Von dort aus nimmt sie Fahrt auf und bewegt sich schnell und abgehackt weiter.

-I-

Mir stellen sich schon wieder die Nackenhaare auf. Diesmal, weil ich mich des Eindrucks nicht erwehren kann, dass die Buchstaben lautlos geschrien werden. Es liegt gefühlt Zorn in der Art, wie geantwortet wird, ja, verdammt, die Planchette mit unseren Händen daran scheint vor Wut zu zittern!

-Z-Z-O!

Rizzo!

Mein Freund wird blass. Was wirklich interessant aussieht, weil er eigentlich eine recht dunkle Schogette ist. So lange wir uns auch schon kennen, habe ich trotzdem bis heute keine Ahnung, wo seine Wurzeln genau liegen, und wenn ich von seiner Hautfarbe her fast auf Niger oder Ghana tippen würde, hat er doch die auf mich zumindest aristokratisch, manchmal fast hochmütig wirkende, stolze, schlanke Nase eines Äthiopiers. Jetzt im Moment sieht er auf jeden Fall aus wie ein verdammter Zombie, der gerade aus seinem Grab gekrochen ist, und keiner kapiert, was hier gerade abgeht.

Auf den ersten Blick sollte man meinen, ich sei eigentlich der Richtige für Hokuspokus. Auf den zweiten Blick auch. Als Bauchmensch und männliche Blondine, der das

Schicksal mehr als einmal kräftig ans Bein gepinkelt hat, habe ich gelernt, dass es eine Menge zwischen Himmel und Erde gibt, das sich dem Fassungsvermögen meines Spatzenhirns entzieht. Andererseits hatte ich als Soldat schon so viel mit Technik und Equipment zu tun, dass man mir, größtenteils schmerzhaft, eingebläut hat, dass man selbst sein Schicksal in der Hand hat. Tenor: Wer ausreichend Munition hat, scheißt auf Karma. Trotzdem gibt es halt 'ne Menge Sachen, die ich nicht kapiere, und wie alle Idioten suche auch ich dann Zuflucht in der Religion und zuweilen sogar im Aberglauben. Oder Fatalismus. Ich hatte beispielsweise mal 'ne Freundin, die abging wie 'n Duracell-Häschen, wenn man ihr den großen Zeh lutschte. Muss man das verstehen? Muss ich nicht! Aber das Ergebnis war trotzdem der Hammer! Also warum nicht?! Zumal der große Onkel wesentlich leichter zu finden ist als der G-Punkt!

Trotz meiner durchaus konfusen emotionalen Gemengelage auf dem Gebiet des Unerklärlichen war ich mehr als skeptisch, als Mama Ruth sich eines Tages, als wir uns schon besser kannten, irgendwann traute, mir etwas von ihrem Ouija-Board zu erzählen. Das Ding heißt auch »Hexenbrett«, und mein erster Gedanke ging in Richtung der hölzernen Wohnwagen auf dem Rummel, in dem dir die Wahrsagerin aus der Hand liest, dass die Liebe deines Lebens und der reiche Onkel aus Amerika demnächst bei dir vorbeischauen. Und du deswegen großzügig sein solltest und könntest. Na ja. Aber da Mama Ruth fernab jeglichen Verdachts niederer Beweggründe war und ist, hörte ich ihr zumindest zu. Ich gestehe, dass mir zunächst, wie immer, nur jede Menge Blödsinn zu dem Thema einfiel. Von Lottozahlen bis Kennedymord. Ach ja, und Elvis wollte ich auch unbedingt treffen. Doch als sie mir erzählte, dass sie, nachdem bei Mungo die klassische Schulmedizin am Ende ihrer Weisheit war, von einem zugegebenermaßen recht kauzigen Naturheilkundler ohne jegliche Diplome etwas vom Kohnstamm- und Carpenter-Effekt hörte und von deren Auswirkungen beziehungsweise Therapieansätzen bei Autisten und Menschen mit Down-Syndrom, wurde ich leiser und quatschte nicht mehr so oft dazwischen. Auf diesem Umweg und beim Entrümpeln des Kellers ihrer Oma mütterlicherseits sei sie zu diesem Brett gekommen, erzählte sie, und hätte damit seither schier unglaubliche Dinge erlebt.

Da ich dieser Frau zutiefst vertraue, ließ ich mich also überreden und fand mich wenig später bei Kerzenlicht, Schnickschnack und Gedöns mit meinen Wurstfingern an dem »Planchette« genannten Zeigerling bei meiner ersten »Séance« wieder. Hoch und heilig musste ich versprechen, dass ich für dreißig Minuten mal keine dummen Sprüche ablasse, mein antikes Handy ausschalte und unterm Tisch die Beine nicht kreuze, damit der »Empfang« auf dem alten Holzbrett nicht »gestört« wird. Hallo?! Mir, der ich auch gern mal der zickigen und rechthaberischen Stimme des Navigationsgerätes, dessen Funktion ich eigentlich auch für Hexerei halte, widerspreche und links abbiege, obwohl der Befehl »rechts« lautet, fiel das verdammt schwer. Ich saß da, vor dem überdimensionierten Stullenbrett, das angeblich aus den Zwanzigerjahren des vorigen Jahrhunderts stammte, verziert mit seltsamerweise einem Judenstern links und einem Hakenkreuz rechts außen, und starrte auf die vielen Buchstaben wie ein Schweinchen ins Uhrwerk.

Wir waren nur zu dritt. Mama Ruth, ich und Mungo, der das nicht zum ersten Mal zu machen schien und für den das Ganze wohl nur so etwas wie ein lustiges Spiel war. Und dann staunte ich nicht schlecht! Weil der Junge nämlich durch das über das Brett flitzende Zeigerlein Antworten raushaute, als wär er ein verdammter Hochschulprofessor und nicht der liebe, kleine, stumpfe Klotz, den ich kannte! Mir wurde warm! Ich wusste nämlich nicht, wann George Gershwin geboren wurde oder was der Unterschied zwischen Neutron und Proton ist! Nich ma, was das is! Der Junge schon!! Hallo?! Ich brauchte ein kaltes Bier! Als ich dann nach der Show das erste vorn bei Benno weggezischt hatte und Mungo längst wieder im Hof mit seiner Mundharmonika schräge Töne von sich gab, wurde ich pissig.

»Ruth Rivalla, willst du mich verarschen?! Habt ihr das einstudiert oder was?«

»Nein, Sascha. Oder glaubst du vielleicht, du könntest ihm beibringen, was ein elektrisch positiv geladenes Hadron ist?«

Das war ein Argument. Für den Rest des Abends war ich sehr viel stiller als sonst. »In ihm scheint ein schlauer Geist gefangen zu sein, wie ein Troll in einem Stein«, lautete ihr seltsamer Erklärungsansatz, zu dem sie lächelte, und sosehr ich mich auch bemühte, mir fiel nichts Besseres ein als das. Prost.

Am nächsten Abend saß ich wieder vor dem Stullenbrett. Diesmal mit Mama Ruth, Coco und Fabius in Cocos

Küche. Der Geist des versoffenen Hurenbocks, der sich mein Vater nannte, aber zeit seines Lebens nie bei mir blicken ließ, war angeblich zugegen und bat um Vergebung! Ha! Die Antwort fiel mir leicht. Vier Buchstaben. Fing mit N an und hörte mit EIN auf. Argwöhnisch schielte ich zu den beiden Hexen und schüttelte den Kopf. Doch dann passierte etwas, das mich abermals verblüffte. Angeblich ließ der alte Sack mich per Stullenbrett wissen, dass ich zwei Schwestern hätte. Halbschwestern. Na klar. Wundern würd's mich allerdings nich, wenn ich mit halb Norddeutschland verwandt wär, dachte ich und riss den Zettel vom Notizblock mit den notierten Namen. Nachdem Coco dann noch Kiki eine gute Nacht gewünscht hatte, lösten wir die Sitzung auf, und ich ging verwirrt ins Bett. Schwestern?

Am nächsten Morgen um Punkt sieben rief ich Matze im Dienst an und bat ihn, die Namen für mich durch den Computer zu jagen. Eine Stunde später saß ich vorne bei Benno, weil ich nicht allein sein wollte, und wählte eine lange Telefonnummer, die zu einer Adresse in einem kleinen Kaff in Schleswig-Holstein, nahe Rendsburg, gehörte. Kaum fünf Minuten danach langte Benno unter seinen Tresen und reichte mir mit einem liebevollen Lächeln die Pappschachtel mit Cocos Papiertaschentüchern. Noch am selben Abend saß ich noch einmal bei Kerzenschein im Halbdunkel in Cocos Küche und korrigierte meine erste Antwort auf zwei Buchstaben!

Verflucht, irgendwas war dran an diesem Brett! Und da das sogar Benno nicht mehr gänzlich abstreiten konnte, weil uns trotz viel Grübelei und Whiskey keine plausiblen

Erklärungen einfielen, Kohnstamm-Effekt hin, Carpenter-Effekt her, war damit nicht nur ein wahrer Ouija-Hype im Kiez ausgebrochen, sondern selbst der kleine Dicke kam irgendwann leise und schüchtern mit einem Wunsch bei Mama Ruth an.

In den frühen Morgenstunden des 22. April 1973 betrat eine schwarz gekleidete männliche Person die Schankstube der Alt-Moabiter Eckkneipe, raubte die Tageskasse beziehungsweise die Einnahmen der Nacht sowie eine zierliche goldene Halskette mit Bernsteinkruzifixanhänger und schlug Frederike Annemarie Teufer, Bennos Ehefrau, mit einem stumpfen Gegenstand nieder. So brutal und heftig, dass sie kurz darauf in den Armen des kleinen Dicken, der nur schnell im Hof war, um den Müll herauszubringen, verblutete. Noch ehe der Notarztwagen eintraf. Der einzige Zeuge, der sich noch in der Schankstube befand, war so stark alkoholisiert, dass er außer vagen Angaben über Geschlecht und Kleidung des Täters nur noch aussagen konnte, dass Rieke ihm wohl die Tür geöffnet haben musste, weil die zu dieser Stunde normalerweise verschlossen war. Dies ließ die damals zuständigen Beamten der Kriminalpolizei darauf schließen, dass Rieke ihren Mörder kannte. Vielleicht war sie aber auch einfach nur einer Lüge aufgesessen und wie immer lieb und hilfsbereit. Denn das war Rieke: lieb und hilfsbereit. Und, laut Gerichtsmedizin, zum Zeitpunkt ihres Todes im zweiten Monat schwanger. Viermal wurde, ebenfalls laut Gerichtsmedizin, auf den Kopf der kleinen Frau eingeschlagen. Das letzte Wort, das sie in Bennos Armen herausbrachte, war »schön«. Und genau das hatte er ihr auch auf ihren

Grabstein meißeln lassen, vor dem er seither jeden Abend zur gleichen Stunde stand. Um ihr gute Nacht zu sagen und seinen Schwur zu erneuern, dass er den Mörder finden würde. An jedem verdammten, einzelnen, einsamen Abend. Denn die Mordkommission hatte »versagt«. Genau wie die vielen und vor allem kostspieligen Privatermittler, die Benno seither engagiert hatte. Ausgenommen haben sie den armen Kerl, mehr nicht. Wen wundert's also, dass ein kleiner, fast sprichwörtlicher »Hoffnungsschimmer« in den langsam trübe werdenden Augen über Bennos Lesebrille aufblitzte, als er, wie ich, glauben musste, dass dieses »Stullenbrett« ein Tor ins Reich der Toten ist. Und wer will darüber urteilen? Oder sich lustig machen?! Ich nicht. Ganz bestimmt nicht. Ich hatte bloß eine Heidenangst davor, dass bei einem wie auch immer gearteten Versuch in dieser Richtung nicht nichts herauskommt. Oder irgendeine unangenehme bis abartige Überraschung.

Und genauso sollte es auch kommen. Allerdings anders, als ich es vermutet hatte. Uns, seine Freunde, bat er, ihm beizustehen bei etwas, das ihm gleichermaßen lächerlich vorkam, aber auch ein Stück weit ängstigte. Was übrigens unserem hammerharten Rizzo genauso ging. Das Ängstigen meine ich! Wie ein kleiner Junge sträubte er sich zunächst, erzählte uns was von Dschinn und Derwischen und dass man niemanden stören oder erzürnen sollte, den man nicht erschießen kann. Erst als ich ihm unmissverständlich klarmachte, dass wir diesen Freundschaftsdienst unserem lieben Benno schuldig sind, willigte er mit den Worten »Du hast noch nie mehr von mir verlangt!« ein.

Und so sitzen wir hier bei mir, bei Räucherstäbchen und rausgeschraubter Sicherung. Hobbyhexe Mama Ruth ist sich sicher, nach theatralischem Anruf einen Geist mit dem Namen Frederike im Raum zu haben, und gleich auf die erste, unumwundene Frage »Wer hat dich getötet?« gibt das bekloppte Gruselscrabble uns zur Antwort: RIZZO!

Hallo?! Der hockt mir gegenüber, wird aschgrau, fängt an zu zittern und murmelt leise: »Allah yusaeiduni« – Gott steh mir bei! –, und ich kapier gar nichts! Mama Ruth merkt, dass hier was schiefläuft, und versucht mit aller Gewalt, die Planchette nach unten auf das Brett zu zwingen, wo verschnörkelt *AU REVOIR* steht, um die Horrornummer zu beenden. Stattdessen flutscht das Ding vom Tisch, in meinem *Grease*-Flipper gibt es krachend einen Kurzschluss, Rizzo springt auf, tritt seinen Stuhl beiseite, zieht sein Damastmesser und schreit im Halbdunkel: »KOMM HER!!!«, und ich glaub, ich hab mir gerade in die Hose gemacht! Na prima!

Aus dem Flipper steigt Rauch auf, und Rizzo macht den Eindruck, so wie er da zitternd und mit dem Messer hin und her fuchtelnd in der Zimmerecke steht, als wäre ihm gerade auch eine Sicherung rausgeflogen. Apropos Sicherung. Kurzschluss in 'nem stromlosen Flipper?! Ich hab eigenhändig die Sicherung rausgedreht! Reststrom in der Platine oder watt? Mein IQ und Schulabschluss reichen für das hier offensichtlich nicht aus. Auch nicht für den naturwissenschaftlichen Erklärungsansatz unseres grauhaarigen Dr. Peters bezüglich der Existenz von Geistern. Ihn hatten wir nämlich zu diesen Merkwürdigkeiten als »Instanz« schon vor Wochen hochpeinlich befragt.

Er überraschte uns und bemühte die Physik. Dass im menschlichen Körper von Gehirnströmen über Nervenbahnen bis zu Muskelzuckungen eine Menge über Elektrizität funktioniert, versuchte er uns zu erklären. Und dass Elektrizität, wenn sie nicht gerade wie bei Glühbirne, Elektromotor oder sonst einem Verbraucher in Wärme, Bewegungsenergie oder was auch immer umgewandelt wird, nicht so einfach verschwindet. »Also, wo bleibt sie am Ende?«, fragte er uns mit einem schelmischen Grinsen, prostete uns zu und hatte uns damit nur noch mehr verwirrt. Witzbold!

Doch scheiß was auf den blöden Flipper! Mein sonst so furchtloser Sarazene steht in der Ecke, vertieft in einen imaginären Messerkampf, und ich habe ihn noch nie in so einem Zustand gesehen! Nicht ein Mal all die Jahre, die wir uns bereits kennen, hatte ich jemals das Gefühl, dass er wirklich Angst hat. Vor nichts und niemand! Jetzt schon. Alle starren ihn fassungslos an.

»Großer, komm her, leg das Messer weg, alles is gut …«

»Nichts ist gut!«

»Doch, komm, der Spuk is vorbei. Komm, setz dich …«

Aber anstatt sich zu beruhigen, tritt er noch einen Schritt zurück, bis sein Rücken die Wand berührt. Ich mach mir ernsthaft Sorgen.

»Komm her, Bruder. Ich bin bei dir. Komm her, setz dich.«

»Sascha, wir sind Freunde, richtig?!«

»Nein, mein Lieber, wir sind Brüder. Komm her.«

»Und das werden wir immer bleiben, richtig?! Egal, was passiert, richtig?!«

»Und das werden wir immer bleiben! Egal, was passiert!«

»Sascha …, ich glaub, ich hab Hannes' Schwester erschossen …«

Berlin, Kreuzberg, Mai 2013

Karneval der Kulturen der Welt

Sechs Männer mit weißen Schlaghosen, bunten Seilen um den Hüften und freien Oberkörpern stehen auf der Bühne und umringen in die Hände klatschend zwei weitere Männer, die im Rhythmus Sprünge absolvieren und sich verbiegen, als wären sie aus Gummi und nicht von dieser Welt. Nur einer von ihnen ist blond und hellhäutig. Er setzt gerade zur Landung an, nach einer Art waagerechtem Salto. Ein fast magisch anmutender Kampf, oder vielmehr Tanz, spielt sich zwischen den beiden ab, der in Teilen die Gesetze der Schwerkraft infrage zu stellen scheint. Vor der Bühne, in der ersten Reihe, steht ein Mann mit Tränen in den Augen und einem Gehstock unter seinem linken Oberarm, klatscht wie das gesamte Publikum im Rhythmus mit und ruft seiner wildfremden Nachbarin stolz zu: »Der Blonde da, das ist mein Sohn!« Die nickt lächelnd zurück, reckt kurz einen Daumen in die Höhe und applaudiert dann begeistert, als die acht Männer der Capoeira-Gruppe mit einem einarmigen Handstandüberschlag und anschließender Landung im Spagat ihre

Nummer beenden und von einer bunten Samba-Truppe auf der Bühne abgelöst werden. Nacheinander gehen sie die hölzerne Treppe seitlich hinunter, und der Mann mit dem Gehstock versucht sich einen Weg dorthin durch die Menschenmenge zu bahnen. Doch als er sieht, wie herzlich der blonde Junge empfangen wird, hält er kurz inne. Eine Frau mit schlichter, eleganter Brille legt ihm zärtlich ein Handtuch um. Ein junger Mann, der ihm sehr ähnlich sieht, umarmt ihn, und ein Herr in hellgrünem Lacoste-Poloshirt mit aufgestelltem Kragen klopft ihm anerkennend auf die Schulter.

»Happy Birthday, mein Sohn!«, flüstert der Mann in der Menge und steckt das kleine Schmuckkästchen, das er mit der rechten Faust beinahe zerdrückt hat, zurück in die Innentasche seiner schwarzen Motorradlederjacke.

Stunden später ertönt in Berlin-Moabit der Standardklingelton eines alten Nokia-Tastenhandys, dessen Nummer nur wenige Menschen kennen.

»Papa? Papa …?«

»Hallo, Etzel.«

»Papa, hast du unseren Geburtstag vergessen?! Hast du meinen Geburtstag vergessen?«

»Nein.«

»Papa, es is gleich halb zwölf! Rizzo is stinksauer!«

»Na, da hab ich ja noch dreißig Minuten.«

»Na toll … Unsere Capoeira-Vorführung war übrigens ein voller Erfolg …«

»Ich weiß. Ich war da. Du warst wundervoll, mein Schatz!«

»Du warst daa?«

»Ja. Und ich war noch nie in meinem Leben stolzer als heute Abend! Du bist geflogen wie ein Adler! Happy Birthday, mein Schatz!«

»Ich …«

»Seid ihr jetzt zu Hause?«

»Ja …«

»Hol mal deinen Bruder ans Telefon und stell das Ding laut.«

»Papa?! Hey, wo warst du?!«

»Happy Birthday, mein Großer!«

»Ja, toll. Danke. Wo warst du? Du hast gesagt, du kommst!«

»Ich war da, aber ich wollte euch den Abend nicht versauen. Hey, ich fand schön, wie du deinen kleinen Bruder in den Arm genommen hast.«

»Ey, der Blödmann is nich mal fünf Minuten älter als ich!«

»Und damit trotzdem irgendwie dein großer Bruder, oder etwa nicht? Passt auf, geht bitte mal in den Garten.«

»Wieso, ja, okay.«

»Na los … Seid ihr da?«

»Jjja. Un' nu?«

»Schaut bitte mal in das schräge Vogelhäuschen, das Etzel in der sechsten Klasse zusammengebastelt hat. Darin müsstet ihr zwei kleine Kästchen finden.«

»Moment …«

»Na, was los? Habt ihr's?«

»Jep!«

»Aufmachen! Jeder eins!«

»Wow! Cool! Was das denn?«

»Ich hab euch aus dem Zahngold, das mir damals die Navy eingebaut hat, damit mir unter Wasser beim Auftauchen nich die Amalgamplomben rausfliegen, Kreolen gießen lassen. Hab mir letzten Sommer die Kauleiste, hoffentlich ein letztes Mal, auf Keramik renovieren lassen. Passt auf, alte Taucherlegende: Wer euch aus der Tiefe oder tödlicher Gefahr wieder herausholt, dem schuldet ihr eure Kreole! Möge der liebe Gott immer schützend seine Hand über euch halten und dafür sorgen, dass ihr sie niemals braucht! Ich liebe euch!«

»Staaark! Danke, Papa!«

»Bitte.«

»Aber was is, wenn Mama oder Martin uns verbieten wollen, sie zu tragen?«

»Dann grüßt ihr die beiden von mir und sagt ihnen, dass es Dinge gibt, die sind nicht verhandelbar! Okay?«

»Okay!«

»Gut.«

»Rizzoo, Eeetzel, wo seid ihr denn? Haallo. Kommt mal rein, Martin und ich, wir haben noch eine Überraschung für euch!«

»Los, Jungs, ihr habt's gehört. Ab. Jetzt gibt's für jeden noch 'n Pony. Oder vielleicht bezahlt euch der Geldsack ja allen einen Tauchtrip auf die Malediven. Würde mich für euch freuen.«

»Papa ...«

»Ja.«

»Wir wären alle beide heute lieber mit dir zu McDonald's gefahren, statt zu den Froschfressern am Ku'damm!«

»Ich weiß, mein Großer! Und dafür hab ich euch wahnsinnig lieb! Holen wir nach! Los jetzt, ab, Mama wartet. Viel Spaß noch.«

»Gute Nacht, Papa. Und danke!«

»Gute Nacht, Jungs. Ach ja, und, Etzel?«

»Jaa?«

»Ob du deinen Ohrring links oder rechts trägst, ist ganz allein deine Sache, mein Junge! Alles klar?«

»Alles klar! Danke, Papa!«

Berlin, Charlottenburg, Dezember 2016

Jeder hat etwas, das er liebt. Oder jemanden. Selbst Monster. Bei Hannes war es seine Schwester. Sie war die Einzige, die ihm gegenüber so etwas Ähnliches wie Zuneigung empfand. Und es auch zeigte. Die Einzige, die ihn, trotz allem, als das sehen konnte und vor allem wollte, was er wohl irgendwie auch war: ein Mensch. Ein großer Bruder. Ob das nun daran lag, dass sie die gleiche Anomalie aufwies wie er, und damit meine ich nicht die Pigmentstörung, kann ich nicht sagen. Keine Ahnung.

Er hat sie mir an einem Wochenende im Januar 1988 einmal vorgestellt. An einem Wochenende, an dem alle anderen nach Hause fuhren zu ihren Familien und Freunden, um ihre Blessuren pflegen zu lassen. Die physischen und die psychischen. Wir zwei blieben wie immer in Eckernförde. Es war das Wochenende, nachdem ich ihn aus dem Torpedorohr herausgeholt hatte, in dem die

Drecksäcke – oder Visionäre – ihn zu ertränken versucht hatten. Er wollte mir seine Schwester vorstellen, weil ich mir das aus seiner Sicht verdient hatte. Weil es in seinem Leben bisher nur drei Menschen gegeben hatte, die etwas für ihn getan hatten. Und zwar nicht aus Angst. Um es vorwegzunehmen: Ja, verdammt, ich hab mit ihr geschlafen. Es war die skurrilste und verstörendste Nacht meines Lebens. Ich kann und will über diese Erfahrung hier nicht explizit berichten. Genauso wenig, wie ich sie missen möchte. Genauso wenig, wie ich Frederikes Worte vergessen werde, als sie im Morgengrauen, den Blick starr auf die Hotelzimmerdecke gerichtet und eine Zigarette nach der anderen rauchend, in meinem Arm lag. »Hänsel und Gretel gingen in den Wald, alle waren schrecklich, und alles war bitterkalt.« Sie habe gemeinsam mit ihrem Bruder ihren Vater umgebracht, erzählte sie mir. Und auch wie und warum. Als sie damit fertig war, versenkte sie zischend ihre letzte Zigarette in einer noch halb vollen Kaffeetasse. Dann nahm sie einen Schluck Champagner und ein letztes Mal mich. Ich lag da, auf dem Rücken, sah durchs Fenster die Sonne über der Ostsee aufgehen, und mir war kalt.

Als Rizzo mir beichtete, was er glaubte, getan zu haben, war mir klar, was das für Hannes bedeuten würde. Doch wie er darauf reagieren würde, das war mir nicht klar. Wie knallt jemand durch, wird verrückt vor Wut, Schmerz und Hass, durstet nach Rache und Grausamkeit, der genau genommen ständig in diesem Modus unterwegs ist? Wie?! Meine Vorstellungskraft stieß an ihre Grenzen.

Auch dass in dieser Entwicklung eine gewisse, nicht

göttliche, aber satanische Gerechtigkeit lag, beschäftigte mich. Und wie lange er wohl brauchen würde, bis er herausgefunden hatte, aus welchem Gewehrlauf die Kugel kam, die ihm anscheinend das Einzige nahm, was ihm etwas bedeutete. Er hat mehr Feinde als die Sahara Sandkörner, so viel stand mal fest. Und selbst wenn er so lange sieben würde, bis nur noch die übrig blieben, die in der Lage wären, einen Präzisionsschuss über mehrere Hundert Meter durch Panzerglas hindurch ins Ziel zu bringen, hätte er 'ne Weile zu tun, bis er an unsere Tür klopft. Ins Ziel!? Scheiße. Das war das eigentlich Schlimme. Dass er denken musste, dass Kalkül und Absicht seine einzige Achillesferse hat treffen lassen und nicht das Schicksal. Das musste ihn rasend machen! Doch noch war etwas Zeit.

Rizzo war komplett durch den Wind. Weniger wegen dem Alleingang, den er sich geleistet hatte. Es tat ihm zwar leid, uns hintergangen zu haben, aber er konnte es dennoch moralisch vor sich selbst rechtfertigen. In Deutschland, wo Steuerhinterzieher härter bestraft werden als Kinderschänder, konnte er es als »Südländer« einfach nicht ertragen, dass selbst seine Freunde, zunächst zumindest, untätig blieben. Nicht nach diesen furchtbaren Bildern, die auf ihn vielleicht anders als auf uns, aber mindestens genauso schlimm gewirkt haben. Nein, fertig machte ihn, dass es einen vermeintlich Unschuldigen treffen konnte. Dass ER einen vermeintlich Unschuldigen treffen konnte! Wie konnte das nur geschehen?! Nicht nur technisch, sondern, bei Allah, im großen Gefüge!

Meine zynische Randbemerkung, dass sich sein Allah

vielleicht etwas dabei gedacht hatte, beruhigte ihn kein bisschen. Im Gegenteil. Und dann hatten wir alle noch an der abgefahrenen Séance zu knacken. Jeder für sich und auf seine ganz persönliche Art und Weise. Rizzo aber wohl am meisten. Meine hilflosen Versuche, ihm die Nummer mit unbewusster Muskelanspannung, ausgelöst durch Fakten, die im Unterbewusstsein abgespeichert sind, à la Kohnstamm und Carpenter, zu erklären, brachten überhaupt nichts. Vielleicht weil ich selber Schwierigkeiten hatte, daran zu glauben. Als Sahnehäubchen kam noch obendrauf, dass er Hannes' Schwester damals in Hamburg einmal begegnet war. Zwar nur flüchtig, aber er wusste dennoch genau, wem er da in den Kopf geschossen hatte

All das machte ihn fertig. Total fertig. So sehr, dass Marias Mutter ihn irgendwann einfach hilflos umarmte. Sie legte ihre Arme um ihn, wie um einen Baumstamm. Und so reagierte er auch. Wie ein Baumstamm. Zumindest rein optisch. Doch wie bei einem Baum wahrscheinlich auch, drang diese Geste tief zu ihm durch. Marion legte seitlich ihren Kopf an seine Brust und sagte leise: »Verzeihung.«

Ich bin mir sicher, sein Herzschlag wurde langsamer. So als wollte er sich vor sich rechtfertigen, schaute er zu ihr runter und sagte: »Es gibt Dinge, die tut man kleinen Menschen einfach nicht an.«

Und dann sprach er zum ersten Mal darüber, wo er herkam. Von seiner Zeit als Kindersoldat. Von kleinen, flinken, schwarzen Händen, die mit dem Messer blitzschnell töten konnten oder die Kalaschnikow schneller auseinanderbauten und wieder zusammensetzten als alle anderen. Weil es dafür Anerkennung gab und etwas zum

Essen und zum Betäuben. Vom eisernen Willen, besser zu sein, damit man ihm nicht antun konnte, was er anderen antat. Von den Fußtritten, mit denen man ihn schließlich verjagte, als er nicht mehr gebraucht wurde, und von den Weißen, die dachten, sie könnten mit Spielzeug die Bilder in seinem Kopf löschen. Von der Odyssee, den Gefahren und weiteren Erniedrigungen auf der Flucht ins vermeintliche Paradies Europa. Und am Ende von der freien Entscheidung, den Weg des Kriegers so perfekt wie möglich weiterzugehen. Um für etwas Gutes zu kämpfen. Oder um einfach nur besser zu sein, damit man ihm nicht antun konnte, was er anderen antat.

Als ich schweigend dasaß und meinem Freund zuhörte, stiegen Erinnerungen in mir auf, an jene kalte Januarnacht 1988 in Eckernförde. Und die Parallelen machten mich traurig. Wenn es einen lieben Gott geben würde, oder sagen wir besser, wenn er barmherzig wäre, hätte er Frederikes und Rizzos so verschiedenfarbige Hände ineinandergelegt. Statt zuzulassen, dass Rizzo ihr in den Kopf schießt!

Meine Freunde waren völlig entsetzt, als ich ihnen mitteilte, was ich vorhatte. Auch wenn es aus meiner Sicht ein halbes Dutzend guter Gründe dafür gab. Von Bauch, Herz bis Kopf. Besonders Mama Ruth kekste komplett aus und wollte sich gar nicht mehr beruhigen!

»Bist du wahnsinnig, Sascha!? Was soll das!? Die bringen dich um! Das lass ich nicht zu!«

Doch ich sah keine objektiven Gründe, sich solche Sorgen zu machen. Außer den üblichen natürlich. Bis jetzt gab es keine direkte Spur zu uns. Auch wenn ich mir vorstellen konnte, dass er und seine Truppe über beste Kontakte, Mittel und Möglichkeiten verfügen, hatte sich der Verein an der tapferen Frau Rosenbaum beispielsweise anscheinend die Zähne ausgebissen. Sonst würden wir ihr wohl alle schon Gesellschaft leisten. Was ich allerdings schon früh mit einem mulmigen Gefühl zu akzeptieren lernte, war, dass der Albino an rationalen Maßstäben nicht zu messen ist. Klingt albern, ich weiß, aber wenn wir es nicht besser wüssten, würden wir Menschen auch nicht glauben, dass ein Hai einen Tropfen Blut auf kilometerweite Entfernung wahrnimmt. Oder eine Schlange ihr Opfer hypnotisieren kann. Ich hatte also durchaus genug Fantasie und vor allem Erfahrung mit Hannes DeKlerck, um mir vorstellen zu können, dass er mir auf den Kopf zusagt, was Sache ist, wenn ich vor ihm sitze. Aber selbst dann, so dachte ich, würde er mich wieder gehen lassen. Nicht um der alten Zeiten willen, nein. Weil er ein Spieler ist. Weil er ein Perverser ist! Wie man es also auch drehte und wendete, es machte keinen Unterschied.

Die Mühe einer Anmeldung hielt ich für überflüssig. Wenn er meinen Namen hörte, würde er mich hinauflassen in seinen goldenen Turm, da war ich mir sicher. Sofern er anwesend war, natürlich. Und so kam es auch.

Als der Fahrstuhl wenige Tage später nach oben schoss, hatte ich, kurz bevor die Tür sich öffnete, für eine Sekunde so etwas wie Kurzschlusspanik. Doch dann machte es »Pling«, der eiserne Vorhang öffnete sich und gab den Blick frei auf einen Fleischberg mit Augenklappe und Metallsensor in der Hand. Wortlos wurde ich gecheckt, und als ich schon dachte, ich müsste meinen Gehstock mit dem schweren Metallgriff abgeben, und mir dafür krampfhaft einen coolen Spruch überlegte, hieß es nur: »Bitte folgen.«

In dem Büro, in das ich geführt wurde, stand Rachus wie eine Säule neben der Eingangstür, nickte mir schweigend zu und zeigte in Richtung Schreibtisch. Als ich unaufgefordert Platz nahm, drehte sich der Sessel auf der anderen Seite langsam. Und dann saß ich vor ihm!

Ich muss gestehen, ich war auf den Anblick nicht vorbereitet. So riesig, weiß und massig hatte ich das Ding nicht in Erinnerung! Er kam mir vor wie eine Mischung aus Heino und Hulk Hogan. Aber auf böse. Und auf Hitler-Speed und Anabolika. Das hatten sie sich damals schon reingepfiffen. Das »Hitler-Speed« genannte Pervitin ist eigentlich nichts anderes als Crystal Meth und wurde 1988 vom Markt genommen. Aber der Nazinostalgiker Rachus hatte bis dahin Unmengen davon gehortet und zusammen mit Trenbolon und anderen anabolen Steroiden, die eigentlich für die Rinder- und Bullenmast gedacht waren, gemeinsam mit Hannes eingeschmissen, bis sie tatsächlich mehr Tieren als Menschen glichen. Wobei, halt, nein. Tiere sind Gottes Geschöpfe und töten weder aus Wollust noch aus Habgier. Der Vergleich hinkt wie Luzifers Huf. Doch diese Angewohnheit hatten sie ganz offensichtlich, wegen nachlassender Wirkung in mutmaßlich immer höheren Dosierungen, vielleicht unter eigener Rezeptur, über die Jahre und Jahrzehnte hinweg beibehalten. Vielleicht lag da ja auch der Hauptgrund für ihre, ich nenne es mal »Entmenschlichung«. So simpel könnte alles sein. Fernab von jeglicher Metaphysik,

Religion und Aberglauben. Schmerz- und empathiefrei, betäubt und aufgespritzt zu riesigen Muskelbergen, eine Blutspur hinter sich herziehend, immer auf der Jagd nach dem nächsten, größeren Kick. Unbesiegbar. Unnahbar. Scheiße.

Er saß vor mir, und ich konnte spüren, wie er mich hinter seiner schwarz getönten Brille musterte, und der Hai witterte das Blut. Aus Verlegenheit, oder was weiß ich warum, sagte ich: »Seid ihr gewachsen, oder bin ich geschrumpft?«, und er antwortete knapp: »Beides.«

Da das schlichtweg den Tatsachen zu entsprechen schien, war dem auch nichts hinzuzufügen. Meine Gedanken kreisten einen Moment lang um die berechtigte Frage, warum die Kerle nicht schon längst hinüber waren. So wie all die anderen Muskelmänner aus Showbusiness und Sport, die sich mit ähnlichem Dreck vollpumpten und sich sowie die Massen noch über den Tod hinaus mit Diagnosen wie »Herzversagen« belogen. Und obwohl mir klar sein musste, wie dämlich und unangebracht die Floskel doch war, hörte ich mich vermutlich deshalb, frei nach Freud, sagen: »Wie geht es dir?«

Als Antwort legte Hannes nur ganz leicht den Kopf zur Seite. Da mein Hirn danach wieder die bewusste Kontrolle über mein Mundwerk hatte, schob ich nach, weil es jetzt unverfänglich klang und außerdem die peinliche Pause stopfte: »Wie geht es deiner Schwester?«

Bei dem Wort »Schwester« ging ein leichtes Zucken über seine linke Gesichtshälfte. Er drückte sich an den Armlehnen des Sessels langsam nach vorne auf mich zu, nahm seine Brille ab und sah mir direkt in die Augen. Ich wich in gleicher Geschwindigkeit unwillkürlich zurück. Scheiße, das letzte Mal, dass ich seine ohnehin schon ekligen Augen in so einem Zustand sah, war damals in jenem Winter '88, nachdem ich ihm unter Wasser versucht hatte, mit den Daumen die Augäpfel rauszudrücken. Rot unterlaufen. Alles. Puuh. War 'ne dämliche Idee herzukommen. Sein Blick bohrte sich in meinen Schädel, und mein Kopfkino spielte mir Szenen aus seinem Horrorfilm ein. War 'ne dämliche Idee herzukommen! Fühlte sich an, als würde er versuchen, meine Gedanken zu lesen. Da ihm das scheinbar nicht zufriedenstellend gelang, kam er noch ein Stück näher auf mich zu und verengte die Augenlider ein ganz klein wenig. In etwa wie Richard Gere, wenn er versucht, ein guter Schauspieler zu sein, oder wenn ich versuche, ohne Brille das Kleingedruckte auf dem Beipackzettel meiner Schmerzmittel zu lesen. Hundewelpen, Hundewelpen, Hundewelpen! Auweia! Nicht, dass ich mir sicher war, dass er meine Gedanken lesen könnte. Nein, nein. Aber ich war mir auch nicht sicher, ob er's nicht vielleicht doch konnte.

Nach einer Weile hörte er auf, mich zu scannen, ließ sich, ohne den Blick von mir zu nehmen, zurück in den Sessel fallen, stützte die Ellenbogen auf die Armlehnen und machte die Merkelraute. Mir fielen seine makellos manikürten, leicht spitz angefeilten, schneeweißen Fingernägel auf. Koksgriffel.

»Was willst du, Sascha?«

Tja, was wollte ich eigentlich? Gute Frage. Was hatte mich hergetrieben? Vielleicht einfach nur die naive Hoffnung, dass der Hannes, den ich kannte, der, der mich damals aus dem Fahrwasser gezogen hatte und seitdem offenbar immer noch meine Weißgoldcreole trug, dass der, der sich einst weigerte, auf eine Hyänenmutter zu schießen, und dafür einen hohen Preis zahlte, dass dieser Hannes nicht derselbe war, den ich auf dem Computermonitor in meinem Büro gesehen hatte. Vielleicht. Oder wollte ich schlicht Gewissheit, um bedenkenlos und mit gutem Gewissen den Schießkugelschreiber zum Einsatz zu bringen, den mir Rizzo nach einer letzten Umarmung zugesteckt hatte und der mir eben gerade trotz akribischer Inspektion an der Sicherheitskontrolle zurückgegeben worden war? Mindestens aber wollte ich in Erfahrung bringen, was mit Frederike DeKlerck geschehen war.

»Einen Bourbon. Krieg ich einen Bourbon?«

Einen Blick nach links und ein Nicken später reichte mir Rachus ein schweres Kristallglas von hinten über die Schulter. Als ich mich umsah, stand er schon wieder breitbeinig vor der Tür. Langsam schwenkte ich das massive Glas in meiner Hand, ließ den Whiskey ein wenig atmen und nahm einen bedächtigen Schluck. Das wartete Hannes ab, beugte sich dann schräg nach vorne und drehte den großen Flachbildschirm auf seinem Schreibtisch in meine Richtung. Nicht ohne dabei genau meine Mimik zu studieren.

Ich war noch nie ein guter Schauspieler. Wahrscheinlich hätte ich neutral reagieren sollen oder vielleicht gemäßigt bestürzt, aber ich fürchte, er las genau das in meinem Gesicht, was ich auch fühlte: Freude! Und ob das nun mein Leben kosten oder es retten sollte, wusste ich beim besten Willen nicht. Zu sehen war eine Liveschaltung in ein Krankenzimmer, wer weiß wo auf dieser Welt. In einem von diversen Apparaturen eingerahmten Bett lag eine Person mit komplett bandagiertem Kopf und wurde dem Bild und Geräusch nach offenbar künstlich beatmet.

»Sag Auf Wiedersehen, Sascha.«

»Wieso? Wer ist …?«

»Sssss! Weil meine Ärzte sagen, dass sie wahrscheinlich nicht wieder aufwacht. Und wenn sie wieder aufwacht, wird sie bestenfalls ein Monster sein, so wie ihr Bruder. Und schlimmstenfalls hilflos für immer.«

»Mein Gott …«

»Jetzt wäre der richtige Moment, Sascha, deinen Kugelschreiber zu benutzen. Ich halt auch still. Schließlich hast du nur einen Schuss. Komm, los! Mach deinen Fehler wieder gut! Nein …? Wie schade.«

Er hatte seine Brille nicht wieder aufgesetzt, und deshalb konnte ich gut erkennen, weshalb seine Augen so blutunterlaufen waren. Weil ihm nämlich Trauer und vielleicht auch Wahnsinn Tränen über die marmorweißen Wangen und bebenden Nasenflügel trieben.

»Es ist besser, du gehst jetzt, Sascha.«

Das ließ ich mir nicht zweimal sagen. Und zwar bevor sich das schmale Zeitfenster für mich schloss und das beginnende Zittern auf seiner linken Gesichtshälfte schlimmer wurde. Ich stellte das Glas auf den Tisch, stand auf und wendete mich wortlos ab. Im Hinausgehen riss ich mir den fest verschraubten Platinring aus meinem linken Ohrläppchen, den ich seit achtundzwanzig Jahren nicht ein einziges Mal abgelegt hatte, und drückte ihn Rachus in die Hand.

Als ich an dem Fleischberg mit der Augenklappe vorbei in den Fahrstuhl trat, grinste er mich an und warf mir durch die sich schließenden Türen einen Kussmund zu.

Noch während der Fahrt nach unten zückte ich mein Handy und hackte zitternd eine SMS in die Tastatur, was noch länger dauerte als sonst, obwohl es nur zwei Worte waren: Sie lebt!

Berlin, Moabit, September 2012

Der Typ mit den vergifteten Fleischbrocken kam nachts. Heimlich, still und leise. Tagsüber war viel zu viel Betrieb im Park und auf dem Spielplatz in diesem farbenfrohen Moabiter Spätsommer, der mild und gnädig war zu den Alten und den Obdachlosen, die sich die schmutzigen grünen Bänke teilten und den Kindern beim Toben zusahen. Denn dabei konnte man auftanken. Wer keine Segeljacht hat und den Delfinen am Bug bei ihren Sprüngen zusehen kann, der lässt sich von Lebensfreude und Übermut der Kiezkinder anstecken, die fern jeder Erziehung und Verlogenheit Spaß am Sein haben. Am Fröhlichsein, am Frechsein, am Lebendigsein. Wer sich das ein paar Stunden reinzieht, hat danach manchmal wieder die Kraft, sich am Rollator hochzurappeln und den anstrengenden, schmerzhaften, langen Weg über die fünfhundert Meter bis nach Hause in Angriff zu nehmen. Oder eine weitere Nacht im Billigschlafsack von Woolworth, der selbst für die milden Septembernächte schon nicht mehr ausreicht.

Die Akustik dieses täglichen Parkkonzerts reicht von knallenden Fehlzündungen und Motorenlärm der anliegenden arabischen KFZ-Werkstatt über Kindergeschrei bis zu hellgrellem und zuweilen dunkel grollendem Hundegebell der zahlreichen Promenadenmischungen, Spitze, Pudel und Kampfhunde, die hier in die Rabatten kacken. Nix Baden-Baden, Zehlendorf oder Blankenese. Aber trotzdem ein Stück weit Neil Diamond. *Beautiful noise.*

So gut wie jeder hier macht irgendetwas falsch und wäre in besseren Gegenden wahrscheinlich für sich genommen schon einen Polizeieinsatz wert. Doch die Polizei lässt sich hier kaum blicken. »Die Bullen braucht hier auch keiner!« Läuft auch so. Wenn die schwarzhaarigen Drogendealer zu frech werden oder die Bänke alle besetzt halten, lässt Sven, schön tätowierter Hartz-IV-Empfänger und Kleinkrimineller, seinen vierbeinigen Klingonen »Smirnoff« von der Kette. Dann is für mindestens 'ne Stunde erst mal chic. »Verdrängungseffekt nennen die Bullen das. Machen wir hier selber.«

Ob das nun Idylle oder Hölle ist, soll jeder für sich entscheiden. Jeder, der hier wohnen will oder muss. Fest steht aber, dass das Ganze ein, zumindest in Teilen, funktionierendes Gefüge ist. Ganz einfach, weil es muss. In dem Drama genauso viel Platz hat wie Glück. Und Müll.

Doch seit Kurzem geht ein Riss durchs Paradies. Irgendein »fieses, feiges, widerliches Dreckschwein, ich schwöre, Habibi« legt seit geraumer Zeit mit Gift präparierte Fleischköder für die Hunde aus. Püppchen, ihres Zeichens Zwergspitzdame von Witwe Scharnhorst, alter, aber verarmter Moabiter Hochadel, schaffte es nur knapp, mit Dr. Peters Hilfe dem Tod von der Schippe zu springen. Aber Boulette, Promenadenmischung von Kampftrinker Heinzi, hat's dahingerafft. Und zwar trotz aller rührenden und kostenlosen Bemühungen von unserem lieben Doktor. Benno hat ihn anschließend gefragt, ob er Heinzis Rechnung begleichen soll. Weil Benno ja eigentlich fast ein Leben lang an Heinzi verdient hat und so. »Ich bin unbezahlbar«, hat der Doc nur gesagt, gelächelt und gleich angefangen rumzutelefonieren. Weil in Moabit sich die Hunde wie die Menschen planlos vermehren und eigentlich immer irgendwo ein räudiger, kleiner, süßer Welpe auf einen neuen Besitzer wartet.

Doch für Heinzi kam das zu spät. Am Tag, als Boulette gestorben ist, hat er sich abends auf »ihre« Parkbank gesetzt und ist einfach nicht mehr aufgestanden. Hat wohl auch der Spielplatz nichts mehr genützt. Am nächsten Morgen haben sie ihn dann neben der Bank gefunden. Einfach umgekippt. In der einen Hand den finalen Flachmann und in der anderen 'ne abgeschnittene Locke von Boulette. Die Locke wollte er, obwohl er tot war, nich rausrücken. »Ja, da kamen die Bullen dann. Wie immer zu spät!«

Ab da war Schluss mit lustig. Passiert ist trotzdem nicht viel. »Erhöhte Streifentätigkeit«, wie die Polizei verlautbaren ließ, »führte leider bisher zu keinem Erfolg.«

Jaja. Selbst ernannten Rächern, genannt »Heinzis Crew«, die eh beinahe in dem Park wohnten, ging leider nach einiger Zeit auch die Luft aus. Und dann wurde es noch abartiger! Dann wurden Köder gefunden, die mit Rasierklingen präpariert waren! Der Gipfel war, dass einer

Mutter, gerade noch rechtzeitig, bevor ihr Zwerg loslegen wollte, links und rechts am Rand der Rutsche mit Panzerklebeband befestigte Rasierklingen derselben Marke auffielen! »Wilkinson Spezial.« Kannste im gesamten Kiez eigentlich nirgendwo kaufen. Die Polizei reagierte darauf mit …? »Erhöhter Streifentätigkeit.« Und der Kiezfunk mit dem Statement »In Zehlendorf hätten sie das Schwein schon längst!«.

Gerüchte gingen um, ob da nicht vielleicht mehr dahinterstecken würde. Von »Immobilienhaien«, die für die »Politparasiten« aus Bonn teuren Wohnraum freimachen oder bauen wollten. Um aus Moabit ein zweites Kreuzberg zu machen. Jaja!

Es wurde auf jeden Fall merklich ruhiger im Park. Und auf dem Spielplatz sowieso. Diesmal war der Spielplatz auf unbestimmte Zeit gefährlich! Nicht wie sonst immer, wenn die Behörden Rattengift streuen und ihn mit Bauzäunen komplett dichtmachen. Dann kleben wenigstens Zettel dran, auf denen zu lesen ist, wann wieder gespielt werden konnte. Diesmal nicht. Diesmal war alles anders. Und es hingen viele Schicksale daran. Am Ende sagte sogar Turgut, Mehmets Vater, der weiß Gott eine Seele von Mensch und Falafelfatalist ist, Dinge wie »Wenn isch kriege den, isch mache tott! Isch schwöre!«.

Und Mehmet brachte es dazu, sich nach einer Krisensitzung unserer kleinen Firma in seine Butze zu verkrümeln. Aus der es dann eine Weile nach Lötzinn stank und sich surrende Geräusche vernehmen ließen. Stören durfte man »Professor Mehmet« nicht. Wäre wohl auch gefährlich gewesen. In jeder Beziehung! Wenn man an der verschlossenen Tür klopfte, hörte man von drinnen nur genervt Sachen wie »Waas? Isch tu hier arbeiten, ey!«.

Der Einzige, der ihm Gesellschaft leisten durfte, war Mungo, und das fanden wir schon wieder alle ziemlich klasse. Auch weil uns nämlich nicht ganz klar war, wie genau sich unser lieber kleiner Klumpen bei der filigranen Technikfummelei, die Mehmet da veranstaltete, wohl einbrachte. Er tat es aber offensichtlich. Und das machte besonders Benno, der die beiden ja zusammengebracht hatte, regelrecht glücklich. Mungo stand bei jeder Waschmaschine, jedem Wäschetrockner, jedem Kühlschrank oder sonstigem Klapparatismus, den Mehmet sezierte, hinter ihm und schaute ihm über die Schulter. Das gab Mehmet in vielerlei Beziehung ein gutes Gefühl, da waren wir uns sicher. Außerdem sahen wir Mungo seit dieser Hexenbrettnummer eh in einem etwas anderen Licht.

Nach knapp neun Stunden ununterbrochenen Gewurschtels der beiden, durch Mama Ruths Kraftfutter unterstützt, hatte unser Kiezspielplatz auf jeden Fall eine technische Rundumüberwachung, die uns vor Staunen die Kinnlade herunterfallen ließ. Da gab es keinen toten Winkel mehr! Und jede noch so dunkle Ecke wurde mit hochsensiblen Kameras überwacht, die mittels Bewegungsmelder, Infrarotausrüstung, Restlichtverstärker und teilweise sogar ferngesteuerter Schwenkmöglichkeit nichts und niemand dort unbeobachtet ließen! Zitat Mehmet: »Guckst du, Sascha, kannst du Ratte bis ins Arschloch zoomen!« Bennos Kohle und Mehmets Sachverstand machten's möglich. Wetterresistent und gut versteckt in Astlöchern, Mülleimern und sogar Plastikkackhaufen setzte bestenfalls die Stromversorgung ein Limit. Und selbst die war teilweise mit Solarzellen gepusht! Halleluja!

Zusätzlich ließen die beiden Freaks noch ein paarmal am Tag und sogar nachts eine Drohne von unserem Hof aus steigen, die vom Park drüben Luftaufnahmen lieferte, die mich aus dem Staunen nicht herausbrachten. Mehmets Butze glich einer Kommandozentrale. Als ich Benno fragte, was das Ganze denn so gekostet habe, antwortete er nur kryptisch: »Weniger als ein geklauter und kaputt gefahrener Porsche.« Die Antwort setzte zwar ein paar schöne Assoziationen in meinem Kopf frei, aber ich verstand nur zu gut, was der Dicke meinte. Die Frage war nun also nicht mehr, ob wir den Drecksack erwischten, sondern nur noch wann!

Wir waren alle mehr als erstaunt und stolz, was unser kleiner schwarzhaariger Nerd da zuwege gebracht hatte. Ich meine, er hatte inzwischen die Hauptschule geschmissen, wegen Dutzender nicht mehr zu glättender Verfehlungen. Manipulationen am Lautsprechersystem der Schule, an Lehrerautos, Schulcomputern und so weiter und so weiter. Plus diverser Prügeleien. Wir entschieden deswegen, dass das deutsche Schulsystem an ihm versagt hatte, und nahmen ihn raus aus der Seelenverbiegungsanstalt. Aber was er zu leisten imstande war, wenn man ihn einfach mal machen ließ, war der Hammer! Hätte der peinliche BND 2015 bei seinem Milliardengrab von Protzbau in der Berliner Chausseestraße nur einen einzigen Mehmet gehabt, hätten die schlimmen Finger den Laden nicht mit einfachsten Mitteln fluten und damit einen Millionenschaden anrichten können! Doch der BND hatte keinen Mehmet. Aber wir!

Und so dauerte es keine vier Tage, und die Falle schnappte zu! Die Zeit bis dahin war auch alles andere als langweilig. Besonders nachts! Allerhand wilde Tiere, die wir mitten in Moabit niemals vermutet hätten, liefen uns Futter suchend vor die Kameras. Sowie verschiedenste wild kopulierende Pärchen, die wir in Moabit sehr wohl vermutet hätten. War besser als Fernsehen. Bloß halt manchmal nicht ganz jugendfrei. Was wohl der mutmaßlich von der Täterschutzlobby gesponserte Herr Datenschutzbeauftragte zu unserer Aktion gesagt hätte?! Knast für alle Beteiligten vermutlich. Also, bis auf den Täter, natürlich. Wir schnitten auf jeden Fall fleißig mit, wer da was mit wem. Wer weiß, wann man es mal gebrauchen konnte? Und wir hatten wirklich ein paar sehr interessante Gäste aus Politik, Wirtschaft und Showbusiness, die sich in unserem Park unter anderem mit Drogen versorgten. Herrlich! Berlin halt.

Und irgendwann war es dann so weit! Bingo! Nach einem ziemlich peinlichen Fehlalarm, bei dem wir einen feinen, recht schamhaften Herrn wohl zu Tode erschreckt hatten, weil er ewig nach einem diskreten Plätzchen suchte, um seine Blase zu entleeren, jajaa, wir haben ihm die Reinigung für seine Hose bezahlt, waren wir uns dann sicher! Der Schatten, der da im Dunkeln über den Spielplatz schlich, war unser Mann! Zugriff!

Doch zuerst ließen wir den Scheißkerl in aller Ruhe beweissicher videodokumentiert seine »Arbeit« machen. Und dann standen wir plötzlich hinter ihm. Rizzo, ich und

Lambo! Allein das Gesicht, als der Typ sich umdrehte, war allen Aufwand wert! Das sind die Momente im Leben, die alles Geld der Welt nicht aufwiegen können! Wenn du den Pädophilen am Arsch hast, den Vergewaltiger von der Frau runterziehst oder den Raser rammen kannst, der gerade einen Passanten umgefahren hat. Dafür bin ich eigentlich mal Bulle geworden. Und es hat dank Vorschriften, Gesetzen und mangelnder Ressourcen viel zu selten geklappt. Und anschließend so gut wie nie zu einer gerechten Strafe geführt.

Wir waren am Wochenende vor dieser Aktion alle gemeinsam im Zirkus Flic Flac am Bahnhof Zoo gewesen, wo man in der Pause und nach der Vorstellung im Foyer unter anderen Fanartikeln auch ein T-Shirt mit der Aufschrift kaufen konnte: ICH GLAUBE EHER AN DIE UNSCHULD EINER HURE ALS AN DIE GERECHTIGKEIT DER DEUTSCHEN JUSTIZ. Gefiel mir. Auf meine Art! Genau dieses T-Shirt trug ich, als wir vor dem Kerl standen, der vor Schreck den Plastikbeutel mit den mundgerechten Fleischbrocken fallen ließ, weil Lambo ihn anknurrte. Im fahlen Licht der Parklaterne musterte ich den Widerling und war einmal mehr erstaunt darüber, wie banal und durchschnittlich, äußerlich zumindest, das Böse daherkommt. Man musste keineswegs aussehen wie Quasimodo, Frankensteins Monster oder Hannes DeKlerck. Leider. Wäre wohl auch zu einfach.

Nun sind Rizzo und ich unter anderem deshalb so ein gutes Team, weil wir uns perfekt ausgleichen. Yin und Yang. Mag sein, wie Kritiker und Feinde mir stets vorgeworfen haben, dass ich nicht wirklich auf dem sandigen

Boden der »FDGO« stehe. Oder nur halbherzig. Rizzo weiß nicht einmal, was das ist. Und so bremsen wir uns gegenseitig aus und ergänzen uns normalerweise wunderbar, wenn einer von uns droht, in die jeweilig »falsche« Richtung abzudriften. Flic Flac. Ich lasse ihn dann meist einfach machen und beruhige mein Gewissen, wenn es denn mal heftig ausfällt, mit den unzähligen negativen Erfahrungen, die ich als Polizist auf der Straße und vor allem vor Gericht sammeln durfte. Deshalb überließ ich auch diesmal das Zepter meinem vernarbten Bruder.

»Du hast zwei Freunde von uns umgebracht!«, war seine Eröffnungsofferte. Und so viel ich auch damit anfangen konnte, was mit diesem Satz gemeint war, so wenig wusste verständlicherweise der Ertappte, was das bedeuten sollte. Er stand da, ging im Geiste wohl seine Optionen durch, und ich dachte an Boulette und Heinzi. Flucht oder gar Gegenwehr waren aussichtslos, so viel war mal klar. Allein schon Lambos Grundeinstellung, die wirkte, als wäre er mit Boulette verwandt gewesen und nicht bloß befreundet, ließ keinen Zweifel daran aufkommen, dass beides ein verdammt blutiges Ende nehmen würde.

Und so war er halbwegs kooperativ oder zumindest passiv, als ich ihn durchsuchte und anschließend ein schönes Foto von seinem Ausweis machte. Er wirkte wie jemand, der wusste, dass sein Handeln inklusive aller bisherigen Folgen mit etwas Glück, einem guten Rechtsverdreher und ohne Vorstrafenregister auf maximal eine Bewährungsstrafe hinauslaufen würde. Was die Kiezverschwörungstheorie hinsichtlich Gentrifizierungsbeschleuniger gar nicht mehr so abwegig erscheinen ließ.

Allerdings wirkte er auch wie jemand, dem klar war, dass keine Polizisten vor ihm standen. Frech war er trotzdem. Respekt! Bei Rizzo war er mit dieser Nummer aber leider so was von an der falschen Adresse!

»Was ist in dem Plastikbeutel, Weißbrot?«

»Nichts.«

»Nichts?«

»Nichts!«

»Niichts?! Gut. Dann hebst du Nichts jetzt mal auf, nimmst dir einen Happen Nichts, steckst ihn dir in den Mund und schluckst ihn runter!«

Dem Typ brach spontan der Schweiß aus! Und mir auch.

»Nein.«

»Nein? Doch! Pass auf: Wenn das nichts ist und du nichts damit zu tun hast, dass hier zwei unserer Kumpel starben und beinahe acht Kinderfinger abgeschnitten wurden, dann kannst du das ja auch beweisen, indem du zwei der Happen schluckst. Wenn du das tust, lass ich dich gehen.«

Ich hörte es in dem Kopf von dem Typ förmlich rattern. Auch ich war angestrengt damit beschäftigt, über die Konsequenzen nachzudenken, die das so mit sich bringen könnte. Doch noch bevor ich mit Rizzo das ein oder andere Problem seiner Strategie diskutieren konnte, griff sich der Typ den Beutel, schmiss sich nacheinander zwei Brocken ein, schluckte sie und zeigte zum Beweis anschließend Dschungelcamp-mäßig seine Zunge. Damit war er ratzfatz vom Täter zum Opfer mutiert. Na klasse.

Rizzo zog die Mundwinkel nach unten, schaute zu mir

rüber und nickte anerkennend mit dem Kopf. Ich war völlig perplex.

»Deal. Verpiss dich, du Penner! Und lass den Beutel hier.«

Und weg war er.

»Na toll, Rizzo! Ganz große Klasse! Was war'n das für 'ne Aktion?! Was is, wenn der Typ jetzt stirbt?!«

»Die Frage ist doch eher, was, wenn er nich stirbt?«

»Wie bitte?«

»Ach, weißt was? Ich werd Mehmet bitten, 'ne hübsche Disc zu brennen mit allen wichtigen Aufnahmen, und das Ding gemeinsam mit deinem Ausweisfoto und dem Beutel da morgen bei den Bullen anonym in den Briefkasten kloppen. Vielleicht kriegen die Vögel was geregelt, wenn sie alles auf 'nem Silbertablett serviert bekommen.«

»Toll. Ich kann dir sagen, was dann passiert!«

»Was?«

»Die werden uns verknacken, und zwar heftig, wenn der gegen uns aussagt!«

»Kann gar nich sein.«

»Wieso?«

»Weil ich mit dir, Erpel, Benno, Dr. Peters und Richter Gnadenlos heute den ganzen Abend lang Karten gespielt hab.«

»Du bist 'n schlimmer Typ, Rizzo!«

»Du auch.«

Mir war nicht wohl bei der Sache. Egal wie es lief, ich war mir sicher, dass das Ganze ein Nachspiel haben würde. Trotzdem feierten wir anschließend gemeinsam unseren vermeintlichen Erfolg.

»Auf Heinzi, den alten Säufer«, gab ich den Toast aus, als wir alle in großer Runde beisammen waren. Was Benno aber wohl etwas zu despektierlich klang.

»Was hast denn du heute schon alles so getrunken?«

»Viel zu wenig. Wieso?«

Und dann korrigierte er mich. »Auf Heinzi, einen begnadeten Maschinenbauingenieur, dreifachen Vater, Witwer und guten Freund!«

»... und Boulette!«

Berlin, Moabit, Dezember 2016

Marion konnte nicht schlafen. Sie lag da, unter dieser wundervollen Patchworkdecke, und starrte mit geschlossenen Augen in die Dunkelheit. Eigentlich in sich selbst. Vor fast zwei Stunden war Mama Ruth mit den Worten »So, Kind, jetzt musst du aber schlafen!« gegangen, und für einen Augenblick lächelte Frau Rosenbaum aus der Ferne. Das Zittern um Marions Mundwinkel war Mama Ruth nicht entgangen. Und so kam sie nach ein paar Minuten noch einmal zurück. Mit noch einer Tasse Yogi-Tee. Yogi-Tee. Mit schwarzem Pfeffer, Chili, reingeschnippelten Stückchen Ingwerwurzel und wer weiß was noch alles. Für so etwas hatte Marion noch nie Zeit. Oder für Patchworkdecken. Selbst Maria bekam meistens nur den schnell zusammengerührten Kaba-Kakao statt den liebevoll und umständlich gekochten, den sie selbst als Kind von ihrer Oma gewohnt war.

Wenn Maria wieder zu Hause ist, wird es nur noch Omas Kakao geben, dachte sie und bereute jede Minute mit ihrer Kleinen, in der es wie so oft schnell-schnell hatte gehen müssen. Jede einzelne, wertvolle Minute. Und das Zittern wurde trotz zusammengepresster Lippen schlimmer.

Das entging Mama Ruth natürlich auch nicht. Sie setzte sich an das Ende der großen, plüschigen Couch, richtete Marions Oberkörper sanft auf, lehnte ihn an sich, nahm sie seitlich in den Arm, strich ihr sanft über das Haar, und Marion war plötzlich drei Jahre alt. Und das war schön! Die Anspannung aus Schulter- und Nackenmuskulatur ließ nur langsam nach. Aber sie ließ nach. Dieses Maß an Vertrautheit mit einem nahezu wildfremden Menschen war merkwürdig und schön zugleich. Mama Ruth hatte zuweilen den rustikalen Charme und die Ausstrahlung einer Puffmutter aus längst vergangenen Zeiten, ohne Frage, aber vielleicht lag da ja die Erklärung. So eine Frau konnte knallhart und doch samtweich sein. Vor allem aber spürte sie die Geheimnisse und Gefühle einer Frau, ohne darüber lange reden zu müssen. Und so sagte sie nach einer ganzen Weile, während der Yogi-Tee seine optimale Temperatur verlor, auch nur einen Satz, der Feststellung und Frage zugleich war. Ob nun, um Marion abzulenken, oder weil sie einfach Freude daran hatte, flüsterte sie halblaut mit einem Lächeln: »Er gefällt dir, was?«

Und auch wenn Marion mit einem bemüht fragenden Blick über ihre Schulter nach oben zu Mama Ruth aufsah, wusste sie doch genau, was gemeint war. Als sie sich einen Moment lang angesehen hatten, zwinkerte Mama Ruth kurz mit dem linken Auge, und Marion entschied sich, keine Maske zu tragen. Diesmal nicht. Nicht hier. Sie ließ sich zurücksinken und nickte. Als Belohnung gab es dafür ein leichtes Klopfen auf den Kopf und wie zur Bestätigung ein »Ich weiß. Ich mag ihn auch«.

Marion fühlte ein wenig Scham in sich aufsteigen. Nicht nur weil sie wohl ein offenes Buch zu sein schien, zumindest für Mama Ruth, auch weil sie überhaupt ein anderes Gefühl zulassen konnte, oder musste, neben der Sorge und Liebe für ihre Kleine, die tapfer um ihr Leben kämpfte. Doch es stimmte. Mama Ruth hatte recht. Irgendetwas war in ihr geschehen, als sie diesen großen, dunkelhäutigen Mann beinahe verzweifelt umklammerte. Obwohl er ihre Umarmung nicht einmal wirklich erwiderte. Als sie ihr Ohr auf seine Brust legte und dieses dumpfe, sich allmählich beruhigende Geräusch hörte, eigentlich mehr fühlte, merkte sie, dass es ihm wohl ähnlich gehen musste. Das war magisch. Und verwirrend. Eigentlich wollte sie nur helfen, indem sie ein Stück weit Dankbarkeit und Schuld zum Ausdruck zu bringen versuchte. Für das, was er für sie getan hatte. Er hatte, ohne nach Zweifeln, Konsequenzen und vor allem Sinn und Folgen von niederer Rache zu fragen, ganz alleine versucht, worum sie gebeten hatte. So furchtbar ihre Bitte auch war. Das musste man sich einmal vorstellen! Schon wieder ein eigentlich Wildfremder, der ihr so nah war, als würde er sie schon ewig kennen.

Genau wie diese Frau, in deren Arm sie lag und die sie tröstete wie damals Oma, als klar wurde, dass Mama und Papa nie wieder nach Hause kommen würden. Was waren das nur für sonderbare Menschen?! Alle für sich irgendwie ein wenig kaputt oder verletzt, wie auch immer, doch gemeinsam und untereinander liebevoll und stark. War es nicht eigentlich genau das, worauf es im Leben wirklich ankam? Jemanden zu finden, dem man vertrauen konnte. Dem man sich öffnen konnte. Noch nie, seitdem Oma sie damals nach ihrem Tod gezwungenermaßen in die Erwachsenenwelt entlassen hatte, hatte sie sich irgendwo mehr zu Hause gefühlt als unter diesen wildfremden Menschen hier. Noch nie.

Und doch lag sie jetzt alleine im Dunkeln und konnte nicht einschlafen. Tausend Gedanken gingen ihr im Kopf herum, seit Mama Ruth ihr die Decke bis zur Schulter hochgezogen und ihr einen Gutenachtkuss auf die Stirn gegeben hatte. Wie einer Kleinen! Es war ihr fast ein bisschen peinlich. Aber es tat auch irgendwie gut, für einen kurzen Moment einmal nicht die starke, selbstbeherrschte Frau zu sein, die mit allem alleine klarkommt. Die mit allem alleine klarkommen muss.

Ein schwarzer Mann. Sonderbar. Eigentlich gar nicht ihrs. Aber so überhaupt nicht! Echt mal. Und dieser eigenwillige Duft?! Sie wusste noch genau, was sie damals gedacht hatte, als Heidi Klum etwas mit diesem narbengesichtigen Sänger angefangen hatte. Komisches Paar! Na, wenn das man gut geht. Und als die Ehe dann wie zur Bestätigung 2012 nach drei gemeinsamen Kindern schließlich in die Brüche ging, hatte sie nur den Kopf geschüttelt. War ja klar! Zu tief saßen die zahlreichen Erfahrungen aus dem Krankenhaus in Sachen häusliche Gewalt in ihrem Hinterkopf fest, die sich um misshandelte Kinder und vor allem Frauen in solchen »Ebony & Ivory«-Beziehungen drehten. Schrecklich.

Und Omas Geschichten, die sie eigentlich durch ihre gesamte Kindheit begleiteten, trugen auch nicht gerade dazu bei, zu diesem Thema ein aufgeschlossenes und unvoreingenommenes Gefühl zu entwickeln. »Wer hat Angst vorm schwarzen Mann?« Damals durch den BDM nachhaltig indoktriniert, man kann sagen, geschädigt, wurde sie nicht müde, von Opa zu erzählen, der mit »Onkel Erwin«, dem »wüsten Fuchs«, in Afrika gewesen ist und nie wieder nach Hause kam. Und obwohl ihr das damals sicherlich das unter Gift gesetzte Herz gebrochen hat, konnte sie es Rommel und der »sauberen Wehrmacht« bis zuletzt nie wirklich übel nehmen. »Der schneidige Rommel!« Als Marions kritische Töne im Laufe der Pubertät zu diesem Thema etwas lauter wurden, konterte die alte Dame lässig damit, dass sie schließlich nicht die Einzige sei, die wüsste, wie die Wahrheit aussehe, und dass es schon seine Gründe habe, dass später diverse Straßen und sogar ein Kriegsschiff den Namen des tapferen, aufrechten Generalfeldmarschall trugen. Oma war ein herzensguter Mensch gewesen und hatte sich bis zu ihrem letzten Tag aufopfernd um ihre Enkelin gekümmert, doch das Gift, das sie ihr als junges Mädchen eingeimpft hatten, wurde sie nie zur Gänze wieder los. Und Sätze wie »Neger riechen nach Antilope«. Antilope?! Marion wusste nicht, wie Antilope riecht. Oma wahrscheinlich auch nicht! Doch wie Ebenholz duftet, davon hatte sie zumindest eine Idee.

Die meisten Männer, die sie bisher in ihrem Leben so

kennengelernt hatte, bei Ü-30-Partys und ähnlichen Anlässen, zu denen sie Kolleginnen und Freunde überredet hatten, waren mehr so der Typ »Old Spice« oder vielleicht »Tabac«. Gutbürgerlich halt. Gepflegt, angenehm, aber weder besonders interessant noch mit einem nennenswerten Wiedererkennungsmerkmal versehen. Doch dann verströmte ein Prof in der Onkologie im Krankenhaus einen gleichermaßen dezenten wie eigenwilligen Duft, nach dem Marion eines Tages einfach fragen musste. »Ebony«, Ebenholz, war eines der Worte, die im Rahmen der freundlichen, wenn auch betont sachlichen Antwort fielen, und das sich Marion seitdem eingeprägt hatte. Irgendetwas Undefinierbares zwischen Mandel, Zartbitterschokolade und etwas Frischem wie Zitronengras, frisch geschnittener Gurke oder Limette. Schon streng, aber doch irgendwie auch ein bisschen nach Weihnachtsbäckerei. »Zum Anbeißen«, würde Rachel sagen, eine genauso burschikose wie resolute und leicht übergewichtige Kollegin, ihres Zeichens Anästhesieschwester, die noch nie darum verlegen war, im richtigen Moment kurz den grünen Vorhang zu lupfen. Und das traf es, ordinär ausgedrückt, genau. Etwas, das einen in Versuchung führte, es unwillkürlich und ganz vorsichtig mit der Zungenspitze kurz anzutippen, um herauszufinden, ob es schmeckt, wie es duftet.

Ein Knacken am anderen Ende des Zimmers, gefolgt von einem halbherzigen, eher ängstlichen statt Furcht einflößenden kurzen Fauchen, das Goliath, der es sich in der Mulde zwischen ihren Fußgelenken gemütlich gemacht hatte, verlauten ließ, scheuchte Marion aus ihren Gedanken. Mit glühenden Wangen riss sie ihre Augen auf und glaubte im völlig abgedunkelten Raum, nicht allzu weit entfernt vom Sofa, eine weiße Gestalt auszumachen. Marion, die weder furchtsam noch hypersensibler Natur war, kamen zwar sofort die Geistergeschichten der letzten Tage in den Sinn, sie war sich aber trotzdem sicher, dass sie sich diesen seltsamen, schemenhaften Anblick einbildete. Deshalb schloss sie die Augen, schüttelte den Kopf kurz, und als sie anschließend wieder angestrengt in die Richtung der rätselhaften Erscheinung blickte, sah sie: nichts. Wie erwartet. Was für eine verrückte Nacht, dachte sie und entschloss sich dann doch, die Schlaftablette zu nehmen, die ihr Mama Ruth für den Fall dagelassen hatte, dass sie nicht anders zur Ruhe finden würde. Kurz darauf fiel sie in einen tiefen, bleiernen Schlaf, der durchwoben war von einem ekligen Albtraum.

Als sie am nächsten Morgen aufwachte, spürte sie ein schmerzhaftes Ziehen im Unterleib, das sie für die Ankündigung ihrer Tage hielt. Sie griff nach dem fast leeren Wasserglas auf dem Tischchen neben dem Sofa, weil ihr Mund sich trocken anfühlte und sich ein unangenehmer Geschmack darin ausgebreitet hatte. Ihr Blick fiel auf einen einzelnen Ohrring neben dem Glas, an dem getrocknetes Blut zu kleben schien. Sie schloss die Augen, schüttelte kurz den Kopf, und als sie wieder auf das Tischchen sah … lag er dort immer noch.

Berlin, Zehlendorf / Moabit, Mai 2013

»Sascha? Hallo?«

»Jaa.«

»Oh, hab ich dich geweckt?«

»Ja. Selbst Säufer wie ich schlafen meist nachts um drei.«

»Oh, das tut mir leid, Baby.«

»Das macht überhaupt nichts, mein Schatz. Du bist einer der drei Gründe, weshalb ich dieses Handy überhaupt habe.«

»Soso. Wie heißen denn die beiden anderen? Chantal und Monique?«

»Etzel und Rizzo.«

»Entschuldige.«

»Macht nix. Was los? Is was passiert?«

»Ja.«

»Was is!? Soll ich kommen? Alles klar? Geht's euch gut?!«

»Mir geht's nicht gut.«

»Was is, Süße?! Hat der Arsch dir was getan?!«

»Ja. Er hat mich gefragt, ob ich ihn heirate.«

»Pffffff … Und?«

»Wie, und?«

»Na, was hast du gesagt?«

»Ach, Sascha. Was glaubst du wohl, hab ich gesagt?«

»Hey, Süße, ich kann in ein paar Minuten bei dir sein! Zieh die Lederjacke an, die ich dir zum Geburtstag geschenkt hab. Ich fahr dich mit dem Motorrad direkt in den Sonnenaufgang.«

»Und dann …?«

»Dann machen wir Liebe, bis wir nicht mehr können. So wie früher.«

»Ach, Sascha …«

»Komm schon … *You know, when I'm with you, I make you free and swim through your veins like a fish in the sea …*«

»Uncle Kracker.«

»Yes, Ma'am! *Follow me, everything is alright …*«

»Ach, Sascha, wenn doch alles nur so einfach wäre …«

»Ist es! Komm schon, Frau Doktor. Du kannst auch gerne vorne sitzen. Und oben.«

»Du bist ein Verrückter, Sascha. Warst du schon immer!«

»Kompliment oder Beleidigung?«

»Beides. Weißt du, was ich schon immer so sehr an dir geliebt habe?«

»Dass ich deinen Großen Zeh in den Mund genommen hab?«

»Dass du nicht aus meiner Welt gekommen bist.«

»Mork vom Ork.«

»Und weißt du, was ich, besonders die letzten Jahre, so sehr gehasst habe?«

»Was?«

»Dass du nicht aus meiner Welt gekommen bist. Dass ich deine Welt, sosehr ich mich auch bemühe, einfach nicht verstehe.«

»Muss man das? Muss man immer alles verstehen? Reicht es nicht, wenn es da ist?! Muss immer alles frisch gewaschen, durchorganisiert und erklärbar sein?«

»Ja, Sascha. Wenn man älter wird und wenn man Kinder hat, muss es das. Leider.«

»Ich fang gleich an zu heulen, Baby …«

»Ich auch, Süßer! Willst du wissen, was ich zu ihm gesagt habe …?«

»Nein, ich glaub nich. Ich hab Angst, dass ich dafür zu nüchtern bin. Was, was hast du zu ihm gesagt!?«

»Ich hab ihm geantwortet, dass ich noch verheiratet bin!«

Lübeck, St. Gertrud, Dezember 1982

Lauerhofstraße, JVA Lübeck, Frauengefängnis

»Carsten, fährst du mich zum Lauerhof?«, hatte ich ihn gefragt und genau die Antwort bekommen, die ich erwartete.

»Spinnst du?! Seh ich aus wie 'n Taxifahrer!?«

Dann griff er in die Hosentasche, holte ein von einer goldenen Geldscheinklammer zusammengehaltenes Bündel Hunderter hervor, das so dick war wie die Taschenbuchausgabe der Bibel, die ich im Gymnasium Billstedt hatte mitgehen lassen, riss einen Hunni raus und reichte ihn mir zwischen Zeigefinger und Mittelfinger.

»Hier, steck ihr das mit in ihr Päckchen, aber sag nich, von wem's is.«

Das war nicht schlecht, löste aber mein Transportproblem nicht. Ich war schlichtweg nicht in der Lage, mit öffentlichen Verkehrsmitteln oder gar mit dem Fahrrad von Hamburg nach Lübeck zu fahren, wie ich es aus Stolz und Geldmangel, beziehungsweise offiziell aus Trainingsgründen, auch schon ein paarmal gemacht hatte. Denn in der Nacht davor hatte ich in dem Laden, in dem ich seit Juli als Türsteher arbeitete, bös was auf die Fresse bekommen. Also fragte ich den einzigen Freund, den ich hatte, bis Rizzo mich Mitte der Neunziger aus dem brennenden BMW zog, Mihran Aghvinian. Nicht nur weil ich wusste, dass er mir helfen würde – er hatte mir immer geholfen, wenn es brenzlig wurde oder es wirklich drauf ankam –, sondern weil sein Vater unter anderem mit gebrauchten Sportwagen handelte und Filius mit roter Nummer, mal erlaubt, mal nicht erlaubt, die geilsten Karren auf Hamburgs Straßen bewegte, die der Automobilgott jemals vom Band hat laufen lassen. Hamburg–Lübeck im Zeitraffer!

Als der rote Porsche Carrera vor den einschüchternden Mauern des im neugotischen Baustil hochgezogenen Knasts zum Stehen kam, fragte ich meinen Piloten, ob er mit reinkommen wolle.

Doch statt mit auszusteigen, sagte er nur: »Das ist eure Zeit, ich wart hier auf dich«, und setzte mir seine dunkel getönte Ray-Ban-Fliegerbrille auf, um mein Veilchen etwas zu kaschieren. Was dazu führte, dass sie mich bei der Sicherheitskontrolle schon von Weitem richtig lieb hatten.

»Mit den Schuhen kommen Sie hier nicht rein«, hieß es, als ich endlich dran war. Eigentlich hätte ich wissen müssen, dass ihnen meine Cowboystiefel mit den rasiermesserscharfen Metallspitzen nicht gefallen würden. Vor die Wahl gestellt, die wunderschönen Durangos von Paul Hundertmark am Spielbudenplatz auf St. Pauli zu versauen, indem ich die Spitzen abmurkste, oder sie auszuziehen, entschied ich mich für Variante zwei. Und so stand ich nach einer gefühlten Ewigkeit mit lädierter Visage, auseinandergepflückten Klamotten und Dezembermonatspaket, das durch Carstens Hunderter deutlich an Wert gewonnen hatte, auf Socken im Besucherraum. Als sich die große Metalltür endlich öffnete, brachte ich für eine ganze Weile erst mal nur einen einzigen Satz heraus:

»Frohe Weihnachten, Mama.«

Berlin, Moabit, Dezember 2016

Sie kamen in den frühen Morgenstunden. Und sie waren gut. Verdammt gut. Wer jemals einen SEK-Einsatz oder etwas Ähnliches erlebt hat, und zwar nicht im *Tatort* oder bei den *Rosenheim Cops*, weiß, dass es nicht einfach ist, überraschend, schnell und zielgerichtet zuzuschlagen. Schon gar nicht in einem Hinterhof, der von vier Häusern umrahmt ist, mit unzähligen Fenstern und Wohnungen. Das liegt auch ein bisschen daran, dass die Guten an Regeln gebunden sind. Die Bösen nicht. Sie müssen sich nicht legitimieren, ausweisen, erklären. Das schafft eine ganz andere »Arbeitsatmosphäre« und lässt den Fokus auf den puren Einsatzanlass zu. Rein, raus. Ende. Im Idealfall weiß anschließend niemand, dass sie überhaupt da gewesen sind. Das ist das Credo und der Ehrgeiz derer, die auf diesem Gebiet tatsächlich Weltklasse sind: »Wenn Sie wüssten, wer wir sind und wie wir arbeiten, hätten wir etwas falsch gemacht.«

Hannes hatte seine »Skorpioni« fest im Griff. Mental, physisch und technisch auf dem höchstmöglichen Standard, waren sie so etwas wie ein Gesamtkunstwerk für ihn. Viel mehr als nur der durchsetzungsstarke, verlängerte Arm seiner weltweiten kriminellen Aktivitäten. Wie ein Maler seine Farben mischt und ein Fünfsternekoch mit Safran oder Trüffel geizt, war jeder einzelne Mann in seiner Garde ein von ihm persönlich ausgesuchtes und zur Perfektion geschliffenes Juwel. So sah er es zumindest. Seine »Kinder«. Wer es in diesen Kreis geschafft hatte, befand sich außerhalb jeglicher moralischen oder juristischen Normen. Und war definitiv nicht ganz dicht. Denn wie jeder Sektenführer hatte Hannes speziell solche Männer um sich geschart, die ohnehin schon charakterliche Anomalien, oder besser eine durch negative Erfahrungen jedweder Art verursachte Labilität aufwiesen. Jedenfalls waren sie für eine »strahlende« Leitfigur besonders empfänglich und formbar. Einfache Glücksritter waren das nicht. Auch keine Kerle, die nur auf das schnelle Geld aus waren. Sondern Jünger. So wie das Motto und Lippenbekenntnis des Ausbildungszuges der ehrenhaften Deutschen Kampfschwimmerkompanie damals lautete: »Lerne leiden, ohne zu klagen«, legte der Schöpfer der weißen Skorpioni für die Seinen fest: »Habe Freude am Leid.« Und wer da glaubt, es würden sich für eine derart abstruse Philosophie keine Anhänger finden, erst recht keine, die sich als Treuebeweis Finger abschneiden, Körperteile verkokeln oder sonst wie verstümmeln und in letzter Konsequenz den eigenen Tod als einen legitimen Preis für Versagen oder gar Ehre ansehen, hat sich geirrt. Man braucht nur einmal kurz den Blick schweifen zu lassen über das weltweite Horrorkabinett der aktuellen und historisch belegten kriminellen oder terroristischen Vereinigungen. Das Furchtbare daran ist, dass solchen Truppen stets der Nimbus der Unbesiegbarkeit anhaftet. Zu Recht. Wer alles Menschliche, inklusive des sprichwörtlichen Selbsterhaltungstriebs, über Bord geworfen hat, kann vielleicht temporär physisch geschwächt, aber niemals besiegt werden. Etwas, das die »zivilisierte« Welt erst begreifen wird, wenn sie am Boden liegt.

Das halbe Dutzend schwarzer Schatten diffundierte durch die in lila Morgenlicht und weißen Rauch getauchten Dächer des Karrees in Bennos kleines Reich. Problemlos. Witzigerweise montiert der urbane Berliner Kreativschaffende, der es mit einem Start-up-Unternehmen, Modelabel oder sonst was zu einem standesgemäßen Loft gebracht hat, zwar einen Panzerriegel an die Tür zu seinem Hipsterparadies, den Aufgang zu seiner illegalen, standardmäßigen und ungesicherten Dachterrasse kennt aber natürlich nur er. Ein ganzes Heer mittelmäßig begabter Einbrecher ist auf diesem Wege schon zu filigranen Computern und Designerjeans gekommen. Nicht weiter schlimm. Doch es gibt auch ungebetenen Besuch der gefährlicheren Art. Die Dächer der Hauptstadt sind eine Welt für sich. Wer ein bisschen kreativ und schwindelfrei ist, überquert in den traditionellen Berliner Kiezen ganze Straßenzüge, ohne einen Fuß auf die Erde zu setzen, genau wie im Sommer den Wannsee, ohne ihn nass zu machen. Man muss dafür nicht einmal Parkour-Champion sein.

Gerüstet und bereit, wenn nötig ein Blutbad zu veranstalten, waren die Männer mit den tätowierten Skorpionen auf dem linken Unterarm zu ihrer Enttäuschung überhaupt nicht gezwungen, auch nur annähernd zu tun, worauf sie vorbereitet und trainiert waren. Sascha war sturzbetrunken mit dem Kopf auf dem Schreibtisch neben dem Brief von Doktor Tod eingeschlafen, nachdem er sich zum hundertsten Mal auf seinem Computer, in dem praktischerweise auch noch der USB-Stick steckte, Hannes' »Lebenswerk« angesehen hatte. Bingo. Selbst Lambo grunzte pennend vorne in Bennos Schankstube unter dem Tresen nutzlos vor sich hin. Einzig Goliath bemerkte die Eindringlinge und stellte sich fauchend und mit aufgestellter Haarpracht tapfer seinem letzten Kampf. Fünf betäubte Menschen, einen Katzenmord und eine Vergewaltigung später verließen die schwarzen Schatten das Areal genauso lautlos wieder, wie sie gekommen waren. Weil sie hatten, was sie wollten.

Am nächsten Morgen gab es das sprichwörtliche, wenn auch zunächst wenig aufschlussreiche böse Erwachen. Allerdings nicht für alle. Goliath lag mit gebrochenem Genick in seinem Körbchen. Was erst Stunden später auffiel, als er schon ganz steif war. Die anderen hatten nur Kopfschmerzen – auch Lambo war nicht gut beieinander –, ohne eine Idee, wo sie wohl herrühren könnten. Bis auf Sascha. Der hielt Brummschädel und Filmriss für die natürlichen Folgen des nicht ganz so noblen Bourbons vom Vorabend.

»Scheißfusel! Kentuckykacky!«

Den ekligen Geschmack im Mund führte er ebenfalls auf den Discounterwhiskey zurück und hielt erst einmal mit einem »Family Reserve« dagegen, von Pappy van Winkle, einem echten Kentucky.

Bis Marion plötzlich im Türrahmen stand. In der flachen Hand hielt sie einen winzig kleinen Gegenstand, und als Sascha erkannte, was es war, lief es ihm kalt den Rücken runter. Er trat in die Mitte des Zimmers, kickte den Teppich beiseite und hob die mittlere Parkettbohle an. Als er den offenen Bodensafe sah, dämmerte ihm, was geschehen war.

»Was ist denn hier los?«, fragte Benno, als er mühsam mit zwei Tellern in der Hand die drei Stufen zum Büro erklomm.

»Wir hatten heut Nacht Besuch …«, murmelte Sascha. »… und ich hab sie wohl nicht nur direkt zu uns geführt, sondern ihnen auch auf dem silbernen Tablett präsentiert, wonach sie gesucht haben, verdammte Scheiße …«

Der Appetit war dahin. Auch wenn mit an Sicherheit grenzender Wahrscheinlichkeit Mehmet eine Kopie von dem Film gezogen oder sogar schon was von dem entsetzlichen Scheiß im Darknet verhökert hatte, war damit die von unserem Richter favorisierte BKA-Variante unwiederbringlich futsch. Ohne den handschriftlichen Originalbrief mit den belastenden Fakten des toten Verfassers war die Aussicht auf die Aufnahme eines erfolgreichen Verfahrens gleich null.

»Ich hab wieder mal alles versaut«, zischte Sascha.

Benno nahm ihm das Glas weg und drückte ihm einen der beiden Teller in die Hand. »Iss!«

Marion setzte sich aufs Sofa, nachdem sie ausnahmsweise mit Erfolg das Frühstück dankend abgelehnt hatte, und legte sich ein in der Mikrowelle von Mama Ruth aufgewärmtes Kirschkernkissen auf den Schoß. Und als ob alles nicht schon schlimm genug wäre, klingelte dann auch noch das Telefon, und es meldete sich Lutz, seines Zeichens Sergeant at Arms der TACA, welcher höchstpersönlich die Nachtschicht bei Maria im Krankenhaus übernommen hatte.

»Morjen, Sascha. Du, pass ma uff, hier is so 'n Ärzteteam uffjeschlagen. Die quatschen irgendwatt von Verlejung, weißt du watt davon ...?«

»Lutz? Nein! Sei vorsichtig! Lutz? Luutz? Luuuutz!? Verdammte Scheiße ...!«

Berlin, Schöneberg, November 2011

Das ersehnte, warme, entspannende Gefühl breitete sich über die junge Frau aus wie eine Welle an einem Karibikstrand. Auf dem Rücken liegend ließ sie mit leicht offenem Mund den Kopf sinken, sah mit verklärtem Blick in den sternenklaren Himmel, und die rhythmischen Bewegungen, denen ihr zierlicher Körper kraftlos nachgab, wurden in ihrer Vorstellung verursacht durch weitere Wellen, die anbrandeten an ihren Traumstrand. Jenen Strand, an den sie sich immer flüchtete, wenn die Realität nicht zu ertragen war. Wenn das, was von ihr noch übrig war, ganz zu zerbrechen drohte.

Doch diesmal war etwas anders. Diesmal bekam sie nicht mehr mit, wie der Sturm aufzog und die sanfte Dünung sich in brutale Brecher verwandelte, die sie durchschüttelten. Unerbittlich, immer und immer wieder. Bis es schließlich überstanden war und kurz darauf die Schmerzen zurückkamen. Diesmal nicht. Denn diesmal war sie bereits vorher unterwegs im noch ruhigen, hüfthohen Wasser. Dorthin, wo am Horizont Meer und Himmel in Dunkelheit verschmolzen. Mit ausgebreiteten Armen streichelte sie sanft die Wasseroberfläche, drehte sich langsam auf den Rücken, ließ sich fallen und glitt schmerzfrei hinaus in die Ewigkeit. Es war erst der dritte Mann, der merkte, dass er sich an einer Toten verging.

Als man sie am frühen Morgen im nassen Gras auf einem verdreckten Brachgelände hinter einem hölzernen Bauzaun in der Frobenstraße in Berlin-Schöneberg fand, war der Schatten des Turmes der Apostelkirche in der aufgehenden Sonne alles, was ihren geschundenen Körper bedeckte. Mit ihren weit geöffneten, wunderschönen grünen Augen leer ins Nichts blickend, hatte sie dennoch ein Lächeln auf den Lippen. Und noch immer eine Spritze in der Leiste stecken, weil die eitrigen Ekzeme an Armbeugen und Hals wohl kaum etwas anderes mehr zugelassen hatten. Man hatte ihr alles genommen, in jeglichem Sinne. Was die Identifizierung durch die Polizei enorm erschwerte. Nur die dünne, goldschimmernde Halskette mit dem schlichten Bernsteinkruzifix durfte sie seltsamerweise auf ihrer letzten Reise behalten.

Eine Woche später hatte die Polizei immer noch nicht

in Erfahrung bringen können, wer die junge Frau war, die unter bisher ungeklärten Umständen in der Nacht vom zwölften auf den dreizehnten November 2011 in Berlin-Schöneberg zu Tode gekommen war, und veröffentlichte deshalb Fahndungsfotos.

Als Sascha am Montagmorgen beim Frühstücken die Bilder der Frau und vor allem ihrer Halskette in der *Berliner Zeitung* entdeckte, blieb ihm Bennos Rührei im Halse stecken.

Denn es kam ihm ein furchtbarer Verdacht.

Berlin, Steglitz-Zehlendorf, Dezember 2016

Motorradfahrer kennen keine roten Ampeln. Alles kirschgrün. Spätestens, wenn du gelb siehst, reißt du den Hahn auf und bist durch. Deshalb war ich als Erster von uns in der Charité. Als ich im Flur des zweiten Stocks um die Ecke bog, war ich zunächst erleichtert. Lutz saß vor der Tür von Zimmer 216! Doch schon von Weitem konnte ich erkennen, dass an dem Bild etwas nicht stimmte.

Der Riesenkerl hockte auf dem winzig wirkenden Plastikmetallstühlchen neben der Tür und sein Kopf hing vornüber, als wäre er eingepennt. Lutz würde vor Marias Zimmer nicht einschlafen. Niemals! Als ich auf seine Schulter klopfte, fiel er vom Stuhl wie eine Gletscherkante, die vor der Arctic Sunrise fotogen abbricht. Doch er atmete. Gott sei Dank! Als ich ihm meinen aufgeschraubten

Flachmann unter die Nase hielt, hustete er wie ein Walross, fluchte und fasste sich ins Genick. Er erzählte stotternd, dass dieses Ärzteteam ihm wohl derart seriös und glaubhaft vorgekommen war, dass sie es geschafft haben, ihn vollzutexten und ihm von hinten eine Spritze in den Hals zu jagen. Ein Wunder, dass bei dem Nacken die Injektionsnadel nicht verbogen ist. Dosiert hatten sie aber anscheinend zu schwach.

Marias Zimmer war leer. Ihre Diddl-Maus lag enthauptet auf dem Kopfkissen. Und die Nachtschwester geknebelt und halb nackt in der Abstellkammer. Wessen Handschrift das war, stand außer Frage. Als ich ihr die Mullbinde aus dem Mund nahm und sie von den Fesseln befreite, klingelte mein Handy. Rizzo. Weil Allah ihm nicht nur eine Menge Muskeln, sondern auch eine gute Portion Intuition und Hirn mitgegeben hatte, überraschte er mich damit, dass er ihnen auf den Fersen war! Ich liebe diesen Kerl!

»Sascha, pass auf! Ein gelber Krankenwagen von einem privaten Unternehmen, eingerahmt von zwei großen, schwarzen SUV, kam mir entgegen, als ich aufs Krankenhausgelände einbiegen wollte! Jede Wette, das sind sie!«

»Wo bist du?«

»Weiß nich. Warte … Scheiße!«

»Was?!«

»Moment!«

»Rizzo?«

»Steglitz …«

»Toll, Tiger. Ich bin auch in Steglitz! Wo genau?«

»Sascha, geh mir nich auf die Eier! Die knallen hier durch die Stadt, als ob sie wüssten, dass ich hinter ihnen bin!«

»Und? Wissen sie's?!«

»Glaub ich nich. Typen wie ich sind im Dunkeln unsichtbar.«

»Schon klar, mein Sarottimohr. Aber Bennos Opel nicht. Wo genau bist du?! Lutz sagt, er hat sieben TACAs in der Nähe!«

»Schlossstraße, gleich … Warte, Rathaus Steglitz, hey?«

»Rizzo?«

»Ey? Weg! Verdammt, wo sind die?! Warte …«

»Rizzo, wo bist du?«

»Die sind weg. Ich fass es nicht … weg! Eben hatte ich sie noch vor mir! Und jetzt … futsch. Wie vom Erdboden verschluckt. Kapier ich nich …«

Noch Stunden später war das Blubbern schwerer Harley Davidsons im Stadtteil zu hören, die auf der Suche waren nach dem ominösen Krankentransport, der geisterhaft vor Rizzos Nase von der Erdoberfläche verschwunden war. Erfolglos. Ich hatte keine Ahnung, wie ich Marias Mutter unter die Augen treten sollte. Der große, dicke, fette, abgebrühte Lutz, Sergeant at Arms der TACA, also der Verantwortliche für das ansehnliche und höchst illegale Waffenarsenal der Rockertruppe, bestand Gott sei Dank darauf, Marion selbst Bericht zu erstatten. Und brach dabei in Tränen aus!

»Wenn wir nich' ma dein kleines Mädchen beschützen können, sind wir einen Scheißdreck wert! Ich verspreche dir, dass wir sie dir zurückholen!«, hörte ich ihn sagen und machte mir Sorgen, dass Hannes sie bei dem Versuch alle schlachtete. So wie die Trapper damals die Bisons im Wilden Westen.

Doch bei einem guten Glas Whiskey in Gesellschaft all unserer Koryphäen kam mir später dann doch eine Idee, wie der Konvoi so unvermittelt vom Erdboden verschwinden konnte. Bei dem wiederholt gebrauchten Wort »geisterhaft« kam mir plötzlich Berlins U 10 in den Sinn. Jene vom Volksmund »Phantomstrecke« titulierte U-Bahn-Trasse, die um 1920 begonnen und aus unerfindlichen Gründen bis fast in die Gegenwart weiter ausgebaut worden war, die legendäre »Linie F«. Im Dornröschenschlaf lag sie vergessen unter der Hauptstadt und stand in Verbindung mit all den toten Armen der Berliner Unterwelt. Vor allem aber auch mit dem unterirdischen Straßennetz der »Herrenmenschen«, die einst ihre Welthauptstadt »Germania« vom größten Flughafen der damaligen Welt in Berlin Tempelhof aus zu unterkellern gedachten.

Ein mehrstöckiger Geisterbahnhof exakt jener Linie befindet sich nämlich wo? Genau!

Unter dem Rathaus Steglitz!

Berlin, Steglitz, Juni 2013

Judith hatte mich gebeten, die Zwillinge von der Schule abzuholen. Dass dahinter mehr steckte als nur ein Terminproblem, hörte ich schon an ihren ersten zwei Worten: »… Duu, Saschaa …« Außerdem war es immer dasselbe. Hatten die beiden Ärger in der Privatschule für verwöhnte Rotznasen, in die man sie gesteckt hatte, egal ob nun selbst verursacht oder nicht, war ich plötzlich ihr Vater.

Mir war's recht. Nicht obwohl ich in den feinen Laden reinpasste wie ein Schwein in die Oper, sondern weil. Zudem genoss ich jede Gelegenheit, ihr Vater zu sein. Also ließ ich mich nicht lange überreden und brauchte auch nicht mehr Informationen als den schlanken Satz »... sie sitzen im Vorzimmer vom Rektor ...«. Jaja. Wo sonst.

Als ich mit meinem alten schwarzen Ford Pick-up in die Steglitzer Körnerstraße einfuhr und das Glashochhaus, in dem die noble Schule zu Hause ist, vor mir aufragte, fühlte ich mich wieder einmal wie der unrasierte, tätowierte Redneck ohne Abitur und Porsche unterm Arsch, der ich auch war. Lambo saß neben mir und sabberte gelangweilt vor sich hin. Wie immer gegen Schulschluss war alles total verstopft mit großen, teuren Autos, an deren Lenkrädern aufgedonnerte Russinnen oder andere Berufshausfrauen, die für zwei Kinder drei Nannys brauchten, hilflos herumfuchtelten. Trotz Parkassistent und Rückfahrkamera. Ich mochte die Show. Küsschen, Küsschen.

Mit einem Schwung zog ich an einem piependen fjordgrünen Mercedes Vito mit Diplomatenkennzeichen vorbei, der zum dritten Mal versuchte, rückwärts in die Parktasche hineinzukommen, in der ich dann vorwärts und leicht schräg zum Stehen kam. Und zwar so eng neben einem supersauberen weißen AMG-Mercedes, dass der Bushido-Verschnitt, der darin saß, unmöglich aus seiner Karre herauskam. Zumindest nicht durch die Fahrertür. Er schaute zu uns hoch, als könnte er nicht kapieren, dass es uns gab. Und Lambo sah durch das halb geöffnete Fenster zu ihm runter, als wollte er sagen: »Halt bloß die Fresse!«

Als ich darüber nachdachte, ob es vielleicht tatsächlich Anis Mohamed Youssef Ferchichi war, wie der peinliche, homophobe Frauenschläger und Möchtegerngangster wirklich heißt, griff der demonstrativ zu seinem Handy, und meins klingelte auch. Rizzo junior war dran und fragte, wo ich denn bliebe. Also stieg ich aus und humpelte in Richtung Schule. Lambo ließ ich, wie meistens, wenn wir Gefahr liefen, jemanden zu verschrecken, im unverschlossenen Truck zurück. Als ich den schnieken Glaspalast betreten hatte, bahnte ich mir den Weg bis zum Verwaltungstrakt wie ein Eisbrecher im Frühling. Es knirschte, aber Hindernisse gab es nicht.

Bei der Frage »Wer?« im Vorzimmer der Hölle angekommen, saßen die Zwillinge artig, als könnten sie kein Wässerchen trüben, und jede der beiden Knalltüten zeigte auf den jeweils anderen. Also setzte ich mich, nachdem ich bei der Empfangsdame Bescheid gesagt hatte, dass wir bereit wären für das Inquisitionsgericht, zwischen meine Jungs und verpasste jedem erst mal einen Pferdekuss auf den Oberschenkel.

»Au, was soll das?!«

»Prophylaktisch.«

»Profi…was?«

»Aua!«

»Kannste nachher googeln, Privatschüler.«

»Na toll!«

»Rizzo, fang an!«

»Ich hab im Geräteraum in der Turnhalle 'ne Mitschülerin gepoppt.«

»Gegen ihren Willen?!«

»Nein! Bist du wahnsinnig?!«

»Okay. Wo is das Problem?«

»Wir ham uns erwischen lassen. Von der Direktorin höchstpersönlich!«

»Direktorin?«

»Direktorin.«

»Is die neu?«

»Jep. Gibt Ärger!«

»Klasse! Idiot! Und? War's das vielleicht wert?!«

»Auf jeden Fall.«

»Aua!«

»Etzel?«

»Hm.«

»Watt, hm?!«

»Er hat dem Kapitän der Basketballmannschaft mit 'nem Drehkick 'nen Schneidezahn gezogen! Volley! Und der Typ is über zwei Meter groß! Reespeekt!«

»Dich hab ich nich gefragt!«

»Ich mein ja bloß … Hey, hör auf, mich zu schlagen!«

»Stimmt das?«

»Hm.«

»Klasse, Capoeira-Champion, ganz große Klasse! Warum?«

»Trashtalk. Er hat ihn im Spiel gefragt: ›Willst du aufgeben, Schwulette?‹, mit dem Mittelfinger gegen seinen Ohrring geschnippt und ihn weggeschubst!«

»Ich hab Etzel gefragt, verdammt! Stimmt das?!«

»Hm.«

»Kacke! Das is doch kein Grund, jemandem die Zähne auszuschlagen?!«

»Och, irgendwie schon …«

»Halt die Klappe, Rizzo! Mannmannmann, ey, ich glaub's nich! Was soll der Scheiß?! Ich meine, ihr seid hier kurz vorm Abi, und das is verdammt viel mehr, als ich vorzuweisen hab, und baut solche Scheiße?! Was is los mit euch?! Gönnt ihr eurem Alten den Stolz nich oder was?! Ihr wisst, wozu mein Verhandlungsgeschick in Mehmets Schule in Moabit geführt hat, oder?!«

»Fließendes Türkisch?«

»Schulabbruch!«

»Na und? Bei der letzten Emnid-Umfrage unter Deutschlands Jugendlichen kam Hartz IV als Karrierewunsch auf Platz 7.«

»Das is nich witzig, du Blödmann! Zumal Mehmet wenigstens ein genialer Tüftler is, der macht schon seinen Weg. Ihr zwei könnt nich ma euren Namen in den Schnee pinkeln!«

»Das schaffst du auch nicht! SASCHA SEVERIN SIMONEIT … Hihi, Severin.«

»Du hast 'ne ganz schön große Klappe, kleiner Scheißer! Weißt du eigentlich, was Severin bedeutet?«

»Nö.«

»Der Strenge! Das bedeutet ›DER STRENGE‹!«

»Aua!«

»Familie Simoneit, bitte!«

Familie Simoneit. Schön wär's. Allein schon der leicht unterkühlte Ton der neuen Direktorin ließ erahnen, was da für ein Gerät auf uns wartete. Und der erste Eindruck täuschte nicht. Umso mehr freute ich mich auf den Kulturschock, der ihr bevorstand. Ohne mich eines Blickes zu würdigen, deutete sie mit der linken Hand auf den Stuhl vor ihrem Schreibtisch, als ich das Büro betrat, während sie nonchalant einen Kringel nach dem anderen in einer ledernen Unterschriftenmappe dahinhauchte. Beim Zuschlagen derselben sah sie über den Rand ihrer goldenen Lesebrille zu mir hoch, kniff leicht die Augen zusammen und setzte ein Gesicht auf, als hätte sie auf dem Bürgersteig einen Hundehaufen entdeckt.

»Herr Simoneit …?«

»Jaa.«

Sie war eine dieser Frauen, bei denen sich die Nasenspitze beim Reden ständig bewegte. Ich fand das schon immer irgendwie sexy. Überhaupt wirkte der Eisklumpen auf mich recht lecker. Wird wohl daran gelegen haben, dass ich schon als Jugendlicher in der Schule ständig damit beschäftigt war, mir alle brilletragenden Lehrerinnen nackt vorzustellen.

»Doleschall-Kobus. Bitte setzen Sie sich.«

Ich tat, wie mir geheißen. Meine Jungs ließ ich links und rechts hinter mir stehen. Um wenigstens den Eindruck zu erwecken, dass hier ein der Situation entsprechender, enorm autoritärer Erziehungsstil vorherrschte.

»Sie sind im Bilde, Herr Simoneit?«

Auch wenn mir auf der Zunge lag: »Jjja, Hertha BSC wird auch dieses Jahr wieder die Meisterschaft verkacken«, wollte ich sie nicht unnötig quälen und gab zu Protokoll: »Jawohl, ich habe mich detailgenau informieren lassen.«

»Gut. Nun, dann werden Sie ja wohl mit mir einer Meinung sein, dass in dieser Schule so ein Verhalten nicht tragbar ist!«

»Tendenziell schon.«

»Was heißt denn hier tendenziell? Ich kann immer noch die Polizei rufen!«

In dem sicheren Bewusstsein, dass Frau Direktor nichts weniger wollte, als einen Polizeieinsatz an ihrer renommierten Privatschule, und leicht verärgert darüber, dass sie gerade versucht hatte, mich einzuschüchtern, entschloss ich mich, sie dann doch ein wenig zu quälen.

»Ach, ich denke, das ist nicht unbedingt nötig. Ich könnte mich unter Umständen davon überzeugen lassen, von einer Anzeige eventuell abzusehen. In beiden Fällen. Außerdem ist die Polizei schon da. Sie spricht gerade mit Ihnen. Sie dürfen auch Herr Kommissar zu mir sagen.«

»Wie bitte?« Ihre Stirn legte sich in Falten, und die eisblauen Augen strichen fühlbar über meine durch abgeschnittene Hemdsärmel freigelegten, üppig tätowierten Oberarme. Ich bekam fast eine Gänsehaut. Der abschätzige Blick hatte ein bisschen was von Pferdehändler.

»Jungs, ihr wartet bitte mal draußen, eure Direktorin und ich müssen mal über Sex reden. Los, zack, zack. Tür zu! Sooo … okay. Ja, Sie haben richtig gehört. Also … wenn man sich beide Sachverhalte mal in Ruhe und explizit anschaut, kommen mir mindestens zwei Straftatbestände in den Sinn: Paragraf 238 StGB und Paragraf 185 StGB. Was die Sache in der Turnhalle angeht, na ja … einvernehmlicher Sex. Beide über sechzehn Jahre alt. Recht auf sexuelle Selbstbestimmung. Das Ganze nicht in der Öffentlichkeit. Wäre also niemals aufgefallen. Schon gar nicht unangenehm. Wenn den beiden da nicht jemand nachgestiegen wäre, Frau Doleschall-Kooobus ... Sind Sie verliebt in meinen Sohn? Nein, antworten Sie nicht. Ich verstehe Sie, ich liebe ihn auch. Nichtsdestotrotz greift da der frischgebackene Stalking-Paragraf, oder was meinen Sie? Und was den Vorfall auf dem Basketballcourt angeht, so bin ich sicher, dass es nicht im Interesse auch nur irgendeines Beteiligten liegt, wenn unsere schöne Schule in den Ruf kommt, dermaßen schwulenfeindlich zu sein, dass mein armer Junge gezwungen war, sein Rechtsgut Ehre mit dem letzten möglichen Mittel, also mit Gewalt, zu verteidigen gegen verbale und physische Beleidigungen auf sexueller Grundlage. Da sind wir doch sicherlich einer Meinung, oder?«

Von den eisblauen Augen waren jetzt nur noch Schlitze zu sehen.

»Sie sind Polizist?«

»Ex, um genau zu sein. Aber meine Rechtsschutzversicherung hab ich immer noch.«

Sie legte den Kopf in den Nacken, schaute unter ihrer goldenen Lesebrille hindurch und spitzte den Mund unter der schmalen Nase, als würde sie nachdenken. Dann zog sie eine Augenbraue hoch und lächelte. Schmallippig, aber sie lächelte.

»Sie denken, ich bin verliebt in Ihren Sohn?«

»Kein Problem. Bleibt unser kleines Geheimnis. Außerdem: Er ist über sechzehn. Wenn Sie wissen, was ich meine.«

»Gut, lassen wir diesen Unsinn. Angenommen, ich belasse es bei einem zweitägigen Schulverweis und einem Eintrag zum Sozialverhalten, der Vater des Jungen ist hierher unterwegs. Und ich bin ziemlich sicher, er hat auch eine Rechtsschutzversicherung.«

»Hmmm … Gegenangebot: Ein verschärftes Dududu, zwei Stunden Nachsitzen bei Ihnen und diesem wundervoll eng und gut sitzenden Dolce & Gabbana, und ich halte Ihnen den Vater vom Leib, versprochen.«

»Herr Simoneit, Sie sind ein Schwerenöter!«

Schwerenöter! Herrlich! Ich hatte mir weiß Gott schon viel anhören müssen in meinem Leben, aber Schwerenöter hatte mich noch niemand genannt. Sei's drum. Wir hatten einen Deal. Zum Abschied stand sie auf und strich sich das Kleid glatt, bevor sie mir die Hand gab. Und, verdammt, das sah gut aus!

Als ich durch die Tür trat, lief ich Etzels Opfer direkt in die Wäsche. Ich schaute nach oben und stellte fest, dass die dreiste Giraffe wohl zuletzt als Säugling so entzückend zahnlos gelächelt haben mochte. Dann trat der Kerl mit einem triumphierenden Blick in der immer noch arrogant wirkenden Visage zur Seite – und wer erscheint da als Vater im feinen Zwirn hinter ihm auf der Bildfläche, der es mir jetzt mal so richtig besorgen wird … Na, na, naaa?! Weeer?! Exakt der Schmierlappen, der im Februar 2012 unsere liebe Coco unter anderem als Aschenbecher missbraucht hat und dafür als Flitzer das kleinste Schwänzchen frei spazieren trug, das Berlin-Schöneberg je gesehen hat!!! Jabadabaduuuu! Es gibt eben doch 'n lieben Gott! Weltklasse! Als der Vogel mich erkennt, macht er ein Gesicht, als hätt man ihn grad mit Backsteinen kastriert.

»Halloo, … Marcel, richtig? Marcel, Marcelmarcelmarcel … RINKOWSKI, richtig?! Mensch, alte Hütte, wie schön, dass man sich mal wiedersieht!!«

»Bitte nicht.«

»Aaach, locker bleiben, alles gut! Mach dir keinen Kopf! Mach einfach mit. Wir klopfen mal eben kurz bei der Frau Direktorin.«

Die Tür ging schon auf, bevor das erste Klopfen verhallt war, was vermuten ließ, dass Madame spitze Ohren gemacht hatte.

»Frau Doleschall-Kobus, wir sind's noch mal. Herr Rinkowski hier, wollte nur mal kurz Hallo sagen … Na?«

»Hallo …«

»… und kundtun, dass er von jeder juristischen Maßnahme im Zusammenhang mit den heutigen Ereignissen Abstand nimmt und dankbar ist für den pädagogisch wertvollen Eingriff an seinem Sohn. Richtig?«

»Richtig.«

»… und Ihnen ein Kompliment über Ihr wunderbares Kleid machen …«

»… schickes Kleid …«

»Fein. So, ich denke, wir sind dann hier fertig. Einen schönen Tag noch, Frau Direktorin. Tschüss, Marcel, war nett, dich mal wiedergesehen zu haben. Rizzo, Etzel, Abgang! Los.«

Auf dem Weg zum Ausgang sahen sich meine Jungs fragend an und zuckten beide mit den Schultern.

»Was war das denn?!«

»Fast so gut wie Sex mit eurer Mutter!«

»Ahhhh, Papa, so was will doch keiner hören …«

»Ich sag euch, was keiner hören will: dass ihr euch hier

rumprügelt oder Cheerleader schwängert! Das nächste Mal, wenn ihr hier was verbockt, schick ich euch den Porschefahrer, kapiert!«

»Kapiert.«

Der Parkplatz war inzwischen bis auf meinen Pick-up wie leer gefegt. Lambo saß immer noch auf dem Beifahrersitz und hatte einen sehr langsamen Gesichtsausdruck, bei dem vergeblichen Versuch, einer Fliege mit dem Blick zu folgen, die um seinen Kopf kreiste. Und mein Truck hatte vorne rechts einen zerstochenen Reifen. Super. Heldentat. Jede Wette: Der Typ in dem Mercedes war tatsächlich Bushido.

Berlin, Tempelhof-Schöneberg, Dezember 2016

Irgendwo unter der Stadt

»Die sterben zur Zeit weg wie die Fliegen«, sagte Hauptkommissar Matze und meinte die Graffiti-Schmierer – oder -Künstler, ganz nach Gusto.

Berlin ist ein Eldorado dieser Szene. Weil du in der deutschen Hauptstadt, ganz im Gegensatz zu New York, London oder Athen, selbst dann als Könner rangierst, wenn du nicht mal fehlerfrei das ABC an die Wand rotzen kannst. Und weil dich, wenn du zehn- oder zwölfmal erwischt wurdest, als Sanktion – Strafe darf man ja nicht sagen – wahrscheinlich eine Rehabilitationsmaßnahme in

Form eines Grafik-Workshops erwartet. Es gibt zwar eine eigens gegründete Sondertruppe der Polizei, um die jährlichen Millionenschäden, offiziell zumindest, einzudämmen, aber Zitronenfalter falten auch keine Zitronen. Schließlich lebt ein ganzes Dienstleistungsgewerbe davon, die urbanen Leinwände wieder zu säubern, damit Berlin erneut kulturell bereichert werden kann. Außerdem macht es den meisten Polizisten, bis auf einigen wenigen vielleicht, auch nicht wirklich Spaß, unter Lebensgefahr den Buntfinken in luftiger Höhe oder auf starkstrombesetzter Bahntrasse hinterherzuhetzen, wenn doch feststeht, dass das Ganze so viel bringt wie Pinkeln gegen den Wind. Muss es auch nicht. Nicht nur, weil bunte Sprühereien, egal wie schlecht, meist doch besser aussehen als grauer Beton, sondern, und das ist leider gar nicht witzig, sich die Szene selber dezimiert. Denn Fernsehserien à la *Jackass* und Hollywoodstars wie Tom Cruise zeigen unseren jungen zukünftigen Weltenlenkern, dass man gefahrlos auf Brückengeländern balancieren oder auf S-Bahnwagons surfen kann, weil man ja unsterblich ist. Fünfzig Euro »Belastungszulage« zahlen manche Firmen und Behörden ihren Bediensteten für das Aufsammeln von Leichenteilen. Die müssen damit anschließend weiterleben. Genau wie die Eltern. Und zurzeit ist es, laut Matze, besonders schlimm!

»In den letzten acht Monaten hat es mehr erwischt als in den gesamten fünf Jahren davor! Und zwar unter zum Teil merkwürdigen bis mysteriösen Umständen.«

Die roten Nadeln auf der Stadtkarte an der Bürowand der zuständigen Sonderkommission vom LKA konzentrieren sich dabei auffällig auf einen bestimmten Bereich. Das ist in der Behörde inzwischen ein offenes, wenn auch ungelöstes Geheimnis. Genau wie das Warum. Mit zum Teil eklig verdrehten Gliedmaßen und in Panik erstarrten Gesichtszügen wurden tote Sprayer in der Peripherie der imaginären U-Bahnlinie 10 aufgefunden, die einem immer nur schwer zu konstruierenden Unfallverlauf zum Opfer gefallen zu sein schienen. Inzwischen gingen angeblich Gerüchte in der Szene um, über eine »Deadline«, die man besser nicht überschreiten – oder besser: unterschreiten – sollte.

Diese Fakten, in Verbindung mit dem so plötzlichen Verschwinden des Krankentransports, den Rizzo von jetzt auf gleich aus den Augen verlor, ließen mich hellhörig werden. So hellhörig, dass wir beim gemeinsamen geistigen Puzzle in unserer Butze in Moabit einhellig zu dem Ergebnis kamen, dass es eigentlich nur eine logische Erklärung dafür geben kann: Es gibt ein Monster im Untergrund. Und dieses Monster hieß Hannes! Mit dieser zur Gewissheit mutierten Vermutung schlug ich kurz darauf bei einem guten Freund auf, der das Mantrailing-Pilotprojekt der Berliner Hundeführer maßgeblich beeinflusste. Einem Mann, der zwar kein einziges Haar auf dem Kopf hatte, dem aber ein riesiges Herz in der Brust schlug und der in Zusammenarbeit mit seinem Bayerischen Gebirgsschweißhund Hubertus, genannt »Hubi«, wahre Wunder vollbrachte. Locke.

Er ließ sich nicht lang bitten, und so waren wir mit Hilfe von Marias kopfloser Diddl-Maus als Geruchsreferenz noch am selben Tag im Umfeld des Rathauses Steglitz auf der Suche nach dem vermeintlichen Loch in der Erde. Es mag für Laien vermessen bis schwachsinnig klingen, daran zu glauben, dass Hubi unter den vorliegenden Bedingungen etwas auf die Reihe kriegen würde, aber ich hatte dieses unglaubliche Team schon ganz andere unerklärliche Dinge vollbringen sehen. Und einen Versuch war es allemal wert.

Deshalb war ich auch gar nicht so sehr überrascht, dass uns Hubi an seiner bis zu zehn Meter langen Schleppleine nach nicht einmal fünf Minuten in einer Seitenstraße zu einem mit Efeu bewachsenen, großen schmiedeeisernen Tor führte, sich ablegte und damit kundtat: Hier und nirgendwo anders! Das einzige Problem war, dass dieses mit einem Backsteinbogen übermauerte und eingefasste Tor aussah, als wäre es die letzten hundert Jahre nicht bewegt worden! Blickdicht, dunkel und schmutzig schien es den gleichen langen Dornröschenschlaf zu halten wie das dahinterliegende, verwahrloste Grundstück mit einem klosterähnlichen, verwitterten Backsteingebäude. Kacke. Hubertus sah uns an, als wollte er sagen: »Ey, ich hab meinen Job gemacht, was wollt ihr noch?!«

Wir waren ratlos. Wenn es hier einen Polizisten gab, der sich noch nie geirrt hatte, dann war das Hubi! Doch wir blöden Menschen konnten es nicht glauben. Bis Mehmet, den Coco und Fabius inzwischen nachhaltig für Hunde begeistert hatten und der deshalb unbedingt mitkommen wollte, plötzlich anfing zu grinsen. Er hatte zwei höchstens streichholzschachtelgroße Sensoren ungefähr auf Kniehöhe links und rechts im Inneren des gemauerten Tores entdeckt. Und zwar aufgrund einer winzigen roten Leuchtdiode, die eben keine einäugige Ratte zu sein schien. Der Bengel war Gold wert! Trotzdem brachen wir an der Stelle ab und vertagten uns. Erstens, weil es schwierig bis unmöglich schien, dass wir es schaffen würden, in dieses offensichtlich mit Hightech präparierte, massive Burgverlies zu gelangen. Zweitens, weil es nach unser aller Meinung im Moment auch nicht unbedingt ratsam gewesen wäre. Und drittens, weil ich eine Idee hatte, wie wir vielleicht von anderer Seite in die Unterwelt hinabsteigen könnten.

Am Abend entbrannte in unserer Moabiter Runde erneut ein heftiger Streit darüber, ob und inwieweit wir die Behörden mit ins Boot holen sollten. Die »SoKo Maria« war inzwischen notgedrungen aus ihrer Lethargie erwacht, schließlich lag jetzt ein konkreter Entführungsfall vor, den man nicht so im Sande verlaufen lassen konnte, und unser Richter glaubte immer noch, dass wir allein keine Chance hätten. Womit er vermutlich einfach nur recht hatte. Doch der Disput verlief wie so oft ziemlich ergebnislos. Na ja, nicht ganz. Denn ich griff noch spät in der Nacht zum Telefon und rief Ramirez an.

Ramirez, Kampfname »der Chirurg«, ebenfalls Expolizist, mit einem Hang zu Mixed Martial Arts und der Sorte Frauen, die mit der Zunge einen Kirschenstil verknoten können, war ein schlimmer Typ. Lieblingsgedicht: Ladys, die mit Hacken klacken, kannst du auch beim Kacken hacken. Süchtig nach Sex und Gewalt, hatte er eine extrem kurze, wenn auch schillernde Polizeikarriere hingelegt. Anfänglich wurde er von der Polizeiführung hoch geschätzt, weil er willens und in der Lage war, selbst mitten aus der Südkurve zwei bis drei Kategorie-C-Hooligans, vom BeDo-Trupp aus sicherer Entfernung videomäßig dokumentiert, herauszuoperieren, notfalls in Stücken, daher der Kosename. Doch dann gingen im Laufe der Zeit in Berlin mehr Nasenbeinbrüche und ausgeschlagene Zähne auf sein Konto als auf Skateboards und Wodka zusammen. Nicht tragbar. Raus. Na ja. Diverse Gerichtsverfahren und das daraufhin zu leistende Schmerzensgeld trieben ihn in die Privatinsolvenz, weshalb er dann irgendwann als Fahrkartenkontrolleur anheuerte. Beschissen bezahlt, aber genau sein Ding. Mit Wonne stürzte er sich fortan in den Zügen und auf den Bahnsteigen der Hauptstadt in den Kampf mit all den kackfrechen und gewaltbereiten Schwarzfahrern, die es unbedingt wissen wollten und die es in Berlin zu Tausenden gibt. Halleluja. Zumal Geld eigentlich sowieso weder sein Interesse noch wirkliches Problem war. Denn er stand annähernd jedes Wochenende Fight-Club-mäßig in irgendeiner anderen Tiefgarage, einem leeren Pool oder sonstigen, meist unterirdischen, versteckten Arena und setzte Kohle beim Hahnenkampf mit Menschen auf sich selbst. Wenn du Geld brauchtest, Ramirez war immer flüssig. Und die, die er gut kannte, mussten die Verzugszinsen auch nicht mit Schneidezähnen zahlen. Viel wichtiger aber war, dass Ramirez wusste, wo's rein- und runtergeht!

Ortstermin Innsbrucker Platz. Hubi ist wieder dabei, und Mehmet hat uns von Bennos Gnaden komplett mit Nachtsichtgeräten ausgestattet, die wir uns bei Bedarf vors Gesicht schnallen können. Ramirez hat ein dickes Schlüsselbund und gute Laune. Auch wenn er sagt, dass er nicht an unsere Theorie glaubt. Er war schon ein paarmal da unten. Luftlinie sind es ungefähr vier Kilometer vom Innsbrucker Platz bis zum Rathaus Steglitz, aber ihm ist neu, dass man unterirdisch sauber bis dahin durchkommt. Allerdings hat er's noch nie probiert. Und da unten kennt sich kein Schwein wirklich aus. Super. Hubis Chef Locke und Rizzo sind bewaffnet. Ich hab bloß 'ne Taschenlampe und jetzt schon Schiss.

Wir drängeln uns auf dem Bahnsteig der U4 zwischen den Rastlosen und Getriebenen. Der »Chirurg« öffnet eine orange Stahltür einen Spaltbreit, winkt uns ran, schubst uns durch und schließt hinter uns wieder zu. Ich fühl mich eingesperrt. Schlagartig herrscht Totenstille. Kommt mir aber wahrscheinlich nur deshalb so vor, weil wir eben noch in Menschen gebadet haben. Ein langer, recht sauberer Versorgungsgang liegt vor uns, der allem Anschein nach häufiger genutzt wird und von dem weitere Türen abgehen. Ganz am Ende dann stehen wir vor einer wohl ehemals gelben Tür, auf der zu lesen ist: *2 4 7 Zugang U 10.* U 10 gibt's nich, denk ich bei mir, und wie zur Bestätigung fällt mir der dicke Staub auf der Türklinke auf. Ramirez schließt auf, grinst mich an mit seinem vernarbten Gesicht und sagt: »Ladies first.«

Direkt hinter der Tür führt eine durchsichtige Metallgittertreppe steil nach unten ins Nichts. Na prima! Hubi, dem solche Treppen doch eigentlich am ehesten unangenehm sein sollten, ist tapferer als ich. Unter Klackern, das bei jedem Schritt sauber nachhallt, gehen wir langsam nach unten. Gefühlte zehn, zwanzig, was weiß ich wie viel Meter. Spärlich beleuchtet durch wenige Neonröhren, von denen die meisten eh kaputt oder gerade flackernd am Sterben sind. Und dann wird's geräumig. Unten angekommen, stehen wir unvermittelt am Rande einer wie eine Kathedrale anmutenden, unterirdischen Bahnhofsanlage. Alles in diffuses Licht getaucht und mit dickem Staub überzogen. Scheiße, hier gibt's nich ma Spinnweben. Jetzt sind unsere Schritte lautlos, weil der Staub den Schall schluckt wie Schnee.

Die grobe Richtung kennen wir, also gehen wir bis zum Ende des doppelgeschossigen Bahngleises. Dorthin, wo der Tunnel, das große schwarze Loch, beginnt. Und jetzt wird's zum ersten Mal richtig eklig. Am Eingang des Tunnels, da, wo normalerweise ein Hinweisschild auf Gefahren hinweist beziehungsweise das Weitergehen untersagt, ist am oberen Ende der Metallstange kein Schild festgeschraubt, sondern … ein Schädel aufgespießt. Bohhahh! Fast skelettiert, aber noch mit HJ-Frisur und Seitenscheitel! Pfui Teufel! Es wird einer jener jugendlichen Sprayer sein, die man nach einem vermeintlichen Unfall oder Suizid enthauptet auf den Bahngleisen oben gefunden hat und deren »Kopflosigkeit« man sich bisher nur durch Tierfraß erklären konnte. Scheiße. Armer Junge, denke ich, hättest du dich doch bloß für Musik interessiert, statt fürs Malen. Aber wessen Handschrift das ist, ja selbst die frisurmäßige Vorliebe spricht diese Sprache, ist so was von klar! So makaber es klingt, aber dieser »Warnhinweis« zeigt uns, dass wir genau auf dem richtigen Weg sind.

Wir schauen uns alle noch einmal gegenseitig in die Augen, klappen die angeschnallten Nachtsichtgeräte runter und gehen dann, Hubi voraus, in die Dunkelheit.

Der ist wie immer hoch motiviert. Wahrscheinlich als Einziger. Schwanzwedelnd zieht er uns im hellgrünen Licht unserer Kopfgeschirre in den dunklen Schlund hinein. Ein Gefühl überkommt mich, wie ich es eigentlich nur von Nachttauchgängen her kenne, und so komisch es klingt, aber das hilft mir. Nach einer ganzen Weile kommen wir an eine Gabelung. Der Klassiker! Eigentlich hätten wir jetzt ein massives Problem. Doch Hubi zögert nicht eine Sekunde und lässt keinen Zweifel aufkommen, wo er lang will. Wir schließen uns seiner Vorgabe an. Gute Entscheidung. Denn nachdem wir ein paar abgemagerten Ratten und sogar so etwas wie Fledermäusen begegnet sind, irgendwas huschte an meinem Kopf vorbei, höre, nein, fühle ich jene Kinderstimme, die mir so fremd und doch vertraut ist.

»Pass auf, Sascha! Saaschaaa? Sei vorsichtig! Kehr um! Saaschaaa, kehr um!«

Wenn es wirklich dunkel und gefährlich um mich herum wird, hat diese Stimme mich bereits mehr als einmal gewarnt und gerettet, und es mag über mich richten und lachen, wer will, ich bleibe stehen. Ich bleibe stehen und halte inne. Den anderen gebe ich ein Zeichen, es mir gleichzutun. Wir stehen da, reglos und schweigend, und lauschen in die Stille. Ein, zwei, vielleicht drei Minuten. Erst dann, Gänsehaut pur, ertönt eine ganz reale und mir nur allzu bekannte, tiefe, kehlige Stimme aus der Dunkelheit.

»Raamiiirez, bring mir die Vögelchen …«

Verdammt, ich hätte es wissen müssen! Rizzo zieht zeitgleich mit dem Verräter seine Waffe aus dem Schulterholster und schießt dem Chirurgen zweimal in den Torso, bevor der abdrücken kann. Lächelnd und wie in Zeitlupe schafft der es noch, sein Gesicht zu mir zu drehen und zu nicken, bevor er umfällt wie ein Baum. Am anderen Ende des Tunnels gehen starke Scheinwerfer an, Motoren heulen auf. Wir sind dank der Nachtsichtgeräte alle komplett geblendet. Der Einzige, der den Durchblick behält, ist Hubi. An seiner langen Leine führt – oder besser: zieht – er Locke und damit uns im Eiltempo in die Richtung, aus der wir gekommen sind. Unsere Verfolger, die dem Geräusch und Geruch nach mit Geländemotorrädern oder Quads unterwegs sind, holen rapide auf!

An der Gabelung angekommen, biegt Hubi in die vermeintlich falsche Richtung ab. Scheiße! Doch nach knapp fünfzig Metern sehen wir einen Lichtfleck auf dem Boden und wissen, warum. Rizzo dreht sich um und ballert ziellos in Richtung der Scheinwerfer, die auf uns zurasen, während ich wie ein Verrückter die Metallleiter des Lüftungsschachtes hochacker und oben den schweren, gusseisernen Deckel wegschiebe. Schüsse knallen hinter uns mit Fünffachhall durch die Röhre. Direkt hinter mir ist Locke mit Hubi auf den Schultern, gefolgt von Rizzo, der inzwischen übersät ist mit roten Punkten, die auf seinem Körper tanzen wie Glühwürmchen. Als Locke und Hubi sich durch die enge kreisrunde Öffnung gezwängt haben, springt Hubi nach rechts weg, Locke wirft sich zur Seite, zieht seine Waffe und ballert am herauskletternden Rizzo vorbei in die Tiefe, was das Magazin hergibt. Ein Schmerzensschrei ertönt, dann ein dumpfer Aufprall, und dann ist Stille.

Locke fällt breitbeinig auf seinen Hintern ins feuchte Gras, starrt auf die leer geschossene Dienstwaffe mit hinten arretiertem Schlitten in seiner rechten Hand und stammelt vor sich hin: »Mein Gott, ich … ich hab geschossen, ich bin seit über zwanzig Jahren Polizist und hab zum ersten Mal geschossen … Geschossen … auf einen Menschen, oh Gott.«

»Und das gar nicht mal schlecht«, flüstert Rizzo dankbar, mit blutender Wunde am linken Oberschenkel. »Der Typ steht so schnell nicht wieder auf …«

Unter den misstrauischen Blicken einer kopfschüttelnden alten Dame auf der anderen Straßenseite, die uns wahrscheinlich für Perverse hält, knuddeln und herzen wir im Liegen alle nacheinander Hubi, ohne den wir da nicht lebend rausgekommen wären. Dann helfen wir uns gegenseitig hoch und sehen zu, dass wir verschwinden. Denn die sich unter uns entfernenden Motorengeräusche lassen ahnen, dass es nur eine Sache von Minuten ist, bis die Galgenvögel hier auftauchen.

Als wir endlich in Sicherheit waren und notdürftig Rizzos Oberschenkel verbunden hatten, der gottlob nur einen Streifschuss abbekommen hatte, machte ich mir heftige Vorwürfe, dass ich Locke da mit reingezogen hatte. Zumal der jetzt auch anfing, sich banale, aber begründete Standardsorgen zu machen.

»Scheiße, wie erklär ich denn bloß meinem Dienstherren, wo ich die acht Schuss Munition gelassen habe …?«

Woraufhin Rizzo nacheinander in seine Jacken- und Hosentaschen langte und ihm wortlos insgesamt fünf Schachteln Munition in die Hand drückte.

So weit, so gut. Doch wie sollte es jetzt, verdammt noch mal, weitergehen? Maria war am Leben, das stand für mich fest. Töten hätte Hannes sie schon längst können. Wir hatten in ein Wespennest gestochen, so viel war auch mal klar. Falsch, in ein Skorpionsnest. Was befand sich da unten alles? Hatten sie etwa die Kleine dort? Kaum vorstellbar. Würden sie jetzt hastig zusammenpacken und verschwinden? Wohl eher nicht. Sollten wir ihnen die Rocker auf den Hals hetzen? Oder das SEK? Aus meiner Sicht alles eher Opfer als Gegner. Aber wie würde unsere Kanzlerin sagen? Alternativlos. Oder?

Bis spät in die Nacht saßen wir alle zusammen und besprachen jede erdenkliche Option. Bis mir plötzlich eine Idee und ein Name in den Sinn kamen. Ein Name, der in Hannes' Film genannt wurde und bei dem es bei mir irgendwie klingelte. Ein Name von jemandem, der es mit ihm aufnehmen konnte und würde. Ganz sicher!

Ich musste nach Hamburg und einen alten Weggefährten um einen Gefallen bitten.

Berlin, Moabit, September 2015

Du musst dich irgendwann mal entscheiden, hatte Carsten damals gesagt. Was willst du sein? Wolf oder Schaf? Und dann folgte ein sauberer Haken voll in die Magengrube. Wolf oder Schaf. Was für ein Scheiß. Die Wahrheit ist, dass du gar keine Wahl hast. Die Wölfe wissen das ganz genau. Als ob?! Dass du eine Wahl hast, hörst du bloß jene

Heuchler faseln, die schon ihr ganzes Leben lang ohne viel Eigenleistung auf der Sonnenseite flanieren. Du bist, was du bist. Was dir die Geburt vorgibt und dein Weg aus dir macht. Aus.

Als ich in Pantoffeln und kariertem Schlafanzug, Geburtstagsgeschenke von Mama Ruth, morgens in Bennos Schankstube schlurfte, saß Rizzo, den Kopf auf beide Hände gestützt und in die Zeitung versunken, am Tresen.

»Was gibt's Neues?«, fragte ich und setzte mich neben ihn. Wortlos schaute er mich an und schob mir dann das Käseblatt rüber. Das Foto eines kleinen Jungen mit rotem T-Shirt und kurzer Hose, der anscheinend leblos auf dem Bauch im flachen Wasser an einem Strand lag, war auf der Titelseite zu sehen. Wie eine Puppe, die jemand achtlos weggeworfen hatte. Ertrunken war der Kleine, nachdem sein Boot im Mittelmeer gesunken war. Auf dem Weg ins gelobte Land. Genau wie sein Bruder und seine Mutter. Weil es keine Rettungswesten auf dem überfüllten Kahn gab.

»Edel sei der Mensch, hilfreich und gut«, las ich in einem Rahmen an der Wand neben dem Eingang zu Bennos Küche, als ich den Kopf hob. Eines seiner beiden Lieblingszitate vom alten Goethe. Rizzo saß neben mir und hatte mit finsterem Blick den Kopf gedankenversunken zur Seite gelegt. Meine Vermutung war, dass mein Freund einst auf einer ähnlichen Route in die Freiheit unterwegs gewesen war. Und dass er nur zu gut wusste, wie es sich anfühlte, auf einem mit Menschen vollgestopften Seelenfänger auf hoher See durch die Kälte ins Ungewisse zu treiben. Als ich meine Hand in seinen Stiernacken legte, um ihn zu kneten, zuckte er zusammen, und für eine Sekunde dachte ich, ich krieg eine gepfeffert. Dann funkelten seine schwarzen Augen mich an, und er sagte: »Sein Vater lebt noch! Wieso lebt sein Vater noch?! Sascha, wenn dein dreijähriger Sohn neben dir zu ertrinken droht … und es nicht schafft, kommst du dann lebend aus dem Wasser?! Was ist das für ein Vater!«

»Was fragst du mich, Bruder? Mein Alter is 'n versoffener Hurenbock, den ich nur einmal in meinem Leben gesehen hab. Und zwar an dem Tag, als sie mir in den Daumen gestochen haben, um Blut abzuzapfen für den Vaterschaftstest.«

»Wenn deine Zwillinge es nicht schaffen würden, würdest du das überleben?!«

»Neiiin, wahrscheinlich nich.«

»Das mein ich! Tiefer.«

»Tiefer?«

»Kapuzenmuskel.«

»Okay. So gefällst du mir schon besser, mein Großer.«

Benno, der wie jeden Morgen lange vor uns aufgestanden war und selbstverständlich auch die Zeitung schon komplett durchhatte, reagierte auf die Eindrücke des Morgens auf seine eigene, ganz charakteristische Art und Weise. Er stellte zwei riesige Kaffeepötte vor uns ab und danach zwei Teller. Frühstück. Einmal mit Speck, einmal ohne.

»So, aufessen. Und danach anziehen, Sascha, wir haben 'ne Menge Buletten zu braten. Um spätestens zehn Uhr will ich drüben beim LaGeSo sein!«

Im »Landesamt für Gesundheit und Soziales«, drüben

in der Turmstraße 21 auf dem Gelände des alten Krankenhauses, quasi nur einen Steinwurf von unserem Zuhause entfernt, herrschte in jenem Spätsommer 2015 komplettes Chaos. Egal ob Hitze oder Regen, es standen dort täglich mehr als tausend Menschen in riesigen Schlangen an. Alle in der Hoffnung auf ein neues, besseres, sicheres Leben. Und mit Kohldampf. Mit einem großen Handkarren, der vermutlich noch aus den Goldenen 20ern stammte, karrten wir in fast geschlossener Mannschaft gefühlt Tonnen der leckersten Berliner Buletten, die die Welt je gesehen hatte, dorthin. Die die meisten der Menschen dort, weil Moslems, wahrscheinlich gar nicht essen durften, aber dennoch verschlangen wie Manna. Ab der zweiten Rutsche ließ Benno dann aus seinem Geheimrezept, von Rizzo religiös sensibilisiert, den Schweinefleischanteil weg. Leicht auf Kosten des Geschmacks, wie wir Unbelasteten fanden. Hinterm Tresen in der Kneipe hatten wir den verpeilten Erpel geparkt, der in der Zwischenzeit wohl sein bester Kunde war. Er wurde auf jeden Fall beim Bulettennachtanken, Mama Ruth lief zu Höchstleistungen auf, von Mal zu Mal lustiger und geizte nicht mit feinsinnigen Kommentaren wie »Ist der Moslem erst mal satt, macht er alle Christen platt«, worüber Rizzo gar nicht lachen konnte.

Am frühen Nachmittag kam es dann zum Eklat. Nachdem Rizzo einem kleinen Kerl, in dem er vielleicht den Jungen im roten T-Shirt aus der Zeitung sah, eine Bulette in seine winzigen Fäustchen gedrückt hatte und dafür mit einem glücklichen Lächeln belohnt worden war, musste er mit ansehen, wie keine fünf Meter weiter ein erwachsener Mann dem Knirps seinen Schatz wieder wegnehmen wollte. Der Kurze drehte sich, seine Bulette schützend, weg, wurde daraufhin rüde am Oberarm gepackt und quiekte kurz auf. So schnell konnte keiner gucken, wie Rizzo über unseren Tapeziertisch sprang und den Typ mit einem einzigen Schlag dermaßen verunstaltete, dass anschließendes Beruhigen, Säubern und Gutzureden leider auch nicht mehr half. Den Rest des Nachmittags verbrachten wir auf dem Polizeiabschnitt 34. Wo ich, wie schon so oft, weil Rizzo bereits so einiges auf der Uhr hatte, bei der Zeugenvernehmung log, dass der Typ Rizzo zuerst angegriffen hatte. Tja.

Edel sei der Mensch, hilfreich und gut.

Hamburg, St. Pauli, Dezember 2016

Große Freiheit, Hotel St. Joseph

Wann genau St. Pauli zu dem wurde, was es jetzt ist, kann wohl keiner so exakt sagen. Warum, schon. Erst kam Aids, dann eine Flut von Ausländern ohne Prinzipien, die viel zu gewinnen, aber wenig zu verlieren hatten, dann das Internet und dann Touristenführungen, die Pauli endgültig zum fremdregierten Menschenzoo und Disneyland für Halberwachsene mutieren ließen. Gut, das St. Pauli von Hans Albers gab es nie, aber klare Regeln und einen Verhaltenskodex, der zumindest im Ansatz dem Begriff »Ganovenehre« etwas Leben einhauchte. Doch der starb spätestens, als Albaner, Türken, Russen,

Araber, Kurden und weiß der Teufel wer noch alles ihre eigenen »Wertvorstellungen« umsetzten. Bis circa 2005 hielten Hamburger Jungs standhaft dagegen. Doch dann fiel irgendwann der letzte deutsche Kiezkönig. Unter anderem deinstalliert vom taktisch blinden Behördenapparat. Und spätestens, wenn Asylbewerber Asylbewerberheime aufmachen und an die Stadt vermieten, weiß man, dass man verloren hat.

Im Dezember Motorrad fahren, ist nicht gut für alte, morsche Knochen. Schon gar nicht nachts. Aber die kalte Winterluft ist gut für einen klaren Kopf. Und auf dem Motorrad quatscht dich auch keiner voll. Deswegen halten Bikerehen meist länger. Zumindest wenn du kein rollendes Sofa auf zwei Rädern mit Gegensprechanlage und Chemietoilette hast. Ausnahmen bestätigen die Regel.

Berlin–Hamburg ist auf jeden Fall recht schnell gemacht. Selbst wenn du'n gefakten englischen Oldtimer fährst. Und schließlich hatten wir keine Zeit zu verlieren. Nachdem ich eine alte Telefonnummer angerufen und erfolgreich um eine Audienz gebeten hatte, war ich auch schon unterwegs mit meinem mattschwarzen Bock. Zwar ohne Gepäck, aber mit einem USB-Stick in der Tasche, mit dem ich glaubte, einen Unterweltkrieg anzetteln zu können, wie ihn seit Al Capone keiner mehr gesehen hatte. Beim Durchackern von Hannes' Snuff-Filmen, in denen der Perverse akribisch genau Ort, Zeit und sogar zum Teil die Namen seiner Opfer nannte, wahrscheinlich um sich immer wieder daran aufzugeilen, war mir, zunächst unterbewusst, etwas aufgefallen. Nämlich dass eines der kleinen Mädchen, an denen der Irre sich vergangen hatte, dem Namen und Kontext nach möglicherweise in einem direkten Verwandtschaftsverhältnis zu einem der größten und gefährlichsten Unterwelttycoons stehen könnte, der zur Zeit an der Macht war. Dem Patriarchen einer albanischen Großfamilie, dem, im wörtlichen Sinne, so viel wusste selbst ich, halb Hamburg gehörte.

Auf Mehmet war wie immer Verlass gewesen. Im Guten wie im Schlechten. Natürlich hatte er, wie von Mama Ruth vermutet, eine Kopie der Kopie, und ich jetzt davon knapp dreieinhalb isolierte Minuten auf einem frischen Stick, die ausreichen könnten, die Hölle loszutreten. Bloß rankommen an die inzwischen gesellschaftlich sauber vernetzten, nahezu seriös auftretenden Herrschaften, war augenscheinlich für einen abgeranzten Ex-Bullen wie mich alles andere als leicht. Doch da kam mein Weggefährte und Mannschaftskamerad aus jenem legendären Hamburger Karateklub aus den Achtzigerjahren ins Spiel, mit dem ich gemeinsam als Jungschwarzgurt die nationale und sogar ein bisschen die internationale Kampfsportszene durchgepflügt hatte. Jener Mann, der mir schon damals ein paarmal aus der Scheiße geholfen hatte und über den ich, Asche auf mein Haupt, deshalb bis heute, trotz reichlich Anlass, kein schlechtes Wort verloren habe. Denn wie es der Zufall wollte, war er einer der letzten Gegenspieler des Fürsten der Finsternis, den ich zu treffen hoffte. Er konnte diesen Kontakt herstellen, da war ich mir sicher. Ob er wollte, stand auf einem ganz anderen Blatt.

»Alsterpavillon? Jungfernstieg? Warum nich gleich Café Keese?! Du bist nich ganz dicht, Sascha! Warst du nie. Und wie du aussiehst?! Was sind denn das für Klamotten?! Und was is mit deinem Knie!? Mannmann-mannmannmann …«

»Hallo, Carsten. Danke, dass du gekommen bist.«

»Jaja, lass mich raten? Du brauchst Kohle? Oder jemanden, der den wegmacht, der dir das Knie da zerdroschen hat?! Mannmannmannmann, Kleiner … Manche Sachen ändern sich nie, was?«

»Nein.«

»Nein? Hey, du hätt'st nich zur Schmiere gehen sollen.«

»Wieso?«

»Dann hätt'st du jetzt anständige Klamotten, und dein Knie wär auch nich hin.«

»Mag sein.«

»Na, wenigstens haste 'ne anständige Uhr. Was liegt an? Spielschulden?«

»Nein.«

»Nein? Was dann? Willst du mit mir zusammen in der Gruft hier 'ne Witwe aufreißen? Doch Café Keese? Mumienschieben? Der nächste Herr, dieselbe Dame?«

»Wie geht's dir, Carsten?«

»Na, besser als dir. Was kann ich für dich tun, Kleiner?«

»Hey, es is über dreißig Jahre her, und du nennst mich immer noch Kleiner?«

»Guck dich an.«

»Okay. Du hast recht. Ich habe eine Bitte.«

»Warum nur bin ich nicht überrascht.«

Was soll ich sagen? Er hat's gemacht. War zwar 'ne schwere Geburt, aber er hat's gemacht! Erst dacht ich, er springt mir quer über den Tisch und mitten ins Gesicht, als ich ihn bat, Kontakt herzustellen zu ausgerechnet jenen, gegen die die letzte Schlacht verloren ging. Doch getreu dem Motto »Der Feind meines Feindes …« konnte ich ihm den Gedanken schmackhaft machen, die Ungeheuer aufeinander loszulassen. Denn was auch immer dabei rumkam, interessant war das Ergebnis für ihn in jedem Fall. Am besten gefiel mir der Satz »Du bist in schlechter Gesellschaft«, als ich ihn über die widerlichen Details aufklärte. Und verblüfft war ich darüber, obwohl ich es mir eigentlich hätte denken können, dass ihm Hannes' Mördertruppe keineswegs unbekannt war. Die weißen Skorpione hatten wohl auch in der Hansestadt schon für Gerüchte gesorgt, die man sich selbst auf St. Pauli nur hinter vorgehaltener Hand weitererzählte. Allerdings ging es darin, den Schilderungen zufolge, mehr um »Freizeitaktivitäten« als ums Business. Und so verließ ich den altehrwürdigen Glaspalast gegenüber dem Hamburger Pendant des Berliner KaDeWe, dem »Alsterhaus«, mit einer Serviette in der Hand, auf der eine Telefonnummer stand von jemandem, der einen kennt, der einen kennt. Als ich meine Mühle anschmiss, schaute ich noch mal zurück, sah, wie die freundliche, leicht untersetzte dunkelblonde Bedienung wohl gerade das höchste Trinkgeld ihrer Karriere bekam, und es stieg fast so etwas wie Wehmut in mir auf. Vielleicht auch, weil der letzte Satz, mit dem Carsten mich verabschiedet hatte, noch in meinem sorglosen Schädel nachhallte: »Pass auf dich auf, Kleiner, du hast auf St. Pauli keine Freunde mehr!«

Am späten Nachmittag bog ich dann nach ein paar komplizierten Telefonaten in die Reeperbahn ein, vorbei an einem schicken Hochhaus, das ich nicht kannte. Mein Ziel war das »St. Joseph«, das einzige Hotel auf der Großen Freiheit. Obwohl mir auch diesmal der Alsterpavillon wesentlich lieber gewesen wäre. Doch der Putzerfisch bestimmt die Regeln nicht. Er sieht bloß zu, dass er dem Hai nicht lästig wird. Nachdem ich auf der engen Freiheit ein paar Touristen vor mir hergescheucht hatte, ließ ich im Torweg zum Hotelhof noch mal den Motor aufheulen. Alte Gewohnheit, aber diesmal ziemlich dämlich. Denn noch bevor ich meine Engländerin abgestellt hatte, winkte mich ein muskulöser Schmierlappen mit zurückgegelten schwarzen Haaren, der vorm Eingang stand, heran und sagte nur ein einziges Wort: »Tiefgarage.«

Also wendete ich artig, fuhr ganz leise wieder durch den Torbogen auf die Freiheit, bog am Ende nach rechts ab und dann wieder rechts auf eine ziemlich versteckte Zufahrt. Und wunderte mich, dass ich nach all den Jahren noch wusste, wo die Einfahrt ist. Tiefgarage?! Warum?

Als das Rolltor hochging, schlug mir der Gestank von Müll entgegen, der offenbar aus den drei inmitten eines halben Dutzends teurer Autos stehenden, großen, rollbaren Metallcontainern aufstieg. Im Geiste sah ich mich schon leblos zwischen Küchenabfällen und gebrauchten Kondomen liegen. Eigentlich Quatsch, aber mir ging ordentlich die Muffe!

Meine Black Beauty ganz dicht neben der Ausfahrt abgeparkt – als ob's das bringen würde?! –, rief ich den Aufzug und fuhr hoch in den zweiten Stock. »213«, stand auf meinem Spickzettel, und ich grübelte, ob die 13 für mich eine Glücks- oder Pechzahl war, als ich an die Tür klopfte. In Erwartung von Marlon Brando, Al Pacino und Robert Duvall trat ich nach einem »Ja, bitte« ein und war über den Anblick, der sich mir bot, mehr als erstaunt. In der Mitte des großen Zimmers stand ein sportlicher, schlanker, leger gekleideter Mann, vielleicht Ende vierzig, tief gebückt und mit in Kniehöhe ausgestreckten Mittelfingern, die aufeinander zeigten. An diesen Mittelfingern hielt sich krampfhaft ein kleiner Windelpuper fest, der aussah, als ob er gerade das Laufen lernte. Und genau das tat er auch.

»Kommen Sie herein, kommen Sie herein, schauen Sie sich das an, ist das nicht wundervoll … Jaaa, das machst du prima, weiter …, weiter … Ein Wunder, oder? Dass wir Menschen aufrecht gehen können, ist ein Wunder, oder nicht? Auch wenn manche von uns es niemals richtig lernen.«

Okayyy, dachte ich, das wird der Mann sein, den du treffen wolltest, auch wenn du ihn dir so nicht vorgestellt hast. Eigentlich hatte ich erwartet, zur Begrüßung auf Waffen und Wanzen gefilzt zu werden. Stattdessen kam ein zweiter, erheblich jüngerer und sehr glatt rasierter, freundlich lächelnder Mann auf mich zu, zeigte auf einen Ledersessel und reichte mir ein Glas. Ich nickte wortlos und nahm eine Nase. Bourbon. Noch während ich darüber nachdachte, ob das Zufall war, hörte ich ein »Setzen Sie sich, setzen Sie sich, ich bin gleich bei Ihnen«.

Drei Generationen »Fürsten der Finsternis«, so schien es, und so komisch es klingt, aber es war gruselig. Gruselig normal. Nachdem er den Windelpuper sanft in einen hölzernen Laufstall gelegt und ihm einen Schnuller in den Mund gesteckt hatte, der mit einem Clip an dem Strampler des kleinen Kerls befestigt war, kam der Herr des Hauses auf mich zu und setzte sich in den Sessel neben mich. Nicht ohne sich noch einmal per Schulterblick zu vergewissern, dass der kleine Mann jetzt zufrieden mit seinen schweren Augenlidern kämpfte.

»Was kann ich für Sie tun, Herr Simoneit?«

»Verraten Sie mir, ob es Zufall ist, dass ich einen Bourbon bekommen habe.«

»Nichts auf dieser Welt ist Zufall, Herr Simoneit.«

Das war nicht die Antwort, die ich mir gewünscht hatte. Aber bevor ich noch mehr verstörende Informationen bekam, die ich schwer verdauen konnte, begann ich lieber mit meinem einstudierten Vortrag.

»Okay, ich habe etwas dabei, von dem ich denke, dass es Sie sehr interessieren könnte.«

Ich reichte ihm den USB-Stick, und er gab ihn blind über die Schulter weiter an seinen mutmaßlichen Sohn.

»Schauen Sie sich das bitte mal an. Ich habe Grund zu der Annahme, dass es sich bei den Personen um Familienangehörige von Ihnen handeln könnte. Aber seien Sie bitte gewappnet, das sind schlimme Aufnahmen!«

Mit einem Lächeln, das mir deutlich klarmachte, dass meine Warnung wohl ziemlich albern schien, weil es kein Kirchenoberhaupt war, das da vor mir saß, erhob er sich und ging zu einem Schreibtisch in der Ecke des Raumes. Dort schaute er stehend dem jungen Mann über die Schulter, der dort Platz genommen und alles vorbereitet hatte. Mit zunehmend versteinerter Miene schauten die beiden Männer auf den Monitor. Selbst die Tonspur, ganz ohne Bilder, reichte für mich aus, dass ich am Ende die Augen schloss und sie erst wieder öffnete, als es wirklich vorbei war. Aus den Augenwinkeln schaute der junge Mann zu mir rüber und betätigte gleichzeitig ganz offensichtlich eine Art Alarmknopf unter der Tischplatte. Denn höchstens eine Sekunde zeitverzögert machte es »Klack« im Schloss der Zimmertür, und ich trank mit einem Schluck mein ganzes Glas aus. Im Mittelalter sind Überbringer schlechter Nachrichten immer hingerichtet worden, schoss es mir durch den Kopf. Dann sagte ich leise: »Scheiß drauf, wir müssen alle sterben«, und dann laut: »Kann ich noch einen Bourbon haben?«

Noch in der gleichen Nacht war ich zurück in Moabit. Mit einem Deal im Gepäck, der mich erschaudern ließ. Als ich meinen Lieben Bericht erstattete, hofften wir gemeinsam, dass wir schadlos überstehen mochten, was ich da angezettelt hatte. Denn, ganz nach Perspektive, konnte man von einem »Volltreffer« sprechen. Wir hatten mehr als nur ins Schwarze getroffen! Auf die Frage des Tycoons, was ich denn von der ganzen Sache hätte – oder besser: was ich wollte –, erzählte ich von Marion und Maria. Vom Zorn und Rachedurst einer hilflosen, verzweifelten Mutter und ihrem entführten, zwischen Tod und Leben schwebenden kleinen Mädchen. Der Mann stand auf, hob seinen Enkel aus dem Laufstall, küsste ihn auf die Stirn und sagte dann: »Grüßen Sie diese Mutter von mir, sie wird ihre Rache bekommen!«

Berlin, Moabit, April 2013

Kruppstraße, Gefangenensammelstelle Polizeidirektion 3

»Ahhhhhhhhhhhh, vadaaaaaammt … macht mich loooo-os, vadammt! Scheise, scheisescheisescheisescheisescheise … ahhhh …«

»Sascha, gib Ruhe.«

»Ahhhhhhhhhh … Scheise, wa längs' übefällig … Penna … Penna. Pennaa!! Pennaaaaaaa!!! Du nennst mein Jung nich noch ma Schwuchdel, du Pennaaaaa!«

»Sascha, beruhig dich.«

»Kagge, Allter!«

»Beruhig dich.«

»Dobi, bissu 'as?«

»Jo.«

»Mach mich los!«

»Nee. Nich bevor du dich nicht beruhigt hast.«

»Mach mich loos, vadammt. Ich lieg hier in meine eignen Kotze … Scheise …«

»Ja, und du stinkst!«

»Dobias, maach mich los, bidde!«

»Nee.«

»Ahhhhhhhhhhh …«

»Was ist denn passiert?«

»Was passierd is?! Was passiierd is, … was passiiiierd is?! Auffe Fresse hab ich ihm jehaun, jawohl, auffe Fresse. Voll auffe Freeeese, hehehe … Jetz' kanna sein Fresschen ausse Schnabeltasse schlürfen! Penna …«

»Toll, Sascha. Ganz toll.«

»Jau, finn' ich auch!«

»Nee, nicht toll, Sascha! Gar nicht toll!«

»Klaa! Das'n Aasch! Echt! Würglich! Dobi …? Dobi … komm, mach i Tür auf, binn' mich loos. Bidde. Dobiaaas, biddeee.«

»Nee.«

»Dobi, Mann, ey … Ich hab so 'ne Angs'. Scheise … so 'ne Aaaangs'!«

»Watt? Wieso? Wovor?«

»Dass sie den Penna jetz' heiraden tut … Jetz', wo ich so 'ne Scheise gebaut hab. Penna!«

»Judith? Nee, glaub ich nicht.«

»Doch! Dochdochdochdochdoch! Un' weil ich kein Posche hab! Doch!«

»So 'n Quatsch.«

»Gaanich! Der hat alles, un' der säuf' nich un' so, echt!«

»Na und?«

»Meins' nich?«

»Nee. Nicht Judith!«

»Meins' nich?«

»Nee.«

»Dobi, du biss'n Kumpel.«

»Jep.«

»Läss' mich raus?«

»Nee.«

»Ahhhhh, fffffffffff, Maaaaan, ey.«

»Judith?«

»Hallo, Tobias.«

»Oh, Gott sei Dank. Ey, nimm den bloß mit. Was war denn los?«

»Ach, hör auf! Etzel hat ihn wohl angerufen und ihm erzählt, dass mein Lebensgefährte ihn ständig beschimpft. Daraufhin hat Sascha ihn verprügelt.«

»Verstehe. Wie geht's deinem Freund?«

»Laut Röntgenbild wohl Kieferbruch!«

»Auweia! Macht der 'ne Anzeige?«

»Weiß nicht. Mal gucken. Ich hab jetzt erst mal andere Sorgen.«

»Na klar, verstehe. Hier, nimm die Rolle Küchenpapier. Ich glaub, er hat sich total eingesaut.«

»Na prima. Danke schön, Tobi. Na, dann mach mal auf.«

»Okay.«

»Danke, Tobi.«

»Judith?«

»Ja?«

»Bitte lass dich nicht von ihm scheiden!«

Du erkennst Freunde daran, dass sie Freunde bleiben, auch wenn du sie enttäuschst. Oder? Wie weit geht das? Wann musst du loslassen? Wie oft musst du für einen Freund lügen, bis die rote Linie überschritten ist? Darfst du überhaupt lügen? Und was ist eigentlich lügen? Ist schweigen auch schon lügen?

Ich hab's satt, ständig Mülleimer zu sein. Mir irgendwelche Scheiße reinzuziehen und danach auch noch Besserwissereien. »Herr Simoneit, Sie haben ein Alkoholproblem«, hat die Psychotante der Bullen damals gesagt. Ja. Und? So what!? Ob sie schon mal einen Säugling gesehen hat, den sein Junkievater an die Wand geklatscht hat, hab ich sie gefragt. Alkohol ist eine Lösung. Weil die Schmerzen weggehen. Im Kopp und am Kopp. Und am Knie. Klappt. Musst bloß leider stetig die Dosis erhöhen. Wir müssen uns alle irgendwann mal entscheiden, wenn wir älter werden. Fett oder Falten. Fressen oder saufen. Frieren oder schwitzen.

Der Tag war schon lange vor Etzels telefonischem Hilferuf scheiße. Mama Ruth und Benno war'n in der Metro einkaufen, und ich hatte Mungo losgeschickt, um Erpel abzuholen, weil der sich in letzter Zeit schon ein paarmal verlaufen hatte auf der knapp zwei Kilometer kurzen Strecke von seiner Bude bis Bennos Kneipe. Uns war allen klar, was das bedeutete. Auch ohne nutzlose und vor allem ratlose Expertise von irgendeinem Weißkittel. Erpel war's auch klar. Und deswegen schickten wir Mungo nicht nur los, damit er ihm den Weg zeigte. Der alte Krieger hasste den Gedanken daran, irgendwann nur noch hilflos durch die Gegend zu stolpern. Daran änderten auch meine gesamten Alzheimerwitze nichts, bei denen Benno mich immer böse anguckte. Es kam und ging in Schüben. Sporadisch. Wenn er länger vor Bennos alter Jukebox stand, stellte sich einfach jemand von uns diskret an seine Seite und drückte die vergilbten Zahlen für seine Lieder. All die alten Legionärsschnulzen aus den Sechzigern, die wahrscheinlich schon in der Wurlitzer »Lyric« steckten, als die Musikbox damals hier angeliefert wurde.

»Schwarzer Tino, deine Lina folgt dem Rocco schon im Wort, als den Rocco sie nun fanden, schwarzer Tino, warst du fort …«

Mein Gott, wie oft hatte ich das schon gehört! »Heißer Sand«, Anna Maria Mazzini, genannt »Mina«, 1962. Ich kann jedes Wort mitsingen! Und ich wusste irgendwie schon immer, dass dieses Lied Erpel mehr bedeutete, als wir uns vorstellen konnten. Weil jedes Mal seine grünen Augen wässrig wurden und zwei bis sechs Kurze fällig waren. Lange Jahre dachte ich, dass er vielleicht irgendwo in Afrika für die Froschfresser kleine schwarze Babys erschossen hat und damit nicht klarkommt. Aber es war schlimmer. Nein, schlimmer als das geht nicht, aber, ey, mein Gott … Er hat als junger Mann im Drogenrausch die Frau seines Freundes getötet und ist zur Legion geflüchtet. Seit November 2011 hatte ich eine Ahnung von dieser Geschichte, hatte aber bisher alles verdrängt. Um aus der Ahnung keine Gewissheit werden zu lassen. Denn ich wollte es nicht wissen! Es machte mich fertig! Heute Mittag dann suchte ich in Erpels Jackett nach seinem Wohnungsschlüssel, von dem er nicht mehr wusste, wo er ihn gelassen hatte. Den Schlüssel fand ich nicht. Aber eine dünne goldene Kette mit einem Bernsteinkruzifix, die mir jede Chance zur Flucht nahm. Ich starrte auf die Kette in meiner Hand, dann auf das goldgerahmte Foto an der Wand mit der jungen Frau darauf, die genau diese Kette trug, und fing an zu weinen. Erpel sah mich an und wusste warum. Mit zitterndem Kinn und Tränen in den Augen stand er vor mir und krallte sich am Tresen fest.

»Hilf mir, Sascha, Gott hat meine Tochter für meine Sünden büßen lassen und lässt mich einfach nicht sterben, einfach … nicht … sterben!«

»Herr Simoneit, Sie haben ein Alkoholproblem.«

Ja. Und ein Aggressionsproblem hab ich auch!

Wundert mich, dass der Banker so billig davongekommen ist.

Berlin, Dezember 2016, irgendwo unter der Stadt

»Hannes, lass uns verschwinden! Sie waren auf der richtigen Spur, und es ist nur eine Frage der Zeit, wann wir das nächste Mal ungebetenen Besuch bekommen.«

»Na, und wenn schon. Lass sie kommen. Ich fühl mich hier wohl. Wer soll schon kommen!? Wer?! Die Bullen?! Glaub ich nicht. Die haben weniger in der Hand denn je. Wir hätten längst eine Razzia im Büro gehabt oder sonst was. Unsere Spezialisten sagen, wir werden zurzeit nicht mal beobachtet. Nein, nein. Da läuft nichts. Lächerlich.«

»Lass uns verschwinden, Hannes. Am besten gleich von diesem ganzen dekadenten Kontinent. Wenigstens für eine Weile. Wozu ein Risiko eingehen? Warum?«

»Wozu ein Risiko eingehen?! Rachus?! Warum leckt der Hund sich die Eier? Weil er's kann, Rachus, weil er's kann! Wo bleibt deine Chuzpe?!«

»Ich weiß nicht. Ich hab kein gutes Gefühl.«

»Raachus. Gefühle sind wie Arschlöcher. Jeder hat eins. Na und?! Was ist los mit dir, mein strammer Nazi? Du gefällst mir in letzter Zeit gar nicht. Was willst du? Dich an irgendeinen Strand legen und fett werden?!«

»Ja, vielleicht. So was in der Art. Warum denn nicht, verdammt?!«

»Weil du vor Langeweile stirbst, mein Hübscher! Deshalb. Allein bei dem Gedanken geht mir das Messer in der Tasche auf.«

»Ach.«

»Was ist los mit dir, Rachus? Hm? Soll ich uns ein paar Koksnutten bestellen?«

»Nein.«

»Was dann? Was willst du, den Kontinent verlassen? Und dann?«

»Na ja …«

»Wollen wir uns auf dem Schwarzmarkt ein paar Raketen besorgen und auf Nordkorea abfeuern? Und gucken, was passiert? Oder besser noch auf Israel, hä? Auf so ’ne Siedlung! Na, wär das was?«

»Blödsinn.«

»Wieso? Als unser Freund Ahmadinedschad damals erzählt hat, er würde gern Israel von der Landkarte radieren, warst du total begeistert, daran erinner ich mich noch ganz genau.«

»Quatsch. Und außerdem hat er das so nie gesagt, und das weißt du auch!«

»Ach, meiin Gott. Spaßbremse.«

»Siehst du, genau das mein ich! Früher hatte alles mehr oder weniger Sinn und brachte Geld. Heute hab ich das Gefühl, dich treibt nur noch die Langeweile.«

»Geld? Okay, lass uns irgend ’ne nette Pipeline sprengen oder ’ne Bohrinsel und schauen, wie der Aktienmarkt drauf reagiert. Dabei kommt bestimmt was rum. Aber

Geld, Rachus, ehrlich?! Geld ist nun wirklich nicht unser Problem.«

»Nein? Sondern?! Sag's mir, Hannes, was ist unser Problem?! Hä?! Was?! Ich versteh's nicht?!«

»Maaaann, Rachus. Okay, okay. Meinetwegen. Nimm die Jungs, setzt euch in den Flieger und macht euch ein paar schöne Tage. Fickt ein paar Thaischlampen kaputt, oder besser noch, guckt mal runter nach Mexiko. Ich hab das Gefühl, der neue Tacofresser läuft auch nicht ganz rund. Aber unternimm nichts ohne Rücksprache mit mir! Hast du verstanden? Doch lass mir bitte Milan, Ugren, Luka und Ninko hier. Ich denke, das sollte reichen. Nur für den Fall, dass sich Sascha und sein Hausneger doch noch irgendwas einfallen lassen. Hoffentlich! Und schau mal nach der Kleinen. Okay? Alles klar?!«

»Hm. Okay. Wie du willst. Aber wie gesagt, ich hab kein gutes Gefühl.«

»Rachus … was hab ich dir eben über Gefühle gesagt?«

Paris, 6. Arrondissement, Jardin du Luxembourg, November 2016

Miriam Lilou Anoush Assarian, genannt »Mimi«, war schon immer ein blasses, kränkliches Mädchen gewesen. Was allerdings überhaupt nichts über ihre Willenskraft und Persönlichkeit aussagte. Ganz im Gegenteil. Von ihren Eltern seit der Geburt, aus gesundheitlichen Gründen und auch aus der latenten Angst vor einer Entführung, in einem Kokon behütet und umsorgt, hatte sie dennoch die Schönheit und Intelligenz ihrer Mama, vor allem aber die trotzige Entschlossenheit ihres Papas, der es, nicht zuletzt dadurch, zu einem ansehnlichen Vermögen gebracht hatte. Auf eine ruhige, ja fast geheimnisvolle, überhaupt nicht martialische Art war Aufgeben niemals eine Option … war Sterben niemals eine Option! Und so durfte sie viel früher als erwartet dieses merkwürdige Krankenhaus verlassen und saß nun hier, in eine cremefarbene Kaschmirdecke gehüllt, auf einem sehr kleinen, von Papa Michel geschobenen Rollstuhl in diesem wunderschönen Park ganz in der Nähe der Pariser Wohnung der Assarians und schaute entschlossen auf ihren Lieblingsspielplatz. Dort wollte sie hin. Unbedingt! Spielen und toben und laufen mit und unter den anderen ganz normalen, gesunden Kindern. Und das würde sie auch schaffen! Ganz sicher! Denn sie fühlte sich gut.

Wenn doch nur Mama und Papa nicht andauernd streiten würden. Sie taten es ruhig und nicht auf Französisch, weil sie glaubten, dass Mimi so nicht mitbekommen würde, wie erbittert die Wortgefechte waren. Doch das kleine Mädchen mit dem Gesicht einer Porzellanpuppe verstand jedes Wort. Wenngleich der Sinn der Worte Mimi zum Teil verborgen blieb. Onkel DeKlerck hatte Mama »genommen«, hieß es, und das sei zu viel gewesen, meinte Papa. Zu viel für den zweiten Geburtstag deiner Tochter, wie kann das sein? Wie kann irgendetwas dafür zu viel sein?!, meinte Mama. Viel schlimmer sei angeblich das Leid eines anderen kleinen Mädchens. Mimi verstand das alles nicht. Nur das mit dem zweiten Geburtstag, den sie Onkel DeKlerck zu verdanken hatte, wie man ihr auf ständiges Nachfragen erzählte, diesen Gedanken fand sie schön. Onkel DeKlerck.

Als Mimi zurück war in ihrem luxuriös ausgestatteten Spielzimmer, griff sie sich ihre geliebten Buntstifte und malte ein Bild von Filou, ihrem Teddy. Darunter kritzelte sie in großen, verschiedenfarbigen Buchstaben das Wort »merci« und wollte dieses Kunstwerk unbedingt per Post Onkel DeKlerck schicken. Woraufhin Mama und Papa erneut ganz furchtbar stritten! So schlimm, dass Mimi zum ersten Mal in ihrem Leben das Gefühl hatte, ihre Eltern hätten sich nicht mehr lieb. Noch nie hatte Monique Assarian in Gegenwart ihrer Tochter die Fassung verloren. Noch nie. Doch jetzt schrie sie ihren Mann an.

»Es ist doch alles immer nur eine Frage des Geldes, oder etwa nicht?! Kümmer dich gefälligst um dieses Kind! Und verschon mich mit deiner albernen Eifersucht!«

In dieser Nacht bekam Mimi zum ersten Mal im Schlaf Besuch von einem kleinen Mädchen, das sich benahm wie die Schwester, die sie sich in ihrer Einsamkeit immer gewünscht hatte. Sie trösteten sich gegenseitig und spielten mit Filou und einer Diddl-Maus. Dann nahm Mimi sie bei der Hand, und sie gingen im Traum gemeinsam hinüber auf den Spielplatz.

Berlin, Moabit, Dezember 2016

»Du bist eine Kupplerin, Mama Ruth!«

»Hab dich nich so, Benno. Manchmal muss man dem Glück eben etwas nachhelfen …«

Seitdem die Gescholtene am Abend zuvor Rizzo gebeten hatte, Marion noch schnell einen Yogi-Tee auf ihr Zimmer zu bringen, weil sie selbst noch dringend den Reinigungsschaum aus dem Backofen wischen musste, war von den beiden nichts zu sehen. Jetzt war es schon nach neun! Das war einerseits aus Mama Ruths Sicht ein voller Erfolg, sie lächelte schon den ganzen Morgen in sich hinein, andererseits gab es für den heutigen Tag aber auch einen straffen Zeitplan. Großkotz Sascha hatte den Albanern nämlich gesagt, dass er im Vorfeld der geplanten Aktion das Einsatzgebiet so weit wie möglich aufklären würde, um die zu erwartenden Verluste möglichst gering zu halten. Und zwar mittels eines Kommunikations- und Elektronikspezialisten, der sich in seinem Team befinden würde und auf den unbedingt Verlass wäre. Mehmet. Weit aus dem Fenster gelehnt, wie der Rest der Moabiter, bis auf Benno, befand. Wo doch diesmal definitiv Menschenleben abhängen konnten von dem Geschick und vor allem der konzentrierten Ernsthaftigkeit des zuweilen recht konfusen Schulabbrechers. Doch Mehmet ging ob der üppigen Vorschusslorbeeren und wirklich großen Verantwortung, die man ihm übertragen hatte, am meisten aber wegen des Vertrauens, das ihm entgegengebracht wurde, sehr ernsthaft und hoch motiviert mit dieser Aufgabe um. Nicht zuletzt aber auch vielleicht aufgrund der diesmal tatsächlich schier uneingeschränkt vorhandenen Ressourcen. Will heißen, Kohle satt. No Limit! Hauptsächlich ging es darum, die Geheimnisse, sprich Mechanismen und Örtlichkeiten, an, um und hinter jenem verwunschenen Metallgitter zu erkunden, das Lockes Spürnase Hubi, von Mehmet bestätigt, einwandfrei als Einfallstor in die Unterwelt identifiziert hatte und in dem Marias Krankentransport den plötzlichen Verschwindibus gemacht hatte.

Am Anfang dozierte er über sein momentanes Lieblingsthema: Drohnenracing! Und alles, was die Dinger inzwischen so konnten. Aber das Schlupfloch durchs Gitter war für einen entsprechenden »Quadrocopter« – was für ein Wort! – einfach zu klein. Es musste also eine »Kanalratte« her. Zuerst überlegte Mehmet, durch diesen Gedanken angeregt, tatsächlich mit Miniaturkameras auf dem Rücken versehene Farb- beziehungsweise Laborratten loszuschicken, von denen er zwei in seinem Zimmer quasi frei hielt, Tayfun und Attila, doch er verwarf den Gedanken schnell wieder. Auch wenn auf die bestimmt »voll krass Verlass is, Alter« und die »die Eier für den Job haben«. Der Unsicherheitsfaktor Ratte und der Mangel an Zeit, die kleinen Biester zu konditionieren, woran allerdings speziell Locke großes Interesse zeigte, ließen sogleich Plan B aufpoppen. Nach den Ratten setzte Mehmet, inspiriert durch die von Polizei und Militär zum Aufspüren und Bekämpfen von Sprengsätzen eingesetzten kleinen Kettenfahrzeuge, oder besser Roboter, auf Technik. Doch Aufwand und Komplexität – Mehmet kam mit einem fast sechshundert Euro teuren Funktionsmodellbausatz eines Leopardpanzers der japanischen Modellbaufirma Tamiya im Maßstab 1:16 (ja, zu groß!), der insgesamt aus 7832 Einzelteilen bestand – ließen diesen Gedanken auch recht schnell wieder verblassen. Außerdem setzten die Gitter des Tores, um das es ging, eben enge Grenzen. Nämlich exakt acht Zentimeter! Wahrscheinlich wollte Mehmet den Panzer einfach schon immer gerne haben. Sei's drum.

Die Lösung war schließlich außerirdisch: *Star Wars*! Wir hatten einfach keine Zeit, eine mit viel Aufwand entwickelte, kleine, mobile Basis selber zusammenzubretzeln. Die musste als Träger für diverse Informationsnehmer schon fertig sein, basta! Und so murmelte Mehmet nach einer Weile vor sich hin: »BB-8.« Und dann laut: »… das ist es: BB-8!«

Kein Schwein verstand, was er uns sagen wollte. Doch eine Dreiviertelstunde später standen ein Dutzend Kartons mit per Handy steuerbaren High-Tech-Miniaturnachbauten des Nachfolgers des legendären Star-Wars-Androiden R2-D2 auf Bennos Tresen, und wir kapierten. Obwohl kapieren, in meinem Fall zumindest, zu viel gesagt war. Ich werd wohl nie verstehen, warum Segway-Fahrer nicht dauernd auf die Schnauze fallen oder sich zwei aufeinander drehende Kugeln, ohne umzukippen und auch noch zielgerichtet, durch die Gegend bewegen können! Aber bitte! Es reichte, wenn Mehmet verstand warum! Und der dicke, kleine, runde Bauch der putzigen Kerle hatte genau 7,5 Zentimeter. Bingo!

Acht der lustigen kleinen Androiden, die mir zugegebenermaßen etwas unheimlich waren, fielen Mehmets umfangreichen Umbau- oder besser Modifizierungsmaßnahmen zum Opfer. Aber vier Minispione, geländetauglich, schlagfest und wasserresistent, mit Minikameras auf Restlichtverstärkerbasis und diversen weiteren Sensoren ausgestattet, lagen nach einiger Zeit dann in einem Schuhkarton wie Küken, die darauf warteten, eingesetzt zu werden. Sogar ein Sprengstoffpartikelspürsystem hätte er verbaut, behauptete Mehmet. Womit er allerdings auf harsche Kritik und Ungläubigkeit mindestens von Locke stieß, der steif und fest behauptete, das einzige verlässliche Sprengstoffsuchsystem sei sowieso ein Hund. Die beiden bekamen sich fast in die bei Locke nicht mehr vorhandenen Haare, als Mehmet rotzig entgegnete: »... wir könn' dein Fifi nich durch de Gitter quetschen, oder?! Und fernsteuern schon ga' nich! Und du tust hier garantiert rumheulen, wenn er nich zurückkommen tut, ey, oder etwa nich?!«

Zumindest dem letzten Argument hatte Locke nichts entgegenzusetzen, und so war am Nachmittag vorm Big Bang unser »Spezialteam Aufklärung«, bestehend aus Mehmet und Mungo, unauffälliger geht's nun wirklich nich, gesichert von uns aus gebührender Entfernung, mit »Erkenntnisgewinnung« beschäftigt, nämlich dem Aussetzen des ersten Kükens. O-Ton Mehmet: »Ein Kanacker und ein Spinner sind immer die Gewinner!« Kommentar Mungo: »Kanacker sag man nich!«

Ließ sich gut an. Zunächst. Auch schon wegen der ungewohnt friedlichen und positiven Grundeinstellung des an meiner Seite sitzenden, frisch verliebten Rizzo. Doch am Schluss kam die bittere Enttäuschung. Der Sicherungsmechanismus vom Tor an sich war für Mehmet überhaupt kein Problem. Zahlencode. »Kinderkacke!« Inklusive der vorhandenen Lichtschranke, die sich völlig simpel mittels Spiegel oder Katzenauge, also einfachem Fahrradreflektor, überbrücken ließ. BB-8 Nummer eins machte sich tapfer auf den Weg und sendete zunächst auch recht brauchbare Bilder. Bis der kleine Kerl an ein undefinierbares Hindernis stieß. Beziehungsweise daran scheiterte. Mag es ein Schacht oder auch ein Lüftungsschlitz gewesen sein oder Ähnliches, auf jeden Fall war der hektische Winzling plötzlich wie verschluckt, und die Verbindung brach ein paar rasante Bilder später auch ab.

Nummer zwei erging es nicht viel besser, wenngleich er doch erheblich tiefer in die Katakomben vordringen konnte und dadurch einen ganz guten Eindruck vermittelte über die Dimensionen, die wahrlich beeindruckend waren. Besonders die Kenntnis um die alle dreißig bis vierzig Meter verbauten Schutzräume, die sich hervorragend als Deckung eigneten, war wertvoll. Aber dann kam er an eine Wand. Eine bewegliche Wand, wie sich herausstellen sollte. Wir kapierten zunächst gar nicht, was wir da sahen. Bis einer auf die Idee kam, dass wir da von den nach bösen Schätzungen circa sechs Millionen Ratten der Hauptstadt gefühlt mindestens die Hälfte im Panoramabild des Fischaugenobjektivs hatten. Igitt! Aber es wurde noch erheblich unappetitlicher! Denn die Hauptstadtratte ist, wie könnte es anders sein, etwas ganz Besonderes! Die schüchterst du nicht einfach so ein! Und freiwillig aus dem Weg geht die schon gar nicht. Im Gegenteil! 2013 hatte eine von ihnen durch einen beherzten Biss in ein Vattenfallstarkstromkabel mal eben über zweitausend Berliner Haushalten gezeigt, wie das Leben im Mittelalter so war. Gut, sie war dabei selbst verkokelt, aber ich hatte mich noch Wochen später gefragt, ob das ein Suizid, eine Vergeltungsmaßnahme oder gar ein Ablenkungsmanöver beziehungsweise gezielter Angriff war. Denn Alarmanlagen und Bewegungsmelder funktionierten nun mal nicht ohne Strom. Und warum Müll fressen, wenn in Supermärkten die Regale prall und frisch gefüllt sind?! Oder?

Na ja, auf jeden Fall war für BB-8 kein Weiterkommen mehr. Eigentlich keine Katastrophe, schließlich war er kein Einzelkind, und wir hatten noch zwei Küken im Stall. Wenn da nicht zwei verstörende oder doch zumindest nachdenklich machende Faktoren gewesen wären. Erstens war uns schleierhaft, wie die Biester es schaffen konnten, unserem wirklich toughen kleinen Spion mit seinen harten, glatten Oberflächen, die doch eigentlich »rattenzahnresistent« waren, den Garaus zu machen. Und zweitens war das Letzte, was wir erkennen konnten, bevor das Bild zusammenbrach, ein riesiges Gewusel an und auf einem großen Fleischklumpen, der, verdammt noch mal, einem menschlichen Torso sehr ähnelte. Schönen Dank auch. Werden irgendwelche Schlachtabfälle gewesen sein, die den durch Abwässer mit Antibiotika und wer weiß mit was noch allem getunten, kleinen, gelbzähnigen Killermaschinen da unter die scharfen Krallen gekommen sind, versuchten wir uns einzureden. Oder so. Bestimmt! Oder?

Aber es sollte noch schräger kommen. Leider. Denn BB-8 Nummer drei kam weiter als erwartet! Nur leider nicht autonom, also von uns gesteuert, meine ich. Nach knapp fünf Minuten versagte die Kontrolle über ihn, und wir schauten im Auto alle Mehmet über die Schulter. Der fuchtelte erfolglos an der Steuerung herum, wurde zunehmend sauer und herrschte uns an: »… was guckst du, ey, bin isch Silicon Valley oder was!«

Das Seltsame aber war, dass wir weiterhin glasklare hochaufgelöste Bilder bekamen. Bewegte Bilder! Das ließ eigentlich nur einen Schluss zu: BB-8 wurde transportiert. Doch durch wen oder was entzog sich unserer Kenntnis, denn das eigentlich um 360 Grad drehbare Köpfchen unseres Helden, in dem die Kamera steckte, ließ sich nicht mehr von uns bewegen. Scheiße. Und auch ziemlich unheimlich! Denn wir drangen mit ihm gemeinsam weiter in die Tiefen der unterirdischen Gewölbe vor, und die grünlich schimmernden Bilder des Restlichtverstärkers sahen wirklich gespenstisch aus.

Nach einer Weile schwenkte die Kamera nach links und gab den Blick frei, durch einen wieder mit einem Bogen übermauerten Eingang, in einen großen Raum, in dessen Mitte etwas an einer Kette von der Decke herunterhing. Die Kamera näherte sich langsam, es ging ein trübes Licht an, und wir erkannten nach einer kurzen Blendung, was das war. Nur glauben wollten wir es nicht! Da hing am Ende der Kette ein Arm! Ein am Handgelenk festgebundener, einzelner, tätowierter, menschlicher Arm! Scheiße!

Die Perspektive änderte sich kurz, wir schauten einen Moment lang auf den Boden. Als sich die Kamera wieder hob, schaukelte das Ding hin und her, und im rechten unteren Bildrand schob sich im Zeitlupentempo diagonal ein sehr heller Mittelfinger ins Bild!

Berlin, Zehlendorf, Mai 2013

»Papa, was würdest du dazu sagen, wenn ich Friseur werden will?!«

»Na ja …«

»Ist das alles?«

»Na ja. Nee, … dass ich mir seit fast vierzig Jahren die Haare selber schneide und dass mir 'n Kfz- oder besser noch Zweiradmechaniker oder 'n Fliesenleger in der Familie besser gefallen würde. Oder 'n Koch!«

»Ein Koch?!«

»Jo. Hat meine Oma immer gesagt: Junge, werd Koch, Toilettenmann oder Beerdigungsunternehmer, das is krisensicher. Gegessen, gekackt und gestorben wird immer!«

»Papaa …«

»Watt? Was willst du von mir hören?!«

»Ernsthaft. Hättest du was dagegen?«

»Wieso? Wenn du fremden Menschen in den fettigen Haaren rumwurschteln willst, wieso sollte ich dann was dagegen haben?! Ich muss es doch nicht.«

»Du weißt schon, was ich meine …«

»Nein, Etzel, hab ich nich. Wenn du mit deinem brasilianischen Capoeira-Coach, der zufällig auch noch Friseurmeister ist, zusammen einen Friseursalon und African-Beauty-Shop aufmachen willst, schlag ich vor Freude nich grad 'n Salto, aber nein, dagegen hab ich nix. Du bist mein Sohn! Wenn es dich verdammt noch mal glücklich macht, dann mich auch. Glaub ich …«

»Hey, Papa, woher weißt du …?«

»Stell dir vor, deine Mutter redet noch mit mir. Kaum zu glauben, was? Und wenn einer was dagegen hat, dann eher sie … Mach erst mal dein Abi.«

»Mama hat dir das erzählt?«

»Jep.«

»Apropos, können wir jetzt rein? Weißt du noch, was du zu ihm sagen sollst, was wir einstudiert haben?!«

»Jo.«

»Was?«

»Maaann … dass sein Gesicht meine Faust angezogen hat wie ein Magnet und dass er ganz entzückend aussieht mit seinem verdrahteten Unterkiefer …«

»Papaa. Bitte! Er hat sich schließlich auch bei mir entschuldigt. Okay?«

»Okayy, okayy. Krieg ich vorher 'n Drink?«

»Nein. Aber vielleicht nachher beim Essen.«

»Toll. Was gibt's denn? Suppe? Hihihi …«

Berlin, Steglitz, Dezember 2016

Was hatten wir uns für eine Mühe gegeben, mit unserer »High-Tech-Offensive«, und jetzt das. Außer ein paar verwackelten, grün schimmernden, ekligen Bildern und der Tatsache, dass wir aufgeflogen waren, war dabei nichts rumgekommen. Das einzig Positive daran, dass sich Hannes über unser Kinderspielzeug wohl schlappgelacht hatte, war vielleicht der taktische Vorteil, dass er nun überhaupt keinen Respekt mehr hatte vor einem möglichen Angriff.

Und garantiert nicht abhaute, sondern voll zittriger Vorfreude auf das bevorstehende Dilettantenschlachtfest in seinem Loch ausharrte, bis die Lemminge sich in seine Arme stürzten. Beste Bedingungen für eine gewaltige Überraschung!

Den Albanern war unser Aktionismus ohnehin nur ein höfliches Lächeln wert. Sie nahmen zwar freundlich zur Kenntnis, wie die Beschaffenheit von Zugang und Umgebung des Einsatzortes sich darstellten, als wir ihnen unser spärliches Filmmaterial vorspielten, beeindruckt oder gar ängstlich waren sie nach den zum Teil recht scheußlichen Bildern keineswegs. Sie hatten eine ganz eigene Taktik und vor allem Mentalität, orientierten sich an ihrem uralten, legendären Kanun, der, nach dem Prinzip der albanischen Blutrache, keinen Platz ließ für Furcht oder eine komplizierte Strategie. Old School!

Mit zwei an schweren Eisenketten befestigten dragggenförmigen Ankern fetzte ein großer Sattelschlepper das gesamte Eisentor heraus, zog es per Winde auf seine Ladefläche und fuhr dann damit davon! Old School. Im nächsten Augenblick pfefferten drei mattschwarze Land Rover Defender, mit verdunkelten Seitenscheiben, zusätzlichen Scheinwerfern auf dem Dach und besetzt mit jeweils neun Mann, in die Einfahrt hinein, hinter denen dann zur Tarnung seitlich versetzt ein gestohlenes Instandsetzungsfahrzeug der Berliner Stadtreinigung rückwärts einparkte. Voilà! Keine zwei Minuten hatte das gesamte Manöver gedauert! Das Bild, das sich nach außen bot, sah so berlintypisch aus, dass der Fahrer eines vorbeifahrenden Polizeistreifenwagens die Hand hob, um den Mann mit der orangenen Latzhose, der sich gerade an seinen Pritschenwagen gelehnt eine Zigarette anzündete, freundlich zu grüßen.

Drei Defender mit insgesamt 27 Mann, die in Ausrüstung, Mentalität und Ausbildung fast auf Augenhöhe von Hannes' Schergen waren, bewegten sich jetzt im Schritttempo Richtung der Skorpioni. Hey, ich war noch nie gut im Schach, aber Footballtaktik hat mich schon immer fasziniert! Im letzten Wagen saß ein Überraschungsgast mit extrem entstellten Gesichtszügen. Und unser Rizzo. Und mit ihm wir.

Als Mama Ruth mitbekam, was Rizzo vorhatte, war sie fast ausgeflippt, ja beinahe hysterisch geworden. Weil der Patriarch der Albaner zunächst kategorisch ablehnte, mit dem Hinweis, er könne keinen seiner Männer entbehren, war sie ganz erleichtert. Doch Rizzos unstrittige Qualifikation für den Job, verbunden mit seinem Angebot, den Mann, dessen Platz er einnehmen würde, gerne glattzumachen, falls nötig zum Nachweis seiner Tauglichkeit, brachten ihm einen Klappsitz auf der Ladefläche des letzten Defender ein. Und einen albanischen Todfeind auf Lebenszeit! Benno und ich statteten ihn mit der besten Einsatzweste aus, die man für Geld kaufen konnte, und Mehmet befestigte daran eines jener Kamerasysteme, mit denen die Adrenalinjunkies auf der ganzen Welt in Jumpsuits, Haikäfigen oder auf fliegenden Motorrädern unterwegs waren. Wir waren also in unserer »Zentrale« live dabei, und Mama Ruth erinnerte mich stark an Hillary Clinton, damals, als die Amis Osama den Garaus gemacht hatten. Überhaupt gab es da die eine oder andere Parallele. Nur dass bei Bin Laden wohl mit weniger Gegenwehr zu rechnen gewesen war.

Doch unsere Befürchtungen sollten sich als falsch herausstellen. Denn Hannes rechnete einfach nicht damit, was da an Hass, Entschlossenheit, Manpower und Know-how über ihn hereinbrach! Seine Skorpioni waren in puncto Personalstärke hoffnungslos unterlegen. In Erwartung eines Amüsements und nicht einer existenziellen Schlacht hatte er lediglich ein paar Mann seiner Leibgarde um sich geschart. Die verteidigten ihn verbissen, hatten aber am Ende keine Chance. Als Letzter fiel ein Riese mit einer Augenklappe direkt vor der Tür seines Herrn. Die Albaner machten sich einen Spaß daraus, ihm dabei zuzusehen, wie er am Schluss sogar seine Glock komplett leer schoss und dann sein Messer zog. Von so viel Tapferkeit beeindruckt, gönnten sie ihm einen schnellen Tod. Schließlich waren sie nicht seinetwegen gekommen.

Dann legte sich ein wenig der Staub, und wir sahen an der rechten Wand von Bennos Kneipe, an der draußen das selten zum Einsatz gebrachte Schild »Geschlossene Gesellschaft« hing, ein von Mehmet per Beamer in mindestens Originalgröße projiziertes Bild der Eingangstür zum unterirdischen Headquarter der Todesschwadrone mit dem ekligen Wappentier. Mama Ruth war blind und hektisch am Stricken, um sich zu beruhigen, manch einer kaute Fingernägel, ich hatte schon den dritten Drink am Wickel, und der Richter stopfte sich seine Pfeife, um nicht durchzudrehen. Denn was wir da sahen, war verdammt noch mal kein Kinofilm.

Rizzo hatte sich zu unserer großen Erleichterung aus

dem Feuergefecht sauber rausgehalten und beschränkte sich auf die Dokumentation, gab also sozusagen den Kriegsberichterstatter. In dieser Eigenschaft war er jetzt allerdings an vorderster Front unterwegs, und die Sekunde vor der Tür schien sich nervenzerfetzend auszudehnen. Die Albaner brachten nach kurzer Absprache eine Ramme und Blendgranaten zum Einsatz, was man locker als Überpacen bezeichnen kann. Denn ein einfaches Betätigen der Türklinke hätte wohl auch gereicht. Als der Rauch verflogen war, sah man deutlich Hannes, den Kopf im Nacken und die Augen geschlossen, hinter einem großen Schreibtisch sitzen. Dann richtete er sich auf, köpfte mit einem Cutter eine letzte Zigarre und steckte sie mit seinem Einhandzaubertrick per skorpionverziertem Edelzippo genüsslich in Brand. Er dachte gar nicht an Gegenwehr! Trotzdem machte ihn ein halbes Dutzend der hasserfüllten Albaner umgehend flach, und nur wenig später hing er ironischerweise mit den Handgelenken gefesselt genau an jener Kette, an der wir kurz zuvor den herausgerissenen, einzelnen Arm hatten baumeln sehen.

Die Stunde der Abrechnung war gekommen. Von seinem Capo per Funk als clean gemeldet, erschien der Boss in dem Raum, der mit einem Andreaskreuz an der Wand, einem Käfig in der Ecke und diversen Folterwerkzeugen in den Regalen jedem SM-Studio auf St. Pauli locker den Rang abgelaufen hätte. Jetzt wurde es interessant! Er ließ sich einen Stuhl bringen, setzte sich und schaute minutenlang auf den vor ihm an der Decke hängenden Albino. Und dann wurde es böse.

»Hallo, mein Freund. Wie geht es dir?«

»Guuut.«

»Haha, ja, ja, klar. Pass auf, perverses Mistschwein: Du hast im April 1999 im Kosovo einen schweren Fehler gemacht.«

»Ich habe viele Fehler gemacht.«

»Mag sein, aber das war dein größter! Sie hieß Arjona. Sie war gerade mal fünf Jahre alt! Und sie war meine Nichte!«

»Ahhhhhhhh.«

»Du hast sie geschändet, ausgeweidet und getötet! Und ihren Bruder hast du auch getötet!«

»Ahhhh, ich habe viele Ameisen zertreten. Langweil mich nicht, lass uns anfangen!«

»Jahaha, ich weiß, ich weiß. Wir werden dich nicht töten. Weil das keine gerechte Strafe für dich wäre. Und wir werden dich auch nicht foltern! Höchstens ein bisschen. Weil du das wahrscheinlich genießt. Nein, wir haben uns etwas ganz Besonderes für dich ausgedacht. Weißt du, ihr seid nicht die Einzigen, die fachgerecht Organe entfernen können! Aber vorher möchte ich dir noch jemanden vorstellen. Drei Kugeln und ein zerschmettertes Gesicht haben nicht ausgereicht, ihn umzubringen. Und weißt du, warum? Weil er für den Augenblick, der jetzt gleich kommt, am Leben bleiben wollte! Onkel Ramin, komm rein, mein Bruder, es ist Showtime!«

Und genau in diesem Moment machte Rizzo die Kamera aus.

Marion senkte den Blick, und ich hätte gerne gewusst, was in ihrem Kopf vorging.

Drei Tage später traf ein kleines Päckchen per Post bei Benno ein. Adressiert an Marion Wiedemann und verpackt im Innern mit rotem Geschenkpapier, auf dem viele kleine, lächelnde Rentiere aufgedruckt waren. Auf der winzigen Weihnachtskarte, die an einem goldenen Bändchen befestigt und auf der der verschneite Hamburger Michel zu sehen war, stand der kurze Text

FROHE WEIHNACHTEN. MÖGEN SIE UND IHRE FAMILIE FRIEDEN FINDEN.

Unterschrieben mit: »Onkel Ramin«.

Ich empfahl Marion, es nicht zu öffnen. Denn ich wusste, was drin war.

Wir hatten sie nicht gefunden. Keine Spur von Maria. Gut, niemand von uns hatte wirklich daran geglaubt, dass sie in den schmutzigen Katakomben der Berliner Unterwelt ein hochsteriles Krankenzimmer mit intensivmedizinischer Ausrüstung für die Kleine eingerichtet hatten. Aber irgendeine Spur, ein Hinweis?! Nichts. Außer einem ansehnlichen Waffenarsenal, das darauf schließen ließ, dass die Aktion der Albaner auch ganz anders hätte ausgehen können, einer Menge Bargeld und einer technischen Infrastruktur, die das unterirdische Söldnernest autark gemacht und eigentlich in eine uneinnehmbare Festung verwandelt hatte, fanden wir nichts.

Doch ich fand ihn.

Von Rizzo gebrieft, fuhr ich mit meinem Motorrad durch die klare Berliner Winternacht. So klar, kalt und sauber, dass selbst über dem sonst immer dunstverhangenen Moloch ein unglaublicher Sternenhimmel prangte und der Mond so hell schien, dass sein Licht für Schatten sorgte. Ich wusste, wo sie ihn ausgesetzt hatten, als sie mit ihm fertig waren. Oder vielmehr, auf welcher Höhe er wohl ungefähr an die Oberfläche gekrochen war. Dort in der Gegend suchte ich ihn in den darauffolgenden Stunden. Und ich fand ihn. Im alten Steglitzer Stadtpark. Mitten in einem Beet und an den Sockel einer Statue gelehnt, die den bezeichnenden Namen »Erwachendes Mädchen« hatte, saß er mit ausgestreckten Beinen, zitternd, halb nackt, und sah selber aus wie die blutweinende Madonna von Civitavecchia. Scheiße!

Mit aller Kraft versuchte ich mir einzureden, dass dieser jämmerliche Anblick etwas mit Gerechtigkeit zu tun hatte, aber ich hab's verdammt noch mal nicht geschafft! Ich sah den Jungen, der an den Stein gebunden der Hyäne beim Sterben zusieht. Als ich mich neben ihn setzte, zuckte er zusammen und hielt den Atem an. Blind und stumm, wie er war, fing er erst wieder an, gleichmäßig zu röcheln, als ich ihn fragte: »Na, Hannes, wollen wir Schluss machen?«

Mit blutigem Speichel im Mundwinkel und hängendem Kopf nickte er langsam. Dann griff er sich in die hintere Tasche seiner Hose, holte einen klein zusammengefalteten Zettel heraus, fingerte mit zitternder Hand über die Oberfläche meiner Lederjacke und steckte ihn mir zu. Danach lehnte er sich zurück an den Marmorsockel und nach links an meine Schulter. Ich nahm ihn in den Arm, drückte zu und ließ diesmal erst wieder los, als ich mir ganz sicher sein konnte, dass es vorbei war.

Fünfmal war der Zettel insgesamt gefaltet. Als ich ihn entblättert hatte, lächelte mich ein Teddy an, und darunter war in bunter Kinderschrift gekritzelt:

merci

Paris, 6. Arrondissement, Boulevard Saint-Germain, Dezember 2016

»Michel! Michel, komm ans Telefon, schnell!«

»Wieso? Wer ist denn dran?«

»Zürich, die Park-Klinik! Michel, sie sagen, die Kleine ist aufgewacht!«

»Nein!«

»Doch! Doch! Oh mein Gott! Michel, du weißt, was das bedeutet, oder …?«

Was mir noch wichtig wäre …

Sämtliche Handlungsabläufe in diesem Buch sind natürlich reine Fiktion und entspringen maßgeblich meinem kranken Hirn. Trotzdem möchte ich jedem einzelnen Leser überlassen, ob und wie viel »subjektive Wahrheit« er sich daraus mitnehmen will, möchte oder muss.

Sollte ich tatsächlich jemandem auf den Schlips getreten sein, so ist das in den allermeisten Fällen keine bösartige Absicht, sondern höchstens Dummheit. Bitte verklagt mich nicht. Bei jemandem mit drei Kindern gibt es sowieso nicht viel zu holen. Kommt lieber vorbei und verprügelt mich. Ich werd mich nicht wehren, und weglaufen kann ich auch nicht mehr.

Bleibt Danke zu sagen,

zuallererst an Jürgen Diessl von Ullstein / Econ, und zwar dafür, dass er einfach ein furchtbar lieber Kerl ist! Ohne ihn wäre mein Ausflug in die Welt der Schreiberlinge bereits nach dem zweiten Buch beendet gewesen.

Meine Kinder sehen ihren Papa heutzutage mit ganz anderen Augen, was für mich wertvoller ist als alles Geld der Welt, und das geht maßgeblich auf dein Konto, mein Freund: Danke.

Am wichtigsten und schwierigsten ist jedoch, dass ich meiner neuen Lektorin an dieser Stelle nicht nur für unglaubliche Geduld und Gelassenheit im Umgang mit mir danken möchte, sondern auch Folgendes klarstellen will: In einer brisanten, ungesunden Mischung aus verfrühtem Altersstarrsinn, gepaart mit an Arroganz grenzendem Selbstbewusstsein, habe ich mich wieder einmal mit Händen, Füßen und Gehstock, beinahe renitent, fast jedem Beratungsversuch meiner lieben Katrin Fieber widersetzt. Das bedeutet natürlich, sämtliche negativen Folgen dieses schlechten Benehmens, ganz gleich ob stilistisch, technisch oder wirtschaftlich, gehen ganz allein auf meine Kappe! Aber egal, was die Zukunft bringt:

Von ganzem Herzen DANKE, Katrin, dass du mich sein lässt, wie ich bin!

Meiner Hebamme bei Ullstein / Econ, Silvie Horch, möchte ich danken. Ohne sie würde es nicht ein einziges Buch von mir geben.

Danke an die vielen lieben Menschen in »meinem Verlag«, die ich hier nicht alle nennen kann, die sich nicht für mich schämen.

Als Letztem im Nest der Eule, von der ich ernsthaft überlege, ob ich sie mir tätowieren lasse, will ich dem neuen Boss danken: Gunnar »The Gun« Cynybulk. Denn er lässt es zu, dass mein haariges Gesicht im neuen Programmheft zu finden ist.

Jedem einzelnen meiner Leser, der so ähnlich tickt wie ich, will ich unbedingt noch Danke sagen. Nicht nur, weil Ihr meine Bücher zu Hause habt, sondern weil ich bis vor Kurzem noch dachte, ich wär verdammt alleine!

Zum Schluss, wie immer:

Danke, lieber Gott, dass meine neuen Hüftgelenke einigermaßen funktionieren, ich runter bin von Schmerzmitteln und Whiskey und dass meine Frau und meine Kinder mich immer noch lieben!

Cid